# Danielle Steel

Avec 54 best-sellers publiés en France, plus de 520 millions d'exemplaires vendus dans 40 pays et traduits en 38 langues, Danielle Steel est l'auteur contemporain le plus lu et le plus populaire au monde. Depuis 1981, ses romans figurent systématiquement en tête des meilleures ventes du *New York Times*. Elle est restée sur les listes des best-sellers pendant 390 semaines consécutives, ce qui lui vaut d'être citée dans le *Livre Guinness des Records*. Mais Danielle Steel ne se contente pas d'être écrivain. Très active sur le plan social, elle a créé deux fondations s'occupant de victimes de maladies mentales, d'enfants abusés, et de sans-abri. Danielle Steel a longtemps vécu en Europe et a séjourné en France durant plusieurs années (elle parle parfaitement le français) avant de retourner à New York achever ses études. Elle a débuté dans la publicité et les relations publiques, puis s'est mise à écrire et a immédiatement conquis un immense public de tous âges et de tous milieux, très fidèle et en constante augmentation. Lorsqu'elle écrit (sur sa vieille Olympia mécanique de 1946), Danielle Steel peut travailler vingt heures par jour. Son exceptionnelle puissance de travail lui permet de mener trois romans de front, construisant la trame du premier, rédigeant le deuxième, en peaufinant le troisième, et de s'occuper des adaptations télévisées de ses romans. Toutes ces activités ne l'empêchent pas de donner la priorité absolue à sa vie personnelle. Avec ses huit enfants, elle forme une famille heureuse et unie, sa plus belle réussite et sa plus grande fierté. En 2002, Danielle Steel a été faite Chevalier de l'Ordre des Arts et Lettres. En France, elle est le seul auteur à avoir un fan-club.

# COUPS DE CŒUR

# DU MÊME AUTEUR
## *CHEZ POCKET*

UN SI GRAND AMOUR
JOYAUX
DISPARU
LE CADEAU
ACCIDENT
NAISSANCES
PLEIN CIEL
CINQ JOURS À PARIS
LA FOUDRE
MALVEILLANCE
LA MAISON DES JOURS HEUREUX
AU NOM DU CŒUR
HONNEUR ET COURAGE
LE RANCH
RENAISSANCE
UN RAYON DE LUMIÈRE
LE FANTÔME
LE KLONE ET MOI
UN SI LONG CHEMIN
DOUBLE REFLET
DOUCE AMÈRE
FORCES IRRÉSISTIBLES
MAMIE DAN
LE MARIAGE
VOYAGE
LE BAISER
L'AIGLE SOLITAIRE
RUE DE L'ESPOIR
LE COTTAGE

DANIELLE STEEL

# COUPS DE CŒUR

PRESSES DE LA CITÉ

Titre original :
*Heartbeat*

Traduit par Vassoula Galangau



ISBN 2-266-13663-1

*A Zara,*
*ma douce lumière,*
*que ta vie se déroule dans*
*la joie et le bonheur...*

*Et à ton père,*
*qui a su remplir ma vie*
*d'amour, de joie et de*
*battements de cœur fous,*

*Avec toute mon affection,*

*D. S.*

Battant
palpitant
    mon cœur
        s'interroge sur
    ce sentiment
        si doux
            comme un doux rêve…
                battant,
    divine musique
        à mes oreilles…
    ta main dans la mienne
apaisant mes craintes
    tes pas
        dans la nuit,
    comme de précieux trésors
        brillant à jamais.
    amour brûlant
        don divin
    comme une douce
    douce berceuse,
    miracle ténu
        né d'un seul
    unique
        et précieux
            battement de cœur.

mon cœur au tien
chante
cette douce
douce chanson
que dure toujours
ce lien
qui t'unit
à moi
si fort, si pur,
murmure doucement
tandis que l'enfant rêve
notre amour
toujours
renaîtra
comme par magie,
comme les étoiles
au firmament
mon cœur au tien
toujours uni.

# 1

Le crépitement de l'antique machine à écrire brisait le silence de la pièce. Un nuage de fumée flottait au-dessus de Bill Thigpen dont les doigts couraient sur les touches. Sur la table de travail, tasses de café et cendriers débordant de mégots vibraient dangereusement au rythme des mots qui s'alignaient. Ses lunettes solidement calées sur le haut de son crâne, ses yeux bleus rivés sur le papier, Bill écrivait. Vite. De plus en plus vite. Un furtif coup d'œil par-dessus son épaule vers la pendule au tic-tac ininterrompu lui fit accélérer encore la cadence. Ses doigts voletaient sur le clavier comme s'il avait le diable à ses trousses. Ses cheveux bruns striés de fils d'argent rebiquaient dans tous les sens, mais son visage aux joues bien rasées dégageait, en dépit des traits puissants, une indéniable impression de gentillesse. Sans être un canon de beauté masculine, il ne manquait pas de séduction. C'était un de ces êtres qui méritent que l'on s'attarde, un homme avec lequel on aurait envie de faire un bout de chemin… et qui, pour le moment, tandis qu'il jetait un coup d'œil affolé à la pendule, ponctuait de grognements les phrases que ses doigts tapaient follement. Enfin, le silence.

Il bondit sur ses pieds, griffonna une ultime correction en marge d'une page, et ramassa fébrilement les feuillets épars. Voilà plus de sept heures qu'il s'était attelé à la tâche, depuis cinq heures du matin, et il était presque une heure de l'après-midi… l'heure de respirer.

Il traversa la pièce, poussa le battant à toute volée, longea le bureau de sa secrétaire à l'allure d'un champion olympique, traversa le hall comme un fou, évitant de justesse des collisions, sans se soucier des regards médusés et des

« bonjour » qui fusaient sur son passage. Tout en avançant il frappait à différentes portes pour y glisser, dès que celles-ci s'entrebâillaient, une liasse de feuillets fraîchement dactylographiés. Une scène familière, qui se déroulait selon un schéma immuable chaque fois que Bill décidait d'apporter des changements de dernière minute au texte de son feuilleton. Créateur d'une célèbre série télévisée à laquelle il travaillait inlassablement, Bill ne s'estimait pleinement satisfait que lorsqu'il pensait avoir atteint la perfection. Il lui arrivait souvent de reprendre entièrement un épisode, de tout refondre, tout chambouler. D'après son agent, c'était l'auteur le plus névrosé du petit écran. Et aussi le meilleur. Bill Thigpen possédait cette intuition infaillible qui fait qu'un film marche. Il ne s'était jamais trompé. Enfin, pas encore.

*La Belle Vie,* son œuvre, sa « chose », avait battu tous les records de taux d'écoute de la télévision américaine. Il en avait eu l'idée plusieurs années auparavant, lorsqu'il n'était encore qu'un pauvre faiseur de pièces d'avant-garde, et que le théâtre représentait son seul idéal. A cette époque, il créchait au fin fond de SoHo avec Leslie, sa femme, et menait une vie de bohème. Danseuse de revues musicales, Leslie avait renoncé à sa vocation car elle attendait leur premier enfant. En se mettant à la composition de son feuilleton, Bill avait fait remarquer, en riant, que ce serait « drolatique » de réussir dans le soap-opéra, lui qui ne jurait que par le grand art. Mais à mesure que le projet prenait forme, Bill se laissa prendre au piège de l'inspiration. Bientôt, l'espoir céda le pas à l'obsession. Il allait y arriver, il le *fallait.* Pour lui-même, pour Leslie, pour leur bébé. En fait, l'élaboration du scénario lui procurait un ineffable plaisir. Il se mit à chérir passionnément sa création. Les producteurs de la chaîne nationale, quant à eux, l'apprécièrent suffisamment pour tenter un coup d'essai. Le bébé, Adam, un superbe petit garçon de quatre kilos et demi — il avait les yeux bleus de son père sous une auréole de boucles dorées — vit le jour pratiquement en même temps que le feuilleton. Celui-ci débuta lors des programmes d'été et remporta un vif succès auprès du public, à tel point que sa disparition, en septembre, fut accueillie par des cris d'indignation. Deux mois plus tard, *la Belle Vie* réapparaissait sur le petit écran et Bill Thigpen commença à gravir les marches de la renommée.

Le jeune écrivain en oublia sa carrière théâtrale. La

télévision, subitement, était devenue l'unique but de sa vie. Il avait rédigé lui-même les premiers épisodes de la série, et ses exigences de perfection rendaient déjà fous comédiens et réalisateurs.

Finalement, on lui offrit d'acheter son idée à prix d'or. Bill aurait pu ainsi vivre de ses droits d'auteur et retourner tranquillement auprès de ses amis de Broadway. Mais il refusa, sous prétexte que *la Vie,* comme il appelait son feuilleton, était son enfant, au même titre que son fils, âgé alors de six mois. Il ne pouvait se résoudre à quitter son œuvre, encore moins à la vendre, car il s'y était attaché comme à un être humain. Cela lui permettait de s'exprimer, de décrire les angoisses, les déceptions, l'amour et les regrets, les triomphes et les ambitions, la simple beauté de la vie. En fait, dans le miroir de ses écrits, l'auteur se racontait. Ses peines. Ses joies. Ses inquiétudes. Il offrait aux gens l'espoir après le désespoir, le soleil après l'orage, une intrigue bien ficelée, des personnages attachants. Bien sûr, ceux-ci devaient affronter les « méchants » que le public ne manquait jamais de détester. Les fans du feuilleton le regardaient religieusement car, au fond, il reflétait son créateur. Vivant, plein d'entrain et de charme, naïf mais intelligent. Bill aimait son œuvre comme un bébé que l'on doit dorloter et nourrir, presque autant qu'il aimait son fils et Leslie.

Au début, il s'était senti déchiré entre son travail et sa famille. Il ne pouvait s'empêcher de tout surveiller d'un œil suspicieux, de crainte qu'un réalisateur ou un scénariste ne trahisse sa pensée. « Ils ne comprennent rien à rien », marmonnait-il en arpentant furieusement son bureau où il passait chaque texte au peigne fin. Parfois, quand ça le prenait, il façonnait de nouvelles versions. Et à la fin de la première année, Broadway n'évoquait plus qu'un rêve oublié. Tout à sa nouvelle passion, Bill ne se donnait même plus la peine d'inventer des excuses à l'adresse de ses anciens amis. Peu après, il se déclara fasciné par la télévision. « Il n'est plus question de retourner sur les planches », avoua-t-il un soir à Leslie, tard dans la nuit, après qu'il eut, des heures et des heures durant, fait surgir sur le papier pléthore de nouveaux personnages pour la saison suivante.

Les rapports compliqués entre les protagonistes, l'avalanche de tragiques malentendus, de drames et de dénouements, avaient entièrement accaparé Bill, qui tenait à assister aux tournages cinq fois par semaine. En vérité il n'avait aucune raison de se trouver sur le plateau, pas plus que de contrôler sans cesse ce qui s'y passait. Cependant, l'équipe s'accordait pour lui trouver du génie. Non seulement il ne laissait rien au hasard, mais il parvenait à distinguer, avec un flair hors du commun, le moindre détail qui toucherait le public. « Ça, ça marchera », disait-il. « Ça, ça ne marchera pas. » « Ils vont adorer Un Tel » ou « Ils détesteront Tel Autre ».

Lorsque Tommy, son deuxième fils, naquit deux ans plus tard, *la Belle Vie* comptait déjà deux prix de la Critique et un grand prix de la télévision. Ce fut alors que la direction de la chaîne voulut transférer le film en Californie. La côte Ouest convenait mieux à l'histoire, expliqua-t-on à l'auteur, et offrait d'autre part des facilités de production qui se faisaient rares à New York. Bill s'empressa d'annoncer la bonne nouvelle à Leslie. A son grand étonnement, la jeune femme se rembrunit. Pendant que son mari s'était voué corps et âme à ses écrits, elle avait décidé d'enseigner la danse classique chez Juilliard.

Bill la considéra, éberlué. C'était un dimanche matin et les deux époux prenaient leur petit déjeuner.

— Que dis-tu ? murmura-t-il.

— Je n'irai pas en Californie, Bill, répondit-elle doucement en le fixant de ses grands yeux bruns au regard si pur.

C'étaient ces yeux-là qui l'avaient attiré la première fois qu'il l'avait vue devant le théâtre, avec son grand fourre-tout de ballerine. Leslie avait alors vingt ans, tout en elle avait plu à Bill, sa beauté, son genre « jeune fille de bonne famille », son sens de l'humour, son absence de prétention. Au début, ils passaient leur temps à piquer des fous rires. De longues discussions passionnées les gardaient éveillés jusqu'à une heure avancée de la nuit, dans leur petit appartement glacial de SoHo. A présent, ils habitaient un somptueux loft dans le même quartier. Bill y avait fait aménager une salle de gymnastique, afin que Leslie puisse faire ses exercices à la barre. Et voilà que maintenant elle semblait dire que tout était fini.

— Mais pourquoi ? insista-t-il. Pourquoi refuses-tu de partir de New York ?

Des larmes étincelèrent soudain dans les larges yeux bruns. Leslie détourna la tête un instant, puis son regard revint vers son mari. Le cœur de Bill se serra : il y avait, dans ces prunelles, une telle expression de ressentiment et de lassitude, qu'il se demanda avec angoisse si elle l'aimait encore.

— Leslie, que se passe-t-il ?

Comment avait-il pu être aveugle au point de ne rien remarquer jusqu'alors ? Elle secoua la tête et ses longs cheveux noirs ondoyèrent sur ses épaules, telles les ailes sombres d'un ange déchu.

— Je ne sais pas, Bill. Tu as changé... nous avons changé tous les deux.

Elle s'interrompit et prit une profonde inspiration en s'efforçant de trouver les mots justes, consciente qu'elle devait beaucoup à Bill après cinq ans de mariage et deux enfants.

— Je crois que nous avons inversé les rôles, se décida-t-elle enfin. Avant, c'était moi qui désirais devenir danseuse étoile. Moi qui courais après la célébrité. Tu te contentais, quant à toi, d'écrire des pièces de théâtre à message, et tu te disais ardent défenseur d'un art intègre. Après, ajouta-t-elle avec un petit sourire triste, quand tu t'es mis à écrire des histoires plus... disons plus commerciales, tu t'es transformé, tu es devenu quelqu'un d'autre. Voilà plus de trois ans que tu ne penses qu'à ta série. Plus de trois ans que seule ta production compte : Sheila épousera-t-elle Jake ? Est-ce que Larry a vraiment essayé d'assassiner sa mère ? Henry est-il homosexuel ? Et Martha ? Quittera-t-elle son mari pour une autre femme ?... Qui est le véritable père d'Hilary ?... Mary s'enfuiera-t-elle une fois de plus de chez ses parents, et si elle le fait recommencera-t-elle à s'adonner à la drogue ?... Helen est-elle une enfant illégitime ? Accordera-t-elle sa main à John ?

La voix de Leslie s'était animée. La jeune femme s'était levée et arpentait la pièce.

— En vérité, tes personnages me répugnent. Continuer à vivre avec eux est au-dessus de mes forces. Je n'aspire qu'à une vie saine, simple, tranquille. J'ai envie de reprendre la danse, de connaître l'exaltation du professeur devant les progrès de ses élèves.

Elle affichait un air si désemparé qu'il eut envie de pleurer. Dieu, qu'il avait été idiot ! Pendant qu'il jouait avec ses créatures imaginaires, il avait perdu la seule personne qu'il aimait au monde, sans même s'en rendre compte. Pourtant, il se sentait incapable d'opter pour la seule solution qui s'imposait. Il était trop tard pour retourner en arrière, non, plus maintenant. Bill s'était complètement investi dans sa création. comment renoncer au sentiment de plénitude qu'il éprouvait lorsque, de son imagination, jaillissaient tant de prodiges ?... « L'ironie du sort », ne put-il s'empêcher de penser. Il avait réussi à atteindre le zénith et sa femme semblait regretter leurs anciennes privations !

Il la dévisagea, en s'obligeant au calme.

— Je suis désolé, chérie. C'est vrai que durant ces trois ans je me suis entièrement consacré à mon travail. Je ne pouvais pas faire autrement. Le style est l'âme même de l'écriture. Si j'avais confié mon œuvre aux gens de la télé, ils auraient vite fait de la dénaturer, de la transformer en une de ces vulgaires séries à l'eau de rose aux dialogues larmoyants qui me donnent la chair de poule. Je refuse de les laisser massacrer mes idées. Et que tu le veuilles ou non, c'est ma façon de rester *intègre*... Mais je ne serai pas toujours forcé de jouer les garde-chiourme. En Californie, ce sera différent, tu verras. Les équipes, là-bas, sont mieux constituées, plus professionnelles. J'aurai beaucoup plus de temps libre, j'en suis sûr.

Incrédule, Leslie secoua la tête. Elle connaissait trop bien Bill pour se laisser abuser par ses promesses. Jamais il ne changerait. Même du temps où il écrivait ses pièces, c'était pareil. Parfois, il restait calfeutré dans son bureau jour et nuit, pendant des semaines. Mais ces crises ne duraient qu'un mois ou deux. Maintenant, c'était pire. Ses manies, son obsession de la perfection la rendaient malade. Certes, il l'aimait, elle le savait, mais pas comme elle l'aurait souhaité. Leslie avait besoin d'un mari qui part à neuf heures du matin et rentre à six heures du soir, d'un compagnon qui se donne la peine de vous parler, de vous aider à faire la cuisine ou de jouer avec ses enfants. Il y avait des siècles qu'il ne l'avait pas emmenée au cinéma. Elle en était venue à abhorrer ses habitudes : Bill s'enfermait dans son antre toute la nuit pour en émerger le lendemain matin à dix heures, épuisé, les yeux rouges, un monceau de feuillets entre les mains. A peine réapparu, il se ruait hors de la maison afin de remettre le nouveau texte aux comédiens avant la répétition de dix heures trente. Un vrai cauchemar. Rien que d'entendre prononcer le titre du feuilleton ou le nom d'un personnage elle se sentait les nerfs en pelote.

— Chérie, réfléchis, donne-moi une deuxième chance.

Nous serons heureux à Los Angeles. Il y fait toujours beau, les garçons auront l'occasion d'aller tous les jours à la plage, de visiter Disneyland... Nous pourrions même installer une piscine dans le jardin, ils seront ravis, tu verras...

— Je ne veux pas les emmener à la plage ni à Disneyland, pendant que tu seras en train de peaufiner tes phrases ou de courir sur le plateau. Quand les as-tu accompagnés pour la dernière fois au Bronx Zoo, t'en souviens-tu ?

— D'accord, Leslie ! Je travaille trop, je suis un mauvais époux et un père déplorable ! Mais, pour l'amour du ciel, nous avons crevé de faim pendant des années. Aujourd'hui, tu peux avoir tout ce que tu désires et eux aussi. Plus tard, nous aurons les moyens de leur offrir une éducation dans une des meilleures universités. Où est le drame ? Tiens-tu vraiment à tout ficher par terre alors que le bonheur est enfin à notre portée ?

Il s'interrompit, les yeux fiévreux, avança une main vers elle.

— Ma chérie, je t'en supplie... Je t'aime...

La jeune femme se détourna, le regard fuyant, comme si elle ne voulait pas voir la peine qui torturait les traits de son mari.

— Veux-tu rester à New York ? Veux-tu que je leur dise que je refuse de me rendre en Californie ? Que j'envoie balader le feuilleton ?

La note d'angoisse qui tremblait dans sa voix ramena un pâle sourire sur les lèvres de Leslie.

— Cela n'a plus d'importance, répondit-elle tristement, d'une voix douce. C'est trop tard, trop tard pour nous deux, ne le comprends-tu pas ? Je regrette, Bill, mais ma décision est prise : j'ai envie de passer à autre chose. De faire quelque chose de différent.

— Quoi par exemple ? Aller en Inde ? Changer de religion ? Entrer dans les ordres ? Est-ce si différent que ça, devenir prof de danse chez Juilliard ? Bon sang ! Dis plutôt que tu veux me quitter !

Il avait haussé le ton, saisi brutalement d'une rage violente. Pourquoi lui infligeait-elle ce coup de poignard ? Il n'avait pas mérité une telle trahison. Quel crime avait-il commis après tout, hormis d'avoir réussi ? Si ses parents avaient encore été de ce monde ils en auraient été fiers. Le cancer les avait emportés, l'un après l'autre, en deux ans, Bill n'avait plus aucune famille. Sa femme et ses enfants étaient tout ce qui lui restait au monde, et Leslie allait le priver d'un seul coup de ce qu'il chérissait par-dessus tout... C'était abject et injuste. Une vague de colère lui brûla les entrailles.

— Tu ne comprends pas, fit-elle mollement.

— Non, je ne comprends pas. Tu refuses de venir avec moi en Californie et quand je te propose de rester ici, tu prétends que ça n'a plus d'importance. Comment dois-je m'y prendre, Leslie ? Que se passe-t-il au juste ? s'écria-t-il, déchiré entre la fureur et le désespoir.

Il ne s'était pas encore rendu compte qu'il n'y avait plus rien à faire. Que plus aucun argument ne pouvait la dissuader.

— Bill, je ne sais comment te le dire...

De nouvelles larmes mouillèrent ses yeux et, l'espace d'un instant, Bill eut l'impression hallucinante d'assister à l'un de ces inextricables imbroglios qu'il avait si bien su mettre en scène... « Leslie quittera-t-elle son mari ? Celui-ci changera-t-il d'attitude ? Réalise-t-elle combien il l'aime ? » Il ne sut s'il fallait en rire ou en pleurer mais ne fit ni l'un ni l'autre.

— C'est fini... reprit Leslie. je ne voulais pas l'admettre mais j'ai dû me rendre à l'évidence. Que ce soit ici ou en Californie, la situation restera la même. Continuer m'est impossible, Bill, je souhaite reprendre ma liberté, recommencer une existence nouvelle, avec mes enfants... Sans le feuilleton.

Sans lui, surtout. Alors qu'il la fixait, le visage glacé de douleur, elle se crut obligée d'ajouter :

— Je regrette.

Bill se figea, comme foudroyé, la face blême, ses pupilles bleues dilatées par une nouvelle angoisse.

— Tu emmènes les enfants ?

— Je ne pense pas que tu auras le temps de t'occuper d'eux en Californie.

Ce n'était pas une réponse, mais une simple déclaration. Il lui jeta un regard suppliant.

— Non, mais tu pourrais venir me donner un coup de main.

Sa plaisanterie tomba à plat.

— Bill, ne rends pas les choses plus difficiles encore.

— Je pourrai les revoir ?

Elle acquiesça et, de toutes ses forces, il pria le ciel pour qu'elle ne change pas d'avis. Pendant une seconde, l'idée de flanquer sa démission au producteur lui traversa l'esprit et il fut tenté de tomber à genoux devant Leslie, l'implorant de ne pas l'abandonner. Il comprit soudain qu'il était trop tard, que Leslie l'avait déjà quitté, et il s'en voulut terriblement de l'avoir perdue sans s'en apercevoir. Oui, trop tard, pensa-t-il. Sa vie était fichue.

Les deux mois suivants s'écoulèrent dans un morne abattement. Bill ne pouvait évoquer le bonheur passé sans que des larmes lui piquent les yeux. Il avait fallu l'annoncer aux enfants, aider Leslie à déménager avec eux dans un appartement du West Side. La première nuit qu'il avait passée seul dans le loft n'avait été qu'une longue agonie. Mille fois il envisagea d'abandonner le feuilleton, mille fois il voulut appeler Leslie pour la supplier de revenir, et mille fois se ravisa. Une seule conclusion s'imposait, pénible mais claire : la porte s'était refermée désormais, et plus rien ne pourrait la rouvrir.

Il n'était pas au bout de ses découvertes. Un professeur de chez Juilliard, découvrit-il quelques jours plus tard, semblait occuper une place importante dans la vie de Leslie. Bien sûr, elle aurait été incapable d'entretenir une relation avec un autre homme alors qu'elle était mariée à Bill, il la connaissait suffisamment pour lui faire confiance. Mais elle était en train de tomber amoureuse de ce type, et c'était là sans doute la principale raison de son départ. Elle avait préféré se débarrasser de tout sentiment de culpabilité en général — et de Bill Thigpen en particulier —, afin d'aller dans le sens de son désir. Leslie avait déclaré qu'elle avait, avec son « ami et collègue », un tas d'intérêts communs qu'elle ne partageait plus avec Bill. Les petits garçons avaient suivi le mouvement. Adam avait pleuré quand son père lui avait dit au revoir, puis s'était adapté à la nouvelle situation avec la déconcertante facilité des enfants. Après tout, il n'avait que deux ans et demi. Tommy, quant à lui, avec ses huit mois, n'eut pas l'air de faire la différence. Seul Bill éprouva le douloureux déchirement de la séparation.

Il prit le vol à destination de Los Angeles, le cœur brisé, et tandis que l'avion survolait les gratte-ciel de New York, des larmes jaillirent au coin de ses yeux et lui mouillèrent les joues.

Une fois sur place, il chercha l'oubli dans la création, dominé par un singulier sentiment proche de la fureur. Il se mit à écrire nuit et jour. Parfois, harassé, il s'endormait sur le canapé de son bureau. Le feuilleton connut un succès sans précédent et d'innombrables prix vinrent récompenser le talent de Bill Thigpen.

Pendant plus de sept ans, il travailla ainsi d'arrache-pied. *La Belle Vie* représentait maintenant tout son univers. Et comme il n'avait plus aucune raison de combattre sa passion, il s'y adonna sans retenue.

Ses enfants lui manquaient terriblement. Ils venaient lui rendre visite à Noël, puis un mois pendant l'été, mais la joie de les revoir se muait à leur départ en une souffrance intolérable. Bien sûr, une kyrielle de femmes traversèrent sa vie, compagnes éphémères, car il tenait ses personnages et les acteurs qui les incarnaient pour ses seuls véritables amis.

Leslie avait épousé entre-temps son fameux « copain » du cours de danse et avait quitté l'enseignement. Elle avait deux enfants de son nouveau mari, s'occupait toujours tendrement de ses deux premiers fils, et cette fois son statut de femme au foyer ne semblait nullement la déranger. De temps à autre, Bill l'appelait au téléphone. Les deux anciens époux n'avaient plus grand-chose à se raconter, si ce n'était les exploits de leurs enfants. Bill les adorait. Les vacances d'été qu'il passait en compagnie d'Adam et Tommy brisaient la monotonie de son existence. Il ressentait à leur égard un amour plus ardent, un intérêt plus passionné encore que pour son feuilleton. Il leur montra Disneyland, les présenta à ses relations, les combla de cadeaux. Son aîné, Adam, avait presque dix ans à présent. C'était un garçon sérieux, responsable, studieux. Par certains aspects, il ressemblait à sa mère. Tommy, aux dires de Leslie, était le portrait craché de son père. Moins organisé que son frère, d'une drôlerie irrésistible, il était resté un peu bébé malgré ses sept ans. Chaque fois que ses fils repartaient pour New York, Bill se sentait anéanti. Souvent, dans sa grande demeure solitaire, une vague de nostalgie l'assaillait, l'écrasait d'un affreux sentiment d'injustice. Il avait été le seul à payer le prix de ce mariage raté. Au nom de quelle loi Leslie avait-elle gardé les enfants et pas lui ? Pourquoi avait-elle conservé le bénéfice de toutes ces années perdues ? C'était une iniquité flagrante. Révoltante. Plus jamais il ne se laisserait abuser ainsi par une femme. Plus jamais il ne tomberait amoureux, ne se marierait et n'aurait des enfants pour les perdre ensuite. Au fil des ans, il avait trouvé la solution parfaite au problème. Des actrices. Beaucoup d'actrices... Lorsqu'il avait le temps, ce qui ne lui arrivait pas souvent.

Au début de son séjour en Californie, il avait cherché la consolation dans les bras d'une réalisatrice de grand renom. Leur liaison dura six mois, ce fut un désastre. Elle s'était très vite installée chez lui, s'imposant en tout, organisant des réceptions, s'entourant de ses propres amis. Peu après, elle avait changé le mobilier, réorganisé l'espace, pris en main le destin de Bill. Au bout d'un moment, il eut l'impression d'étouffer. Bardée de diplômes, sa nouvelle compagne avait fréquenté les plus grandes universités comme UCLA et Yale. Elle se réclamait du cinéma d'art et d'essai, se targuait d'un doctorat de philosophie et reléguait le feuilleton de Bill parmi les films de série B. Elle en parlait comme d'une maladie dont il pourrait à la rigueur se guérir, à condition de suivre ses conseils. Elle détestait les enfants au point de jeter au fond d'un placard les photos de Tommy et d'Adam. Curieusement, il lui fallut un bon semestre pour réagir. Peut-être parce que « la femme de tête » était une maîtresse experte, et qu'elle semblait tout aussi avertie des subtils mécanismes de l'industrie télévisée. Un jour, elle lui fit sèchement remarquer qu'il devrait arrêter de rebattre les oreilles de leurs relations avec ses enfants. Il s'empressa de louer un bungalow dans un hôtel de Beverly Hills, lui en remit la clé et la pria aussitôt de déguerpir. Sans oublier de préciser qu'il tenait à ignorer sa nouvelle adresse lorsqu'elle aurait trouvé un appartement. L'après-midi même, il lui portait ses affaires au bungalow. Ils se revirent par hasard quatre ans plus tard, lors d'une remise de prix, et elle fit comme si elle ne le connaissait pas.

Bill plaça ses conquêtes féminines suivantes sous le signe de la légèreté. Actrices, starlettes, figurantes, mannequins, se succédèrent dans son lit. Des filles charmantes, insouciantes, qui se contentaient de ce qu'il voulait bien leur donner. A leurs yeux, Bill n'était qu'un amant de plus et rien d'autre. Aussi chacune accueillit-elle avec un calme olympien sa décision de rompre. Certaines lui firent la cuisine, à d'autres il concocta des petits plats dont il avait le secret, et emmena celles qui s'entendaient bien avec ses enfants en vacances avec eux.

Sa dernière « fiancée » en date était l'une des actrices de sa série télévisée. Originaire de New York, Sylvia interprétait un rôle important dans *la Belle Vie.* Jamais auparavant Bill ne s'était impliqué dans une affaire de cœur avec une des personnes qui travaillaient pour lui. Mais il n'avait pu résister à l'extraordinaire beauté de la jeune femme. Sylvia, ancienne enfant prodige du petit écran, avait poursuivi sa carrière plus tard comme mannequin de Lacroix à Paris et comme cover-girl pour *Vogue*. Installée à Los Angeles depuis six mois, elle avait participé à quelques films de second ordre, sans grand succès. C'était pourtant une bonne comédienne et Bill avait très vite succombé à son charme. Il ne l'aimait pas, il le savait. L'amour représentait désormais pour lui quelque chose de précieux qu'il réservait à Adam et Tommy. A vingt-trois ans, Sylvia avait cependant gardé une âme d'enfant qui ne tarda pas à le séduire. Sa douceur, combinée à une sorte d'ingénuité et de fraîcheur, avait su toucher la corde sensible de l'écrivain. L'univers sophistiqué de la haute couture dans lequel elle avait évolué pendant plusieurs années n'avait entamé en rien sa simplicité. Parfois, sa naïveté lui jouait de mauvais tours. Totalement inconsciente des intrigues qui se tissaient dans les coulisses des studios, Sylvia prêtait innocemment le flanc aux coups bas des autres comédiennes. Bill l'avait plus d'une fois mise en garde, sans résultat. Sylvia s'amusait de tout, pendant que son amant veillait farouchement sur son feuilleton, inventant de nouveaux personnages, soucieux de fasciner le public par des situations, des artifices, des rebondissements inattendus.

A trente-neuf ans, Bill Thigpen passait pour le roi du soap-opéra. Prix et récompenses encombraient les rayonnages de son bureau, mais il semblait n'en tirer aucune gloire. Calfeutré, il arpentait inlassablement le tapis des heures durant, toujours à l'affût d'une nouvelle idée, perpétuellement torturé par le doute. Ses dernières trouvailles étaient-elles à la hauteur ? Comment la troupe accueillerait-elle ses ultimes suggestions ? La plupart des acteurs s'en accommoderaient à merveille, bien sûr, mais Bill ne pouvait s'empêcher de se morfondre. Récemment, l'un de ses interprètes lui avait causé des soucis. La moindre transformation de dernière heure dans son texte le perturbait au point de lui faire perdre tous ses moyens. Trop nerveux, se disait Bill. Il y avait plus de deux ans que le comédien était de la partie et, cependant, l'auteur songeait parfois à le remplacer. D'un autre côté, il appréciait le jeu à la fois sobre et poignant du jeune homme, lorsque celui-ci parvenait à croire à son rôle... L'ennui était qu'il n'y croyait pas toujours.

L'audience de *la Belle Vie* augmentait chaque jour davantage. A travers tout le pays, des millions et des millions de téléspectateurs en suivaient avec dévotion chaque épisode. Des milliers de lettres affluaient aux studios avec la régularité de la marée. Au fil des ans, l'équipe s'était soudée en une véritable famille, qui se sentait chez elle sur le plateau.

Ce jour-là, Sylvia s'apprêtait à jouer le rôle de Vaughn Williams, la jolie sœur cadette de Helen, l'héroïne du film. Initiée par son beau-frère, dont elle était éprise, à l'usage des stupéfiants, Vaughn dépérissait. Cela, naturellement, à l'insu de sa famille et surtout de son aînée, Helen. Prise dans un piège mortel d'où rien ne pouvait plus la tirer, la jeune droguée courait à sa perte, dûment pilotée par John, le beau-frère diabolique. Dans la séquence que l'on devait filmer cet après-midi-là, la jeune femme allait devenir le témoin involontaire d'un crime commis par John, et se trouver injustement soupçonnée par la police à la place du meurtrier, la victime n'étant autre que son propre dealer — un individu louche que John lui avait présenté. Tous ces événements avaient posé d'énormes problèmes d'orchestration, mais Bill était venu à bout de toutes les difficultés. Il n'avait pas lâché ses scénaristes une seconde, jusqu'à ce qu'il obtienne satisfaction.

A présent, calé dans le fauteuil qui lui était réservé, Bill allumait une cigarette avant de porter à ses lèvres la tasse de café brûlant que sa secrétaire venait de lui apporter. Il se demandait ce que Sylvia penserait des scènes que, cinq minutes plus tôt, il lui avait remises dans sa loge. Ils s'étaient vus la veille. A trois heures du matin, l'écrivain avait précipitamment quitté la couche de sa maîtresse endormie pour s'enfermer dans son bureau où il s'était mis à élaborer frénétiquement une idée qui lui avait trotté dans la tête pendant toute la soirée. Une idée qu'il avait explorée à fond jusqu'à midi et demi. Il était brièvement passé chez lui, s'était douché, rasé et rhabillé, puis rendu sur le plateau, afin de jeter un ultime coup d'œil au changement de décor.

Le réalisateur, un vétéran de Hollywood qui avait signé un nombre impressionnant de succès, connaissait Bill depuis des lustres. Bill l'avait d'ailleurs choisi en dépit de l'opposition du producteur, qui prétendait qu'Allan McLoughlin, rompu aux films « sérieux », ne possédait pas la légèreté nécessaire à la mise en scène d'une série sentimentale. Bill n'en avait pas démordu et il avait eu gain de cause. Allan s'en était merveilleusement bien tiré.

Bill regarda son vieux complice, alors que celui-ci donnait à voix basse ses dernières instructions à Sylvia et à l'acteur qui incarnait John.

— Encore un peu de café, Bill ? lança joyeusement la plus jolie des script-girls.

Il y avait plus d'un an qu'elle essayait d'attirer l'attention de l'écrivain. Elle le trouvait séduisant. Mieux que cela, elle lui avait découvert un air de gentil nounours en manque de tendresse qui contrastait agréablement avec sa grande silhouette musclée, son intelligence vive, son perfectionnisme acharné. Bill lui sourit et secoua la tête. Seul ce qui allait dans un instant se passer devant les caméras l'obnubilait.

— Non, merci, répondit-il machinalement, le regard rivé sur le réalisateur.

Sylvia était plongée dans ses répliques, alors que les comédiens qui devaient jouer Helen et John bavardaient tranquillement à l'écart. Deux policiers en uniforme attendaient dans un coin. La « victime » avait déjà revêtu sa chemise ornée d'une tache de sang étonnamment réaliste. Le futur macchabée riait à gorge déployée à une blague racontée par l'un des techniciens. C'était son dernier jour de tournage. Lorsque l'objectif dévoilerait son visage au public, il jouerait le mort. Il n'avait aucun texte à apprendre.

— Deux minutes ! grinça une voix dans les haut-parleurs.

Bill sursauta. Une boule se forma au creux de son estomac. Il avait le trac, il l'avait toujours, depuis que, collégien, il avait été choisi pour interpréter un petit rôle. Plus tard, chaque fois qu'une de ses pièces avait été représentée à Broadway, la même panique le clouait sur son fauteuil jusqu'au moment où le rideau tombait enfin comme une délivrance. Et aujourd'hui, dix ans plus tard, la même terreur l'étreignait, cependant qu'une myriade de questions angoissées assaillaient son esprit : Et si c'était un four ? Si les acteurs bafouillaient ? Si l'indice d'écoute baissait ? Si le public, lassé, se tournait vers d'autres séries ? Si... Les possibilités d'un échec imminent lui paraissaient illimitées.

— Une minute.

La boule dans son estomac grossit, son regard balaya la pièce. Les yeux clos, Sylvia mémorisait toujours son texte. Helen et John avaient déjà pris place sur le plateau, prêts à simuler la querelle homérique qui, un instant plus tard, les opposerait. Le dealer, sur la touche, mordait dans un énorme sandwich au pâté. Puis le silence s'abattit brutalement, alors que l'assistant-réalisateur levait la main, cinq doigts tendus, signe qu'il ne restait plus que cinq secondes. Quatre... trois... deux... un. La boule dans l'estomac de Bill enfla encore. La seconde suivante, Helen et John s'affrontaient furieusement devant les caméras, dans une atmosphère tendue, proche de l'explosion. Les répliques, aussi violentes que la censure le permettait, rebondissaient à une cadence de plus en plus rapide. Bill connaissait par cœur chaque mot prononcé par les comédiens. Dans le feu de l'action, ceux-ci escamotaient çà et là une phrase. Surtout Helen. Cela lui arrivait parfois mais Bill ne s'en offusquait pas. Après quatre minutes d'une intensité dramatique extraordinaire, elle sortit, le visage bouleversé, en claquant la porte. Comme toujours, elle avait été absolument convaincante. La situation, les dialogues avaient été rendus avec une telle force, que l'illusion de la réalité avait été parfaite. On fit une pause pour laisser passer une publicité. Helen s'éloigna du plateau. Elle était d'une pâleur de cire. Le regard de Bill accrocha le sien et il lui sourit. La comédienne disparut, l'assistant-réalisateur leva de nouveau la main et, une fois de plus, un silence total s'ensuivit. Plus un bruit, plus un souffle, plus un craquement.

Travelling sur une bicoque préfabriquée, repaire du dealer qui, lors d'un épisode précédent, avait passé à Helen un coup de fil anonyme, lui dévoilant la liaison entre son mari et Vaughn, sa sœur. Coups de feu. Gros plan du gangster étendu par terre, la chemise ensanglantée, mort. Fondu enchaîné sur la face de John, une lueur meurtrière dans l'œil. Vaughn se tient à son côté. L'image s'évanouit.

Nouveau décor. L'objectif balaya un luxueux petit appartement pour se fixer sur le ravissant visage de Vaughn. John l'avait renvoyée chez elle. La caméra se mit à reculer, de sorte qu'un inconnu apparaisse dans le champ. Vaughn lui dit au revoir et il sortit. Là les téléspectateurs devaient comprendre, sans que cela soit explicitement annoncé, que la jeune femme exerçait le métier de call-girl... Plan rapproché : Vaughn regardait le vide de ses grands yeux troublés, presque glacés. Bill n'avait pas perdu un seul détail. Il sentit ses muscles se détendre lorsque le réalisateur donna l'ordre de couper, afin d'insérer une autre publicité.

L'écrivain resta assis, comme envoûté. Il en était toujours ainsi. On eût dit que chaque jour une nouvelle pièce de théâtre voyait le jour sous ses yeux. Un nouveau drame, tout un univers dont la magie ne manquait jamais de le surprendre. Souvent, il cherchait la raison de son immense succès, sans vraiment la trouver. Il se disait alors que cela tenait au fait que lui-même, le créateur, se laissait subjuguer par son œuvre. Plus rarement, il se demandait ce qu'il serait advenu de lui s'il était resté à New York avec Leslie et les garçons. Auraient-ils eu d'autres enfants ? Aurait-il connu la même réussite au théâtre ? Mais à quoi bon essayer de deviner ce qui aurait pu se passer ? Maintenant ils étaient divorcés, séparés à jamais.

Il quitta le studio après s'être assuré que sa présence n'était plus nécessaire. Il ne restait que quelques raccords et le réalisateur avait l'habitude de diriger les comédiens. Aussi Bill regagna-t-il son bureau le cœur léger, l'esprit déjà accaparé par la suite. Contrairement aux autres formes d'art, le feuilleton se façonnait au jour le jour. Bill avait toujours pris soin d'éviter les redites et la monotonie. Minute après minute, heure après heure, il pétrissait ses personnages, tout en cherchant à les confronter à des situations inédites, alimentant sans cesse le feu sacré de la création. Il se laissa tomber sur le canapé, les yeux fixés sur la fenêtre inondée de lumière.

— Content ? fit Betsy.

C'était sa secrétaire depuis deux ans, autant dire depuis des siècles, selon les critères de la télévision. Parfois, elle faisait de la figuration dans les studios. Betsy n'aurait pas été étonnée d'apprendre qu'on avait vu Bill Thigpen marcher sur l'eau du lac.

— Très, répondit-il.

La boule dans son estomac avait disparu, remplacée par une immense satisfaction.

— Des nouvelles de la direction ? demanda-t-il.

Il avait adressé aux pontes de la chaîne nationale un dossier dans lequel il avait proposé de nouveaux concepts concernant le feuilleton. La réponse ne l'inquiétait pas outre mesure ; il savait qu'on ne pouvait rien lui refuser.

— Pas encore. Leland Harris et Nathan Steinberg ne sont pas en ville.

Bill comparait souvent Harris et Steinberg à un couple de divinités omniscientes et omniprésentes qui tenaient entre leurs mains le fil de sa destinée. Une solide amitié le liait à

Nathan et ils s'étaient découvert un penchant commun pour la pêche à la ligne.

— Allez-vous partir tôt, ce soir ? s'enquit Betsy.

Il hocha la tête avant de se diriger vers une petite table d'époque — l'un des rares objets qu'il avait hérités de son père — sur laquelle trônait sa machine à écrire.

— Je crois que je vais traîner encore un peu... Il y a tant à faire. Barnes n'existe plus, puisque nous l'avons tué aujourd'hui. Vaughn risque la prison, Helen commence à se méfier de John. Il faudra bien qu'elle apprenne que son cher et tendre époux a entraîné sa petite sœur dans l'enfer de la drogue, n'est-ce pas ?

Avec un soupir de plaisir, il s'étira, puis se renversa sur sa chaise, mains derrière la nuque, jambes allongées, dans une posture de totale décontraction.

Betsy fit la grimace.

— Faut-il avoir un esprit malsain ! se moqua-t-elle. Dois-je vous faire monter un petit en-cas, plus tard ?

— Vous voulez donc ma perte ? Un sandwich et une Thermos de café suffiront amplement. Laissez le plateau sur votre bureau. J'irai me servir si j'ai un creux.

La secrétaire haussa les épaules. La plupart du temps, son cher patron levait le nez de ses paperasses à minuit passé, heure à laquelle il n'avait plus faim. Elle s'était souvent demandé comment il n'était pas encore mort de faim, lorsque, le matin, elle découvrait le sandwich intact, la Thermos vide, une douzaine de gobelets de café froid et des cendriers remplis de mégots.

— Vous auriez mieux fait de rentrer chez vous prendre un peu de repos.

— Merci, maman.

Il lui sourit, alors qu'elle quittait la pièce en refermant la porte derrière elle. Betsy était une employée efficace, une véritable amie qu'il en était venu à apprécier. Le battant se rouvrit et Bill leva le regard. Sylvia se tenait sous le chambranle. Elle avait gardé la minirobe noire conçue par Fred Heyman qu'elle portait sur le plateau de tournage et n'avait pas ôté son maquillage. Elle était si éblouissante que Bill en eut le souffle soupé.

Il laissa errer son regard sur la silhouette élancée de la jeune femme, les seins insolents qui appelaient les caresses, les jambes interminables. Presque aussi grande que lui, elle avait une lourde chevelure dont les vagues d'ébène lui dégringolaient dans le dos, jusqu'à la taille, formant un contraste époustouflant avec sa peau laiteuse et ses yeux de chat. Elle faisait partie de ces superbes créatures dont la seule présence suffit à provoquer une émeute dans la rue. Ce n'était pourtant pas les jolies filles qui manquaient à Los Angeles. Mais Sylvia Stewart ne serait pas passée inaperçue dans une assemblée de déesses.

— Chérie, tu as fait du bon travail, comme toujours, fit-il en se levant pour l'embrasser.

Elle prit place sur un siège et croisa les jambes. Le cœur de Bill se mit à battre un peu plus vite.

— Tu es un danger public dans ce modèle, sourit-il. Tu devrais te mettre plus souvent en jean et en t-shirt.

Ce qui ne changerait rien, pensa-t-il, car les jeans de Sylvia étaient si serrés qu'ils donnaient aussitôt l'envie de la déshabiller.

— Le costumier m'a dit que je peux garder la robe.

Comment arrivait-elle à prendre cette expression à la fois innocente et voluptueuse ?

— D'accord, répondit-il en regagnant son bureau. Tu la porteras la semaine prochaine, quand je t'emmènerai au restaurant.

— La semaine *prochaine* ? fit-elle de l'air indigné de la petite fille gâtée qui s'entend dire qu'elle n'aura pas sa poupée préférée avant Noël. Pourquoi pas *ce soir* ?

L'actrice se mit à bouder. Elle excellait dans ce petit jeu. Son entêtement contrebalançait la beauté de son minois et de son corps irrésistible.

— Tu as dû remarquer, aujourd'hui, que la série est à un tournant. Ton personnage par exemple ne peut pas simplement être jeté en prison. Il faut trouver le ton des prochaines scènes, afin que les scénaristes puissent les développer. Je pense en écrire moi-même quelques-unes.

Pour tous ceux qui le connaissaient, cela signifiait des heures et des heures de travail acharné. Les jambes incroyablement longues de Sylvia se décroisèrent un instant, puis se recroisèrent. Un impétueux désir brûla les reins de Bill.

— Nous ne partons pas en week-end ? interrogea-t-elle.

— Je n'ai pas le temps. Si tout va bien, je te promets une partie de tennis dimanche.

Une moue de profond mécontentement tordit les lèvres pulpeuses de la comédienne.

— J'aurais voulu aller à Las Vegas... Il y a un groupe de comédiens de *My Home* qui projettent une excursion.

Elle faisait allusion au feuilleton qui passait sur une chaîne concurrente.

— Je ne peux pas, Sylvia. J'ai du pain sur la planche... Pourquoi ne pars-tu pas avec les autres ? Tu ne tournes pas demain, prends ta journée. Quant à moi, je serai collé à ma machine tout le week-end.

Il indiqua d'un geste éloquent les quatre murs. Bien qu'on ne fût que mercredi, il savait qu'il en avait pour plusieurs jours, s'il voulait superviser l'équipe des scénaristes. Sylvia eut l'air d'en prendre son parti.

— Viendras-tu me rejoindre quand tu auras terminé ?

Parfois, sa naïveté le touchait. En vérité, son désir pour elle l'emportait sur l'affection qu'il lui portait. C'était une gentille fille, assez facile à vivre, et n'importe quel homme serait fier de se montrer à son bras, mais pas Bill. Sylvia ne le comblait pas intellectuellement, il en avait conscience. Comme il savait qu'il n'était pas le compagnon qu'il lui fallait. La jeune femme serait sûrement plus heureuse avec quelqu'un de plus libre, de plus insouciant. Aux discussions profondes, elle préférait les soirées mondaines, les soupers au Spago, les surprises-parties. Bill n'avait jamais le temps de l'accompagner à ses sorties et rien ne l'ennuyait davantage que les réceptions hollywoodiennes.

— Je ne crois pas que j'y arriverai, déclara-t-il. Je te verrai à ton retour, dimanche soir.

Oui, il aimait mieux la savoir en train de s'amuser quelque part, plutôt que de subir ses incessants coups de fil. Sylvia se redressa d'un air satisfait.

— Cela ne te dérange pas ? demanda-t-elle.

Elle se sentait un peu coupable de le laisser tout seul. Souriant, il la raccompagna à la porte.

— Pas du tout. A condition de ne pas signer un contrat avec le producteur de *My Home*.

Il eut un rire, puis l'embrassa à pleine bouche.

— Tu me manqueras, ajouta-t-il.

— Toi aussi.

Pourtant, l'étrange lueur qui alluma les prunelles vertes l'inquiéta un instant, il se demanda s'il n'avait pas commis une erreur. Il avait déjà aperçu ce regard désenchanté dans d'autres yeux... ceux de Leslie, plus précisément. Les femmes n'exprimaient pas toujours leurs sentiments avec des mots. Le plus souvent, elles se contentaient de les montrer par une moue, une œillade. Leur tristesse, leur solitude, se reflétaient alors dans leurs yeux. Bill le devinait aussi sûrement qu'il savait que plus rien ne pouvait changer. Non, pas à son âge… Pas à trente-neuf ans.

Lorsque Sylvia sortit, il retourna à sa machine à écrire. Il avait des tonnes de notes à rédiger à l'intention de ses auteurs. Et une myriade d'idées fourmillait dans sa tête. Ses doigts se mirent à appuyer sur les touches et il perdit la notion du temps. Il faisait nuit noire quand il releva la tête. La pendule, à sa surprise, indiquait vingt-deux heures. Il mourait de soif. Il repoussa sa chaise et se leva pour chercher un soda dans le réfrigérateur. Betsy avait dû lui laisser tout un assortiment de sandwiches dans son bureau, mais il n'avait pas faim. Les mots, les phrases, les images qui jaillissaient de son esprit lui servaient de nourriture, il n'en voulait pas d'autre. Un instant plus tard, il se rassit devant la machine en sirotant son soda. Une dernière scène à terminer, avant de s'arrêter pour aujourd'hui… Il se remit à taper. Le monde avait disparu, plus rien n'existait hormis la petite table d'époque, l'antique machine sur laquelle il s'acharnait, les lettres qui s'imprimaient l'une après l'autre sur la feuille blanche. Il était minuit lorsque, de nouveau, il cessa d'écrire. Une sensation de légèreté, presque d'exaltation, l'avait envahi. Il ramassa le monceau de feuillets, le rangea dans le tiroir, s'accorda un deuxième soda et alluma une cigarette.

Enfin, il quitta les lieux, laissant son paquet de blondes sur la table. Il ne fumait que quand il travaillait. Bill traversa le bureau vide de sa secrétaire, sans un regard vers les sandwiches qui s'empilaient sur un plateau. Dans le couloir faiblement éclairé par des tubes fluorescents, il longea une demi-douzaine de studios déserts. Une bande de jeunes gens bizarrement accoutrés venaient d'arriver dans le hall pour une interview tardive en direct. Bill les salua d'un sourire qu'ils ne lui rendirent pas, trop préoccupés par leur trac. Il passa devant le grand studio du journal de la nuit, éteint à cette heure.

Le gardien lui présenta le cahier des sorties. Bill y apposa sa signature, tout en faisant un commentaire sur le dernier match de base-ball. Avec le vieil homme, il partageait la même passion pour les Dodgers. Une fois dehors, il respira à pleins poumons l'air tiède de la nuit printanière. Un léger brouillard flottait sur la ville. L'écrivain éprouvait un singulier bien-être, comme toujours quand il sortait d'une épuisante séance de travail, avec la sensation du devoir accompli.

Il s'installa dans son station-wagon Chevrolet 49 — une antiquité qu'il avait achetée pour cinq cents dollars à un surfer de la côte Ouest sept ans plus tôt, et fit tourner le moteur. Le véhicule était loin d'être en parfait état, mais il s'y était attaché, et ses enfants l'aimaient bien.

Alors qu'il roulait dans Santa Monica Freeway en direction de Fairfax Avenue, il s'aperçut qu'il avait une faim de loup. Il ne s'alimentait pas correctement, entre son bureau et la villa de Sylvia à Malibu. L'actrice l'avait louée à une vieille vedette de cinéma qui, retirée depuis longtemps à la campagne, avait tenu à conserver la demeure dans laquelle elle avait vécu ses années de gloire.

Bill s'arrêta devant un magasin d'alimentation ouvert toute la nuit, gara sa voiture près d'une minuscule MG rouge décapotée, puis franchit l'entrée surmontée d'une enseigne lumineuse. Peu après, il poussait son caddie vers le rayon des plats cuisinés, alléché par l'appétissant fumet des poulets rôtis. Il prit un pack de six bières, une salade de pommes de terre, du salami en tranches, puis mit le cap sur l'étalage des légumes frais où il choisit quelques tomates et une laitue. La faim le tenaillait, maintenant. A la seule idée du dîner qu'il allait se préparer, il avait l'eau à la bouche. Soudain, alors qu'il s'apprêtait à se diriger vers la caisse, il se rappela qu'il n'avait plus de crème à raser, que les deux salles de bains manquaient de papier toilette et que son dernier tube de dentifrice était presque vide. Il se rua à travers le magasin et commença à empiler dans son chariot toutes sortes de choses, allant des produits d'entretien à l'huile d'olive, en passant par le café. Jusqu'alors, il n'avait jamais le temps de faire ses emplettes lui-même ou bien il oubliait la moitié des choses. Tandis que le nombre de ses achats augmentait : saucisses, sirop d'érable, céréales, ananas, papayes, une vague d'allégresse le submergea. Il se sentit comme un enfant tout à la joie de remplir son caddie de friandises. Pour la première fois de sa vie peut-être, rien ne le pressait, personne ne l'attendait, aucune urgence n'exigeait son retour. Il pouvait explorer le supermarché à son aise. Il s'autorisait même un dilemme de désœuvré — allait-il prendre une baguette pour accompagner le brie ou simplement du pain en tranches ? — quand il entra littéralement en collision avec une jeune femme, au coin de l'épicerie fine et des produits d'entretien. Elle se redressa au milieu d'une pluie de rouleaux de papier hygiénique parfumé, comme une apparition surgissant de nulle part. Son visage, d'une beauté frappante et naturelle, se tourna un instant vers l'importun, puis se pencha afin d'évaluer les dégâts.

— Excusez-moi, s'empressa Bill. Je suis vraiment désolé. Laissez-moi vous aider.

Elle se releva vivement, une légère rougeur aux pommettes.

— Mais non, ce n'est pas la peine.

Une onde puissante émanait de son sourire et de ses immenses yeux bleu saphir, et elle avait l'air de quelqu'un qui a des tas de choses intéressantes à dire. Bill la regarda comme un petit garçon égaré, mais elle s'éloigna en poussant son chariot, après lui avoir décoché un ultime sourire. Une scène qu'il aurait pu écrire, pensa-t-il. La rencontre d'un homme et d'une femme... Il faillit s'élancer derrière elle en criant : « Hé ! Attendez-moi ! » Mais elle avait disparu, elle et sa beauté saisissante, ses immenses yeux bleus, l'aura sombre de ses cheveux. Bill avait noté inconsciemment tous les détails.

C'était surtout son regard qui l'avait impressionné, si limpide, si droit... Puis son sourire, bien sûr, un peu mystérieux, interrogateur ; amical aussi, plein d'humour, comme si elle s'était retenue d'éclater de rire. Bill tourna et retourna toutes ces remarques dans son esprit, cependant qu'il s'efforçait de finir ses courses. Mayonnaise ?... Anchois ?... Œufs ?... Crème fraîche ?... Impossible de se concentrer. C'était d'un ridicule achevé. Certes, cette jeune personne était jolie mais il n'y avait pas de quoi tomber à la renverse. Elle évoquait ces jeunes filles de bonne famille des collèges de la côte Est, peut-être à cause de la simplicité de sa mise : blue-jean, col roulé rouge, sneakers. Le cœur de Bill fit un bond absurde dans sa poitrine quand il la revit quelques minutes plus tard devant la caisse. Immobile, il l'observa de loin. Après tout, elle n'est pas si ravissante que cela, se dit-il. Jolie sans aucun doute, très jolie même, mais trop conforme à la norme pour son goût. Le genre de femme capable de mener tambour battant une conversation, de raconter une histoire drôle ou de vous concocter un délicieux dessert en un tournemain. Aucune raison de se sentir attiré par elle alors qu'il était choyé par une maîtresse aussi splendide que Sylvia. Pourtant, quand l'inconnue rangea son caddie, inexplicablement, il éprouva une sensation de vide. Il aurait voulu faire sa connaissance, apprendre son nom, devenir son ami.

« Bonjour, je m'appelle Bill Thigpen », se présenta-t-il mentalement, tout en poussant résolument son chariot vers elle. La jeune femme, penchée sur le comptoir, rédigeait un chèque à l'intention de la caissière. Elle ne parut pas s'apercevoir de la présence de Bill. Celui-ci fixa le stylo qui se déplaçait rapidement sur le papier dans l'espoir de déchiffrer son nom. En vain. Tout ce qu'il voyait, c'était sa main gauche plaquée sur le chéquier... Une main fine, ornée d'une alliance en or. « Mariée ! » pensa-t-il, avec un pincement incongru au cœur. Soudain elle leva la tête, son regard accrocha le sien et elle lui sourit de nouveau.

« Salut, je suis Bill Thigpen et vous êtes mariée... Si jamais vous divorcez, passez-moi donc un coup de fil. »

Il s'était toujours refusé à courtiser les femmes mariées. Pourquoi celle-ci faisait-elle ses courses à une heure aussi tardive ? Il aurait été curieux de le savoir... Enfin, ça n'avait plus vraiment d'importance. Il commença à aligner ses paquets sur le tapis roulant.

— Au revoir, fit-elle d'une voix douce, légèrement voilée, en s'éloignant vers la sortie, deux gros sacs en papier à bout de bras.

— Au revoir.

Il la suivit du regard. L'instant d'après, un bruit de moteur déchira la nuit, et lorsque Bill se retrouva sur l'aire de stationnement, la petite MG rouge avait disparu. Il prit place au volant en haussant les épaules. Sûrement le surmenage qui lui jouait des tours. S'il commençait maintenant à s'enticher de n'importe quelle mère de famille rencontrée par hasard... Il sourit, mit la Chevrolet en marche. La vieille guimbarde démarra dans une effroyable quinte de toux.

— Mon vieux Thigpen, marmotta-t-il dans un rire, il faut te calmer maintenant.

Sur le chemin du retour, il se demanda ce que Sylvia pouvait bien fabriquer à Las Vegas.

# 2

Adriane Townsend quitta le supermarché au volant de sa voiture. Ses pensées voguaient vers Steven qui l'attendait à la maison. Cela faisait quatre jours qu'elle ne l'avait vu, depuis qu'il s'était rendu à Saint-Louis, à un important rendez-vous d'affaires avec un gros client de sa boîte. Steven Townsend était le cadre le plus dynamique de l'agence de publicité qui l'employait. Promu à un brillant avenir, il briguait le fauteuil directorial des bureaux de Los Angeles. Il n'aurait aucun mal à y arriver, Adriane en était persuadée. A trente-quatre ans, après des débuts modestes et laborieux dans le Midwest, il était parvenu à une position enviable et il comptait tout mettre en œuvre pour poursuivre sa fulgurante ascension sociale. Sa femme savait combien il tenait à sa réussite professionnelle. Le succès constituait le but suprême de sa vie. Steven exécrait la pauvreté, son enfance malheureuse, le Midwest. Il s'était juré d'échapper à la misère à tout prix. Seize ans plus tôt, il avait obtenu une bourse de l'Etat pour l'université de Berkeley où il avait suivi de solides études commerciales. Une maîtrise de communication à l'université de Stanford avait parachevé sa formation. Egalement diplômée de Stanford, Adriane vouait à la télévision une véritable passion mais, dès le début, Steven avait opté pour la publicité. Encore étudiant, il avait dégoté un job dans l'une des meilleures agences de San Francisco, avant de gagner la Californie du Sud. Nul ne s'était jamais avisé de mettre en doute la réussite de Steven. Peu importait ce que cela lui coûterait en efforts, il se trouverait un jour au sommet. Le jeune homme faisait partie de ces gens qui savent ce qu'ils veulent et que rien ne peut écarter de leur objectif. Déterminé, sûr de sa valeur, il élaborait ses desseins dans le moindre détail. Il n'y avait jamais eu de faille, jamais une erreur, jamais une bavure dans l'existence de Steven Townsend. Parfois, il parlait des heures durant à Adriane d'un projet qu'il avait l'intention de soumettre à un client ou d'un produit dont il allait assurer la promotion. Elle l'admirait pour son assurance et son courage. La vie n'avait pas été tendre avec lui. Son père, ouvrier dans l'industrie automobile à Detroit, avait eu cinq enfants, trois filles et deux garçons. Steve était le benjamin. La mort avait fauché son frère aîné au Vietnam, quant à ses sœurs, elles n'avaient reçu aucune instruction. Deux d'entre elles s'étaient mariées à dix-huit ans, toutes deux enceintes jusqu'aux dents, bien sûr. La plus âgée avait eu son quatrième marmot avant de célébrer son vingt-cinquième anniversaire. Elle avait épousé un ouvrier de l'automobile, comme leur père, et quand une grève venait immobiliser l'usine, ils se rabattaient sur les maigres allocations de la Sécurité sociale. L'enfance de Steven avait été un cauchemar. Il n'en avait parlé à personne. Seule Adriane connaissait la haine féroce qu'il nourrissait à l'égard de son passé et des siens. Il n'avait plus jamais voulu retourner à Detroit, et depuis presque cinq ans il n'avait plus donné signe de vie à ses parents. « J'ai coupé les ponts », avait-il seulement commenté laconiquement un soir, après un dîner arrosé avec des collègues.

Son ressentiment contre sa famille s'était mué en répulsion. Steven avait fini par les prendre en horreur. Il détestait leur indigence, leur désespoir, cette sinistre expression qu'il avait tant de fois décelée dans les yeux de sa mère, mélange de mélancolie et de regrets de n'avoir pu offrir une vie décente à ses enfants.

— Elle devait vous aimer, pourtant, avait tenté de lui expliquer Adriane.

Elle imaginait parfaitement ce qu'avait dû être l'angoisse de cette femme face aux exigences de sa progéniture, et plus particulièrement de son petit dernier, l'ambitieux Steven.

— Elle était incapable d'aimer, avait rétorqué celui-ci d'une voix acide. Elle n'éprouvait plus aucune émotion, sauf peut-être quand il s'agissait de *lui*. L'année où je suis parti de la maison, elle était tombée enceinte… à cinquante ans, te rends-tu compte ? Dieu merci, elle a fait une fausse couche.

La jeune femme ressentit une peine immense, mais ne répondit rien. Elle avait renoncé depuis longtemps à plaider la cause des parents de Steven. De toute évidence, il n'avait plus rien à leur dire. Les évoquer semblait lui causer une vive douleur. Adriane essayait d'imaginer la réaction de M. et Mme Townsend en présence de leur fils tel qu'il était devenu. Séduisant, athlétique, éloquent, bien élevé, intelligent, audacieux... peut-être un rien trop effronté. Sa flamme, son énergie, sa fougue la fascinaient, bien que, par moments, elle eût souhaité qu'il tempérât son ardeur combative. Cela viendrait aussi avec le temps, grâce à la tendresse qu'elle lui témoignait. Mais il avait un « cœur de cactus », comme elle se plaisait à lui dire, pour le taquiner. Il ne laissait personne l'approcher, à moins qu'il l'eût décidé.

Ils étaient mariés depuis presque trois ans et formaient à tous points de vue un couple uni. Steven s'était installé à Los Angeles douze ans plus tôt, dès qu'il avait terminé ses études. Le début de son ascension météorique avait coïncidé avec leur union. Il avait fait ses armes dans trois grandes agences avant d'accéder au poste qu'il occupait aujourd'hui et passait pour un jeune loup dans la jungle des affaires. On l'appréciait et on le redoutait. Impitoyable, il n'hésitait pas à marcher sur les plates-bandes de ses amis, ni à faire main basse sur la clientèle de ses anciens collègues. Ses manœuvres incessantes ne semblaient pas déranger ses supérieurs. Ses commissions augmentaient de jour en jour, ainsi que son importance au sein du groupe.

Adriane et Steven étaient très différents, la jeune femme en avait une conscience aiguë. Issue d'une famille de la bourgeoisie du Connecticut, elle avait fréquenté les grandes écoles privées. Sa sœur aînée également. Elles ne s'entendaient plus très bien, toutes les deux... Adriane s'était, sans le vouloir, éloignée de ses parents. Peut-être à cause de Steven... sûrement même. Son père et sa mère venaient lui rendre visite de temps à autre et, la dernière fois, il y avait eu des problèmes. Steven avait ouvertement raillé ce qu'il appelait « les nobles occupations » de son beau-père. Le père d'Adriane n'avait rien d'un carriériste. Ancien procureur à la retraite, il enseignait dans une faculté de droit de sa région. La discussion s'était envenimée à mesure que Steven se montrait de plus en plus agressif. Embarrassée, la jeune femme s'était efforcée de convaincre ses parents que Steven ne pensait pas vraiment ce qu'il avait dit. Le lendemain, elle avait reçu un appel téléphonique de sa sœur, Connie.

— Comment as-tu pu permettre à ton mari de se comporter de la sorte ?

— Que veux-tu dire ?

— Il paraît qu'il a été d'une parfaite impolitesse. Maman m'a dit qu'il n'a pas cessé d'humilier papa. Et quant à ce dernier, il jure qu'il ne mettra plus jamais les pieds en Californie.

— Connie... pour l'amour du ciel... bredouilla Adriane, tu ne vas pas en faire un drame ! Il est vrai que Steven a exagéré un peu, mais tu le connais. Il défend toujours ses idées avec... avec une certaine exubérance.

Sa sœur n'eut guère l'air convaincue. Adriane se consola en se disant que, de toute façon, elles ne risqueraient pas de tomber d'accord. Plus âgée de cinq ans, Connie l'avait, quoi qu'elle fît, toujours désapprouvée. C'était l'une des raisons qui avaient poussé Adriane à s'établir en Californie... Cela, et le fait qu'elle désirait travailler pour la télévision.

Elle avait suivi des études cinématographiques à UCLA et s'était révélée une élève des plus douées. Adriane avait tout juste commencé à se distinguer parmi les gens de sa profession, quand Steve fit irruption dans sa vie. A ses yeux, le monde des studios recelait des dangers insoupçonnés pour une personne aussi sensible qu'Adriane. C'était un univers frelaté et beaucoup trop sophistiqué pour une âme pure comme la sienne. Il finit par lui imposer son point de vue.

— Il te faut quelque chose de plus concret, de moins dur, surtout.

Ils vivaient ensemble depuis deux ans lorsqu'elle fut engagée dans l'équipe du journal télévisé. C'était un travail passionnant, bien sûr, et extrêmement bien rémunéré, mais tellement loin des mises en scène dont la jeune femme avait rêvé. Une fois de plus, ce fut Steven qui l'aida à voir clair. Elle l'écouta et accepta le poste. Six mois plus tard, lors d'un week-end à San Remo, elle épousa Steven. Il méprisait les grands mariages, tous ces « chichis » orchestrés uniquement pour faire plaisir aux parents. Adriane obtempéra comme toujours. Ses parents apprirent que leur fille cadette s'était mariée, après la cérémonie. Ils en furent bouleversés. Sa mère fondit en larmes, son père piqua une de ses fameuses colères. Steven leur tint tête, tandis qu'Adriane et Connie entamaient une de leurs querelles habituelles. Connie, qui attendait à l'époque son troisième enfant, ne se gêna pas pour dire ses quatre vérités à sa sœur. Celle-ci se défendit :

— Nous n'avons pas voulu d'un mariage conventionnel, où est le mal ? Steve se sent mal à l'aise dans le monde, il faut le comprendre. Bon sang, j'ai vingt-neuf ans, j'ai le droit de me marier comme bon me semble !

— Tu n'as pas le droit de blesser papa et maman. *Pour une fois,* tu aurais pu faire un effort. Tu vis à trois mille kilomètres d'ici, tu es libre comme l'air, tu n'es jamais là quand ils ont besoin de toi, que te faut-il de plus ?

La voix de Connie se fêla sur une note accusatrice. Adriane la considéra, frappée par son amertume. Un fossé s'était creusé entre elles ces dernières années. Il ne faisait que s'agrandir.

— Ils ne sont pas si vieux, répondit-elle. Maman a soixante-deux ans et papa soixante-cinq, je ne crois pas qu'ils aient besoin d'assistance.

Connie devint livide.

— Tu te trompes. C'est Charlie qui sort la voiture de papa du garage quand il neige. Bien sûr, cela ne t'a jamais effleurée.

— S'ils allaient habiter en Floride, les choses seraient plus faciles pour toi comme pour moi, répliqua calmement Adriane, tandis qu'un flot de larmes mouillait les yeux de sa sœur.

— La dérobade est décidément ton point fort. Ah ! c'est facile de se cacher à l'autre bout du pays !

— Connie, je ne me cache pas. Ma vie est là-bas, voilà tout.

— Ta vie… A jouer l'imbécile à la télé ! C'est un boulot de merde et tu le sais. Ouvre les yeux, Adriane. Il est temps de grandir. Deviens adulte, fonde un foyer, fais des enfants, vis ta vie de femme avant de te lancer dans des illusions. Et si un jour tu décides malgré tout de travailler, trouve-toi un job qui vaille la peine. Mais sois normale, au moins.

— Comme toi, n'est-ce pas ? Tu es normale parce que tu étais infirmière avant de devenir mère et moi je ne le suis pas, sous prétexte que j'ai un métier que tu n'approuves pas ? J'ai été nommée « assistante de production », ma chère, le titre t'aidera peut-être à mieux comprendre en quoi consistent mes fonctions.

Au fil des ans, le venin de la jalousie avait irrémédiablement gâché leurs rapports. Jadis, il y avait eu de l'affection entre elles. A présent, Connie enviait à Adriane sa liberté. Et Adriane s'était bien gardée de lui avouer que Steven et elle avaient décidé de ne pas avoir d'enfant... A la suite d'une enfance aussi perturbée, Adriane le comprenait fort bien, le jeune homme ne pouvait que fuir les responsabilités de la paternité. Au fond, elle espérait qu'elle l'amènerait un jour à changer d'avis. A oublier que, des années durant, il avait jeté sur ses parents le blâme d'une trop nombreuse progéniture. Dès le début, il avait clairement exposé à Adriane ses positions sur le sujet : les enfants ne figuraient pas dans son programme. Il se fit insistant, afin que sa femme lui donne pleinement son accord. Tenté par la vasectomie, il s'était ravisé, craignant des effets secondaires sur sa virilité. Cependant, il incita Adriane à recourir à la ligature des trompes, mais l'aspect radical de l'intervention la faisait hésiter. Finalement, ils optèrent pour une méthode de contraception courante et n'en parlèrent plus... Ou plutôt Steven n'en parla plus, car Adriane ne pouvait s'empêcher d'y penser. Dès lors, l'idée de renoncer à tout jamais à la maternité lui parut être un sacrifice, un acte d'abandon nécessaire à l'équilibre de l'homme qu'elle aimait. Steven entendait poursuivre sans encombres sa carrière. Il poussait Adriane à se consacrer à la sienne. Au bout de trois ans, la jeune femme se sentait parfaitement intégrée dans l'équipe du journal télévisé. Il lui arrivait toutefois de regretter ses rêves perdus : elle se prenait alors à songer aux films qu'elle n'avait pas pu réaliser, aux ambiances et aux effets spéciaux qu'elle aurait tant voulu inventer. A plusieurs reprises elle s'efforça de convaincre Steven de lui permettre d'exercer son talent de metteur en scène. Il lui opposa à chaque fois un veto irréversible.

— Admettons que tu crées une série. Si la production décide de la supprimer, tu te retrouveras au chômage. Accroche-toi à ton poste, chérie, le journal ne sera jamais rayé des programmes.

Steven avait en horreur ce qu'il appelait « les opportunités perdues », risques inutiles, échecs en tous genres. Une carrière, disait-il, ne se forgeait pas dans la dispersion. Seule la continuité, la constance dans le travail, l'application, menaient à la réussite. Et la réussite se trouvait indubitablement au sommet.

Durant les deux dernières années, le couple avait prospéré. Steven et Adriane avaient un remarquable cercle d'amis, partaient en voyage dès que l'occasion se présentait. Un an plus tôt, ils avaient fait l'acquisition d'une charmante petite propriété en ville, une maison à étage, avec une deuxième chambre à coucher qu'ils avaient transformée en petit salon, un immense living-room, une vaste cuisine. Les week-ends, Adriane s'adonnait à corps perdu au jardinage, son violon d'Ingres. L'ensemble de la copropriété disposait d'une piscine, d'un court de tennis, et de garages privés à deux places suffisamment spacieux pour contenir la MG d'Adriane et l'étincelante Porsche noire de Steven. Ce dernier reprochait souvent à sa femme de conserver « ce vieux tacot ». Adriane demeurait inflexible : la petite MG représentait ses années d'études. S'en défaire était hors de question.

Là résidait d'ailleurs leur différence de caractère. Elle, attachée aux objets anciens, lui toujours à l'affût de la nouveauté. Adriane pensait qu'ils étaient complémentaires. Steven excitait sa combativité et elle tempérait son ardeur belliqueuse. Du moins le croyait-elle car ses parents, sa sœur et son beau-frère Charles semblaient d'un avis contraire. En vérité ils ne pouvaient pas le sentir. Ils devaient lui reprocher d'avoir irrémédiablement rompu les ponts entre Adriane et sa famille. C'était vrai, bien sûr, mais la jeune femme restait fidèle à l'allégeance qu'elle avait faite à son époux. Après tout, Steven était son ami, son confident, l'homme de sa vie. Celui dont elle partageait la couche, le compagnon avec lequel elle bâtirait l'avenir. Elle chérissait tendrement ses parents, mais ceux-ci représentaient le passé. Le présent s'appelait Steven. La jeune femme avait finalement avoué à sa sœur qu'elle ne comptait pas avoir d'enfants et Connie s'était certainement empressée de le dire aux parents. A leurs yeux, la relation qu'entretenait le jeune ménage perdit alors tout son sens. Steven et Adriane passaient, auprès de la famille, pour un couple d'hédonistes enferré dans un égocentrisme sans nom et sacrifiant au démon des mondanités. Il aurait été vain d'essayer de leur prouver le contraire. Adriane opta pour le silence, alors que les visites de ses parents en Californie s'espaçaient peu à peu.

Mais la jeune femme ne songeait guère à son père et à sa mère, tandis qu'elle négociait le virage de Fairfax Avenue, à la sortie de Santa Monica Freeway. Seul Steven occupait son esprit. Comme il devait être fatigué ! En prévision de leurs retrouvailles, elle avait pris une bouteille de vin blanc, du fromage, et différents ingrédients, épices et fines herbes, dont elle agrémenterait l'omelette qu'elle lui présenterait.

Un sourire éclaira son visage, penant qu'elle glissait sa guimbarde près de la Porsche noire dans le garage. Il était là. Elle s'en voulut de ne pas l'avoir accueilli à l'aéroport. Ce soir, elle avait dû s'attarder au studio, afin de résoudre un problème technique de dernière heure.

Adriane fit jouer sa clé dans la serrure de l'entrée et le battant s'ouvrit sur le vestibule. Les lumières étaient allumées dans la salle de séjour.

— Hello ! Il y a quelqu'un ? cria-t-elle.

La chaîne stéréo diffusait une douce musique, la mallette de voyage de Steven trônait sur le parquet, mais il restait invisible. Elle le découvrit dans la cuisine, pendu au téléphone, son abondante chevelure de jais ébouriffée. Penché sur un carnet, il prenait frénétiquement des notes. Au ton de sa voix, elle devina qu'il parlait à son patron. Il ne l'avait même pas vue. Elle s'approcha, l'enlaça et effleura sa joue d'un baiser. Steven sourit à sa femme, puis l'embrassa gentiment sur les lèvres, sans perdre un mot de ce que son patron lui racontait. L'instant suivant il la repoussa doucement avant de reprendre la conversation.

— Absolument... C'est exactement ce que je pense. Ils prétendent qu'ils nous recontacteront dans une semaine. A mon avis, si nous jouons serré, nous pourrons signer le contrat plus tôt. Oui... Oui... Bien sûr... A demain.

Il raccrocha. Soudain, il attira Adriane contre lui, l'étreignit avec fougue et comme chaque fois que cela arrivait, un immense bien-être l'inonda. Elle se sentait toujours pleinement heureuse dans ses bras, comme si elle retrouvait enfin sa place. En tendant ses lèvres vers les siennes, elle réalisa subitement combien il lui avait manqué.

Un long baiser les réunit et lorsque Steven se détacha d'elle, Adriane le regarda, le souffle court.

— Hum... fit-elle, quel plaisir de vous revoir à la maison, monsieur Townsend.

Un sourire malicieux étira ses lèvres, cependant que ses paumes se plaquaient sur les fesses d'Adriane, pour la coller à lui.

— Le plaisir est réciproque. Où étais-tu ?

— Au boulot. J'ai en vain cherché un remplaçant pour les actualités de onze heures. Personne n'était libre. J'ai fait quelques emplettes sur le chemin. As-tu faim ?

— Oui, sourit-il, sans un regard pour les deux énormes

sacs de papier brun qu'elle avait déposés sur le dallage. Je suis affamé.

Sur ces mots, il éteignit le plafonnier. Adriane étouffa un rire.

— Je ne parlais pas de ça, mais de la bonne bouteille de vin et du délicieux fromage qui...

Il lui reprit les lèvres impétueusement.

— Plus tard, Adriane, plus tard...

Il l'entraîna vers l'étage. Les sacs de papier brun furent oubliés dans la cuisine, le bagage resta dans le salon, et le regard de Steven se mit à flamboyer quand la jeune femme retira, l'un après l'autre, ses vêtements. Alors, il augmenta le volume de la musique, puis, lentement, il fit basculer Adriane sur le lit.

# 3

Tous les matins, ils quittaient la maison à la même heure, suivant une routine soigneusement minutée. Avant de partir au travail, Steven faisait son jogging. De retour, il montait sur son vélo d'appartement et se mettait à pédaler, en se rasant et en regardant les actualités du matin. Douchée et fin prête, Adriane préparait le petit déjeuner. Steven prenait sa douche et s'habillait à son tour, pendant qu'elle faisait le lit et nettoyait la cuisine. Les week-ends, elle lui demandait de l'aider, mais en semaine il n'avait pas une minute à lui.

Les deux époux avaient à peine le temps d'échanger deux mots le matin, sauf pour commenter, parfois, une nouvelle du journal télévisé. Aujourd'hui, c'était différent. Ils avaient fait deux fois l'amour dans la nuit, et Adriane se sentait plus volubile qu'à l'ordinaire. Plus affectueuse aussi, car elle donna un tendre baiser à son mari, alors qu'elle lui tendait une tasse de café. L'exercice l'avait fait transpirer, des mèches de cheveux se collaient à son front moite et son sweater lui moulait le torse, mais même en nage, Steven Townsend exhalait la séduction d'une star de cinéma. Cette virile beauté avait sans doute été l'une des raisons qui l'avaient poussé à fuir Detroit. Tel le cygne au sein d'une assemblée de canards, Steven s'estimait trop doué, trop ambitieux, trop beau pour croupir dans la mare de la médiocrité. Adriane le pensait également mais l'idée qu'elle était belle, elle aussi, ne l'avait jamais vraiment effleurée. La jeune femme n'accordait aux apparences qu'un intérêt mitigé, sauf lorsqu'elle accompagnait son mari à une réception. Elle ne s'était jamais donné la peine de s'observer, sinon elle se serait découvert des attraits — cette santé éclatante de la peau, cette grâce naturelle qui tranchait singulièrement sur les artifices des femmes de son milieu. Adriane n'avait aucune conscience de sa propre grâce et Steven, éternellement accaparé par les aléas de sa profession, ne lui en faisait presque jamais compliment.

— Rien de spécial aujourd'hui ? demanda-t-il nonchalamment, en dégustant les muffins aux framboises qu'elle venait de lui servir avec une salade de fruits frais nappés de yaourt.

— Pas que je sache. L'actualité habituelle. Note que, le temps que je me rende au studio, on peut encore tirer sur le président des Etats-Unis.

— Oui... fit-il, le regard vissé au journal dont il étudiait la rubrique des valeurs boursières. Tu comptes travailler tard, ce soir ?

— Je ne le saurai pas avant l'après-midi. Deux de mes collègues sont en vacances et nous manquons d'effectifs. Il se peut que je sois obligée d'y retourner le week-end.

— J'espère que non. N'oublie pas que nous sommes invités chez les James, demain soir.

Adriane eut un sourire. Bien qu'elle fût assistante de production sur une grande chaîne, Steven mettait toujours en doute ses facultés de mémoire.

— N'aie crainte, je m'en souviens. Est-ce si important ?

Il hocha la tête sans une once d'humour, comme toujours lorsqu'il s'agissait de son activité à lui.

— Le gratin de la pub sera là... Je voulais simplement m'assurer que tu te le rappelais. (Il jeta un coup d'œil à sa montre et se leva.) J'irai faire une partie de squash à 18 heures. Si tu es retenue dans la soirée, je ne rentrerai pas dîner. Laisse-moi un message à mon bureau.

— Bien, monsieur. Autre chose, avant que nous commencions cette nouvelle journée de dur labeur ?

Il parut distrait un instant, comme absorbé dans une méditation mystérieuse, puis hocha la tête machinalement. Ses pensées, à cent lieues de la femme qui demeurait assise devant les restes du petit déjeuner, survolèrent rapidement l'ordre du jour qu'il s'était fixé : Contacter deux nouveaux clients, soustraire un troisième à l'influence d'un collègue plus âgé que lui. C'était une opération facile, qu'il avait souvent menée avec succès dans le passé. Les scrupules n'étouffaient pas Steven Townsend. Il était prêt à se servir dans la clientèle de ses collaborateurs et ne s'en cachait pas. « La fin justifie les moyens », telle était sa devise. Il l'avait appliquée seize ans auparavant, privant son meilleur ami de l'époque de la bourse qui lui aurait permis de suivre des études à Berkeley. L'autre garçon, plus qualifié que Steven, avait toutes les chances de gagner. Seulement, il avait triché au premier examen écrit. Steve l'avait appris et s'était arrangé pour en informer les bonnes personnes, au bon moment. Tom, qui avait obtenu les meilleures notes à toutes les autres matières — il avait même aidé Steven à préparer le concours — avait été finalement disqualifié. Après tout, il l'avait bien mérité. Devenu boursier, Steven avait pu quitter l'enfer de Detroit. Il n'entendit plus jamais parler de son ami. Des années plus tard, il sut par l'une de ses sœurs que Tom, ayant abandonné les études, s'était fait embaucher comme pompiste quelque part dans un ghetto de la ville. « Ainsi va la vie », avait pensé Steven. Il croyait à la sélection naturelle : seuls les meilleurs survivaient. Et, bien sûr, il se classait d'autorité parmi les meilleurs.

Il considéra Adriane pendant un bref instant avant de tourner les talons et de monter précipitamment à l'étage. Lorsqu'il redescendit, elle était encore dans la cuisine. Steven avait revêtu un costume couleur kaki impeccablement coupé et une chemise bleu pâle agrémentée d'une cravate bleue à fines rayures jaunes. Ses cheveux noirs et brillants lui donnaient une allure de grand séducteur. Les battements de cœur d'Adriane s'accélérèrent à sa vue. Elle le trouvait incroyablement beau.

— Tu es parfait, chéri.

Il parut satisfait. La jeune femme saisit le sac en forme de musette qu'elle emportait toujours à son travail. C'était un modèle Hermès en cuir noir souple, vestige de ses années d'études, tout comme la MG. Sa jupe de laine marine s'harmonisait parfaitement à son chemisier de soie blanche et au sweater en cachemire blanc dont elle avait négligemment noué les manches autour de ses épaules. Des souliers noirs italiens qu'elle avait payés une fortune parachevaient sa mise. D'une élégante simplicité, Adriane avait sans s'en rendre compte une classe folle. Ils sortirent en même temps de la maison et se dirigèrent vers le garage. Ils formaient l'image même du couple heureux. La jeune femme grimpa dans sa petite voiture, souriant au regard désapprobateur de son époux, déjà installé au volant de la Porsche rutilante. Steven avait souvent menacé d'expédier la guimbarde délabrée sur le parking collectif situé en face.

— Tu n'es qu'un snob, jeta Adriane en riant, tandis qu'il hochait la tête, l'air dégoûté.

Steven mit le contact et le bolide bondit en avant dans un rugissement. Elle recouvrit d'un foulard ses cheveux, puis fit tourner le moteur, guettant avec délice la familière quinte de toux qui, d'habitude, signalait le démarrage.

Quelques minutes plus tard, la MG déboucha dans le boulevard encombré. Une longue chenille de véhicules s'étirait paresseusement sur la route, dans un concert de klaxons. Adriane se demanda si Steven avait eu la chance d'éviter les embouteillages. Le fait de penser à lui l'amena tout naturellement à évoquer un autre problème. Un léger retard dans son cycle menstruel… Oh, pas plus que deux jours, ce qui n'avait rien d'alarmant. Son emploi du temps chargé, le stress, la fatigue étaient sûrement les causes de ce dérèglement. Cela lui arrivait parfois… Très rarement, il fallait en convenir. Elle se promit de faire le point à la fin de la semaine. La circulation redevint alors fluide et la minuscule MG s'élança sur la route.

Un épouvantable chaos régnait dans le studio. Le producteur, cloué au lit par une grippe, brillait par son absence, deux caméramen avaient eu un accident heureusement sans gravité, un couple de journalistes se chamaillait dans un coin. Adriane finit par perdre son sang-froid :

— Pour l'amour du ciel, un peu de calme ! Comment voulez-vous qu'on puisse travailler dans ces conditions ? Si vous avez envie de régler vos comptes, allez donc le faire ailleurs, ajouta-t-elle à l'adresse des belligérants.

Télex et messages s'accumulaient sur son bureau. Un sénateur avait trouvé la mort dans un accident d'avion des lignes intérieures. Des reporters avaient téléphoné des lieux du crash pour préciser qu'il n'y avait aucun survivant. Une grande star du cinéma s'était suicidée durant la nuit. Un tremblement de terre avait fait plus de mille victimes au Mexique, deux vedettes de Hollywood avaient rendu publique leur décision d'unir leurs destinées. La partie s'annonçait rude. Oui, c'était une de ces journées à vous donner des ulcères à l'estomac. Steven lui disait pourtant qu'elle avait tort de se plaindre d'un travail aussi passionnant.

— Ne me dis pas que tu aurais préféré vivre dans les nuages, t'abîmer la santé sur des effets spéciaux pour femmes du monde !

Non, bien sûr. Mais elle aurait tant voulu participer à la

création d'une série à succès… A présent, avec son expérience de la production, elle aurait pu en effet mener à bien une telle entreprise. Or, Steven ne lui donnerait jamais le feu vert, elle le savait.

— Adriane ?

— Euh… oui ?

Elle avait perdu la notion du temps, ses pensées s'étaient égarées depuis un moment dans des questionnements sans fin, et un dîner en tête à tête avec son mari paraissait de plus en plus improbable. Comme elle l'avait prévu, la journée avait été harassante. Elle se tourna vers le jeune assistant qui la sollicitait. Il lui signala qu'il y avait eu un incident technique sur le plateau et qu'ils allaient devoir se contenter d'un studio annexe pour la diffusion du journal.

Il était quatre heures de l'après-midi quand Adriane put enfin avaler un sandwich, six heures passées lorsqu'elle songea brusquement à téléphoner à Steven. On lui répondit qu'il était parti jouer au squash avec des collègues. Oui, il savait apparemment qu'elle rentrerait tard à la maison. La jeune femme raccrocha, écrasée soudain par le fardeau de la solitude.

Les gens s'apprêtaient à sortir, à voir des amis, ou à lire simplement un bon livre, pendant qu'elle s'épuisait à parcourir des télex et des rapports de police relatant toutes sortes de tragédies — homicides, cambriolages, accidents mortels. « Drôle de façon de passer un vendredi soir », soliloqua-t-elle, un peu honteuse de cette réflexion amère.

— Tu n'as pas l'air dans ton assiette, fit remarquer Zelda, alors qu'elle lui tendait une tasse de café fumant.

Zelda était son assistante préférée. Toujours prête à rire, plusieurs fois divorcée, elle se piquait d'être un esprit libre. Son humeur égale dissimulait une forte personnalité. Elle possédait une crinière fauve et un sens de l'humour tout aussi flamboyant.

— Je me sens un peu fatiguée. Cet endroit me tape par moments sur les nerfs.

— Enfin, une parole saine ! s'esclaffa Zelda.

— Les nouvelles n'influent jamais sur ton moral ? Elles sont si déprimantes…

— Je ne les écoute pas, ma chère. Et quand je sors d'ici, je vais m'éclater dans les discothèques.

— C'est peut-être toi qui as raison.

La plupart du temps, Steven dormait déjà quand Adriane

regagnait leur domicile. Heureusement, il restait l'heure sacro-sainte du petit déjeuner et les week-ends.

Adriane baissa le nez dans ses paperasses. Quatre heures s'écoulèrent avant qu'elle relève la tête. Elle alla passer en revue le studio, bavarda gentiment avec les techniciens, jeta un ultime coup d'œil au texte des présentateurs. Elle avait hâte de rentrer. Steven devait dîner avec ses amis, à cette heure-ci, mais elle savait qu'il serait à la maison avant elle. Il ne s'attardait jamais au restaurant, à moins qu'il n'y eût quelque profit à tirer d'un gros client.

Le journal de la nuit se déroula comme d'habitude. A vingt-trois heures trente, la MG rouge s'engagea dans Santa Monica Freeway.

Les aiguilles de sa montre indiquaient minuit moins cinq quand Adriane glissa sa clé dans la serrure de la porte. Elle avait vu la lumière filtrer par les persiennes de leur chambre à coucher et son cœur avait tressailli. Elle monta les marches quatre à quatre, se rua dans la chambre. Un rire lui échappa. Steven dormait à poings fermés, comme un enfant, épuisé par sa partie de squash. Peu après, Adriane, en chemise de nuit, s'assit sur le bord du lit.

— Eh bien, prince charmant, on dirait que tu fais de beaux rêves.

Elle se pencha pour l'embrasser légèrement sur la joue. Il ne bougea pas. La jeune femme s'allongea à son côté, éteignit la lampe, tira la couverture sur son corps. Dans le silence de la nuit, elle se surprit à penser de nouveau au retard de ses règles, mais elle conclut que cela n'était rien.

# 4

Adriane se réveilla vers dix heures du matin et, aussitôt, l'appétissant fumet du bacon frit lui chatouilla les narines. De la cuisine lui parvint le joyeux tintement des tasses sur les soucoupes. Un sourire heureux étira ses lèvres. Elle adorait leur petit rituel du samedi : Steven lui apportait le petit déjeuner au lit, puis ils s'aimaient longuement.

Des pas résonnèrent dans l'escalier. Il montait en chantonnant. Steven cogna le plateau contre le chambranle, alors qu'il franchissait le seuil de la chambre. Il avait mis un disque de Bruce Springsteen sur la chaîne stéréo

— Debout, là-dedans ! cria-t-il en déposant le plateau sur la courtepointe.

Adriane s'étira, lui dédiant un charmant sourire. Le spectacle qu'il offrait le matin ne manquait jamais de l'émerveiller. Il était en tenue de tennis, ses cheveux noirs, constellés de gouttelettes diamantées de la douche, scintillaient, le bronzage de ses longues jambes musclées tranchait sur le blanc immaculé de son short. Comme il la dominait de toute sa taille, la carrure de ses épaules n'en paraissait que plus impressionnante.

— Hum... Tu es superbe pour un garçon de cuisine, murmura-t-elle en se hissant sur un coude.

— Tu n'es pas mal non plus pour une marmotte, répondit-il et il se laissa tomber sur le lit.

Adriane éclata de rire.

— Hier soir c'est pourtant toi qui jouais les loirs.

— J'ai eu une journée tuante. Et en plus j'ai perdu au squash.

Il lui effleura la pommette d'un baiser, tandis qu'elle mordait dans une tranche de bacon.

— Joueras-tu au tennis ? s'enquit-elle.

Elle connaissait bien son penchant pour les sports de compétition.

— Oui… Mais pas avant onze heures et demie.

Il jeta un coup d'œil à sa montre. En le voyant se débarrasser prestement de ses vêtements, Adriane eut un nouveau rire. L'instant suivant, il était sous les couvertures, tout contre elle.

— Voyons, monsieur Townsend ! Cet exercice risque de vous priver de vos moyens pour le match de tout à l'heure.

— Probablement, marmonna-t-il, avec un sourire sensuel. Mais sans doute en vaux-tu la peine !

— Vraiment ? Vous me flattez !

Il l'étouffa de baisers. Le tennis fut vite oublié…

Une demi-heure plus tard, Adriane somnolait dans les bras de Steven. Il lui lissa tendrement ses boucles brunes et lustrées.

— Voilà un sport que je ferais mieux de pratiquer plus souvent, ronronna-t-elle, les yeux mi-clos, en l'embrassant.

Il s'étira paresseusement.

— Moi aussi…

Une heure après, il déploya un effort surhumain pour quitter le lit douillet et repasser sous la douche, avant de rencontrer sur le court de tennis Harvey, une vague connaissance de voisinage, qui l'attendait.

— Tu rentres déjeuner ? cria Adriane.

Il répondit du rez-de-chaussée qu'il se préparerait une salade, lui rappela l'invitation des James, puis la porte claqua et ce fut le silence. Adriane soupira. Elle s'était engagée à se rendre au bureau dans l'après-midi, afin de superviser les actualités de vingt heures, et d'y retourner avant le journal de la nuit. « Dure journée pour la reine ! » soupira-t-elle. Elle allait devoir s'habiller avant d'aller à la télévision, rejoindre Steven à la maison, ou, mieux, sur place en début de soirée, et repartir dare-dare au studio. C'était un peu juste, mais tant pis. Sachant combien la réception comptait pour Steven, elle se sentait prête à tous les sacrifices. Elle ne refusait jamais de l'accompagner lorsqu'il le lui demandait. Son mari passait avant tout le reste. Adriane tenait à respecter coûte que coûte leur vie de couple. Ce n'était pas le cas de Steven, mais après tout, il était obligé de voyager.

Il revint vers quatorze heures, en nage, positivement resplendissant. Il avait battu Harvey à plates coutures.

— Ce type est trop gros et en mauvaise forme, déclara-t-il. Après le second set, il m'a avoué qu'il n'a pas pu s'arrêter de fumer. Le pauvre bougre a failli avoir une attaque sur le terrain.

— J'espère que tu n'as pas été trop dur avec lui, dit-elle, en pensant que Steven avait dû s'en donner à cœur joie.

— Je l'ai écrabouillé ! C'est vraiment un minable.

Adriane lui servit une salade et en profita pour lui annoncer qu'elle allait travailler l'après-midi. Il n'eut pas l'air affecté. Pas plus que lorsqu'elle ajouta à mi-voix : « ce soir aussi ».

— D'accord. Je demanderai à quelqu'un de me reconduire. Tu peux prendre ma voiture.

Elle le dévisagea d'un air coupable.

— Je repasserai te chercher, si tu veux. Je suis désolée, mon chéri, mais si le producteur n'avait pas été malade, et les cameramen...

— Pas de problème. Essaie de tenir le coup.

Une lueur interrogative passa dans le regard d'Adriane.

— Qu'y a-t-il de si important ce soir, Steven ? Je sens que tu me caches quelque chose.

Il lui jeta un regard empreint de mystère et sourit.

— Si tout va bien, je décrocherai le contrat du siècle. L'IMFAC, te rends-tu compte ? Il paraît que la direction a été plutôt déçue des services de leur agence publicitaire actuelle. J'en ai parlé à Mike qui s'est tout de suite enthousiasmé. J'ai déjà contacté ces gens-là et j'irai probablement à Chicago dès lundi, pour une série d'entretiens avec eux.

— Seigneur ! Mais c'est merveilleux !

L'IFMAC était une grosse société qui consacrait à ses campagnes publicitaires des sommes astronomiques.

— En effet. Je serai obligé de m'absenter une semaine, mais je crois que c'est nécessaire.

— Bien sûr.

Adriane s'adossa à sa chaise, afin de mieux étudier son vis-à-vis. Elle avait épousé un être exceptionnel. A trente-quatre ans, il était un conquérant et rien, aucun obstacle, ne semblait pouvoir l'arrêter. Eperdue d'admiration, elle laissa un instant ses pensées dériver vers le passé douloureux de Steven. Peu d'hommes auraient eu la force et le courage de s'en sortir. Elle s'était efforcée à maintes reprises de le faire comprendre à ses parents. Malheureusement, ceux-ci persistaient à considérer les seuls aspects négatifs d'une telle ambition. Comme si la volonté d'aller de l'avant était un crime ! Adriane se sentit plus que jamais solidaire de son mari. Steven avait parfaitement le droit d'accomplir ce qu'il avait résolu. Sa rage de gagner pouvait certes paraître excessive, parfois, elle-même s'en inquiétait, mais il avait l'air de souffrir atrocement lorsqu'il perdait, ne fût-ce qu'au tennis.

Il repartit sur le court après le repas. Lorsque Adriane s'en alla, il jouait toujours. Elle revint à dix-neuf heures précises, comme convenu. Steven l'attendait, fin prêt, très séduisant dans son blazer bleu flambant neuf et son pantalon blanc. Il portait une cravate rouge vif qu'elle lui avait offerte. Elle lui dit qu'elle le trouvait beau et il lui rendit le compliment. Adriane avait mis une toilette émeraude, des escarpins assortis. Ses cheveux, fraîchement lavés, brillaient comme de l'onyx poli. Ils montèrent dans la Porsche. Steven semblait nerveux, distrait, fébrile. Rien de plus normal, compte tenu de l'enjeu.

La voiture mit le cap sur Beverly Hills. La demeure devant laquelle elle s'arrêta frappait autant par sa splendeur que par ses dimensions. Mike James, le patron de Steven, avait épousé une décoratrice de renom. Les travaux de rénovation, à eux seuls, avaient coûté une fortune, Adriane le savait par Steven. Plus de deux cents invités se pressaient déjà dans les vastes salles de réception. Presque immédiatement, Steven se fondit dans la foule. Restée seule, Adriane erra entre les innombrables bars et somptueux buffets, captant çà et là des bribes de conversations. Rien que des choses ordinaires : mariage, famille, voyages, travail.

Adriane ne connaissait pratiquement personne. Elle répondit poliment à quelques salutations, préférant rester à l'écart. Ce soir, elle n'était pas d'humeur à lier connaissance. Dernièrement, elle avait remarqué que lorsque les gens se rendaient compte qu'elle était mariée, immanquablement ils lui demandaient si elle avait des enfants. Cela arrivait de plus en plus souvent... ce qui la mettait de plus en plus mal à l'aise. A croire que l'absence de progéniture équivalait à un échec. Peu importait qu'elle exerçât un métier intéressant et qu'elle n'eût que trente et un ans. Les femmes tiraient apparemment une immense fierté de leur maternité. Depuis un certain temps, Adriane avait commencé à se demander si en refusant de procréer Steven ne les privait pas d'une joie rare de l'existence. S'ils ne passaient pas à côté de quelque chose de fondamental. Certes, il n'y avait rien de définitif en ce bas monde, il se pourrait très bien que Steven change un jour d'avis, cependant… au souvenir de sa détermination quand, par hasard, ils évoquaient le sujet, un frisson la parcourut. Le fâcheux retard lui revint en mémoire, déclenchant un curieux signal d'alarme dans sa tête.

Cet après-midi, elle avait failli se procurer un test de grossesse, puis s'était ravisée. Il était encore trop tôt pour s'affoler. Quelques jours de retard ne signifiaient rien, absolument rien ! Et si elle était enceinte ? Adriane se figea, le regard tourné vers la grande baie vitrée. Un inconnu s'approcha, lui offrit une coupe de champagne, l'arrachant un instant à son angoisse. Elle mit vite fin au début de conversation, désireuse de rester seule. Lorsqu'il s'éloigna, la jeune femme donna libre cours à ses réflexions. Qu'arriverait-il si elle attendait vraiment un bébé ? Comment réagirait Steven ? Serait-ce un désastre ? Une merveilleuse perspective ? Pourquoi ne se laisserait-il pas attendrir ? Sa haine des enfants ne pourrait-elle pas se muer en amour, tout à coup ? Et elle-même ? Etait-elle prête à avoir un enfant, au risque de nuire à sa carrière ? Mais, d'un autre côté, combien de femmes fondaient une famille tout en menant de front leur profession ? La terre entière faisait des enfants et personne n'avait l'air de s'en porter plus mal… Steven se matérialisa soudain à son côté.

— C'est fait, jubila-t-il.

Elle le regarda, ébahie. Elle avait sursauté lorsqu'elle l'avait aperçu, comme si, une fraction de seconde durant, elle avait cru qu'il ait pu lire dans ses pensées.

— Le contrat ?

— Presque. Je pars avec Mike lundi à Chicago où plusieurs réunions avec nos clients potentiels nous permettront de nous exposer mutuellement nos points de vue. Si tout se déroule comme prévu, et il n'y a aucune raison pour qu'il en soit autrement, je repartirai, seul cette fois, afin de leur soumettre un projet de campagne.

— Oh, Steven, c'est fabuleux !

Il acquiesça, l'air ravi. Adriane lui frôla la joue d'un baiser. Le jeune homme s'autorisa deux apéritifs et il souriait toujours jusqu'aux oreilles lorsque son épouse prit congé. Ce n'était pas la peine qu'elle repasse le chercher, dit-il, il ne comptait pas s'attarder. Il la raccompagna à la voiture. Quand la Porsche démarra, il agita la main. Adriane le vit à travers le rétroviseur remonter en courant l'allée vers la demeure. Pour Steven la soirée avait été formidable. Pas pour elle, qui se remit aussitôt à ruminer son hypothétique grossesse.

Cette idée la tourmenta jusqu'à la fin du journal. Sur le chemin du retour, une subite impulsion la fit s'arrêter devant une pharmacie. Steven n'avait pas besoin de savoir. Elle ne lui dirait rien. Mais il fallait qu'elle sache. Le plus vite possible. Si elle avait le test sous la main, elle le ferait dès qu'elle s'en sentirait capable. Probablement pendant l'absence de Steven.

Le pharmacien enfouit le matériel dans un sachet en papier brun qu'elle s'empressa de ranger au fond de son sac avant de regagner la Porsche.

Steven était déjà rentré. Etendu dans le grand lit, à moitié endormi, il arborait une expression de suprême satisfaction. Il se voyait déjà à Chicago et imaginait le contrat dans sa poche.

# 5

Bill Thigpen contemplait la nuit qui collait aux fenêtres de son appartement. Il avait écrit quelques pages, réchauffé un plat exotique acheté hâtivement à l'épicerie chinoise du coin, appelé ses fils à New York, regardé une émission. Et maintenant, il se sentait terriblement seul. La pendule indiquait une heure du matin quand il se résolut à appeler Sylvia à Las Vegas… Il composa le numéro. S'il ne la trouvait pas, il pouvait toujours lui laisser un message.

Une douzaine de longues sonneries s'égrenèrent dans le vide. Bill attendit patiemment que le réceptionniste de l'hôtel veuille bien décrocher. Finalement, une voix de basse répondit, ensommeillée :

— Oui ?

— Passez-moi le 402 s'il vous plaît.

— Le 402 est ici. A qui voulez-vous parler ?

— Excusez-moi, je me suis trompé de chambre.

Mais s'était-il vraiment trompé ?

— Est-ce que tu attends un appel ? cria la voix de basse à quelqu'un qui devait se tenir à une certaine distance.

Il y eut un échange de propos chuchotés et soudain Sylvia fut à l'autre bout de la ligne. Elle paraissait nerveuse. Si elle avait été plus futée elle n'aurait jamais pris le récepteur, mais elle avait manqué de réflexes.

— Ah… Bill… il y a eu une confusion, tenta-t-elle d'expliquer, alors que son correspondant étouffait un ricanement, la moitié des chambres n'ont pas été réservées et nous nous sommes retrouvés à quatre dans la même pièce.

C'était grandiose. On eût dit une des situations absurdes

que Bill se plaisait à décrire dans son feuilleton. Sauf que cette fois-ci, il jouait lui-même le dindon de la farce.

— Sylvia, c'est ridicule, grommela-t-il.

Il devait avoir l'air de l'amant jaloux. Le pire était qu'il n'éprouvait aucune colère. Seulement une vague déception. Sylvia et lui avaient passé d'agréables moments ensemble. Visiblement leur histoire se terminait là.

— Je... je suis désolée, Bill, je ne peux pas t'en dire plus... Il s'agit d'un malentendu...

Elle s'était mise à pleurnicher. fallait-il être stupide pour continuer à l'écouter. Il l'avait prise sur le fait et voilà qu'il allait bientôt s'excuser.

— Nous en parlerons à ton retour, d'accord ?

— Tu vas me renvoyer du studio ?

Elle lui fit presque pitié.

— Cela n'a rien à voir, Sylvia. Le feuilleton est une chose, notre affaire en est une autre.

— Okay... Je suis navrée... Je reviens dimanche soir.

— Amuse-toi bien, murmura-t-il avant de raccrocher.

C'était terminé. Cette liaison n'aurait jamais dû commencer. Il avait été séduit par le sex-appeal de Sylvia et parce que ça l'arrangeait. Il dut s'avouer que l'actrice exerçait un puissant attrait sur les hommes. A présent, elle s'ingéniait à attirer une autre victime dans ses filets. Il se surprit un instant à espérer que le type à la voix de basse saurait la rendre plus heureuse que lui. Bill donnait en réalité très peu de son temps aux femmes. Sans doute se protégeait-il, car, en lui enlevant ses enfants, Leslie lui avait infligé une blessure inguérissable, une douleur trop vive dont il avait gardé le souvenir indélébile. Toutes ces amourettes qu'il avait connues par la suite avaient le mérite de la facilité. Il lui suffisait de sortir de la vie de quelqu'un, comme on sort de scène, et la pièce s'arrêtait là. Au début, il n'en doutait pas, Sylvia lui avait été sincèrement attachée. Mais elle aurait voulu quelque chose qu'il n'était plus en mesure d'accorder. De l'attention. De l'affection. De l'amour peut-être. Lui qui ne pouvait plus offrir qu'un peu de bon temps, et encore...

Il resta debout, immobile au milieu de son salon, terrassé par une oppressante sensation de solitude. Cette idylle qui venait de s'achever aussi bêtement sur un coup de fil à Las Vegas lui laissait malgré tout un arrière-goût d'amertume.

Ce soir-là il resta longtemps éveillé, se remémorant les dernières femmes qui avaient fait un bout de chemin avec lui.

Aucune d'elles n'avait vraiment compté à ses yeux. Comme leurs rapports paraissaient dénués de sens, comme leurs étreintes se révélaient ordinaires à présent ! Pour la première fois depuis longtemps, tandis que peu à peu le sommeil l'engourdissait, l'image de Leslie s'imposa à son esprit, et il se surprit à évoquer avec un ardent désir tout ce que, jadis, ils avaient partagé. Il lui semblait que tout cela s'était passé lors d'une vie antérieure. C'était l'amour, ce premier amour de jeunesse qui ne vient qu'une fois dans l'existence et ne se retrouve jamais plus... Lorsqu'il sombra dans le sommeil, il ne songeait plus à Sylvia, ni à Leslie, mais à ses fils. Adam et Tommy. Finalement eux seuls importaient.

# 6

Le dimanche s'écoula dans le tourbillon des préparatifs du voyage de Steven. Il boucla ses bagages entre deux parties de tennis, et Adriane n'eut même pas l'occasion de toucher au petit tube dissimulé au fond de son sac. Elle repassa le linge de son mari, prépara le déjeuner — il avait invité trois amis pour un tournoi de double —, et desservit la table sans un mot. Il n'eut pas l'air de s'apercevoir de son silence. Le soir, ils allèrent au cinéma. La jeune femme regardait les images sans les voir. Assise dans l'obscurité, les yeux fixés sur les sous-titres du film suédois, elle se répétait intérieurement la question que, depuis deux jours, elle se posait. Etait-elle enceinte ou pas ?

Bien qu'il fût trop tôt pour le dire, une singulière prémonition la tourmentait. Elle n'avait décelé aucun changement physique, si ce n'est les menues transformations qui surviennent à la fin de chaque cycle : seins un peu enflés, bas-ventre légèrement douloureux.

Pour la première fois, elle avait hâte que Steven s'en aille. Qu'il parte loin de la ville, qu'il quitte même l'Etat, de sorte qu'elle soit libre de découvrir la vérité. Curieusement, elle avait acquis la certitude que, Steven présent, elle n'aurait pu procéder au test sans qu'il le sache…

Lorsqu'il prit le chemin de l'aéroport, le lundi matin, la jeune femme n'osa pas chercher le minuscule paquet enrobé de papier couleur tabac, de crainte que Steven, ayant oublié quelque chose, ne revienne brusquement à la maison. Elle l'imaginait parfaitement pénétrant tout à coup dans la salle de bains et la découvrant avec le petit tube empli d'une eau bleue translucide… si toutefois l'examen se révélait positif.

Non, cela ne pouvait lui arriver. Pas à elle. Ils avaient pris les précautions nécessaires... sauf une fois, se rappela-t-elle, le cœur serré, une seule fois, trois semaines auparavant.

Elle ne cessa d'y penser toute la journée après le départ de Steven. A dix-huit heures, elle sortit précipitamment des locaux de la télévision. Dès qu'elle fut à la maison, elle se rua au premier étage, s'enferma dans la salle de bains et ouvrit enfin la minuscule boîte. Elle suivit fiévreusement les instructions du mode d'emploi, puis attendit le résultat, assise dans la chambre attenante, le regard rivé sur le réveil de sa table de chevet. Si le liquide virait au bleu... dix minutes... elle le saurait dans dix minutes.

Lorsqu'elle se pencha de nouveau sur l'éprouvette, plus aucun doute n'était permis. L'évidence était là, d'un bleu profond, si brillant à travers les minces parois de verre ! Elle demeura sur place, pétrifiée. A quoi bon ressasser la promesse qu'elle avait faite à Steven, ou chercher l'erreur, qu'importait le nombre de jours ou de semaines ? La réalité venait d'être révélée avec une précision hallucinante. Elle était enceinte. Des larmes jaillirent au coin de ses yeux et se mirent à couler doucement sur ses joues.

L'inévitable question qui se posait maintenant concernait la réaction de Steven. Il en ferait un drame, très certainement. Et après ? Combien de fois un événement ne change-t-il pas le cours des choses ? Pourquoi Steven n'accepterait-il pas finalement l'idée de devenir père ? Toutes ces horreurs qu'il proférait d'habitude contre la procréation n'étaient que des paroles, des théories que la naissance du bébé ne manquerait pas de balayer.

Elle se savait enceinte depuis à peine cinq minutes que, déjà, elle était prête à se battre pour donner la vie à l'être microscopique qui dormait là, tout près de son cœur. Steven n'était pas un monstre, ce bébé, c'était son enfant à lui aussi.

Yeux clos, Adriane s'assit sur le rebord de la baignoire, donnant libre cours à ses larmes. Un flot de sensations la submergea, mélange de bonheur, de crainte et de tristesse. L'idée qu'elle allait devoir l'annoncer à son mari la terrifiait. Une ou deux fois, il avait dit en plaisantant que si sa femme tombait enceinte, et qu'elle insistait pour garder le bébé, il la quitterait... Il ne devait pas le penser vraiment. Et si c'était vrai ? Adriane n'aurait pour rien au monde voulu perdre Steven mais... « Oh, mon Dieu, comment faire ? »

La semaine suivante fut un véritable enfer. Pour Adriane,

plus rien n'existait en dehors de son problème. Le monde extérieur avait disparu, tout son avenir se résumait en une petite phrase insignifiante : « Comment le dire à Steven ? » Il l'appelait tous les jours pour lui annoncer des nouvelles de plus en plus excitantes. Adriane ne l'écoutait qu'à moitié. Repliée sur elle-même, elle avait l'air chaque fois plus distraite, plus lointaine. Enfin, il parut s'en inquiéter, car le jeudi suivant, il lui demanda ce qui n'allait pas. Les entretiens avec les respondables de l'IMFAC avaient porté leurs fruits. Steven rentrerait à Los Angeles le lendemain mais repartirait à Chicago huit jours plus tard.

— Adriane, tu vas bien ? questionna-t-il soudain, interrompant le long monologue dont elle n'avait pas entendu grand-chose.

Elle sentit le sol se dérober sous ses pieds. Avait-il soupçonné quelque chose ?

— Pourquoi ?

— Je ne sais pas. Je te trouve bizarre ces jours-ci. Te sens-tu bien ?

— Oui… c'est-à-dire pas tout à fait. J'ai des migraines épouvantables. Le stress… et puis je dois être surmenée.

De nouvelles larmes lui mouillèrent les yeux, alors que Steven se remettait à bavarder. Elle avait hâte de le revoir, de le mettre au courant de la situation. Seule la réponse de Steven pourrait apaiser son angoisse. C'était insensé. En quelques jours, sa vie entière avait été bouleversée. Elle n'avait eu jusqu'alors aucun mal à renoncer à la maternité, comme elle l'avait promis à son mari. Aujourd'hui, tout avait changé. Elle ne pensait plus qu'au bébé, prête à lui sacrifier son indépendance, sa carrière, tout.

Adriane aurait voulu accueillir Steven à l'aéroport, le vendredi soir, mais ne put se libérer. Lorsqu'elle rentra à la maison, il était là, occupé à défaire ses bagages tout en regardant la télévision. La chaîne stéréo était allumée et les lieux avaient repris leur aspect habituel plein de vie. Un sourire illumina le visage du jeune homme quand Adriane s'approcha.

— Hello ! Où étais-tu passée ?

— Au bureau, comme d'habitude, répliqua-t-elle, un sourire crispé sur les lèvres.

Il la prit dans ses bras et elle se pendit à son cou, comme un noyé s'accroche à sa bouée de sauvetage.

— Chérie, qu'y a-t-il ?

Depuis quelques jours il avait subodoré une faille, mais n'arrivait pas à la cerner.

— As-tu eu des problèmes dans ton travail ? Est-ce...

Il s'interrompit net lorsqu'il vit l'expression de ses yeux. Instantanément, il comprit qu'une chose grave s'était produite. Il la fit asseoir sur le lit et prit place à son côté, un bras autour de son épaule. Si elle avait besoin de réconfort, il n'allait pas ménager ses efforts. Il pouvait y faire face à présent. Le voyage à Chicago s'était merveilleusement bien passé et Mike l'avait assuré d'une jolie promotion au sein du groupe.

— Eh bien ? insista-t-il.

Des larmes voilèrent le regard d'Adriane. Elle le considéra, muette, incapable de rassembler ses idées. Ce moment aurait dû être le plus heureux de leur mariage. Or, ce pacte que Steven lui avait imposé ne le rendait que plus effrayant.

— Tu es licenciée ?

Un rire lui échappa à travers ses larmes et elle secoua énergiquement la tête.

— Non, malheureusement. Parfois, je me dis que perdre ce travail serait un soulagement.

Il n'en crut pas un mot.

— Es-tu malade ?

Elle secoua de nouveau la tête, plus mollement cette fois-ci. Le désarroi marqua ses traits d'une ombre fugitive.

— Non, non...

Elle prit une profonde inspiration avant de lancer :

— Je suis enceinte.

Un silence pesant s'ensuivit, un silence interminable, pendant lequel Adriana n'entendit plus que les battements sourds de son cœur mêlés à la respiration de Steven. Brusquement, il se détacha d'elle et se redressa, avec sur le visage un masque d'exaspération.

— Tu parles sérieusement ?

— Oui.

Elle savait qu'il le prendrait mal, mais pour elle aussi le choc avait été rude.

— Tu m'as abusé...

Elle fit un « non » solennel de la tête.

— C'est arrivé et puis voilà.

En face d'elle, le masque d'exaspération se glaça.

— En es-tu sûre ?

— Absolument.

— Tant pis, dit-il, l'air chagriné. Le hasard ne fait pas toujours bien les choses.

— Pourquoi le hasard ? Je crois que nous y sommes pour quelque chose.

Il acquiesça, sincèrement désolé pour elle. Et pour lui.

— Eh bien, tu vas t'en occuper dès la semaine prochaine.

Le sang d'Adriane se figea dans ses veines. *S'en occuper*. C'était tout ce qu'il avait trouvé à dire. Elle leva le regard vers lui.

— Que veux-tu dire ?

— Nous ne pouvons pas garder ce gosse, bon sang, et tu le sais parfaitement.

— Pourquoi pas ? M'aurais-tu caché la vérité ? Souffrirais-tu d'un terrible mal héréditaire sans que je le sache ? Y a-t-il une bonne raison qui nous empêche d'avoir cet enfant ?

Elle s'était levée, elle aussi. Les deux époux se faisaient face au milieu de la pièce. Quelque chose d'irrévocable émanait de Steven.

— Une très bonne raison, asséna-t-il finalement. Il y a longtemps nous nous sommes mis d'accord, toi et moi, pour ne jamais avoir d'enfant. Et j'avais l'impression que nous étions sincères tous les deux.

— Et alors ? Pourquoi ne pas revenir sur cet accord ? Nous avons de l'argent, maintenant, nous pourrions facilement élever…

— Les enfants coûtent les yeux de la tête. Rien qu'en vêtements et en visites médicales, sans compter leur éducation… Mettre au monde un bébé qu'on n'a pas voulu est de la dernière injustice. Non, ma chère, désolé.

Son indignation avait cédé le pas à une sorte de terreur qui lui creusait le visage. Adriane sentit que son enfance malheureuse le hantait de nouveau. Leur vie n'avait pourtant rien à voir avec ce passé douloureux.

— L'argent n'est pas tout, insista-t-elle. Nous avons une belle maison, nous nous aimons, qu'est-ce qu'il te faut de plus ?

— Vaincre, rétorqua-t-il froidement. Je n'ai pas encore dit mon dernier mot à la société. Je ne veux pas d'enfant, Adriane. Je n'en ai jamais voulu et n'en voudrai jamais. Que tu le veuilles ou non, mieux vaut t'en débarrasser au plus vite.

— Et si je ne veux pas ?

— Tu serais bien sotte. Il n'y a pas moyen de poursuivre une carrière avec un marmot accroché à tes jupons.

— Je peux demander un congé de maternité de six mois. Beaucoup de femmes le font, tu sais.

— La plupart abandonnent leur vie professionnelle, pondent encore un ou deux petits et se cantonnent dans leur cuisine. A la fin, elles se détestent et elles détestent leur progéniture.

Il venait de toucher un point sensible. Adriane refusait cependant de se plier à ses exigences, sous prétexte qu'il était plus facile de ne pas fonder une famille. On n'avait pas besoin de millions pour cela. Pourquoi Steven ne comprenait-il pas ses sentiments ?

— Nous devrions réfléchir avant de prendre une décision que nous pourrions regretter par la suite.

Certaines de ses amies qui avaient interrompu leur grossesse s'en étaient voulu. D'autres, au contraire, s'en étaient félicitées. Steven repartit à l'attaque.

— Tu ne regretteras rien, crois-moi, argumenta-t-il d'une voix radoucie. Tu te sentiras beaucoup mieux plus tard. Cette chose est une vraie menace pour notre mariage.

La *chose* en question était leur enfant. Le bébé qu'elle avait adoré dès l'instant où elle avait su son existence.

— Une menace ? bredouilla-t-elle, des larmes dans la voix. Steven, je t'en supplie, ne m'oblige pas à faire ça.

Il se mit à arpenter la pièce comme un fauve en cage. Une peur étrange le tenaillait, une sorte d'épouvante qui glaçait chaque fibre de son corps.

— Je ne t'oblige pas ! Je t'ai simplement conseillé de nous épargner cette catastrophe. Nos vies sont à un tournant, Adriane. Ce n'est pas le moment de le louper.

— Je ne vois pas en quoi un enfant constitue une telle menace.

— Tu ne peux pas savoir ce qu'un gosse peut détruire, murmura-t-il. Moi je le sais. Je l'ai vu dans ma famille. Mes parents se sont privés de tout. Autant que je puisse me souvenir, ma mère n'avait qu'une seule paire de chaussures. En dépit de ses efforts, nous étions en guenilles. Nous n'avions pas de jouets, pas de livres. Rien.

Elle hocha tristement la tête. Le cauchemar qu'il avait vécu l'empêchait de raisonner sainement.

— Steven, cela ne risque pas de se reproduire avec nous.

Nous gagnons largement notre vie. Nos enfants à nous ne manqueront de rien.

— C'est ce que tu crois. Les écoles coûtent affreusement cher. Et l'université ? C'est encore pire.

Il ressemblait à un petit garçon entêté.

— Et notre voyage en Europe ? lâcha-t-il. Es-tu prête à l'annuler ? A tout sacrifier ?

— Tu exagères comme toujours. Mais si je devais faire quelques sacrifices, alors oui, je n'hésiterais pas.

Il se contenta de lui jeter un regard qui exprimait toute sa désapprobation.

— Quoi qu'il en soit, reprit-elle, nous ne parlons pas d'enfants en général. Nous parlons d'un enfant, le nôtre, qui est déjà là.

— Erreur ! Nous parlons d'un ovule fécondé par un spermatozoïde, d'un truc infime qui n'a aucune conscience d'exister. Ton médecin te le dira.

Une bouffée de colère empourpra les pommettes de la jeune femme.

— Qu'est-ce qu'il me dira à ton avis, Steve ? « Okay, Adriane, nous allons y remédier, asseyez-vous là ? » Comment crois-tu qu'il procédera ? D'un coup de baguette magique ? Non ! Il l'aspirera avec un appareil, puis grattera mon utérus avec un scalpel... Il le tuera, Steven, voilà ce qu'il fera. Alors, réfléchis, car c'est aussi ton enfant. Quant à moi, je n'ai pas l'intention de m'en débarrasser uniquement pour t'être agréable.

Des sanglots entrecoupaient ses paroles, mais Steven ne broncha pas. La terreur si profondément enracinée en lui l'avait rendu inapte à comprendre.

— Je vois, fit-il d'un ton glacial. Tu refuses d'honorer tes engagements.

— Je n'ai encore rien décidé. Je t'ai simplement demandé de réfléchir en tenant compte du fait que je voudrais le garder.

Pour la première fois elle admettait ouvertement qu'elle voulait garder le bébé et elle en fut étonnée. On eût dit qu'il s'agissait d'une poupée, pas d'une petite créature vivante, réalisa-t-elle, horrifiée.

Steven la considéra d'un œil lugubre, après quoi il la saisit dans ses bras et la fit s'allonger sur le lit, près de lui. La tension qui tétanisait Adriane se relâcha et elle fut secouée de sanglots. Il se mit à la bercer doucement.

— Chérie, calme-toi... Je suis vraiment navré de ce qui nous arrive, mais tout ira bien... tu verras...

Dans l'étau protecteur de ses bras, les larmes d'Adriane peu à peu se tarirent. Elle n'était pas certaine d'avoir saisi le sens des mots qu'il lui murmurait. Pourtant l'espoir qu'il changerait d'avis pointa bientôt sous l'effroi.

— Je suis navrée moi aussi, hoqueta-t-elle.

Il l'embrassa tendrement, les doigts noués dans ses cheveux, buvant les larmes qui perlaient sur ses cils et lui mouillaient les joues. Lentement, il défit les boutons de son corsage, fit glisser sa jupe le long de ses jambes, retira ses sous-vêtements. Elle était nue sur le lit. Steven se recula, afin de mieux contempler ce corps admirable. Ç'aurait été un crime que de le déformer par une grossesse. Ces lignes si pures ne retrouveraient plus jamais leur perfection, il le savait.

— Je t'aime, Adriane, souffla-t-il.

Oh, il l'aimait trop pour la laisser commettre une pareille bêtise. Et il tenait trop à elle, à leur intimité, à l'univers qu'ils avaient bâti à la force du poignet pour permettre à quiconque — encore moins à un mouflet — d'en briser irrémédiablement l'harmonie.

Il lui prit les lèvres dans un mouvement impétueux et elle réagit avec son ardeur habituelle, persuadée qu'il avait enfin compris. Ils s'étreignirent tendrement, longuement. Chacun pensant que l'autre avait capitulé. Après l'amour, ils restèrent longtemps enlacés, dans un silence complice.

Le lendemain, ils ne se réveillèrent pas avant deux heures de l'après-midi. Après le petit déjeuner, Steven proposa une séance de natation. Main dans la main, ils se rendirent à la piscine réservée aux habitants de la résidence. Il n'y avait personne. Les voisins avaient sans doute voulu profiter de cette splendide journée de mai pour aller à la plage, visiter des amis, ou s'adonner au bronzage intégral dans leur jardin privé.

Steven accomplit méthodiquement plusieurs allers-retours dans l'eau transparente, tandis qu'Adriane, après quelques brassées, se laissa tomber, somnolente, dans un transat. Pour rien au monde elle n'aurait reparlé du bébé. Pas aujourd'hui. Il fallait donner à Steven le temps d'encaisser le choc.

— On rentre ? demanda-t-il vers dix-sept heures.

Ils avaient à peine échangé deux mots de toute la journée. Après leur dispute de la veille, Adriane se sentait encore épuisée. Ils rentrèrent paisiblement, la jeune femme se glissa sous la douche, Steven mit un disque sur la platine de la chaîne. Ils regardèrent les actualités pendant qu'elle préparait le dîner.

La soirée s'annonçait calme. Au moment où elle posait sur la table le plat de spaghettis et le saladier, Steven demanda :

— Comment te sens-tu ?

— Un peu fatiguée...

— Tu te sentiras mieux la semaine prochaine, quand tout sera rentré dans l'ordre.

Elle le dévisagea, comme foudroyée. Ainsi il n'avait rien compris, rien reconsidéré. Il était aussi intransigeant que d'habitude.

— Comment peux-tu dire une telle énormité ? s'écria-t-elle.

— Adriane, tu as un problème purement physique, cela peut très bien s'arranger. Il suffit de le vouloir. Ton état te rend patraque, occupe-t'en, ce n'est pas plus compliqué que cela !

Sa froideur, l'absence totale d'émotion dans sa voix, avaient quelque chose de sinistre.

— Tu me dégoûtes ! hurla-t-elle. Bon sang, Steven, comment peux-tu être aussi insensible !

Elle se rua hors de la cuisine, abandonnant le repas, aveuglée par ses larmes.

— Je ne tuerai pas mon enfant ! cria-t-elle, en se précipitant dans l'escalier, cherchant refuge dans leur chambre.

Elle était étendue lorsque, une heure plus tard, il vint s'asseoir sur le bord du lit.

— Adriane, dit-il d'une voix douce, tu *dois* avorter si tu tiens à sauver notre ménage. Sinon, ce sera la fin.

« Ce sera fini de toute façon », pensa-t-elle. Steven semblait décidé à la pousser dans ses derniers retranchements. Si elle lui sacrifiait le bébé, elle ne le lui pardonnerait jamais.

— Je n'y arriverai pas, répondit-elle honnêtement, le visage enfoui dans l'oreiller.

— Pense à notre couple. A ta carrière.

— Je me fiche pas mal de ma carrière.

Steven la scruta comme si, subitement, il ne la reconnaissait plus.

— Non, tu ne t'en fiches pas, dit-il.

Elle tourna vers lui son visage inondé de pleurs.

— D'accord, mais...

— Adriane, sache que je ne veux pas de ce bébé.

— D'autres ont changé d'avis, fit-elle d'une voix emplie d'espérance, mais elle le vit secouer la tête.

— Pas moi. Les gosses m'horripilent, tu le savais dès le début et tu étais d'accord.

— J'étais d'accord sans y croire totalement. Et maintenant qu'*il* est là, c'est différent. Pourquoi refuses-tu de considérer le problème de ce point de vue ?

— Parce que la qualité de notre vie m'importe davantage. Parce que je tiens beaucoup plus à toi qu'à *lui.*

— Il y a de la place pour tous les deux.

— Pas dans mon cœur. Il y a une seule place et elle est pour toi. Et je n'ai aucune envie de subir la concurrence d'un petit intrus qui prendra tout ton temps. Mes parents ne se sont jamais dit plus de deux mots, pendant vingt ans. Nous leur avons pompé toute leur énergie. Quand nous avons enfin grandi, ils ressemblaient à deux épaves. C'est ça que tu veux ?

— Tu compares deux situations incomparables...

— Je ne veux courir aucun risque, vois-tu ? (Il se leva.) Débarrasse-toi de ce machin, ordonna-t-il d'une voix blanche.

Sur ces mots, il tourna les talons et sortit de la pièce, comme poursuivi par un danger imminent. Adriane ne bougea pas. Mais tandis qu'elle attendait son retour, elle sut que si elle renonçait à ce bébé, une partie de son âme serait perdue à jamais.

# 7

Dimanche et lundi furent un véritable cauchemar. Les deux époux se déchirèrent pendant des heures. Au terme d'un ultime affrontement, Steven eut gain de cause. A bout de nerfs, tremblante et glacée, Adriane se rendit à ses arguments. Et le mardi, à six heures du matin, juste avant qu'il parte pour l'aéroport, elle lui promit que l'objet de leur dispute disparaîtrait avant son retour. La jeune femme s'était absentée deux jours de suite de son travail mais ce fut la crainte de perdre Steven qui l'avait décidée.

Son rendez-vous chez le médecin avait été fixé à seize heures trente. Elle était restée au lit, et lorsqu'elle dut se lever et s'habiller, l'ombre de la peur descendit sur elle. Si elle s'était écoutée, elle aurait fui la réalité, l'emprise de Steven, l'engagement qu'il lui avait extorqué par des menaces.

L'infirmière l'avait appelée. La jeune femme se redressa nerveusement. Elle avait enfilé un pantalon noir, des chaussures noires, un corsage noir également qui exaltait la blancheur de sa peau. L'infirmière la conduisit vers une cabine exiguë en lui recommandant de se préparer pour l'examen. Adriane passait ici ses check-up annuels.

Peu après, elle s'étendait sur la table d'examen, et ramenait ses jambes nues sous elle. Dans l'ample blouse bleue qu'elle avait passée par-dessus son corsage, elle avait l'air d'une petite fille égarée. Alors qu'elle attendait, elle s'efforça de se persuader qu'il fallait coûte que coûte prouver son amour à Steven.

Le gynécologue entra dans la salle, jeta un rapide coup

d'œil au dossier de la patiente, lui adressa un sourire de sympathie. C'était un homme jovial de l'âge du père d'Adriane.

— Qu'est-ce qui vous amène aujourd'hui, madame Townsend ?

— Je.. (Elle s'humecta les lèvres et ses yeux parurent dévorer son petit visage blême.) Je voudrais interrompre ma grossesse, parvint-elle enfin à articuler d'une voix indistincte.

Le praticien s'assit sur un petit tabouret pivotant, le regard de nouveau baissé sur le dossier de la jeune femme. Trente et un ans, mariée, en bonne santé... Portait-elle le fruit illégitime d'une aventure extraconjugale ?

— Je vois... marmonna-t-il. Y a-t-il une raison spéciale ?

Elle hocha péniblement la tête. Son attitude démentait farouchement ses propos, la façon dont elle s'était pelotonnée sur cette table, l'instinctif mouvement de recul dès que le médecin faisait mine de s'approcher d'elle, ses paroles presque incohérentes. Il avait déjà vu des femmes dans le désarroi, des femmes en détresse prêtes à tout pour se faire avorter. Et il aurait mis sa main au feu que celle-ci n'agissait pas de son plein gré.

— Mon mari pense que ce n'est pas le moment d'avoir un enfant.

Il hocha la tête, comme s'il comprenait parfaitement.

— A-t-il une bonne raison de le penser, Adriane ? Est-il au chômage ? Est-ce une question de santé ?

Dès le début de l'entretien, il avait acquis la conviction qu'elle n'aurait pas dû se trouver là. L'avortement était certes autorisé par la loi, mais il se sentait moralement responsable de ses patientes.

— Non... Il... Il pense simplement que ce n'est pas le moment, c'est tout.

— Pourquoi ? Il n'aime pas les enfants ?

— Non, souffla-t-elle dans un murmure, tandis que des larmes ourlaient ses cils. Il est issu d'une famille nombreuse et son enfance a été si malheureuse qu'il n'arrive pas à comprendre que cela puisse être différent.

— N'y a-t-il pas moyen de le faire changer d'avis ? Je crois savoir que votre situation financière est plutôt florissante.

Elle fit oui de la tête, tristement, les yeux humides. Le praticien se redressa.

— Adriane, dit-il résolument, je ne pratiquerai pas sur vous un avortement aujourd'hui.

Il l'avait délibérément appelée par son prénom, sitôt qu'il avait suspecté la gravité du problème. « Elle a besoin de se sentir soutenue », songea-t-il, puis il reprit :

— D'abord, êtes-vous vraiment enceinte ? Avez-vous passé un test ?

— Oui, à la maison. Deux fois. J'ai un retard de quinze jours.

— Vous seriez donc dans votre quatrième semaine de grossesse. Je vais vous examiner maintenant. Après, je vous propose de retourner chez vous et de réfléchir calmement. Si demain vous n'avez pas changé d'avis, revenez me voir, d'accord ?

Elle acquiesça sans un mot, au comble de l'angoisse. Les gestes du vieux docteur furent si doux, qu'elle finit par se détendre. Il lui confirma ce qu'elle savait déjà, puis la renvoya gentiment chez elle, en lui conseillant d'en reparler avec son mari. « Si elle veut garder son bébé, se dit-il, le mari finira par céder. » Il ignorait, bien sûr, que Steven Townsend appartenait à cette race d'hommes qui ne capitulent jamais.

Le soir même, au téléphone, il prit ce ton de suprême agacement qu'Adriane redoutait tant.

— Qu'est-ce qui lui a pris à ton toubib, bon sang ? A quoi rime ce délai ?

— Il m'a demandé de réfléchir, répondit-elle, révulsée à l'idée de ce qui l'attendait. Quand reviendras-tu ?

Il feignit ne pas avoir perçu la panique qui faisait vibrer sa voix.

— Pas avant vendredi. Samedi, je joue au tennis avec Mike. Nancy et toi pourriez peut-être vous joindre à nous pour un double mixte.

Elle se tut un instant, sidérée. Ou il avait un cœur de pierre ou il était complètement idiot.

— Je ne pense pas que je serai en état de manipuler une raquette samedi, rétorqua-t-elle, sarcastique.

— Je te demande pardon. J'avais oublié.

Oublié ! En trente secondes !

— Steven, tu devrais réfléchir de ton côté. C'est aussi ton bébé, pas seulement le mien, cria-t-elle avec l'impression que le sol se dérobait sous ses pieds.

— Adriane, ça suffit. Je refuse de discuter davantage de cette affaire. J'exige que tout soit réglé au plus vite, est-ce clair ?

Elle ne répondit pas, effarée par sa cruauté. Il se comportait comme si elle avait été coupable d'un crime. Un crime qu'elle serait la seule à expier.

— Je te rappellerai demain soir, dit-il.

— Pour t'assurer que je t'ai obéi ?

Elle raccrocha, accablée. Son cœur se contracta en un sanglot effrayé. Dans quelques heures, il serait trop tard pour sauver le bébé. Elle se coucha sans pouvoir fermer l'œil, l'esprit hanté par la petite forme humaine qui ne verrait jamais le jour. L'enfant qu'elle ne connaîtrait jamais, car elle allait le sacrifier à son mari.

Lorsque les premiers rayons de soleil filtrèrent à travers les persiennes, elle était toujours éveillée. Elle savait désormais ce que doit éprouver le condamné le jour de son exécution.

Elle commença à s'habiller. Steven l'appellerait sûrement pour lui dire de tout arrêter. Le téléphone resta muet. Le silence pesait sur la maison lorsqu'elle sortit, sandales aux pieds, vêtue d'une jupe en jean et d'une vieille chemise. Le docteur lui avait demandé de passer à neuf heures trente si elle optait finalement pour l'interruption de grossesse.

Au volant de sa MG, la jeune femme était pâle et défaite. Elle longea le Wilshire Boulevard et arriva à la clinique avec cinq minutes d'avance. Elle se signala à l'infirmière, puis se laissa tomber sur une chaise dans la salle d'attente, les yeux clos. Pour la première fois de sa vie elle détestait Steven. Et si elle l'appelait, là, tout de suite, pour l'implorer une ultime fois de revoir son verdict ? Bah, c'était inutile.

Une infirmière souriante l'appela du seuil de la porte, l'accompagna vers une pièce munie d'une table d'opération. Cette fois-ci, Adriane dut se dévêtir entièrement avant d'enfiler l'ample blouse d'hôpital. Elle avisa une machine qui lui parut d'emblée diabolique. « L'aspirateur », pensa-t-elle, et sa gorge se dessécha. Elle passa la langue sur ses lèvres glacées, collées l'une à l'autre comme du papier mouillé. Lorsque tout serait terminé, elle essaierait d'oublier. De sortir de ce mauvais rêve. De ne plus jamais revivre cette affreuse expérience. C'était d'autant plus douloureux qu'une partie d'elle-même désirait toujours ardemment l'enfant. D'autant plus insensé que, quelque part dans son subconscient, une petite voix intérieure lui susurrait de prendre la fuite, de passer outre les instructions de Steven. De ne plus se soucier de ce qu'il allait dire, et tant pis s'il devenait furieux.

La tête du médecin apparut par la porte entrebâillée. Un sourire engageant soulevait les commissures de sa bouche.

— Adriane, êtes-vous prête ?

Oui, elle l'était... Sauf que les mots pour le dire ne purent franchir le rempart de ses lèvres, et qu'un infini désespoir se reflétait dans le bleu de ses prunelles. Le praticien pénétra dans la pièce et referma la porte derrière lui.

— Vous voulez vraiment cette intervention ? En êtes-vous sûre ?

*Sûre*... De nouveau les mots se dérobèrent, des larmes emplirent ses yeux, cependant qu'elle secouait la tête. Sûre de quoi ? Elle aurait tant voulu être à la maison avec Steven et le bébé !

— Ecoutez, rien ne vous oblige à subir un avortement. Votre mari finira par le comprendre. J'ai connu beaucoup d'hommes qui refusaient d'avoir des enfants et qui sont devenus de véritables papas-gâteaux. Adriane, avant de commettre l'irréparable...

— Je ne peux pas ! lâcha-t-elle dans un sanglot. Je ne peux pas faire ça, docteur.

Le sourire du médecin s'élargit.

— A vrai dire moi non plus, dit-il. Rentrez chez vous et dites à votre mari d'acheter un gros cigare et de le conserver précieusement jusqu'en... Janvier, ajouta-t-il en inspectant la fiche de la patiente. Nous lui offrirons alors le plus beau des présents : un beau bébé bien grassouillet... Qu'en pensez-vous ?

Elle sourit à travers ses larmes.

— Je pense que ce serait merveilleux.

Il lui entoura les épaules d'un bras protecteur.

— Allons, retournez chez vous, ma chère. Reposez-vous, pleurez un bon coup et tout va s'arranger, vous verrez. Votre mari se fera vite à l'idée.

Le vieux docteur lui tapota gentiment la main avant de quitter la pièce. Adriane se rhabilla. De nouvelles larmes sillonnèrent son visage. Des larmes de soulagement. Une ineffable joie gonflait sa poitrine. La confusion avait cédé le pas à la certitude que quelque chose de miraculeux venait de se passer.

Elle reprit la minuscule MG rouge, après l'avoir décapotée. Sur le chemin du retour, elle prit soudain la direction de la chaîne de télévision. L'idée de sa table de travail encombrée de piles de documents la fit grimacer. La brise ébouriffait ses boucles brunes et lustrées... Elle se sentait en pleine forme.

La jeune femme traversa les bureaux d'un pas alerte, puis son allure se ralentit. Ces derniers jours avaient été un marathon et elle commençait à en ressentir les effets. A sa fatigue se mêlait une vague inquiétude. Quand Steven reviendrait de Chicago, ils recommenceraient probablement à se disputer. Mais, sa décision prise, une force nouvelle animait Adriane. L'optimisme s'était substitué à la dépression.

Zelda poussa le battant vitré de la porte et considéra d'un œil scrutateur Adriane, affalée sur son siège, un crayon derrière l'oreille, l'air dans la lune. « Pas de maquillage et fagotée comme l'as de pique », nota son assistante, interloquée.

— Salut, ma belle, tout va bien ? s'enquit-elle.

— Oui, pourquoi ?

— Tu as une mine de papier mâché. Qu'est-ce qui t'est arrivé ? Un pépin ? demanda Zelda, faisant preuve d'un sens de l'observation qu'Adriane ne lui connaissait pas.

— J'ai eu un rhume de cerveau, mais ça va mieux maintenant.

L'assistante continuait de la fixer intensément, le doute inscrit dans le regard.

— Tu aurais dû prendre ta semaine.

Adriane sourit. Elle semblait parfaitement à l'aise au milieu de l'habituel capharnaüm de son bureau.

— La fièvre du studio m'a manqué.

— Tu es folle, gloussa Zelda.

— Sans doute. On va s'offrir un sandwich à midi ?

— Quelle bonne idée !

— Alors viens me chercher, je ne bougerai pas d'ici.

— A tout à l'heure.

La rousse s'éclipsa et Adriane se remit au travail. Il y avait longtemps qu'elle ne s'était pas sentie aussi légère. Bien sûr, l'idée du bébé l'effrayait encore un peu, mais rien à voir avec la sournoise terreur des derniers jours, ni avec l'abîme vertigineux dans lequel Steven avait failli la précipiter. Oh, elle lui en voulait terriblement de l'avoir ainsi tourmentée. Allaient-ils parvenir à se guérir des blessures qu'ils s'étaient mutuellement infligées, lors de leurs affrontements ? Elle se passa une main sur le front, comme pour chasser Steven de son esprit. Elle y penserait en temps et en heure.

# 8

Assis sur un tabouret, dans le studio de l'autre côté du hall, Bill Thigpen fusilla le réalisateur d'un regard furibond.

— Comment veux-tu que je sache où elle est passée ? Elle a quitté sa chambre d'hôtel il y a plusieurs jours. J'ignore où elle est et avec qui, ce dont je me fiche éperdument du reste… A ceci près qu'elle est en train de saboter mon feuilleton.

Sylvia Stewart n'était pas revenue de Las Vegas le dimanche précédent. D'après la direction de l'hôtel, la comédienne avait réglé sa note le lundi matin, exactement neuf jours plus tôt. Depuis, elle s'était littéralement volatilisée dans la nature. L'ayant en vain attendue sur le plateau, Bill, alarmé, était passé à Malibu et s'était cassé le nez sur la porte hermétiquement close de sa villa. Et aujourd'hui, Sylvia brillait toujours par son absence.

Ils avaient tourné plusieurs séquences sans elle, avaient même écrit dare dare quelques épisodes dans lesquels elle ne figurait pas, ce qui n'avait fait que reculer l'échéance fatidique. Si elle ne réapparaissait pas au prochain tournage, il faudrait recourir à des moyens plus drastiques.

— Nous pourrions même l'attaquer pour rupture de contrat, reprit Bill. Si elle ne se manifeste pas demain, essaie de trouver quelqu'un d'autre.

Remplacer l'un des acteurs de la série sans mettre les téléspectateurs en émoi relevait, il le savait, de l'impossible.

— Est-ce que tout le monde a eu la nouvelle version ? demanda-t-il en tendant au réalisateur un paquet de feuillets.

Il avait travaillé jour et nuit avec l'équipe des scénaristes, cherchant une solution au problème. Et dans un élan héroïque, il avait tiré de son imagination fertile suffisamment de rebondissements, de crises, de suspense et d'énigmes pour faire oublier la disparition subite de Vaughn Williams, le personnage incarné par Sylvia. L'absence de Vaughn restait plausible dans la mesure où on la savait en prison, injustement accusée du meurtre commis par John, son machiavélique beau-frère. Pourtant, à moins d'un dénouement crédible, la question ne tarderait pas à se reposer.

Bill assista au tournage comme toujours. La performance des acteurs lui procura une profonde satisfaction, car ils s'étaient tous surpassés, donnant au drame une saveur et un relief inattendus. L'auteur félicita chaleureusement tout le monde avant de quitter les lieux. Une demi-heure plus tard, alors qu'il venait de regagner son bureau, sa secrétaire l'appela sur la ligne intérieure. Il avait une visite.

— Quelqu'un que je connais, Betsy ?

Il se sentait un peu las, après les nuits blanches qu'il avait passées, entouré de ses auteurs.

— Miss Stewart, dit la voix de Betsy après une pause.

Bill haussa un sourcil, intéressé.

— *Notre* miss Stewart ? La miss Stewart dont nous avons cherché la trace jusqu'au fin fond du Nevada ?

— Elle-même, monsieur.

— Qu'elle entre tout de suite. J'ai vraiment hâte de la revoir.

Betsy ouvrit la porte, puis s'effaça pour laisser passer une Sylvia penaude… et plus belle que jamais. Avec sa lourde chevelure d'ébène elle ressemblait à quelque Blanche-Neige égarée. Ses yeux de jade, immenses, adressèrent à Bill une supplique muette. L'auteur s'était mis debout, figé, comme à l'approche d'une apparition.

— Où diable étais-tu ? grogna-t-il.

Elle choisit de fondre en larmes, ce qu'elle fit avec un art consommé.

— Nous nous sommes fait un sang d'encre ! vitupéra-t-il. Tes copains de *My House* nous ont dit qu'ils t'avaient laissée là-bas, en compagnie d'un homme. Nous avons mis Las Vegas sens dessus dessous et songions à signaler ta disparition à la police.

Il ne mentait pas, il s'était drôlement inquiété à son sujet. Sylvia s'effondra dans le canapé avec un petit sanglot et accepta le mouchoir qu'il lui tendait.

— Je suis désolée, Bill.

— Il ne manquerait plus que tu ne le sois pas. Te rends-tu compte de ton inconscience ? (Il la réprimandait comme un enfant.) Où étais-tu, bon sang ?

Son appréhension apaisée, il s'aperçut qu'il n'éprouvait plus que de l'indifférence. Il avait eu peur pour elle. Las Vegas était une ville dangereuse pour les jolies filles, surtout lorsqu'elles couchaient avec des inconnus. Sylvia leva sur lui un regard noyé de larmes.

— Je me suis mariée, sanglota-t-elle.

Il l'avisa, interloqué. Il avait tout supposé, tout imaginé, tout subodoré, sauf le mariage.

— Plaît-il ? s'étrangla-t-il. Et qui est l'heureux élu ? Le type qui était l'autre soir dans ta chambre ?

Elle acquiesça, se moucha, renifla.

— Il est dans le textile... Il vient du New Jersey.

— Mon Dieu !

Il s'assit pesamment près d'elle sur le canapé, en se demandant s'il l'avait réellement connue.

— ... Qu'est-ce qui t'a poussée à faire une chose pareille ?

— Je n'en sais rien, Bill, tu étais toujours si occupé... Et je me sentais si seule...

Nom d'un chien ! Elle avait vingt-trois ans, c'était une créature ravissante, et elle s'apitoyait sur son propre sort. La majorité des Américaines auraient donné dix ans de leur vie pour ressembler à Sylvia Stewart, et celle-ci n'avait pas trouvé mieux que d'épouser un obscur fabricant de nippes, sous prétexte qu'elle avait passé un week-end en sa compagnie.

« C'est ma faute ! » pensa-t-il tout à coup. Peut-être que s'il ne l'avait pas négligée, s'il n'avait pas été aussi passionné par son travail, si... l'éternelle rengaine revenait. Inexorablement, toutes ces femmes éplorées lui rappelaient Leslie. Mais pourquoi l'accusaient-elles toujours de leurs malheurs ? Pourquoi ne s'adaptaient-elles pas à son rythme à lui ? Pourquoi prenaient-elles la fuite pour commettre une grosse bêtise avant de revenir le montrer du doigt ? Et voilà que cette idiote avait épousé un parfait étranger... Il la regarda, écrasé.

— Qu'est-ce que tu comptes faire, maintenant ?

— Je ne sais pas... Je partirai probablement avec lui dans le New Jersey la semaine prochaine. Il s'appelle Stanley. Il doit être à Newark mardi.

— C'est incroyable...

Il laissa sa tête rouler contre le dossier du canapé, ses lèvres se retroussèrent, et il se mit enfin à rire. Un rire qui se répercuta sur les cloisons, inextinguible. A croire qu'il ne pourrait plus jamais s'arrêter. Dans le bureau voisin, Betsy, qui guettait la réaction de son patron, s'étonna de ne pas l'entendre hurler.

— Si j'ai bien compris, tu dois partir avec Stanley à Newark mardi prochain ? parvint-il enfin à articuler.

Embarrassée, Sylvia baissa les yeux.

— Euh... oui. Enfin, si mon contrat ne me retient pas ici...

En vérité, elle s'était figuré que Bill la jetterait dehors et, dans un mouvement de panique, elle s'était empressée d'accorder sa main à Stanley. Elle le connaissait à peine, bien sûr, mais avait apprécié son caractère affable. Il avait été particulièrement tendre avec elle, lui avait offert un solitaire d'une dimension impressionnante, en promettant de la gâter lorsqu'ils seraient à Newark. Il avait suffisamment de relations dans cette ville, assurait-il, pour lui dégoter un job de mannequin. Par ailleurs, elle aurait l'occasion de poser pour des magazines à New York si elle en avait envie. Un nouvel horizon s'était alors ouvert devant les yeux émerveillés de Sylvia, dont le bon sens avait fini par l'emporter sur les rêves. Devenir l'épouse d'un petit magnat du textile lui parut dès lors être un rôle à sa mesure.

— A propos de mon contrat...

Elle considéra Bill d'un air si malheureux qu'il redoubla d'hilarité, comme devant une bonne vieille plaisanterie.

— Je te dirai ce que nous allons faire de ton contrat, Sylvia. Tu me donneras deux jours sur le plateau, aujourd'hui et demain, et Vaughn périra de la manière la plus tragique qu'on ait jamais vue un vendredi soir sur le petit écran... Après quoi, tu seras libre de convoler en justes noces avec ton Stanley et de lui faire dix enfants, à condition de donner mon nom à ton premier garçon. Je te libère de tes engagements.

— Oui ? murmura-t-elle, stupéfaite.

Bill lui dédia un sourire amusé.

— Oui. Je suis bon bougre, vois-tu. Je n'ai pas su te rendre heureuse, ni t'accorder l'attention que tu demandais, alors soit ! je paie l'addition, chérie.

Intérieurement il jubilait. Le retour de Sylvia, si bref fût-il, allait lui permettre de sortir de l'impasse. Il voyait déjà en esprit l'abominable John s'insinuer dans la cellule de Vaughn pour la supprimer, afin de l'empêcher de témoigner contre lui.

— Voilà, mon chou, conclut-il en se redressant. Je ne te retiens pas davantage, j'ai un boulot dingue. Comme toujours, hein ? Je suis marié à ce feuilleton.

Elle le dévisagea presque timidement.

— D'accord. Tu n'es pas furieux contre moi ? Je veux dire tu ne m'en veux pas de m'être mariée ?

— Pas si tu es heureuse, répondit-il sincèrement.

Elle se leva à son tour. Leur liaison n'avait été qu'une passade, tous deux en avaient à présent la preuve. Elle l'avait montré avec son escapade à Las Vegas, et il lui retournait la monnaie de sa pièce, non sans une certaine grandeur d'âme, elle devait l'avouer.

— Puis-je embrasser la mariée ?

Elle acquiesça, encore sous le choc. En quittant les studios de Los Angeles sans poursuites judiciaires sur le dos, elle n'en trouverait que plus facilement du travail à New York. Yeux clos, elle leva le visage, prête à recevoir un brûlant baiser en souvenir de leurs amours, mais reçut un chaste bécot sur le front.

Bill recula, en proie à une étrange mélancolie qui ne durerait pas, il le savait. Perdre Sylvia lui causait tout de même un peu de peine. Sa beauté, sa douceur allaient sûrement lui manquer. « Plus jamais avec une comédienne du feuilleton », pensa-t-il, surpris par son propre calme. Il n'y avait plus aucune femme dans sa vie et il n'était pas sûr de ne pas avoir voulu cette solitude.

— N'oublie pas tes affaires chez moi, recommanda-t-il.

— Je n'oublie pas...

En fait, elle ne pensait plus du tout à la somptueuse garde-robe qu'elle avait entreposée dans un placard.

— Veux-tu aller les chercher maintenant ?

— Pourquoi pas ? J'ai rendez-vous avec Stanley, mais j'ai tout mon temps.

Il feignit de ne pas saisir l'invite qui perçait dans sa voix... C'était terminé pour lui, définitivement terminé. En quittant les bureaux avec elle, il sentit les regards des employés peser sur eux. S'ils s'imaginaient que Bill et Sylvia partaient pour un rapide partie de jambes en l'air, ils se trompaient lourdement.

Sur place, il aida Sylvia à ranger ses vêtements dans des

boîtes en carton, puis la reconduisit chez elle. Sur le seuil de la villa, elle se retourna :

— Je t'offre un verre ?

Sa voix résonnait tristement. Bill secoua la tête, tout en déposant le dernier carton sur le perron. L'instant suivant, il faisait démarrer la Chevrolet, qui descendit l'allée vers le boulevard.

Il venait de clore un chapitre de sa vie.

# 9

Les longues sonneries du téléphone résonnaient dans la maison. Le répondeur se déclencha au moment où Adriane faisait irruption, le sac en bandoulière, les bras chargés de la gazette du soir et de quelques emplettes qu'elle avait effectuées au drugstore. La jeune femme coupa le message qui s'imprimait sur la bande enregistreuse et décrocha. La terre s'arrêta de tourner lorsqu'elle entendit la voix de son correspondant.

— Tu vas bien ? demanda Steven d'une voix tendue. Je n'ai pas cessé de t'appeler tout l'après-midi. Chaque fois je suis tombé sur ce fichu répondeur.

L'idée de l'appeler à son bureau ne l'avait pas effleuré. Vers dix-neuf heures, au comble de l'anxiété, il avait recomposé fébrilement le numéro. Et Dieu merci, elle était là. Adriane s'était bien gardée de l'appeler de son côté. Elle avait besoin de temps pour rassembler ses idées avant de lui annoncer la nouvelle.

— Oui, j'étais absente, dit-elle rapidement.

Elle pressentait la prochaine question.

— Pourquoi es-tu restée si longtemps à la clinique ? Y a-t-il eu un problème ?

Il semblait sincèrement inquiet, mais Adriane ne s'en émut pas. Son ressentiment ne s'était pas apaisé.

— Aucun problème, répondit-elle lentement. L'intervention n'a pas eu lieu.

Un silence incrédule flotta au bout du fil, puis :

— Comment ? Pourquoi ? Qu'est-ce qui t'a empêchée de le faire ? Qu'est-ce qui n'a pas marché ?

La jeune femme s'assit, l'écouteur à la main. La fatigue, la lassitude, lui voûtèrent les épaules. Tout à coup, elle se sentit vieillie et comme vidée de ses forces.

— Ce qui n'a pas marché, Steven, ne tient qu'à moi. Je n'ai pas voulu le faire.

— Tu as flanché au dernier moment, hein ? bougonna-t-il, d'un ton où l'horreur se mêlait aux reproches.

— Flanché n'est pas exactement le mot, répondit-elle, furieuse elle aussi. J'ai décidé de garder notre enfant. La plupart des hommes auraient été flattés, émus, ou simplement contents. Ils auraient eu en tout cas une réaction plus saine.

— Je suis différent de la plupart des hommes, Adriane. Je ne suis ni touché ni flatté... Ne sois pas stupide. Tu te trompes si tu crois que je marcherai dans ce petit jeu-là.

— De quel jeu parles-tu ? Il s'agit seulement d'un bébé, Steven, d'une douce créature inoffensive... Pas d'un gangster qui menace de nous exterminer.

— Je ne suis pas très sensible à ton sens de l'humour.

— Et moi encore moins à ton sens des valeurs. Un avortement n'est pas rien, Steven, comme tu as l'air de le prétendre. C'est un pas difficile à franchir pour une femme. Tu n'as pas le droit de me l'imposer... Je veux cet enfant parce que je t'aime.

— Balivernes ! cria-t-il, hors de lui.

Une sourde frayeur le tenaillait. Adriane réalisa qu'il était inutile de discuter au téléphone. Steven finirait bien par se rendre compte qu'un bébé ne détruirait pas son avenir.

— Ecoute, dit-elle d'une voix raisonnable, nous en reparlerons lorsque tu seras de retour.

— Parler, parler, parler ! hurla-t-il comme un forcené. Nous n'avons rien à nous dire. Sauf si tu reprends tes esprits et que tu m'obéis.

— Steven, calme-toi, je t'en prie.

Elle le sentait trembler de rage à l'autre bout de la ligne.

— Ne me dis pas ce que je dois faire, Adriane. Tu m'as dupé.

Elle eut presque envie de rire.

— Pas du tout. C'était un accident, tu le sais. Ce n'est pas arrivé par ma faute, ni par la tienne. Quoi qu'il en soit, c'est trop tard. Je garderai mon bébé.

— Es-tu devenue complètement folle ? Tu ne sais plus ce que tu racontes.

Adriane ferma les paupières. Elle ne le reconnaissait plus, on eût dit un redoutable adversaire.

— Au moins je ne frôle pas l'hystérie, rétorqua-t-elle tout en se forçant à demeurer calme. N'y pense plus maintenant et nous en débattrons quand tu seras à la maison.

— Je te répète que je n'ai rien à te dire. Pas tant que tu n'auras pas résolu le problème.

Elle rouvrit les yeux, et un frisson d'angoisse la parcourut. Dans la voix de Steven vibrait une note bizarre, quelque chose d'insolite qu'elle n'avait encore jamais décelé.

— Ce qui veut dire ?

— Tu as très bien compris. C'est *lui* ou moi. Débarrasse-t'en si tu tiens à me revoir. Demain à la première heure. Retourne chez ton médecin et explique-lui que tu es revenue sur ta décision.

Une main glacée se referma sur le cœur d'Adriane. Les phrases haineuses de Steven bourdonnaient à ses oreilles. Non, il ne pouvait pas l'acculer à un tel choix. C'était absurde. Insensé.

— Chéri... non... ne me demande pas ça... s'il te plaît... Je ne peux pas y retourner... Je ne peux pas...

— Il le faudra bien pourtant.

Il avait une drôle d'élocution maintenant, comme s'il allait fondre en larmes. Adriane l'aurait pris dans ses bras pour le consoler si elle avait été près de lui. Oh, un jour, ils riraient bien, tous les deux, de cette pénible comédie.

— Je ne veux pas d'enfant ! reprit-il.

— Pour l'instant tu n'en as pas. Essaie de te détendre et de ne plus y penser pendant quelque temps.

Son propre sang-froid la surprit. Elle ne s'était pas sentie aussi sûre d'elle-même depuis des jours.

— Je ne me détendrai pas tant que tu n'auras pas mis fin à ta grossesse. Il faut que tu te fasses avorter, Adriane.

Pour la première fois depuis le début de leur union, trois ans auparavant, elle était incapable de lui donner ce qu'il demandait. Ce refus le rendait d'autant plus furieux qu'elle lui avait toujours tout accordé.

— Steven, je ne peux pas... Ne comprends-tu donc pas ?

— Je comprends que tu m'as déclaré la guerre. Que tu m'assènes vicieusement tes flèches empoisonnées. Que tu refuses de tenir compte de mes sentiments.

Il avait gardé dans sa mémoire, gravé au fer rouge, le souvenir de son père, désespéré, chaque fois que sa mère était tombée enceinte. Son angoisse de joindre les deux bouts. Sa persévérance à travailler chez deux patrons à la fois, puis chez un troisième, jusqu'à ce qu'il fût terrassé par la cirrhose. Ses sacrifices pour élever ses enfants. Et lorsque ceux-ci avaient enfin volé de leurs propres ailes, il n'était plus qu'un vieillard.

— Tu te fiches éperdument de mon bonheur, glapit-il. Tout ce qui t'intéresse, c'est ton petit morveux !

Il se mit à pleurer bruyamment. Adriane demeurait silencieuse, pétrifiée. Steven s'était toujours insurgé contre la procréation, mais n'avait jamais proféré de telles insanités.

— Eh bien, sanglota-t-il, tu l'auras ton bébé, Adriane. Mais sans moi.

— Steven…

Il avait raccroché. La jeune femme se mit à errer dans la maison enténébrée. Elle n'avait jamais connu son mari dans cet état. C'était insoutenable. Pendant un moment, elle recommença à envisager l'avortement comme une solution. Après tout, elle ne pouvait pas forcer Steven à supporter l'enfant. Toutefois, elle n'avait pas le droit de trancher le fil d'une jeune existence sous prétexte qu'un adulte ne parvenait pas à en assumer la paternité.

Retourner à la clinique était au-dessus de ses forces. Elle se cramponna à l'idée que Steven finirait par se rendre à l'inévitable. « Je donnerai naissance à notre enfant et, alors, il sera bien obligé de l'accepter », songea-t-elle. Elle se promit d'aider Steven, par tous les moyens, à surmonter ses appréhensions.

A vingt-trois heures, elle partit pour la télévision, afin de superviser le journal de la nuit. Lorsqu'elle revint, son premier geste fut vers le répondeur. Steven n'avait pas laissé de message.

Le lendemain, elle appela le bureau de son mari à Chicago. Il allait rentrer par le vol de l'après-midi, lui apprit-on. Parfait ! Elle irait le chercher à l'aéroport. De nouveau, l'optimisme triompha de l'anxiété. Le soir même ils seraient réconciliés et tout redeviendrait normal.

Elle eut soudain la conviction absolue d'un avenir sans nuages. En esprit, elle se vit avec Steven se procurant un berceau, transformant la deuxième chambre en nursery, répétant les gestes anodins que font tous les couples qui attendent un heureux événement. Un sourire brilla sur ses lèvres, alors qu'elle se penchait de nouveau sur ses dossiers.

Vaughn Williams, brillamment interprétée par Sylvia Stewart, rendit son dernier soupir devant les caméras dans l'après-midi. Suivant les instructions du réalisateur, John s'était présenté au pénitencier et avait fait semblant d'être l'avocat de la détenue. Vaughn, conduite par une gardienne au parloir et laissée seule, avait à peine eu le temps d'exprimer son étonnement que les doigts de l'assassin se refermaient sur sa gorge fragile. Sylvia avait merveilleusement simulé l'agonie de la victime. Quelques minutes plus tard, elle gisait à terre, inanimée, tandis que le chef-opérateur exécutait un savant zoom sur son visage aux yeux vitreux. « C'est une scène magistrale », décida Bill, rayonnant. Au moment des adieux, acteurs et techniciens se pressèrent autour de Sylvia. Tout le monde avait les larmes aux yeux. La comédienne appartenait à l'écurie du studio depuis plus d'un an. On la considérait comme quelqu'un de la famille, on l'appréciait pour sa gentillesse et son talent. Le producteur offrit une tournée générale de champagne. Bill accepta la coupe qu'un éclairagiste lui tendait, tandis que Stanley, l'heureux époux de la vedette resté à l'écart, observait d'un œil ému la faune bigarrée, regroupée sous les feux des projecteurs.

Au bout d'un moment, Bill essaya de fausser compagnie à ses amis, mais Sylvia courut le rattraper, lui susurra à l'oreille une remarque qui le fit sourire. L'écrivain leva sa coupe à l'adresse de Stanley.

— Bonne chance ! cria-t-il. Que votre chemin soit tapissé de pétales de roses.

Sylvia s'essuya les yeux quand Bill l'embrassa sur la joue. Il était l'heure de partir. Stanley avait loué une superbe limousine blanche qu'il avait garée sur l'aire de stationnement. Le couple allait prendre le train le soir même, les bagages de Sylvia étaient déjà dans le coffre de la voiture, les clés de sa villa rendues à la propriétaire. Elle suivit d'un regard mélancolique Bill qui s'éclipsait.

Peu après, sur la route, il croisa, sans la voir, une minuscule MG rouge décapotée.

Adriane pénétra dans l'aérogare, cherchant du regard Steven parmi la foule des voyageurs. Durant le trajet vers l'aéroport, la jeune femme n'avait cessé de ressasser les phrases qu'elle allait lui débiter. Lorsqu'il l'aperçut, il traversa le hall dans sa direction, les yeux hostiles, le visage fermé.

— Qu'est-ce que tu fais là ? demanda-t-il d'un ton acerbe.

Visiblement, il brûlait d'une rage contenue.

— Je suis venue te chercher, répondit-elle doucement.

Elle ébaucha un geste vers l'attaché-case qu'il tenait à bout de bras, mais il s'esquiva.

— Vraiment ? Il ne fallait pas te déranger.

— Steven, voyons, sois juste...

Il se figea sur place, les lèvres blanches.

— Juste ? Après ce que tu m'as fait ?

— Je ne t'ai rien fait. Je m'efforce simplement de regarder la réalité en face.

— Une réalité que tu as bâtie de toutes pièces.

Adriane lui emboîta le pas. Elle avait laissé sa voiture au parking, mais Steven se dirigeait vers une destination inconnue.

— Où vas-tu ? cria-t-elle.

Il avait déjà franchi les portes coulissantes et hélait un taxi.

— A la maison, dit-il, la main sur la poignée de la portière.

— Moi aussi. Je suis venue te chercher pour ça.

Le chauffeur les observait d'un air goguenard.

— Inutile. Je n'ai pas l'intention de m'attarder. Juste chercher quelques effets personnels. J'ai loué une chambre d'hôtel et je compte y rester jusqu'à ce que tu te rendes à la raison.

« Chantage ! » pensa-t-elle, affolée. De toute évidence, il semblait décidé à briser sa résistance.

— Steven, je t'en prie, attends.

La portière lui claqua au nez, puis le taxi démarra en trombe, la laissant plantée sur le trottoir. Désemparée, confuse, elle se demanda s'il irait jusqu'à la quitter. Non... Steven n'était pas capable d'une pareille mesquinerie. Cependant, lorsqu'elle regagna la maison, il avait déjà empilé des vêtements dans trois valises, empaqueté deux raquettes de tennis, ses crosses de golf, et, penché sur la table, était en train de trier ses papiers.

Elle laissa errer sur le bric-à-brac un regard incrédule.

— Chéri, cette plaisanterie a assez duré.

— Adriane, je suis on ne peut plus sérieux, rétorqua-t-il

froidement. Prends tout ton temps pour réfléchir. Tu peux m'appeler au bureau. Je reviendrai lorsque tu en auras fini avec le bébé.

— Sinon ?

— Sinon, je passerai chercher le reste de mes affaires. C'est aussi simple que ça.

— Aussi simple que ça... répéta-t-elle.

La moitié d'elle-même, révoltée, bouillait de colère. L'autre moitié, anéantie, aurait souhaité être sous terre. Une mortelle angoisse se répandit en elle, mais elle parvint à regarder son mari sans broncher.

— Tu te comportes comme un détraqué. J'espère que tu t'en rends compte.

— Pas du tout. Tu as transgressé nos conventions...

— En gardant notre bébé ?

— En trahissant ma confiance, jeta-t-il d'un ton si péremptoire, si dur, qu'elle eut envie de le gifler. Tu as changé, Adriane.

— Changer est humain, Steven. Nous avons les moyens d'offrir une vie heureuse à un enfant.

— Je ne veux pas d'enfant.

— Et moi, je ne veux pas avorter pour satisfaire tes idées fixes, ni pour être libre de partir en voyage en Europe.

Il prit un air de majesté outragée.

— Epargne-moi ce genre de coup bas. Mon attitude n'a rien à voir avec le voyage en Europe, et tu le sais. Il s'agit plutôt d'une philosophie, d'une conception globale de la vie. Ce gosse nous privera de tout ce que nous avons obtenu à la force du poignet... Je ne puis l'accepter sous prétexte que tu as la frousse de recourir à une intervention chirurgicale.

— Je n'ai pas la *frousse !* s'écria-t-elle. L'idée que *je désire cet enfant* ne t'a pas encore effleuré ?

— Tu désires surtout me dominer.

— Mais non. Pourquoi aurais-je voulu une chose pareille ?

— Je n'en sais rien et cela m'importe peu.

— Steven, est-ce que tu es en train d'insinuer que si je ne me range pas à ton opinion tu me quitteras ?

Il la regarda droit dans les yeux, se borna à acquiescer d'un signe de tête, après quoi il entreprit de descendre ses bagages au rez-de-chaussée. Adriane s'effondra sur une marche de l'escalier.

— Steven, non, ne t'en va pas.

Il aligna les valises dans l'entrée, remonta chercher les

paquets. Trois ans de mariage, pour aboutir à cette sinistre comédie ! Elle le suivit du regard, les yeux brûlés par les larmes, alors qu'il commençait à transporter ses affaires dans sa voiture. Il reparut sur le seuil, dans le contre-jour aveuglant.

— J'attendrai ta décision.

Adriane s'élança vers lui, secouée de pleurs. Il resta de marbre lorsqu'elle s'agrippa à ses épaules.

— Non, non, ne pars pas. Ne me quitte pas. Tout se passera bien, tu verras, tu n'entendras même pas pleurer ce petit, je te le jure... Steven, ne me quitte pas, j'ai besoin de toi.

Il dénoua les doigts qui s'enfonçaient dans les revers de son veston avec une moue de dégoût qui ne fit qu'accroître la panique de la jeune femme.

— Allons, Adriane, remets-toi. La balle est dans ton camp.

— C'est faux ! sanglota-t-elle. Tu m'obliges à faire quelque chose qui me répugne.

— On s'habitue à tout, conclut-il calmement.

La colère enflamma les pommettes de la jeune femme.

— Vraiment ? Alors toi aussi tu pourrais t'habituer à tout.

— Voilà la question, fit-il nonchalamment, en la dévisageant de ses yeux de glace. L'ennui, c'est que je n'en ai pas l'intention.

Il se pencha, ramassa ses raquettes, tourna les talons. La porte claqua derrière lui. Paralysée, Adriane fixa le battant. Elle avait peine à croire qu'ils en étaient arrivés là.

# 10

Aucun fumet de bacon ne lui chatouilla les narines lorsqu'elle se réveilla le samedi matin. Aucun plateau de déjeuner sur la courtepointe. Pas d'omelette confectionnée par des mains affectueuses, ni bruits familiers en provenance de la cuisine. Rien. Rien que le silence. Et la solitude. Et l'affreuse certitude que Steven l'avait quittée.

La veille, elle n'avait pas eu le courage de retourner au bureau, elle avait téléphoné à Zelda en disant « je ne me sens pas très bien », puis s'était couchée tout habillée, en pleurs. Elle s'était relevée à trois heures du matin, avait retiré sa robe passé sa chemise de nuit, éteint les lumières. A présent, à l'instar de l'ivrogne au lendemain d'une beuverie, elle avait la bouche sèche, les paupières gonflées, le corps courbatu et le cœur au bord des lèvres.

Depuis qu'elle avait su qu'elle était enceinte, il y avait exactement dix jours — une éternité — sa vie s'était changée en un véritable enfer. « La balle est dans ton camp », avait-il déclaré, en lui accordant un dernier sursis. Un choix monstrueux, impossible. Si elle lui sacrifiait l'enfant, elle le détesterait toute sa vie. Dans le cas contraire, c'est lui qui l'abandonnerait à tout jamais... En quelques jours, ils avaient réussi à détruire ce qu'ils avaient toujours considéré comme une union parfaitement heureuse.

Elle se retourna dans le grand lit vide, en proie à un indicible désarroi. Steven ne risquait pas de se remettre des traumatismes d'une enfance misérable. Enfin, pas de si tôt... Si au moins il avait essayé de chasser les ombres du passé... Mais non, il ne voulait faire aucun effort.

La sonnerie stridente du téléphone la fit sursauter. L'espace d'une fraction de seconde, elle imagina son mari au bout du fil, et crut entendre sa voix disant qu'il reviendrait auprès d'elle, même si elle gardait l'enfant. Sa main décrocha fébrilement l'écouteur. C'était sa mère. Celle-ci ne l'appelait plus qu'une fois tous les deux mois. Leurs rares conversations tournaient toujours autour du même sujet : les glorieux faits et gestes de Connie, la « bonne fille » de la famille. Suivaient invariablement quelques déplaisantes allusions au comportement de Steven, après quoi sa mère se plaignait de ce qu'Adriane avait « manqué à tous ses devoirs ». Suivait une longue liste de griefs.

— Voilà des années que tu n'es pas venue passer Noël avec nous... Tu as oublié de souhaiter à ton père son anniversaire... Tu ne penses jamais à nous.

Adriane avait depuis longtemps deviné le reproche principal qui lui était fait. Elle s'était installée en Californie, loin de sa famille, avait épousé un homme que ses parents n'estimaient pas et, pour couronner le tout, ne leur avait pas donné de petits-enfants. Au début, sa mère s'en était inquiétée. Au fil des ans, elle avait cessé de lui demander si Steven et elle avaient consulté un spécialiste.

Adriane affirma à sa correspondante que tout allait bien, lui souhaita la fête des mères avec une semaine de retard, s'empressant d'ajouter que son travail accaparait presque tout son temps.

— Comment va papa ? parvint-elle enfin à demander.

Il lui fut répondu que papa avait pris un coup de vieux, mais que son beau-frère venait d'acheter une nouvelle voiture. Une Cadillac. A propos, quelle sorte de véhicule conduisait donc Steven ? Une Porsche ? C'était quoi exactement une Porsche ? Ah, une marque *étrangère,* bien sûr... Et, au fait, Adriane avait toujours cette « chignole ridicule » bonne pour la casse ? Oui ? Bizarre que son esthète de mari ne lui ait pas offert un modèle plus récent...

— Ta sœur a deux voitures à présent. Une Mustang et une Volvo.

Chaque mot semblait étudié pour l'irriter. La jeune femme répondit d'un air serein à une nouvelle avalanche de questions. Oui, aujourd'hui elle se reposait... Non, Steven n'était pas là, il jouait au tennis... Elle se retint de tout raconter à sa mère. Il aurait fallu, pour cela, une oreille compatissante, une épaule sur laquelle on puisse s'épancher, une personne capable de vous remonter le moral. Or, sa mère paraissait uniquement préoccupée de marquer des points. Elle pria Adriane de passer son « bonjour » à Steven avant de raccrocher.

Le téléphone se remit à sonner un peu plus tard. Adriane ne répondit pas. Peu après, en écoutant le message sur le répondeur, elle reconnut la voix de Zelda. Elle n'aurait pas voulu lui parler. Elle ne voulait parler à personne. Sauf à Steven. Toute la journée, elle attendit un coup de fil qui ne vint pas. Le soir, drapée dans la robe de chambre de son mari, elle alluma le poste de télévision. Ses larmes l'empêchaient de distinguer les images.

Nouvelle sonnerie. Elle se rua sur l'appareil sans réfléchir. C'était Zelda une fois de plus, en quête d'une information d'ordre professionnel.

— Adriane ? Qu'est-ce qui ne va pas ? Es-tu malade ? s'enquit-elle, intriguée par la détresse qui perçait dans la voix de sa patronne.

— Je suis mal fichue, marmonna cette dernière, regrettant d'avoir répondu.

Elle donna à son assistante le renseignement qu'elle cherchait, avant de lui souhaiter une bonne soirée.

— Tu n'as besoin de rien ? demanda Zelda après une hésitation.

— Euh... non, merci. Je vais très bien.

— Tu n'en as pas l'air, fit l'autre gentiment.

Avait-elle perçu l'imperceptible petit gémissement qui avait contracté la gorge d'Adriane ? Celle-ci renifla bruyamment, honteuse de sa faiblesse, sachant qu'elle n'avait plus la force de feindre.

— Tu as raison, murmura-t-elle, après tout je ne vais pas si bien que ça. Je...

Elle s'interrompit avec un rire nerveux, qui s'étrangla dans un sanglot.

— Adriane, qu'est-ce qui t'arrive ?

Les nerfs de la jeune femme lâchèrent brusquement, cependant que le besoin de se confier à quelqu'un devenait une nécessité absolue.

— Steven et moi... Il... Il m'a quittée.

Les derniers mots ne furent qu'un faible chuchotement. A l'autre bout de la ligne, Zelda retint son souffle. Elle connaissait bien cette vive douleur qui vous transperce le cœur quand l'être aimé vous renie. Elle ne sortait plus qu'avec des jeunes gens, à la recherche du plaisir, fuyant consciencieusement toute sorte d'engagement.

— Oh, Adriane, je suis vraiment désolée. Puis-je faire quelque chose pour toi ?

— Non, non, je n'en mourrai pas, répliqua-t-elle, sans un geste pour essuyer les larmes ruisselant sur ses joues pâles.

Peut-être qu'elle en mourrait, si Steven ne revenait pas.

— Bien sûr que non, s'écria Zelda d'un ton encourageant. Tu sais, on croit toujours qu'on ne peut pas vivre sans eux. Mais dans six mois, tu n'y penseras plus. Tu auras repris goût à la liberté et tu en seras ravie.

— J'en doute.

— Attends et tu verras ! décréta la rousse avec une véhémente conviction. Dans six mois, tu fileras peut-être le parfait amour avec un homme que tu ne connais pas encore.

« Je serai alors enceinte jusqu'aux dents ». A cette pensée, Adriane ne put s'empêcher d'éclater de rire.

— Cela m'étonnerait, dit-elle dans un soupir.

— Comment peux-tu en être aussi sûre ?

Le rire d'Adriane s'éteignit.

— Parce que j'attends un enfant.

Silence atterré à l'autre bout du fil, pendant que Zelda encaissait la nouvelle. Enfin, la rousse émit un sifflement.

— Eh bien, vue sous cet angle, la situation change du tout au tout. Est-ce que Steven est au courant ?

Adriane se tut une fraction de seconde, mais l'envie de se livrer fut plus forte que sa réticence.

— Oui. C'est pourquoi il est parti.

— Il reviendra, lança la rousse d'un ton empreint de confiance. Il a mal réagi, probablement parce qu'il a eu peur.

Elle avait raison. Adriane se cramponna de toutes ses forces à cette idée. Steven se raviserait peut-être, c'était son souhait le plus cher... Mais savait-on jamais ? N'avait-il pas déjà quitté sa propre famille ? N'avait-il pas franchi le seuil de la maison paternelle sans se retourner ? En fait, ses sœurs, ses parents, ne lui manquaient pas. Une fois qu'il avait décidé quelque chose, il était capable de rejeter ceux que, jadis, il avait chéris. Un nouveau soupir gonfla sa poitrine, un léger reniflement involontaire comme celui d'un enfant qui aurait trop pleuré.

— Ne dis rien aux autres, pria-t-elle.

Elle ne comptait pas mettre ses collègues au courant, pas avant d'avoir mis les choses au point avec Steven.

— N'aie crainte. Qu'est-ce que tu vas faire ? Démissionner ou demander un congé de maternité ?

— Je n'ai rien décidé encore. Je crois que je demanderai un congé.

Et si Steven partait pour de bon ? Si elle se trouvait dans l'obligation de travailler et d'élever en même temps son bébé ? Elle préférait ne pas y songer. Pas maintenant.

— Tu as le temps de voir venir, dit prudemment Zelda. Tu as raison de ne rien dire au bureau. Inutile de perturber notre cher vieux directeur.

Adriane occupait un poste de haute responsabilité. Zelda n'en aurait pas voulu pour tout l'or du monde. « Trop de tracasseries vous usent les nerfs », avait-elle décrété. C'était Steven, encore une fois, qui avait orienté Adriane vers cette place. Elle s'y était habituée, même si, par moments, la nostalgie de son ancienne profession l'envahissait. Etre constamment confrontée à l'horreur d'une actualité violente, assister, jour après jour, au spectacle affligeant de la brutalité des hommes et des catastrophes naturelles s'avérait parfois déprimant. Toutefois, Adriane s'y était appliquée et en avait tiré des satisfactions. Elle passait aux yeux de tous pour l'une des personnes les plus compétentes de l'équipe du journal.

— Ne te fais pas de souci, lui conseilla son assistante. Tout finira par s'arranger, j'en suis persuadée. Le bébé se portera comme un charme et quant à ton cher et tendre, il s'amènera dans un jour ou deux avec une gerbe de roses rouges et te jurera qu'il t'aime comme un fou.

— Que Dieu t'entende, Zelda !

Lorsqu'elles eurent raccroché, Zelda fixa quelques instants le téléphone, l'air sombre. « Rien ne laisse présumer du retour de ce type », marmotta-t-elle. Les rares fois où elle s'était trouvée en sa présence, elle avait été frappée par la froide résolution qui émanait de lui. Zelda l'avait tout de suite catalogué parmi les rapaces, et ne l'avait jamais porté dans son cœur. Il avait une façon de vous regarder, comme s'il calculait son prochain mouvement, qui, d'emblée, avait souverainement déplu à la rousse assistante. Rien à voir avec la générosité, avec la chaleur d'Adriane... Zelda avait éprouvé à l'égard de sa patronne un vif élan de sympathie, dès leur première rencontre. « Ce salaud ne la mérite pas ! » bougonna-t-elle entre ses dents.

Au même moment, Adriane s'efforçait de regarder une

émission. Les larmes l'aveuglaient. Le sommeil la surprit sur le canapé, et elle se réveilla en sursaut au milieu de la nuit, suffoquante d'angoisse. Elle éteignit le poste, puis se pelotonna de nouveau sur le canapé. non, elle ne monterait pas là-haut, elle ne se coucherait pas dans ce grand lit désert. Elle se réveilla à l'aube, dès que les premières lueurs du jour inondèrent la fenêtre. C'était une belle journée, des pépiements d'oiseau saluaient le lever du soleil, mais un fardeau insoutenable lui écrasait la poitrine. « Oh, Steven, pourquoi t'acharnes-tu à me détruire... à te détruire ? » Mais elle-même ? Que cherchait-elle au juste ? Curieusement, après avoir renoncé si facilement à la maternité, elle s'apprêtait à sacrifier son mariage, son bonheur, sa vie, afin de porter à terme un petit être inconnu. La jeune femme s'assit péniblement. Chaque articulation de son corps protestait. Elle se traîna jusqu'à la salle de bains. Son reflet dans le miroir lui arracha un gémissement. Elle avait le visage bouffi, les yeux rougis.

— Pas étonnant qu'il t'ait plaquée ! ricana-t-elle.

Un rire amer lui échappa, aussitôt noyé dans un flot brûlant de larmes. C'était sans espoir. Décidément, elle ne savait que pleurer.

Elle se passa de l'eau fraîche sur la figure, se brossa les dents, puis les cheveux, avec des gestes de somnambule. Elle enfila un blue-jean et un vieux sweater de Steven. Puisqu'elle ne pouvait l'avoir auprès d'elle, le contact de ses vêtements sur sa peau lui apportait un peu de réconfort.

Elle tartina un toast dans la cuisine, réchauffa le café de la veille, s'obligea à en avaler une gorgée. Le goût était amer. La jeune femme resta assise, le regard vide, la tête de nouveau fiévreuse d'interrogations. Reviendrait-il ? Ne reviendrait-il pas ?

La stridulation du téléphone la fit littéralement bondir pour décrocher, hors d'haleine. Il allait lui annoncer son retour, cela semblait évident. Qui d'autre l'appellerait à huit heures du matin ? Une voix inconnue grésilla dans l'écouteur, prononça quelques mots teintés d'accent asiatique... C'était une erreur, un faux numéro.

Elle se mit à errer sans but dans l'enfilade des pièces, prenant un objet pour le redéposer, sortant le sac à linge et versant toutes les larmes de son corps à la vue des chemises de Steven. Cela devenait insoutenable. La maison tout entière criait son absence, chaque détail semblait souligner son départ. Neuf heures à la pendule. Adriane ne tenait plus en place. Il fallait qu'elle sorte de ces murs, qu'elle respire un bol d'air frais, qu'elle marche. Elle n'avait aucune idée de l'endroit où elle irait, mais elle irait. Sa main chercha fébrilement les clés et fit claquer la porte… Voilà deux jours qu'elle n'était pas allée chercher son courrier. Elle fureta dans la boîte, en extirpa quelques factures et deux lettres adressées à M. Townsend. Rien pour elle. Elle remit le tout dans la boîte dont elle laissa retomber le couvercle, puis s'avança vers sa voiture, l'esprit vide. La veille, elle avait rangé la MG devant la façade principale, derrière une vieille Chevrolet. Alors qu'elle s'approchait, elle vit un homme qui tirait une bicyclette hors du véhicule décati. L'air était déjà chaud, chargé d'humidité, et l'inconnu semblait s'apprêter pour une promenade matinale. Il tourna la tête et regarda Adriane, les sourcils froncés, comme s'il essayait de se souvenir où il l'avait déjà rencontrée. Il avait une mémoire fantastique pour les détails les plus insignifiants, physionomies fugitives qu'il n'avait pu contempler que brièvement, noms qu'il n'avait entendus qu'une seule fois. Le nom de l'arrivante lui échappait, et pour cause — ils n'avaient jamais été présentés — mais ce visage… eh bien, ce petit minois appartenait à la jolie fille qu'il avait aperçue au supermarché quelques semaines auparavant. La jolie fille qui était mariée.

— Bonjour.

Il cala la bicyclette contre le rebord du trottoir. Adriane leva le regard sur lui. Il devait avoir une quarantaine d'années. Des yeux d'un bleu intense, chaleureux, amicaux. Des yeux souriants qui, en se plissant, s'entouraient d'un réseau de fines ridules. Il donnait l'impression de se sentir bien dans sa peau, en harmonie avec lui-même et son entourage.

— Bonjour, répondit-elle.

D'une toute petite voix. Il remarqua qu'elle avait mauvaise mine — teint pâle, traits tirés — et qu'elle se tenait un peu voûtée comme si elle avait subi un grand malheur. Lorsqu'il l'avait vue la première fois dans le supermarché, en pleine nuit, il avait été séduit par sa vitalité. Aujourd'hui, moins resplendissante, elle n'en était pas moins belle, d'une façon plus poignante, peut-être.

— Vous habitez ici ? demanda-t-il, désireux soudain de tout savoir sur elle.

Le fait que leurs chemins se croisent de nouveau par le plus grand des hasards, lui parut un heureux présage. Peut-être était-ce un signe du destin ?

— Oui, nous avons une maison à l'autre bout de la résidence, répondit-elle avec un sourire paisible. Je ne gare jamais ma voiture par ici, mais j'ai déjà remarqué la vôtre dans le coin. Elle est bien sympathique.

— J'adore mon vieux tacot. Moi aussi je connais votre MG.

Il avait en effet souvent vu la minuscule guimbarde rouge longer la rue. Il réalisa soudain qu'il avait une fois aperçu la jeune femme, de loin, en compagnie d'un beau et grand jeune homme aux cheveux noirs, et ils étaient montés dans un de ces engins grandiloquents, une Mercedes ou une Porsche. « Son mari, sans doute », pensa-t-il. Ils formaient un couple parfait... Il la regarda plus attentivement. Elle avait produit un effet plus impressionnant sur lui le soir du supermarché... Tout à coup, il se sentit un peu maladroit.

— Eh bien, je suis ravi de vous revoir... Tomber nez à nez avec des gens que l'on a toujours entrevus me rappelle ma jeunesse, pas vous ? (Il prit une voix de collégien.) Salut, je m'appelle Bill, c'est à cette école que tu vas ?

Il éclata de rire et elle l'imita. Mariée ou pas, cette femme lui plaisait et, malgré lui, il le lui fit comprendre par un coup d'œil admiratif. Sa main s'avança vers la sienne.

— Je me présente : Bill Thigpen. J'ai eu le plaisir de tamponner votre caddie avec le mien dans un magasin d'alimentation, il y a quelque temps à une heure fort tardive. J'avais fait tomber une montagne de papier toilette.

Elle hocha la tête, puis prit la main qu'il lui tendait. De leur première rencontre, elle avait gardé un vague souvenir. Depuis, sa vie entière avait basculé. « Salut, aurait-elle pu répondre, je m'appelle Adriane, tous mes espoirs se sont effondrés d'un seul coup comme un château de cartes, mon mari m'a quittée et j'attends un enfant. » Elle se présenta à son tour et s'entendit dire poliment :

— Adriane Townsend...

Malgré son sourire, ses yeux demeuraient si tristes que Bill eut envie de la prendre dans ses bras. Il comprit qu'elle cherchait désespérément à ajouter une phrase quelconque.

— Vous vous promenez souvent à bicyclette ?

— De temps à autre, oui. Je pousse parfois jusqu'à Malibu. Ou alors, je vais sur la plage. C'est un exercice sain qui a le don de vous clarifier l'esprit, après une longue nuit de labeur.

La jeune femme fit un effort pour paraître intéressée.

— Vous travaillez la nuit ?

Elle n'aurait pas su dire pourquoi, mais la présence de cet homme l'apaisait. Elle aurait pu rester là, indéfiniment, à bavarder avec lui. A débiter des choses sans importance. On eût dit qu'il engendrait un sentiment de sécurité et que tant qu'il serait là, plus rien ne pourrait l'atteindre. Bill continuait de la fixer droit dans les yeux. Quelque chose lui était arrivé, il en fut soudain persuadé. Une blessure intérieure la faisait souffrir atrocement. Un élan de compassion le poussait vers cette femme.

— Oui, il m'arrive de travailler très tard. Vous aussi, sans doute, puisque vous courez les magasins à minuit.

Cette observation arracha un rire à Adriane.

— En effet, admit-elle. Je sors du bureau vers onze heures et demie du soir. Je m'occupe du journal télévisé de dix-huit heures et également de l'édition de la nuit... C'est l'heure idéale pour faire ses courses, vous ne trouvez pas ?

Il eut l'air amusé.

— Le journal ? Sur quelle chaîne ?

Elle le lui dit et vit son sourire s'élargir. Après tout, leurs destinées étaient peut être intimement mêlées.

— Savez-vous que nous travaillons tous deux sur la même chaîne ? Et moi, c'est pour une série dont le tournage a lieu trois étages au-dessus de vos studios.

— C'est drôle, dit-elle, amusée elle aussi par la coïncidence. De quelle série s'agit-il ?

— *La Belle Vie*, répliqua-t-il tranquillement, en s'efforçant de ne pas paraître trop fier.

— C'est un excellent feuilleton. Je le regarde parfois, entre deux éditions.

— Depuis quand êtes-vous au journal ?

La jeune femme l'intriguait de plus en plus. Un singulier bien-être l'incitait à poursuivre la conversation. Ils étaient si près l'un de l'autre qu'il pouvait presque respirer la fragrance de son shampooing. Bill se demanda tout à coup quelle était la marque de son parfum, puis se traita mentalement de crétin.

— Depuis trois ans. Avant, je m'étais essayée dans les effets spéciaux et la production de téléfilms. Ensuite, j'ai eu la chance d'être engagée dans l'équipe des informations...

Sa voix se fêla, comme si elle doutait au fond que ce fût une vraie chance.

— Vous manquez d'enthousiasme, on dirait.

— Ce n'est pas toujours facile. Je dois même dire que ce n'est pas réjouissant, fit-elle sur un ton d'excuse.

— Je vous comprends. Je n'aurais pas voulu être à votre place. Cela doit être stressant de baigner sans cesse dans un climat malsain. Crimes, viols et inceste, les trois mamelles de l'Amérique.

Ce disant, il lui dédia un sourire éclatant tout en s'appuyant sur le guidon de sa bicyclette. Adriane éclata d'un rire spontané et, pendant une seconde, elle redevint la rayonnante créature du supermarché.

— Ainsi vous êtes scénariste ?

Jamais auparavant elle ne se serait attardée à faire la causette à un étranger.

— J'ai commencé par écrire, bien sûr. Maintenant, je supervise seulement le script. Parfois, je réécris les séquences.

Il était donc le créateur du célèbre feuilleton et il n'avait pas voulu le lui dire.

— Vous devez bien vous amuser. J'aurais voulu écrire, dans le temps, mais il semble que je sois plus efficace dans la production.

Du moins, c'était ce que Steven prétendait. Steven... les yeux d'Adriane s'assombrirent. Bill le nota.

— Les gens s'imaginent que l'écriture obéit à des lois mystérieuses, un peu comme les mathématiques, mais ils se trompent. Tout est une question d'inspiration. Je suis sûr que vous vous débrouilleriez à merveille.

L'expression de la jeune femme avait subi une étrange métamorphose. Tout en parlant, Bill assistait à la décomposition du ravissant visage, qui ne tarda pas à reprendre l'air affligé qui le crispait un peu plus tôt.

Un silence pesant suivit, pendant lequel Adriane chercha frénétiquement à chasser Steven de ses pensées.

— Je ne crois pas que je serais capable d'écrire, déclara-t-elle finalement.

Elle lui jeta un regard si malheureux, si désemparé, qu'il faillit lui caresser la joue.

— Essayez quand même, insista-t-il. La création est un élixir magique.

« Qui vous guérit de tous vos maux, de tous vos tourments », songea-t-il en se gardant bien de formuler sa pensée. Après tout ils ne se connaissaient pas et il ne pouvait pas se permettre de lui poser des questions indiscrètes.

Adriane s'éloigna, ouvrit la portière de la MG, se retourna pour jeter un ultime regard à Bill. Elle avait du mal à le laisser là, mais ils n'avaient plus rien à se dire, elle le sentait.

— J'espère que nous nous reverrons, dit-elle.

— Je l'espère aussi, répondit-il avec un sourire.

L'alliance en or miroita à son annulaire, alors qu'elle agitait la main. C'était rare, une femme qui portait une alliance, se dit-il, mais elle était une personne rare, il l'avait su instantanément, avant même de l'approcher.

Il resta planté sur le trottoir, jusqu'à ce que la MG rouge disparût derrière le tournant.

# 11

Steven l'appela deux jours plus tard. Au moment où Adriane s'apprêtait à partir travailler, le téléphone sonna. Son cœur se contracta lorsqu'elle entendit la voix de son mari. Il commença par réclamer son rasoir.

— Apporte-le à ton bureau aujourd'hui. Je passerai le chercher dans le courant de la journée... Celui que j'ai emporté s'est cassé.

— Oh... j'en suis désolée, répondit-elle en dissimulant son abattement sous une feinte humeur égale. Comment vas-tu ?

— Très bien, jeta-t-il sèchement. Et toi ?

— Tu me manques.

— Pas assez, apparemment. A moins que tu aies pris certaines dispositions que j'ignore encore...

Droit au but. Pas l'ombre d'un regret, aucun signe de repentir, aucun désir de compromis. « Zelda a péché par excès d'optimisme », pensa la jeune femme, oppressée. Son mariage était bel et bien terminé. Pour la nième fois, elle eut de la peine à réaliser que Steven avait pris la poudre d'escampette parce qu'ils allaient avoir un enfant.

— A ce que je vois, tu restes sur tes positions, et cela me navre, murmura-t-elle. Pourquoi ne viens-tu pas ici le week-end ? Il faut que nous ayons une explication.

— Je te répète qu'il n'y a rien à expliquer, sauf dans le cas où tu aurais changé d'avis, rétorqua-t-il avec un entêtement puéril.

— Alors quoi ? se rebiffa-t-elle. Allons-nous vivre chacun de notre côté indéfiniment ? Devrais-je t'annoncer la naissance du bébé par un faire-part ?

Il resta hermétique à son humour.

— Pourquoi pas ? J'avais pensé qu'une séparation momentanée t'amènerait à réfléchir, à y voir plus clair. Continue comme ça et je finirai par chercher un appartement.

— C'est sérieux, n'est-ce pas ? fit-elle, n'osant encore y croire.

— Tout à fait. Tu me connais suffisamment, Adriane, pour savoir que je n'ai pas l'intention de poursuivre longtemps cette farce sinistre. Lorsque tu auras pris une décision définitive, nous pourrons enfin continuer à vivre. Ensemble ou séparément. Tu as tous les atouts en main, maintenant.

— Intéressant point de vue, que tu devras exposer un jour à ton fil ou à ta fille, fit-elle remarquer ironiquement.

Steven n'eut pas l'air de s'en émouvoir.

— J'attends ta réponse. Je m'absenterai pendant quelques semaines, je dois aller à New York et à Chicago. Quand je rentrerai, nous serons la mi-juin... Cela te donne un délai d'un mois pendant lequel, j'espère, tu viendras à bout de tes tergiversations.

Exaspérée, elle se réfugia dans le silence. « Je me tuerai..., se dit-elle. Je me tuerai ou je le tuerai, mais je n'attendrai pas un mois avant de savoir s'il veut divorcer ou non. »

— Vas-tu effacer trois ans de bonheur pour un caprice ? souffla-t-elle finalement.

— Un caprice ? Je suis au regret de te signaler que tu n'as pas l'air d'avoir compris grand-chose, ma chère. Je me suis fixé un but dans la vie, et j'y tiens. Il semble que nous n'ayons pas le même, malheureusement.

— Exact ! Je ne vendrai pas mon âme au diable et je ne bazarderai pas mon bébé pour le prix d'une chaîne stéréo ou d'un voyage en Europe. Steven, c'est de notre enfant dont il s'agit, mais j'ai beau te le répéter, tu ne m'entends même pas.

— Je t'entends, Adriane. Simplement je ne suis pas d'accord avec ce tu me dis. Je te recontacterai dans quelques semaines. Toutefois, si d'ici là un changement survenait n'hésite pas à me le communiquer.

— Où pourrai-je t'appeler ?

Elle avait presque crié, submergée par une nouvelle vague de panique, se sentant complètement abandonnée.

— Laisse-moi un message au bureau. Ils sauront où me joindre.

— Ils ont bien de la chance, laissa-t-elle tomber d'un ton sarcastique.

— Et n'oublie pas mon rasoir.

— Non, bien sûr...

Elle reposa le récepteur sur le combiné, resta un long moment prostrée sur une chaise, au milieu de la cuisine. Les paroles de Steven bourdonnaient douloureusement dans ses tympans. C'était un parfait étranger qu'elle venait d'avoir au bout du fil. Mais l'avait-elle réellement connu ? Elle commençait à en douter.

Elle laissa le rasoir au bureau. Le lendemain, il n'était plus là. Steven était passé le chercher tard dans la nuit, après qu'elle eût quitté les locaux. Naturellement, il ne lui avait laissé aucun mot, aucun message. Adriane n'en parla à personne, pas même à Zelda. Ses collègues ignoraient que Steven l'avait quittée. La jeune femme avait préféré passer sous silence ce qu'elle considérait encore comme provisoire. Si dans quelques semaines ils reprenaient la vie commune — et c'était, au fond, son plus ardent désir — seule Zelda aurait eu vent de cette pénible aventure.

Lorsqu'elle sut pour l'appel téléphonique, Zelda, confortée dans sa première opinion, assura sa patronne que son têtu de mari ne tarderait pas à fléchir.

Les jours de semaine succédaient aux interminables week-ends avec une exaspérante lenteur. Steven ne donna plus de nouvelles. La jeune femme s'aperçut, effarée, qu'habituée à partager sa vie, elle ne savait plus que faire sans lui. Elle aurait pu voir plus souvent Zelda, bien sûr, mais la rousse avait d'autres chats à fouetter. Elle sortait avec un jeune homme de vingt-quatre ans, un mannequin, auquel elle consacrait toutes ses nuits, et Adriane ne voulait pas jouer les trouble-fête.

L'absence prolongée de Steven l'avait plongée dans la plus noire des solitudes. Par certains côtés, c'en était presque reposant. Elle avait cessé de vivre dans l'expectative, guettant à tout moment le bruit d'une clé dans la serrure, ou s'attendant à le voir surgir à la maison ou au bureau pour lui déclarer sa flamme et son repentir. Elle ne se couchait plus dans le grand lit froid avec l'espoir qu'il apparaîtrait soudain sur le seuil de la chambre pour, humblement, lui demander pardon.

Le train-train, la routine, l'avaient emporté sur l'attente. Adriane travaillait, mangeait, dormait. Elle ne s'était pas accordé une seule sortie, n'avait pas vu un seul film. Lors de son deuxième examen à la clinique, son médecin lui affirma que sa grossesse se développait normalement... Oui, tout était normal, excepté que son mari l'avait larguée. Il ne lui restait plus que le bébé. Un minuscule être à chérir et à protéger. Une petite créature qui n'était pas encore née.

Une fois ou deux, la jeune femme avait été tentée d'appeler ses parents, puis s'était ravisée. De temps à autre, elle déjeunait avec Zelda. Au moins, avec elle, on pouvait parler du bébé.

Elle tombait régulièrement sur Bill Thigpen dans le hall de la télévision ou dans un corridor. Depuis qu'ils avaient fait connaissance, ils se rencontraient à tout bout de champ, toujours par hasard... Ils se revirent même au supermarché. Et, de nouveau, devant l'entrée de la résidence. Bill s'abstint de lui dire que, plusieurs semaines auparavant, il avait aperçu son mari, de lourds bagages à bout de bras. Sans doute était-il en déplacement hors de la ville. Du reste, Adriane ne le mentionna pas lorsque, une fois de plus, ils se retrouvèrent à la piscine. Mais ils évoquèrent mille sujets, livres, films, peinture. Peu après, il se mit à lui parler de ses enfants, avec un enthousiasme touchant.

— Ils sont très importants pour vous, n'est-ce pas ?

— Oh, oui. Adam et Tommy sont ce qui m'est arrivé de plus merveilleux dans ma vie.

Il lui sourit, profita de ce que la jeune femme s'enduisait d'huile solaire pour l'admirer à loisir. Elle paraissait moins anxieuse, ces jours-ci, plus calme, trop calme peut-être... Ou était-ce de la timidité ?

— Vous n'avez pas d'enfants, je présume.

Il ne l'avait jamais vue avec des enfants et elle n'y avait jamais fait allusion. La plupart des voisins en avaient.

— Non, nous n'en avons pas. Notre travail nous accapare trop.

Il se demanda s'il pourrait devenir son ami. Il n'avait jamais été ami avec une femme, dans le sens platonique du terme, et celle-ci, curieusement, le faisait parfois penser à Leslie. Même sérieux, même intensité, même sens des valeurs morales. Une seconde, l'idée fulgurante qu'il aurait été heureux d'être à la place de son mari lui traversa l'esprit. Non, elle n'avait que son amitié à lui offrir et il s'en contenterait. A condition d'oublier son joli visage et son corps magnifique.

Il se força à la regarder dans les yeux et se mit à la bombarder de questions sur son métier. C'était une façon comme une autre de résister au désir dévorant de l'embrasser.

— Quand votre mari revient-il ? demanda-t-il enfin, d'un ton conventionnel.

L'imperceptible frémissement de ses cils trahit un instant son embarras. Elle ignorait comment Bill avait su que Steven était parti.

— Bientôt, répondit-elle paisiblement. Il est actuellement à Chicago.

Ce retour, elle le souhaitait autant qu'elle le redoutait. Quand Steven serait de nouveau là, elle saurait si leur mariage avait une chance de survivre. Elle connaissait par cœur ce qu'elle allait lui annoncer mais craignait mortellement sa réaction. Et elle mourait d'envie de le revoir.

Steven la rappela le deuxième lundi de juin, à neuf heures du matin.

A peine était-elle entrée dans son bureau, que sa secrétaire lui signalait M. Townsend sur la ligne. Elle bondit sur l'appareil. Lorsque la voix se fit entendre, une larme de joie perla entre les cils de la jeune femme. Elle avait attendu ce coup de fil si longtemps... Hélas, le ton était franchement hostile. Il s'enquit des nouvelles de sa santé avec une impatience qui rappela à Adriane la pénible réalité. Bien entendu, elle comprit ce qu'il voulait savoir et lui dit honnêtement.

— Je suis toujours enceinte, Steven, et le resterai.

— Je m'en doutais...

Puis, après un silence.

— ... Tu n'as donc pas changé d'avis. Dommage.

Elle secoua la tête, tandis que les larmes ruisselaient sur ses joues.

— Non. Mais je souhaite te voir.

— Je ne crois pas que ce soit une bonne idée. Nous n'en serions que plus malheureux, plus confus.

Mais qu'est-ce qui l'effrayait donc à ce point ?

— Qu'est-ce qu'un peu de confusion entre amis ? fit-elle dans un rire qui sonnait faux.

— Bien. Je déménagerai mes affaires dès que j'aurai trouvé un logement.

— Mais pourquoi ? Pourquoi fais-tu ça ? Pourquoi ne reviens-tu pas à la maison, même pour un essai ?

Ils n'avaient jamais eu de problèmes, jamais de querelle, jamais de différends… à part le bébé.

— Il est inutile de continuer à nous torturer, Adriane. Tu as pris ta décision, laisse-moi prendre la mienne.

Il agissait avec une sorte de dignité blessée, comme s'il avait été trahi, en rejetant la faute entièrement sur elle.

— Que comptes-tu faire de la maison ? interrogea-t-il après une pause.

Que voulait-il dire ? C'était l'endroit où elle vivrait avec le bébé.

— J'aimerais la conserver, si tu n'y vois pas d'inconvénient.

— Je n'ai pas d'objection pour le moment. Plus tard, peut-être, je verrai. Si nous la mettons en vente, nous pourrions en tirer une somme suffisante pour acheter chacun un appartement. A moins que tu veuilles acquérir ma part.

Il savait bien qu'elle n'avait pas les moyens de s'offrir une telle dépense.

— Quand veux-tu que je… parte ? murmura-t-elle.

Son mari la mettait à la rue parce qu'elle attendait un enfant !

— Rien ne presse. Je te tiendrai au courant.

Fallait-il le remercier de sa magnanimité ? Adriane acquiesça de la tête, écœurée. « Fini les illusions », pensa-t-elle. Tout était terminé. A moins qu'après la naissance du bébé… un infime espoir se remit à luire dans les ténèbres. Une nouvelle conviction triompha du désespoir. S'il voyait le petit, s'il le tenait dans ses bras… Elle attendrait ce moment-là, oui, elle patienterait. Et si entre-temps ils avaient divorcé, ils pourraient toujours se remarier.

— Fais ce que tu veux, répondit-elle calmement.

— Je passerai chercher mes affaires très certainement à la fin de la semaine.

Il le fit quinze jours plus tard, prétextant qu'il avait eu un rhume. Alors qu'il entassait ce qui lui appartenait dans des cartons, Adriane assistait, impuissante et morose, au spectacle. Pendant quelques heures, la maison fut envahie de malles, de paquets, de boîtes de toutes sortes attendant d'être transportés dans un fourgon garé devant le perron. Steven avait fait appel à un de ses amis dont la présence avait augmenté l'embarras d'Adriane. Aussitôt qu'elle avait vu

Steven, la jeune femme n'avait pu réprimer un élan vers lui, mais il s'était montré froid et distant.

Lorsque les deux hommes commencèrent à charger les bagages dans le fourgon, Adriane déclara qu'elle devait s'absenter. Elle monta dans sa MG et se mit à rouler à travers les rues de la ville, sans destination précise, sans but. Simplement, elle voulait s'épargner l'intolérable souffrance d'assister au départ de Steven. Elle regagna la maison en fin d'après-midi. Le fourgon n'était plus là. La porte d'entrée s'ouvrit sur le néant. Le souffle coupé, Adriane contempla le décor. Lorsque Steven avait déclaré qu'il passerait « chercher ses affaires », il avait omis de préciser ce que ce terme englobait. Effarée, la jeune femme s'avança dans le vestibule. Il ne restait plus grand-chose... Son mari avait emporté tout ce qui lui avait appartenu avant leur mariage, plus ce qu'il avait acquis après, sans oublier les objets dont il avait payé une partie. Adriane laissa errer son regard dans le salon. Le canapé et les fauteuils avaient disparu. De pâles rectangles marquaient l'emplacement des tableaux sur les cloisons dénudées. Steven les avait pris. Il avait pris aussi la desserte, la table et les chaises de la cuisine, la chaîne stéréo, le poste de télévision, le mobilier, tout. Au premier étage, il ne restait plus que le lit dans leur chambre. Il s'était approprié la commode, et la lingerie d'Adriane avait été soigneusement pliée et rangée dans des boîtes en carton. Plus de lampes, bien sûr, plus de bibelots. Le confortable siège de cuir avait été également embarqué. La salle de bains présentait le même aspect de désolation. Dans sa précipitation, il s'était emparé de sa brosse à dents.

Appuyée sur le chambranle, la jeune femme porta les mains à son visage. Fallait-il en rire ou en pleurer ? Pendant une seconde, les larmes parurent sur le point de triompher. Finalement, un rire nerveux la secoua. Elle fit mentalement l'inventaire de ses maigres possessions : ses vêtements, le tapis du salon, quelques objets que Steven avait laissés en évidence dans l'entrée, le vieux service en porcelaine dont la plupart des pièces avaient été cassées à mesure, un tabouret.

Il n'y avait pas eu de partage. Pas de délibération. Simplement, il s'était octroyé le droit de se servir et l'avait fait sans scrupules. Elle descendit dans la cuisine, ouvrit le réfrigérateur. Il était vide. Son hilarité redoubla. Le téléphone sonna à ce moment-là.

— Quoi de neuf ? dit Zelda au bout du fil.

— Rien, pouffa Adriane… Strictement rien.

— Que veux-tu dire ? demanda son assistante, intriguée par le ton de sa voix. Presque détendu, ce que ne lui était pas arrivé depuis un bout de temps.

— Tout n'est plus que cendres et que ruines, Attila est passé par là.

— Tu as été cambriolée ?

— On pourrait le penser, pouffa Adriane, assise à même le sol auprès du téléphone.

Un nouveau rire lui échappa. La vie lui parut tout à coup d'une simplicité divine.

— … Steven est passé aujourd'hui chercher ses affaires. Il a eu la bonté de me laisser le tapis mais il a pris tout le reste, jusqu'à ma brosse à dents.

— Seigneur ! Et tu n'as rien fait pour l'arrêter ?

— Quoi par exemple ? Le poursuivre avec un fusil ? Me disputer comme un chiffonnier ? Au diable !

Si jamais ils se réconciliaient, il ramènerait tout ce qu'il avait dérobé. Adriane se cramponnait encore à cette perspective. Bizarrement, toute idée de lutte l'avait abandonnée.

— As-tu besoin de quelque chose ? s'enquit Zelda.

— Oh, oui ! D'une table, de chaises, de linge de maison, de serviettes de bain et surtout d'une brosse à dents.

— Adriane, sois sérieuse.

— Je le suis… Mais peu importe, Zelda. De toute façon, il a décidé de vendre la maison.

— Je n'arrive pas à le croire.

C'était pourtant la vérité. Steven lui avait tout enlevé. Mais elle avait gardé l'essentiel. Le bébé.

Sa bonne humeur inexplicable se dissipa le lendemain. Elle resta longtemps étendue sur une chaise longue, près de la piscine, à ressasser le passé. Comment en étaient-ils arrivés là ? Par quelle sorte de mystère, en un rien de temps, leur entente, jusqu'alors si parfaite, avait-elle été brisée ? Quelque chose n'allait pas depuis le début, en conclut-elle, quelque chose dont elle ne s'était pas rendu compte. Une faille invisible qui était passée inaperçue mais qui pourtant existait, dès le premier jour. Elle songea à la façon dont Steven avait laissé tomber sa propre famille, à l'ami qu'il avait trahi, à son manque de scrupules. Peut-être qu'une partie de lui-même était incapable d'éprouver de l'amour. Sinon il n'aurait pas mis si brutalement fin à leur mariage. Avec autant de désinvolture.

« Il lui faudra bien regarder un jour la réalité en face », pensa-t-elle. Pour le moment, elle souffrait trop pour tirer une conclusion logique de cet imbroglio. Naturellement, il était hors de question de refaire sa vie. Elle avait trente et un ans, l'homme qu'elle aimait venait de s'en aller et elle était enceinte. Elle n'avait envie de se lier à personne d'autre. Aucun autre homme n'était parvenu à susciter son intérêt. Elle n'avait avoué à personne que Steven l'avait quittée, et lorsqu'on lui demandait des nouvelles de son mari, elle se bornait à répondre qu'il était « en voyage ».

Quand, un peu plus tard dans l'après-midi, Bill Thigpen contourna la piscine, le visage chargé d'interrogations, Adriane se contenta de lui répéter ce qu'elle disait aux autres. Et lorsqu'il demanda s'ils allaient déménager, elle rétorqua, les joues empourprées, que son mari avait décidé de bazarder leurs vieux meubles, afin de les remplacer.

— Ah bien, fit-il prudemment, sans la quitter des yeux.

Il avait croisé Steven Townsend, la veille, alors que celui-ci entassait un incroyable bric-à-brac dans un camion. L'expression de son visage lui avait rappelé celle de Leslie le jour où elle avait fait ses paquets. Cependant, sous le soleil ardent, Adriane affichait un calme olympien. Elle paraissait totalement absorbée dans un livre qu'elle tenait à l'envers et dont elle tournait les pages sans les lire.

# 12

La semaine s'écoula au ralenti, comme dans un rêve. Adriane accomplissait les gestes quotidiens machinalement et regagnait la demeure désertée avec le fol espoir d'y trouver un Steven repenti, penaud, mortifié. Dans son imagination, ils tombaient dans les bras l'un de l'autre en éclatant du même rire complice avant de s'élancer vers la chambre pour célébrer leurs retrouvailles. Et des années plus tard, ils raconteraient à leur enfant leur brouille insensée...

Mais tous les soirs la porte s'ouvrait sur le néant. Steven n'était pas là. Il n'appelait pas. La jeune femme s'asseyait alors sur le tapis, feignant de parcourir un livre ou de mettre de l'ordre dans ses dossiers.

Au début, elle avait songé à se procurer quelques meubles, mais s'était ravisée sous prétexte que si Steven réintégrait le domicile conjugal, ils manqueraient de place.

La plupart du temps, le répondeur téléphonique restait branché. Adriane écoutait régulièrement les messages. Il n'y avait jamais aucun appel de Steven. La bande délivrait seulement des coups de fil d'amis, de collègues, surtout de Zelda. La vie devait continuer, pourtant, puisque le jour succédait à la nuit et que la routine se poursuivait, exactement comme avant. Adriane partait le matin à son bureau, rentrait à midi pour déjeuner, repartait en fin d'après-midi. revenait tard le soir, recommençait le lendemain, avec la sensation d'avoir été transformée en robot. Au fil des jours, la lueur d'une souffrance indicible se mit à brûler dans ses prunelles. Zelda l'observait, impuissante. Elle ne pouvait pas l'aider, personne ne le pouvait.

Adriane s'installait peu à peu dans une attente morbide.

Son cerveau engourdi se refusait à l'évidence. Steven finirait par reprendre ses esprits, par comprendre qu'il avait eu tort… C'était une question de temps. Pourtant, chaque fois qu'elle avait essayé de le contacter, elle était tombée sur sa secrétaire qui l'accueillait invariablement avec un vague « M. Townsend est absent ».

Le vendredi du week-end de l'Independence Day, elle rencontra Bill Thigpen au supermarché, après le journal de vingt-trois heures. L'écrivain était en train d'empiler une montagne de victuailles dans deux caddies. Steaks congelés, saucisses, tranches de foie, petits pains au lait, paquets de chips, toutes sortes de condiments. Ils entrèrent presque en collision, alors qu'il prenait, sur un rayon, deux bouteilles géantes de ketchup.

— Bonsoir, fit-il. Je ne vous ai pas vue de la semaine.

Ils se sourirent. « Elle m'a manqué », découvrit-il, puis il demanda :

— Quelles sont les nouvelles ?

— Le charivari habituel : typhons, guerres, explosions. Comment se porte *la Belle Vie ?*

— Comme l'actualité. Meurtres, divorces, escroqueries en tous genres… En fin de compte, nous sommes dans la même galère.

— Sauf que votre traversée semble moins assommante.

— Pensez-vous !

Depuis que Sylvia avait quitté la troupe, il s'ennuyait d'elle. C'était stupide, bien sûr. Ils n'avaient rien en commun. La comédienne manquait de profondeur et, quant à lui, il n'avait pas été en mesure de lui témoigner l'affection qu'elle réclamait. Sylvia devait se sentir beaucoup plus heureuse avec son gentil industriel du New Jersey. Elle avait d'ailleurs envoyé une carte postale au studio, chantant les louanges de Stanley qui venait de lui offrir un luxueux appartement. A présent, Bill se demandait ce qui l'avait attiré chez elle. Il se posait la même question vis-à-vis de toutes les femmes qu'il avait connues ces dernières années. Ces femmes qui l'avaient entouré et grâce auxquelles il avait momentanément oublié sa solitude. Ces jolis papillons — presque toutes des comédiennes — qui n'approchaient l'écrivain que pour s'assurer un rôle dans le prochain épisode. Bill en avait conscience, évidemment, mais cela ne le dérangeait pas. Ou plutôt cela ne l'avait pas dérangé tant que ces liaisons superficielles comblaient le vide de son cœur.

A présent, la page était tournée. Depuis plus d'un mois, il n'était pas sorti avec une femme. Il avait besoin de se retrouver. Soif d'une relation plus complète. Envie de pouvoir communiquer avec quelqu'un. Comme jadis avec Leslie.

— Pourquoi ne venez-vous pas au barbecue demain soir ? demanda-t-il en lorgnant Adriane d'un regard plein d'espoir.

Pourquoi pas en effet ? Il désirait mieux la connaître et quant à son mari fantôme, il éveillait sa curiosité. « Steven est dans la publicité », avait dit Adriane. Bill lui trouvait beaucoup d'allure. Et il ne l'avait plus revu depuis le jour du déménagement des meubles.

— J'invite tous les copropriétaires de la résidence au barbecue annuel du 4 juillet, reprit-il, indiquant d'un geste les caddies remplis à ras bord. Une orgie de steaks que vous ne devriez pas manquer. Vous n'êtes pas venue l'année dernière.

Sinon il s'en serait souvenu, évidemment.

— Nous ne sommes jamais là le 4 juillet. L'année passée nous étions allés à La Jolla.

— Et cette année ?

— Euh... exceptionnellement, nous ne partons pas. Steven est en voyage d'affaires... à Chicago.

Il haussa un sourcil, étonné.

— Pendant le week-end de l'Independence Day ? Ce garçon est un vrai bourreau de travail. Et vous ? Resterez-vous seule ?

« Sa curiosité frise l'indiscrétion », jugea Adriane, embarrassée. Il la dévisageait toujours en attendant sa réponse. Son air amical la rassura. Après tout il savait qu'elle était mariée.

— Je n'en sais trop rien, répondit-elle enfin, d'une voix tendue.

— Si vous n'avez rien de mieux à faire, venez au barbecue. Je vous promets un énorme steak succulent sauce Thigpen.

Un pâle sourire fleurit sur les lèvres de la jeune femme.

— Je... Je suis invitée chez des amis, parvint-elle à murmurer, et Bill aperçut l'ombre de tristesse dans ses yeux. L'année prochaine, peut-être...

Il acquiesça. L'horloge murale du magasin indiquait minuit, mais ils étaient là à bavarder comme s'il était dix heures du matin.

— Eh bien, je vais finir mes courses, dit-il d'un ton empreint de regret. Si vous changez d'avis je serai heureux de vous accueillir. Vous pouvez amener des amis. Plus on est de fous et plus on s'amuse.

— Je vous promets d'essayer.

Elle n'irait pas, naturellement. En y repensant, elle avait bien aperçu un carton d'invitation dans sa boîte aux lettres et s'était empressée de l'expédier dans le vide-ordures. Rien de plus désagréable, avait-elle pensé, que de passer la soirée au milieu d'un troupeau de célibataires endurcis, car les couples faisaient toujours bande à part, elle l'avait maintes fois constaté.

Il n'y avait aucune raison pour qu'elle aille à cette réception. D'abord parce qu'elle était une femme mariée, ensuite parce qu'elle saurait se tenir jusqu'au retour de son époux.

Curieusement, ce retour ne faisait plus aucun doute. « Simple question de temps... simple question de temps »... A force de le penser, elle avait fini par y croire dur comme fer. Et à force de se le répéter, la certitude qu'il reviendrait s'était imposée à son esprit comme l'unique issue possible de leur conflit. Le fait qu'il ait déménagé, la laissait sans nouvelles, et qu'il ne fût jamais à son bureau quand elle l'appelait n'avait en rien entamé sa confiance. Elle voyait tout, expliquait tout à travers ses propres désirs.

Elle avait amorcé son troisième mois de grossesse. Son état passait inaperçu, bien qu'elle eût un plus gros appétit et qu'elle se fatiguât plus vite.

Alors qu'elle prenait la direction de la caisse, elle vit Bill qui franchissait la double porte coulissante en poussant ses caddies. La jeune femme regagna sa demeure en proie à une affliction singulière. Deux sacs de provisions lui suffisaient maintenant pour toute une semaine. Elle rangea ses achats dans le réfrigérateur avant de monter dans la chambre. Puis se laissa choir sur le lit entouré des boîtes en carton dans lesquelles Steven avait rangé sa lingerie pour vider les tiroirs de la commode. Elle n'avait pas eu le courage de les ouvrir.

Etendue dans l'obscurité, elle laissa ses pensées dériver vers Steven. Où était-il ? Que ferait-il ce week-end ? Elle fut tentée de l'appeler, d'implorer sa clémence, de lui affirmer qu'elle accepterait tout s'il revenait... tout sauf l'avortement. D'ailleurs, le problème s'était déplacé. Il ne s'agissait plus de bébé à proprement parler mais de son avenir. Un avenir qu'elle n'arrivait pas à concevoir sans Steven. Curieusement, les souvenirs de sa vie d'avant Steven s'étaient gommés. Comme si elle n'avait rien vécu auparavant, comme si son existence tout entière se résumait à trois années de mariage.

Le sommeil eut raison de ses forces vers trois heures du matin. Elle se réveilla en fin de matinée. Ces jours-ci, elle dormait beaucoup. Son médecin attribuait ces somnolences à son état. A cette forme minuscule qui se développait en elle. Un petit être à chérir et à protéger. L'être le plus précieux au monde, même s'il avait brisé son mariage.

Il était midi passé lorsque, douchée et rhabillée, elle s'assit dans la cuisine devant une assiette d'œufs brouillés. Elle s'occupa ensuite de quelques factures impayées, fit un peu de lessive, redescendit au rez-de-chaussée. La vue du salon vide amena un sourire sur ses lèvres. Décidément, c'était une maison facile à tenir. Pas de meubles à épousseter, pas d'argenterie à astiquer, pas de plantes à arroser. Il suffisait de faire le lit et de passer l'aspirateur. En début d'après-midi, elle s'en fut à la piscine. En passant devant la maison de Bill Thigpen, elle eut un bref aperçu des préparatifs du barbecue. L'écrivain était dans le jardin, en grande conversation avec deux hommes. Deux femmes venaient de disposer au milieu de la longue table de pique-nique un vase empli de fleurs fraîches. Ce serait sûrement une soirée fort agréable et elle regretta presque d'avoir décliné l'invitation. Elle n'avait rien à faire, personne à voir. Zelda était au Mexique avec un ami... Bah ! Elle irait peut-être au cinéma.

Bill se matérialisa au pied de sa chaise longue une heure plus tard, dans l'aveuglante lumière du soleil, l'air à la fois satisfait et exténué.

— Rappelez-moi de ne plus m'embarquer dans ce genre d'aventure l'année prochaine, lança-t-il en s'asseyant sur le bord de la chaise longue. Notez, je dis la même chose tous les ans, ajouta-t-il, l'œil malicieux. Ces gens me rendent fou.

Elle sourit malgré elle. Sans le faire exprès, il était d'une drôlerie irrésistible.

— Mmm, je parie que vous en redemandez.

— Evidemment ! Sherman préparant l'attaque d'Atlanta n'a pas dû s'amuser plus que moi. (Il se pencha vers elle, conspirateur.) Les gars, là-bas, prétendent que nous aurions dû prendre des homards. Ils ont dit que je leur sers des grillades depuis trois ans et que ça commence à bien faire. Les femmes, quant à elles, seraient pour un repas commandé chez le traiteur. Des hot-dogs livrés à domicile pour le barbecue du 4 juillet ! On croit rêver ! Non, mais si vous avez connu des pique-niques sortant tout droit de chez Fauchon, détrompez-moi.

Elle rit et il enchaîna :

— J'adorais cette fête quand j'étais gosse. Et vous ?

— Mes parents nous emmenaient à Cape Cod. Plus tard, nous sommes allés à Martha's Vineyard. Je garde un souvenir impérissable de ces longues plages immaculées. C'était formidable, jouer des heures durant dans le sable avec un tas de gamins, puis attendre toute l'année pour les revoir.

— Oh, oui, dit-il, s'abîmant dans ses propres souvenirs. Nous, nous allions à Coney Island. Nous faisions des tours de manège puis le soir nous regardions le feu d'artifice. Papa, lui, organisait un barbecue sur la plage. Quand j'ai été plus grand, nous avons habité une maison à Long Island et maman concoctait un véritable festin dans l'arrière-cour. Mais je n'ai jamais oublié les vacances à Coney Island.

Fils unique, Bill avait adoré ses parents.

— Sont-ils toujours à Long Island ?

Il secoua tristement la tête. La perte de ses parents avait été une épreuve difficile à surmonter.

— Non. Ils sont morts, il y a longtemps.

Seize ans. Bill avait vingt-deux ans à la mort de son père, vingt-trois à celle de sa mère, tout juste un an plus tard. Son regard effleura le petite visage encadré de la lourde chevelure noire qui tombait en cascade sur les épaules parfaites.

— Je crois que mon barbecue annuel est une façon de leur rendre hommage, reprit-il, songeur, puis un sourire chaleureux illumina ses traits. La famille est une notion qui se perd. Ici, je ne connais que des « sans famille ». Ils ont des copains et des copines, des chiens, des gosses, mais leurs parents, leurs oncles et leurs tantes, leurs cousins et leurs grands-parents sont quelque part ailleurs. Avez-vous déjà rencontré quelqu'un qui a vraiment grandi à Los Angeles ? Je veux dire une personne normale qui ne ressemble pas à Jean Harlow, ou un type qui est resté éperdument amoureux de sa petite sœur ?

Elle ne put s'empêcher de rire. C'était un homme à la fois drôle et profond, léger et solide.

— Et vous ? De quelle région êtes-vous ?

Elle faillit répondre « de Los Angeles » mais se retint.

— Du Connecticut. New London.

— Et moi de New York. Il y a des lustres que je n'y suis pas retourné. Et vous ? Il vous arrive d'aller dans votre ville natale ?

— De moins en moins, sourit-elle. Ma sœur aînée habite toujours là-bas.

Connie, ses mômes et son raseur de mari... Le malaise qu'Adriane ressentait à leur égard n'avait fait que s'aggraver depuis son mariage avec Steven. Bientôt, elle devrait leur annoncer sa grossesse, mais elle préférait attendre le retour de son mari, quand il serait revenu à la raison. Ce serait trop compliquer de leur expliquer qu'il était parti, qu'il l'avait plantée là.

— Dommage que vous ne puissiez venir ce soir, dit Bill sombrement.

Adriane eut honte d'avoir menti. Mais c'était mieux ainsi. Elle se redressa, plongea dans la piscine, alors que Bill reprenait le chemin de son jardin, afin de poursuivre les préparatifs du festin.

La jeune femme se fit dorer au soleil jusqu'à dix-sept heures. De retour chez elle, elle s'étendit dans sa chambre, un livre en main. Le sens des phrases se dérobait à son esprit. Il en était ainsi la plupart du temps. Ses soucis la rendaient incapable de se concentrer. Une heure plus tard, elle entendit arriver les premiers invités de Bill. D'autres vinrent se joindre à eux. Une cinquantaine, d'après le bruit. Eclats de rires et brouhaha de voix se mêlaient au tintement des verres et des couverts sur fond de musique des années soixante.

La jeune femme sortit sur le perron et s'accouda à la balustrade. Sur l'arrière cour, personne ne pouvait la voir, bien sûr, et elle n'avait aucune vue sur le barbecue dont le joyeux tintamarre continuait de plus belle. Un refrain des Beatles fit vibrer l'air nocturne. Ils devaient s'amuser comme des petits fous, là-bas. Mais elle avait eu raison de ne pas y aller. Il eût été trop embarrassant de répondre aux questions que les voisins ne manqueraient pas de lui poser au sujet de Steven. Et bien qu'elle ait déjà dit à tout le monde que son mari était à Chicago, elle n'aurait pu supporter tous ces regards pesant sur elle... Et puis elle n'était encore jamais sortie seule. Ses délicates narines palpitèrent sous les assauts d'un fumet alléchant. Elle se rendit soudain compte qu'elle mourait de faim. Peu après, elle se penchait vers le réfrigérateur et en examinait le contenu d'un œil désabusé. Rien ne la tentait. Seul un succulent hamburger aurait pu rassasier sa faim vorace. Elle eut l'eau à la bouche. « Cinq minutes, se dit-elle. » Passer en coup de vent, juste le temps de se restaurer, et disparaître de nouveau. Et, dès le lendemain, envoyer un chèque au maître de maison pour sa participation aux frais. Quel mal y avait-il ? Traverser la cour n'avait rien à voir avec une vraie sortie. Ce n'était pas plus compliqué que d'aller se chercher un plat au fast-food ou à l'épicerie chinoise du coin.

Forte de cette conviction, elle remonta les marches quatre à quatre. Une fois dans la salle de bains, elle se brossa énergiquement les cheveux qu'elle attacha d'un ruban de satin blanc. Elle passa ensuite une robe mexicaine en dentelle blanche qu'elle avait achetée lors d'un voyage à Acapulco avec Steven. Une tenue très féminine, qui dissimulait à merveille sa taille légèrement épaissie. Elle enfila des sandales argentées, se para de pendants d'oreille en argent, et, fin prête, redescendit au rez-de-chaussée. Une ultime hésitation la cloua sur le seuil du vestibule. Et s'il n'y avait que des couples ? Si elle ne connaissait personne ? Ou si... Eh bien, même si Bill Thigpen avait une petite amie parmi ses invités, où était le problème ?

Une petite foule bigarrée s'égaillait sur la pelouse, aux abords de la piscine et dans le jardin. Des rires fusaient de toute part. Les uns barvardaient, pendant que d'autres s'empiffraient autour de la longue table de pique-nique ou faisaient la queue devant le barbecue. Tout le monde affichait une bonne humeur de circonstance. Debout, face au grill, en chemise blanche à fines rayures rouges, pantalon blanc et tablier bleu ciel, Bill officiait. Il avait l'air heureux et parlait à tous, bien qu'il ne parût pas s'intéresser à quelqu'un en particulier... Adriane réalisa qu'elle ignorait tout de sa vie privée. Qu'il ait une petite amie ou non ne la regardait pas, bien sûr. Lors de leurs différentes entrevues, il lui avait fait l'effet d'un solitaire et — encore que cela ne changeât rien à l'affaire — ravi de l'être. Elle s'avança lentement vers lui à la suite des autres invités. En l'apercevant, un large sourire éclaira son visage. Du premier coup d'œil, il enregistra chaque détail,. la robe de dentelle blanche, la chevelure soyeuse d'un noir lustré, les immenses yeux saphir. Elle était belle à couper le souffle. Il se sentit aussi guilleret qu'un gamin qui voit apparaître la fille de ses rêves. On se sent accablé car on ne l'a pas vue depuis des semaines, puis on tourne la rue et elle est là, superbe, qui vous sourit. Après quoi on la reperd de vue et l'on est à nouveau malheureux comme les pierres jusqu'à la prochaine fois. Depuis quelques temps, l'écrivain en était venu à penser que la vie s'articulait autour de rencontres fortuites.

— Hello, cria-t-il, en priant le ciel pour que l'arrivante mît la rougeur de ses joues sur le compte de la chaleur.

Jamais auparavant il n'avait eu de coup de foudre pour une femme mariée. Avec celle-ci, c'était différent. D'abord, il aimait la regarder. Ensuite, il aimait lui parler. L'ennui, c'était tout en elle qu'il aimait.

— Avez-vous amené vos amis ?

— Ils se sont décommandés, mentit-elle avec une facilité dont elle fut la première étonnée.

— Ah, tant mieux... je veux dire, tant mieux que vous soyez venue. Que puis-je vous offrir ? fit-il en esquissant un geste vers le gril. Hot-dog, hamburger, steak ? En tant que chef cuisinier, je vous recommande le steak.

En sa présence, il se sentait rajeunir. Bizarrement, elle avait l'air de partager son enthousiasme. Elle lorgna les viandes qui se doraient sur le feu.

— Alors, j'obéis au chef. Un steak, s'il vous plaît.

— C'est parti. En attendant, allez donc goûter les hors-d'œuvre : quatorze salades différentes, les unes plus originales que les autres, soufflé, saumon fumé, fromages.

Il la suivit du regard, alors qu'elle se servait au buffet, nota qu'elle remplissait copieusement son assiette. Malgré son extrême minceur, elle semblait dotée d'un solide appétit.

Bill déposa un énorme steak dans l'assiette de la jeune femme, avant de lui proposer un verre de vin, qu'elle refusa. « Pourvu qu'elle reste un moment », se dit-il lorsque, de nouveau, elle s'éloigna. Il se remit à l'œuvre. Une demi-heure plus tard, il se fit remplacer aux fourneaux par un voisin et partit à sa recherche.

Adriane était tranquillement assise au bord de la piscine.

— A ce que je vois, vous avez fait honneur au menu.

Elle baissa les yeux sur son assiette vide.

— C'était délicieux et... j'avais une faim de loup.

— Parfait. Je déteste les adeptes des régimes hypocaloriques. Aimez-vous faire la cuisine ?

D'habitude, il ne posait jamais de telles questions, mais sa curiosité à l'égard de sa voisine n'avait plus de limites. Qui était-elle réellement ? Que faisait-elle ? Etait-elle heureuse avec son mari ? Un vague signal d'alarme se mit à sonner dans les tréfonds de son subconscient, mais une petite voix intérieure l'incita à poursuivre ses investigations.

— Oh, je ne suis pas un cordon bleu, répondit-elle. Je n'ai pas beaucoup de temps à consacrer à la cuisine.

Steven avait des goûts simples en matière culinaire.

— Evidemment, si vous êtes responsable du journal télévisé vous ne devez pas avoir une minute à vous. Est-ce que vous faites un saut chez vous entre les deux éditions ?

— Oui, à moins d'une actualité particulièrement dramatique. Je rentre à la maison vers dix-neuf heures et repars aux environs de vingt-deux heures. Et je ne reviens pas avant minuit.

— Je sais, jeta-t-il, la mine réjouie. L'heure à laquelle vous passez au supermarché.

Quelqu'un présenta un plateau à la jeune femme, qui prit un morceau de tarte aux pommes.

— J'ai cru comprendre que vous travaillez aussi énormément, observa-t-elle.

— Certaines nuits, je couche sur le canapé de mon bureau. Un scénario comporte plusieurs versions que j'élabore à mesure. C'est une besogne fatigante, bien sûr, comme toutes les formes de création, mais j'y trouve mon compte. Si vous avez envie d'assister à un tournage vous êtes la bienvenue.

La plupart de ses anciennes maîtresses se seraient empressées d'affirmer que la vie auprès d'un écrivain n'était pas une sinécure. Adriane le bombarda de questions et il lui narra ses débuts à New York, dix ans auparavant.

— ... et j'ai dû m'installer en Californie. Le plus dur, ce fut de me séparer de mes enfants. Ils sont vraiment formidables et ils me manquent cruellement.

— Vous les voyez souvent ?

— Pas autant que je voudrais. Ils viennent chez moi pendant les vacances scolaires et un mois chaque été. Ils seront ici dans une quinzaine de jours, acheva-t-il avec un sourire attendrissant.

— Et vous arrivez à vous occuper d'eux, malgré votre travail ?

— Je me débrouille pour prendre mes vacances en même temps qu'eux, et je dois dire que finalement mes collaborateurs se passent assez bien de ma présence... Mes deux petits bonshommes adorent camper, se salir et dormir dans les bois. Comme je préfère le confort, nous avons coupé la poire en deux. Une semaine sous la tente, une autre dans un hôtel, le reste du temps ici, acheva-t-il dans un rire.

Adriane termina sa tarte aux pommes. C'était la première fois qu'elle ressentait un tel bien-être en compagnie d'un autre homme, et cette constatation se teinta d'une vague nervosité.

— Est-ce qu'ils vous ressemblent ?

Elle se figura un couple de petits clones rigoureusement identiques à Bill et cela amena sur ses lèvres un sourire amusé.

— Il paraît que le plus jeune est mon portrait mais je trouve, quant à moi, qu'ils ressemblent tous deux à leur mère. Nous avons eu Adam tout de suite, ajouta-t-il, nostalgique. Ce fut dur, croyez-moi. Ma femme avait dû abandonner son métier — à l'époque, elle était danseuse à Broadway — et je gagnais difficilement de quoi nourrir ma petite famille. Pourtant, ce bébé a été la meilleure chose qui nous soit arrivée. La Providence a voulu que sa naissance coïncide avec celle de mon feuilleton...

Comme il était différent de Steven !

— Allez-vous rester éternellement dans l'équipe du journal ? demanda-t-il après un silence.

— Je n'en sais rien.

Elle n'avait encore pris aucune décision. Elle aurait le temps d'y penser pendant son congé de maternité.

— Parfois, l'envie me prend de commencer une nouvelle série. Mais quand ? *La Belle Vie* est un job à plein temps.

— Où puisez-vous vos idées ?

— Dieu seul le sait. Dans la vie réelle, dans ma tête, où je peux. Je pars du principe que la réalité dépasse la fiction. Les gens ont le don de se fourrer dans les situations les plus inextricables.

Elle hocha la tête pensivement. Elle était bien placée pour comprendre mieux que quiconque ce qu'il voulait dire. Leurs yeux s'accrochèrent, alors, la jeune femme parut sur le point de dire quelque chose mais ses lèvres restèrent scellées.

Entre-temps, la foule s'était clairsemée. Un groupe d'invités vint prendre congé du maître de maison et Adriane le regarda pendant qu'il échangeait avec eux quelques paroles. C'était un homme plaisant, aimable avec tout le monde.

Quelqu'un à qui on pouvait ouvrir son cœur. Adriane sut brusquement qu'elle pouvait tout lui dire. Sauf pour Steven. Son départ avait fait surgir un sentiment d'échec qui l'empêchait de se confier.

— Voulez-vous boire quelque chose ?

Elle refusa. Il s'était contenté d'un seul verre de vin, qu'il posa pour se servir un café.

— Contrairement à certains illustres écrivains, je bois très peu, expliqua-t-il. Chez moi, l'ivresse n'est pas synonyme d'inspiration.

— Je ne suis pas une grande buveuse non plus.

Nouveau silence. Le regard de la jeune femme effleura deux ou trois couples enlacés. Tout à coup, sa solitude lui parut encore plus accablante. Elle était tombée amoureuse de Steven cinq ans auparavant, l'avait épousé, et manquait terriblement d'amour à présent.

— Quand votre mari revient-il ? demanda Bill, avec nonchalance.

« Quel veinard, celui-là, ne put-il s'empêcher de penser, et quel dommage que cette fille soit mariée ! »

— La semaine prochaine, dit-elle calmement.

— Où est-il déjà ?

— A New York.

Elle avait répondu vite, trop vite. Il fixa sur elle un regard inquisiteur.

— Vous ne m'avez pas dit qu'il se trouvait à Chicago ?

Bill recula d'un pas, stupéfait par le changement qui, en un éclair, s'était produit sur le visage de son interlocutrice. Quelque chose l'avait bouleversée, mais quoi ? Il n'eut pas la loisir d'analyser cette impression que la jeune femme bondissait sur ses jambes.

— Eh bien, dit-elle d'une voix anxieuse, j'ai passé une excellente soirée.

Elle s'apprêtait visiblement à tourner les talons. Qu'est-ce qui l'avait effrayée ? Il n'aurait pas su le dire. Sans réfléchir davantage, il lui saisit la main.

— Adriane, ne partez pas, pas encore, la nuit est si douce et j'ai tant de choses à vous dire.

Elle se figea un instant. Bill arborait un air de petit garçon si vulnérable qu'elle n'eut pas le courage de refuser.

— Je... J'ai cru que vous aviez d'autres projets et ne voudrais pas vous importuner, bredouilla-t-elle.

Ils se rassirent côte à côte, et il oublia de lui lâcher la main.

— Vous ne m'importunez pas. Je vous trouve fascinante. Parlez-moi de vous, Adriane. Quels sont vos passe-temps favoris ? Votre sport préféré ? La musique que vous aimez ? Je veux tout savoir.

Surprise, elle se mit à rire. Personne ne l'avait pressée de questions pareilles depuis des années. Par chance, il semblait ne plus penser à Steven.

— J'adore la musique sous toutes ses formes, se lança-t-elle. La musique classique, naturellement, mais également le jazz, le rock, la country-music, l'opéra. J'apprécie tout autant Mozart que Sting ou les Beatles... Quant au sport, plus jeune j'aimais bien le ski... Euh... qu'est-ce que j'aime d'autre ? La mer... le chocolat... les chiens... les cheveux roux... j'ai toujours rêvé d'avoir des cheveux roux... Et les enfants, ajouta-t-elle doucement. J'aime beaucoup les enfants.

— Moi aussi. Bébés, mes garçons étaient adorables. J'ai dû quitter Tommy alors qu'il n'avait qu'un an. J'en ai eu le cœur brisé. Mais je vous les présenterai. Nous pourrions même dîner tous ensemble.

Dans ce dîner, il avait inclus Steven, sans le nommer. Il savait que son amitié avec Adriane — car seule une solide amitié avec elle était possible — dépendrait, à l'avenir, des rapports qu'il entretiendrait avec son mari. Celui-ci se révélerait peut-être moins déplaisant qu'il n'en avait l'air, bien que Bill en doutât.

— Je serais heureuse de les rencontrer. Où allez-vous camper ?

— Probablement aux abords du lac Tahoe. Nous nous y rendrons en voiture, via Santa Barbara, San Francisco et Napa Valley.

— Voilà un itinéraire des plus civilisés.

— Je ne puis me passer longtemps de la pollution des villes, sourit-il. Trop d'air pur risque de déglinguer mon système nerveux.

— Jouez-vous au tennis ? interrogea-t-elle après une infime hésitation.

Steven faisait une véritable fixation sur le tennis.

— Très rarement. Je ne suis pas un champion de la raquette.

— Moi non plus.

Elle rit, en s'interdisant d'aller chercher une nouvelle part de tarte aux pommes. L'équipe de nettoyage avait commencé à enlever les plats. La nuit enveloppait dans ses voiles sombres les environs de la piscine, quelques invités s'attardaient encore sur la pelouse. La jeune femme pensa qu'il était grand temps de s'en aller mais ne bougea pas. Soudain, une vive lueur inonda le ciel, puis le feu d'artifice explosa, et tous se redressèrent pour admirer les gerbes lumineuses qui s'épanouissaient au-dessus de leur tête. Bill était sans doute le seul à ne pas lever le regard. Il n'avait d'yeux que pour Adriane. Sa radieuse beauté l'attirait comme un aimant. Elle avait l'air d'une petite fille, le visage ainsi renversé vers le firmament. Il se contint pour ne pas l'embrasser. Depuis qu'il l'avait aperçue pour la première fois il en mourait d'envie et chaque fois qu'il la revoyait, son désir s'exacerbait un peu plus.

Le feu d'artifice dura une demi-heure. Le bouquet final arracha des cris d'admiration à l'assistance. Une fleur géante déploya sa flamboyante corolle rouge, blanche et bleue, puis il n'y eut plus que les étoiles sur le velours noir du ciel. Tandis que les dernières flammèches rayonnaient dans l'ombre et retombaient lentement sur la terre, Bill respira le parfum d'Adriane. Chanel n° 19, l'un de ses préférés.

— Que faites-vous demain ? Nous pourrions faire un tour à... (il se souvint de son amour de la mer) à la plage.

— Je... ne sais pas, balbutia-t-elle, prise de court, mon mari rentrera peut-être tard dans la nuit.

— Je croyais qu'il était à New York ou à Chicago jusqu'à la semaine prochaine. Je suis sûr qu'il ne vous en voudra pas. Je suis un citoyen respectable, vous savez ! A quoi cela vous servira-t-il de rester enfermée chez vous tout le week-end ? Que diriez-vous d'une promenade à Malibu ? Un couple d'amis new-yorkais a une villa, là-bas, et je vais y jeter de temps en temps un coup d'œil. Vous l'adorerez, j'en suis convaincu.

— D'accord pour la plage, murmura-t-elle.

Elle n'avait pas eu l'intention d'accepter, pourtant le mot avait jailli de lui-même. Peut-être parce que cet homme la mettait en confiance. Oui, c'était bien cela. Il dégageait une sorte de générosité capable de vaincre les réticences les plus tenaces.

— Ça vous va, onze heures ?

La jeune femme fit oui de la tête. Cela lui allait parfaitement... et l'effrayait un peu. Elle fit mine de s'en aller.

— Je vous raccompagne.

Côte à côte, ils prirent le chemin de la maison d'Adriane. Elle déverrouilla la porte d'entrée et entrebâilla le battant sans allumer la lumière, afin que son hôte ne voie pas le vestibule vide.

— Mille mercis, Bill. J'ai passé vraiment un moment très agréable.

C'était toujours mieux que de se morfondre en se demandant où pouvait bien être Steven.

— Pas autant que moi, affirma-t-il, détendu et radieux. Alors, à demain.

— A demain... Voulez-vous que nous nous retrouvions près de la piscine ?

— Non, je viendrai vous chercher ici même.

Adriane se glissa furtivement à l'intérieur.

— Merci encore, murmura-t-elle.

L'instant suivant, elle avait disparu, comme une vision qui s'éteint tout à coup, là où elle se tenait une seconde auparavant. Aucune femme ne lui avait jamais fait des adieux aussi rapides. Bill rebroussa chemin en souriant.

# 13

Le lendemain, Bill passa chercher Adriane à onze heures sonnantes. Elle l'attendait sur le perron. Elle portait une chemise flottante sur un blue-jean, des sneakers, un chapeau de paille. Dans un gigantesque sac de plage, posé à même le sol, s'entassaient serviettes éponge, crèmes solaires, livres, lunettes de soleil. Bill s'empara du sac.

— Vous avez l'air d'une gamine de quatorze ans dans cet accoutrement.

La chemise appartenait à Steven et le blue-jean était devenu trop serré. Il ne parut pas le remarquer. Adriane lui sourit, frappée une fois de plus par l'allégresse que sa présence lui procurait. Elle le suivit dans l'allée.

— Est-ce un reproche ou un compliment ?

— Un compliment, bien sûr. Dites, avez-vous de l'eau gazeuse ? Mes invités m'ont littéralement dévalisé hier soir.

C'était dimanche et les magasins d'alimentation étaient fermés.

— Oui, il m'en reste quelques bouteilles au frais.

— Allons donc les chercher. J'ai toujours soif sur la plage.

La jeune femme jeta un coup d'œil furtif par-dessus son épaule en direction de la maison.

— J'y cours. Restez plutôt là et surveillez bien nos affaires.

— Personne ne subtilisera votre bien. Laissez-moi vous donner un coup de main.

— Non, non, il y a un tel désordre… Je n'ai pas eu le temps de ranger depuis que Steven est parti à New York, l'autre jour.

New York ou Chicago ? Bill s'abstint de poser la question.

Visiblement, elle ne désirait pas le voir entrer chez elle. Ils firent demi-tour.

— Je vous attends ici, déclara-t-il devant le perron.

Elle s'éclipsa immédiatement et le battant se referma aussitôt sur sa silhouette fragile. Comme pour cacher quelque chose. Bill n'eut guère le temps de se demander quoi, car un fracas de verre brisé explosa à l'intérieur. Il s'élança sans réfléchir vers la source du bruit. Penchée sur les débris qui jonchaient le carrelage, Adriane leva la tête.

— Vous vous êtes blessée ?

— Oh, non, je suis stupide. J'ai dû secouer les bouteilles, après quoi elles m'ont échappé des mains et voilà.

Il l'aida à nettoyer les dégâts. Au moment où la jeune femme furetait dans le réfrigérateur en quête de nouveaux sodas, il remarqua la nudité de la pièce. A la place où se trouve normalement la table de cuisine, il n'y avait qu'un tabouret sous un téléphone mural. Lorsqu'ils traversèrent le living-room, l'absence de mobilier se fit plus sensible. Le vide créait une atmosphère étrangement oppressante. Les rectangles jaunâtres sur les murs témoignaient de l'ancien emplacement de tableaux. L'image de Steven chargeant les meubles dans le fourgon aidé par son copain émergea de la mémoire de Bill. Que lui avait donc dit Adriane ? Ah oui, qu'ils avaient bazardé leur mobilier pour le remplacer par du neuf.

— Les nouveaux meubles n'arriveront pas avant août, dit-elle comme si elle avait deviné ses pensées.

En vérité, elle n'avait passé aucune commade, car elle n'avait pas perdu l'espoir de voir revenir Steven avec tout ce qu'il avait emporté.

— Je vois, répondit-il.

Et pourtant, quelque chose détonnait, mais quoi au juste ? Etaient-ils dans l'impossibilité de s'offrir une décoration décente ?

— Les espaces quasiment nus reviennent à la mode, plaisanta-t-il. Au moins, vous n'avez pas de problème d'entretien.

La voyant pâlir, il s'empressa de rectifier :

— Lorsque chaque chose aura trouvé sa place, ce sera épatant.

En attendant, une aura sinistre émanait des lieux et Bill n'aurait pas trouvé mieux pour camper, lors d'une scène, le décor d'une maison abandonnée.

Une fois sur la plage, il n'y pensa plus. Ils restèrent étendus sur le sable blanc jusqu'à dix-sept heures et évoquèrent une foule de sujets, allant des voyages à la politique et de la philosophie cachée des feuilletons à celle du journal télévisé, en passant par le monde des livres et des spectacles. Bill se lança ensuite dans une longue diatribe sur les différentes formes d'écriture. Elle avoua qu'elle avait « commis quelques nouvelles » quand elle fréquentait encore l'université. On eût dit qu'ils ne pouvaient s'arrêter de parler. Ils parlaient encore quand, à bord du station-wagon de Bill, ils reprirent la direction du retour.

— Au fait, je suis littéralement sous le charme de votre MG.

— Vous êtes bien le seul. Depuis des années, parents et amis me pressent de m'en défaire mais j'y tiens trop. Cet engin fait partie de moi-même.

— Je le sais d'autant mieux que j'éprouve la même chose pour ma vieille voiture, dit-il.

Il rayonnait. Enfin une femme qui comprenait qu'on puisse aimer une voiture. Et elle avait un sens aigu des valeurs telles que l'intégrité, l'amour et le respect. De surcroît, ils s'entendaient à merveille, jusqu'à partager la même passion pour les vieux films en noir et blanc. Le seul ennui, avec elle, en dehors de son appétit d'ogresse, c'était qu'elle avait un mari. Bill balaya aussitôt ce dernier de son esprit. Il avait abouti à la conclusion qu'entre lui et Adriane il ne pouvait y avoir d'autre lien que l'amitié, et s'était résolu à s'en contenter. Quelques semaines plus tôt encore il se serait écrié qu'une pure amitié entre un homme et une femme relevait de la fiction.

— Voulez-vous dîner avant de rentrer à la maison ? Je connais un gentil petit restaurant mexicain à Santa Monica Canyon, ça vous tente ? lança-t-il du ton jovial dont on s'adresse à un copain de régiment. Ou alors, il me reste deux steaks d'hier. Venez chez moi, je vous ferai la cuisine.

— Pourquoi pas chez moi ?

Elle n'aurait pas dû faire cette réponse. Elle aurait plutôt dû décliner cette nouvelle invitation. Mais l'idée de se retrouver toute seule entre les murs nus lui répugnait. Bill émit un gloussement.

— Sans vouloir vous vexer, manger par terre ne me dit trop rien. Et à moins qu'il reste quelque meuble que je n'aie vu...

Il n'y avait plus que le lit, mais elle se garda bien de l'en informer.

— Quel snob ! railla-t-elle, le cœur léger, allons chez vous, alors.

Elle n'avait pas dit cette phrase à un homme depuis si longtemps. Peut-être depuis qu'elle avait commencé à sortir avec Steven, cinq ans auparavant. Et voilà qu'elle venait d'accepter un dîner en tête à tête avec un quadragénaire sans le moindre remords. Oui, mais Bill Thigpen n'était pas un homme comme les autres. Il était exceptionnel, Adriane le pensait sincèrement. Il semblait toujours prêt à devancer ses désirs, s'inquiétant sans cesse de savoir si elle avait faim ou soif, si elle avait envie d'une glace ou d'un soda. Il connaissait un tas d'histoires amusantes sur son entourage de travail, sur ses enfants.

Son intérieur reflétait une autre facette de son caractère. La jeune femme s'abîma dans la contemplation des peintures modernes accrochées aux murs et des sculptures qu'il avait glanées lors de ses voyages. Canapés de cuir moelleux et fauteuils confortables, disposés avec goût dans le salon, vous invitaient à vous y abandonner. Une table ancienne — il en avait fait l'acquisition dans un monastère italien — dominait la salle à manger, artistement mise en valeur par un épais tapis pakistanais. Et partout, des images merveilleuses à l'intention de ses enfants. Adriane tomba en extase devant la cheminée de briques polies. Il lui fit visiter la grande cuisine rustique entièrement lambrissée de bois, puis son bureau, une vaste pièce qui croulait sous les livres, où une antique machine à écrire trônait sur une table d'époque à laquelle il semblait tenir autant qu'à sa chère guimbarde. Une chambre d'amis comportait un lit à colonnettes flanqué d'une descente en peau de mouton. La chambre des enfants avait des murs colorés et des lits superposés en forme de locomotive rouge vif. La chambre du maître de maison, à l'autre bout du couloir, était traitée dans un camaieu de tons terre de Sienne. Ses grandes fenêtres ensoleillées s'ouvraient sur un jardin dont Adriane ignorait l'existence. « Une maison parfaite, à l'image de son occupant », songea-t-elle. Chaleureuse, sécurisante, pleine de couleurs et de lumière. Elle ne put s'empêcher de la comparer à la sienne. Steven y avait imposé un style d'une ruineuse austérité avant de s'en aller en laissant seulement le lit et un tapis.

— Bill, c'est magnifique !

— Merci. Avez-vous remarqué le lit des enfants ? Il a été conçu par un ébéniste de Newport Beach. Il ne fabrique pas plus de deux pièces par an. J'avais d'abord jeté mon dévolu sur un bus à impériale mais il avait déjà été réservé par un Anglais, alors j'ai pris la locomotive. J'ai toujours eu un faible pour les trains.

— Oui, j'ai vu.

— J'aurais pu m'acheter une maison mais je ne me résigne pas à quitter celle-ci. A la longue, je m'y suis habitué et les enfants s'y sentent bien.

— Et je les comprends.

Il leur avait concédé la plus spacieuse des chambres, se souvint-elle soudain, même s'ils ne faisaient que passer.

— Quand ils seront plus grands, j'espère qu'ils viendront plus souvent.

— Ils le feront, j'en suis sûre.

Ils avaient de la chance d'avoir un père comme lui. De retour au salon, Adriane se laissa tomber sur le canapé. Ce lieu agissait sur ses muscles tendus comme un baume magique. Elle sentit ses nerfs se détendre. Peu après, elle rejoignit Bill à la cuisine. Il l'avait presque entièrement décorée lui-même, il le lui raconta tout en préparant le dîner.

— Vous êtes bricoleur ? Vous en avez des cordes à votre arc !

— Pas tant que ça. Je suis un piètre joueur de tennis, ne l'oubliez pas. Sur une île déserte, j'aurais été incapable de survivre. Lorsque nous partons dans la nature, c'est Adam qui s'occupe du feu de camp. Et j'ai peur dans les avions...

C'était peu, comparé à ses innombrables qualités.

— Vos rares défauts vous donnent un côté humain, sourit-elle.

Il se mit à hacher du basilic pour la salade.

— Et vous, Adriane ? Etes-vous humaine ?

— Oh ! oui, j'ai de nombreuses lacunes. Le tennis, bien sûr, puis le bridge. Je suis lamentable au bridge. Du reste, je suis mauvaise joueuse en tout. Je n'arrive pas à me concentrer plus de cinq minutes et, de toute façon, je me fiche éperdument de gagner. Je suis également nulle en matière d'ordinateurs, ajouta-t-elle en riant, puis redevenant sérieuse : et en compromis. Je n'arrive jamais à consentir à un compromis, même lorsqu'il y va de mon intérêt.

— C'est tout à votre honneur.

— Pas toujours, répondit-elle sombrement. Parfois, cela coûte très cher.

Elle pensait à Steven. A leur amour perdu auquel elle avait tant cru.

— Oui, on paie cher ses convictions, répondit-il à voix basse. Mais il vaut mieux rester en accord avec sa conscience.

— On n'arrive pas toujours à discerner le vrai du faux.

— Fiez-vous à votre intuition. Si les autres n'ont pas le même système de valeurs que vous, ils seront toujours contre.

Adriane garda le silence, perdue dans ses pensées. Steven lui avait proposé un compromis qui ne lui laissait en fait pas d'alternative. Elle avait dû choisir entre perdre l'enfant ou perdre Steven. Et elle avait perdu Steven.

Ils prirent place à table, devant les deux steaks juteux que Bill avait grillés et garnis de laitue. Il apporta du pain chaud et de l'ail, annonça qu'il y avait des fraises nappées de crème fraîche au dessert. Adriane fixa son hôte.

— Resteriez-vous fidèle à vos idées envers et contre tout ? demanda-t-elle subitement.

— Vous voulez dire aux dépens de quelqu'un d'autre ?

— Peut-être.

Il parut réfléchir un moment.

— Tout dépend de la situation. Probablement oui, si mon intégrité était en cause. Il est parfois impossible de trahir ses idées, quitte à se rendre détestable. Avec l'âge, on devient plus malléable, bien sûr. J'ai trente-neuf ans, je suis plus tolérant qu'à vingt, mais je ne m'écarte jamais de ce que je crois fondamental. Eh bien, je ne suis pas un prix de diplomatie, mais mes amis savent qu'en cas de coup dur ils peuvent compter sur moi. C'est plus important que tout le reste.

— Je le pense également.

— Et Steven ? ne put-il se retenir de demander.

Adriane ne mentionnait pour ainsi dire jamais son mari, et Bill se posait un tas de questions à son sujet.

— Il est également extrêmement attaché à ses opinions. Au point de rejeter d'emblée celles des autres.

C'était une déclaration classique.

— Les vôtres aussi ?

— Pas toujours mais… (elle chercha fébrilement les mots appropriés) disons qu'il vous fiche la paix à condition de le laisser mener sa propre barque comme il l'entend.

« Et à condition de se plier à ses quatre volontés, ajouta-t-elle mentalement, par exemple travailler au journal. »

— Et ça marche ?

Ça avait marché. Comme sur des roulettes. Jusqu'au jour où il était sorti brutalement de sa vie parce qu'elle avait refusé de lui obéir. La jeune femme prit une profonde inspiration.

— Dernièrement, je me suis aperçue qu'il ne suffit pas d'éviter d'empiéter sur la liberté de l'autre. Je crois qu'un mariage ne peut pas fonctionner sans un total engagement des deux parties.

Il hocha la tête, afin de signaler son approbation. Il en était venu à la même conclusion après son divorce.

— L'ennui avec les gens qui prônent la liberté à l'intérieur du couple, dit-il, c'est qu'ils ont rarement envie de faire la même chose que leur partenaire. A moins de tomber sur la personne idéale… et j'avoue humblement que je n'ai eu ni le courage ni le temps de la chercher. Ni le désir, du reste.

— Pourquoi pas ? voulut-elle savoir.

— J'avais peur. Peur de raviver la blessure que Leslie m'a infligée lorsqu'elle m'a quitté en me séparant de mes enfants. Peur de connaître une fois de plus le même déchirement. Pourquoi devrais-je perdre mes gosses sous prétexte qu'une femme ne m'aime plus ? Alors, je me suis protégé. J'ai été vigilant.

« Et paresseux », se dit-il.

— Pourquoi ne demandez-vous pas à votre ex-femme de vous envoyer vos enfants plus souvent ?

— Leslie considère qu'elle a plus de droits sur eux que moi. Elle a l'air de penser qu'elle me fait une faveur en me les laissant pendant les vacances. Je trouve cela foncièrement injuste. Vous me direz que si j'habitais New York, le problème se poserait autremant. Je vous réponds que non. Vivre à deux pâtés de maisons des êtres les plus précieux que l'on a au monde, sans pouvoir les voir à chaque instant, est une torture bien plus affreuse que lorsqu'on est loin. Elever un enfant ne veut pas dire l'emmener une fois par an à Tahoe et à Disneyland. Mais veiller près de son lit s'il a la fièvre, le cajoler quand il a de la peine, l'aider à surmonter les obstacles…

Il haussa les épaules, le regard assombri.

— J'en ai pris mon parti, poursuivit-il. J'ai accepté la situation, alors j'essaie de vivre au jour le jour. Autrefois, je souhaitais d'autres enfants. Je n'y songe plus. Chat échaudé craint l'eau froide.

— La prochaine fois la garde des enfants vous sera peut-être accordée.

— Il n'y aura pas de prochaine fois, en ce qui me concerne. Et vous ? Vous ne désirez pas avoir des enfants ?

C'était une question brutale, mais il se sentait suffisamment à l'aise avec elle pour oser la lui poser. Adriane se tut un long moment. Elle faillit lui avouer la vérité, puis se ravisa.

— Pas pour le moment. Steven n'est pas très chaud pour devenir papa.

— Pour quelle raison ? interrogea-t-il, intrigué par cette nouvelle énigme.

— Il a eu une enfance malheureuse. Des parents pauvres. Bref, il considère la procréation comme la racine du mal.

— Vraiment ? Et cela ne vous dérange pas ?

Leurs yeux s'accrochèrent.

— Si, parfois, finit-elle par admettre. Mais j'espère qu'il changera bientôt d'avis.

En janvier, plus précisément.

— N'attendez pas trop longtemps, Adriane. Vous le regretteriez. Les enfants sont le sel de la vie. Ne vous privez pas de cette joie.

— Je ne manquerai pas de faire part de vos conclusions à mon mari.

Elle lui dédia un sourire auquel il répondit. Secrètement, il souhaitait la disparition de Steven Townsend. Si seulement Adriane avait été libre... Sa main s'avança vers celle de la jeune femme.

— J'ai passé une journée fantastique, Adriane. Vous devez le savoir.

— Moi aussi.

Elle termina son steak, souriante, pendant que son hôte reprenait de la salade.

— Vous savez, pour une femme si mince, vous ne faites pas très attention à votre ligne, la taquina-t-il.

Ils éclatèrent de rire en même temps.

— Je suis désolée. L'air marin m'a ouvert l'appétit.

Elle savait pertinemment que l'air marin n'y était pour rien, mais se garda bien de le dire.

— Vous avez de la chance de ne pas grossir.

Il admira une fois de plus sa silhouette allongée. C'était la première femme de sa connaissance qui n'était pas constamment au régime.

Ils discutèrent tranquillement jusqu'à vingt-deux heures, après quoi Adriane l'aida à débarrasser la table. Bill la raccompagna jusqu'à sa porte. La nuit était claire, sans la moindre brume, des myriades d'étoiles scintillaient dans le ciel. Le lendemain, elle se rendrait au bureau. Elle aurait pu prendre son lundi, mais avait décidé de travailler, ne serait-ce que pour ne pas penser sans cesse à Steven.

— Je serai à mon bureau à onze heures. Montez donc me voir, proposa l'écrivain.

— Pourquoi pas ?

— Nous tournons à une heure, venez au studio si vous n'avez rien de mieux à faire. Il s'agit d'un épisode mouvementé à souhait, cela pourrait vous amuser.

Elle ouvrit sa porte avec un sourire, poussa le battant sans chercher, cette fois, à dissimuler à son compagnon la vue du vestibule désert. Maintenant, elle n'avait plus rien à lui cacher. Sauf que Steven l'avait abandonnée deux mois plus tôt et qu'elle attendait un bébé.

— Puis-je vous offrir une tasse de café ? s'enquit-elle.

Il accepta aussitôt, bien qu'il n'eût pas envie de café. Il aurait accepté n'importe quoi pour que la soirée se prolonge. Peu après, ils s'assirent dans le salon, en tailleur sur le tapis.

« Il n'y a ni télé ni radio », remarqua Bill. Sur le papier mural, on voyait les marques des deux baffles qui avaient dû appartenir à une chaîne-stéréo. Vendue, elle aussi ? Tout avait disparu, absolument tout, jusqu'à la table du téléphone. L'appareil était par terre à présent, près d'un répondeur téléphonique. « On dirait que quelqu'un a déménagé tout l'appartement », se dit-il. Mais à peine ces mots se formulaient-ils dans son esprit qu'il crut tenir enfin la solution de l'énigme. Il regarda la jeune femme, interloqué.

— Dans quel style avez-vous choisi vos nouveaux meubles ? s'enquit-il, s'efforçant de paraître naturel.

— Oh, le style habituel...

C'était une réponse vague, et Adriane ramena la conversation sur des sujets plus anodins, dans l'espoir de le distraire. L'écrivain se leva, jeta un regard circulaire.

— La disposition de vos pièces est complètement différente de chez moi.

— En effet, je l'ai remarqué.

— Combien de chambres avez-vous à l'étage ?

— Une seule, avec une salle de bains, répondit-elle, sans se douter où il voulait en venir. Il y a une autre chambre au rez-de-chaussée mais nous ne l'utilisons pas.

— Puis-je y jeter un coup d'œil ?

Comme il lui avait fait faire le tour du propriétaire, il eût été inconvenant de refuser. Elle acquiesça mollement. Bill réclama une nouvelle tasse de café avant d'emprunter nonchalamment l'escalier. Adriane repartie dans la cuisine, il fit irruption dans la chambre à coucher, plus vif que l'éclair. La pièce était comme il l'avait supposée : vide. Il inspecta rapidement les placards, passa en vitesse dans la salle de bains attenante, se pencha sur le panier de linge, sans découvrir la moindre trace de vêtements masculins. A moins que les affaires du mari fussent en bas... il avait envie de le savoir, tout à coup. Son sixième sens lui susurrait que Steven Townsend avait pris le large mais pas pour un simple voyage d'affaires. Même leur photo de mariage dans le cadre d'argent reposait sur le sol, à côté de l'unique lampe, car Steven avait emporté commodes et tables de chevet.

Il redescendit, d'un air décontracté.

— Les proportions sont parfaites, déclara-t-il, avant de demander poliment où se trouvaient les toilettes.

Il s'engouffra dans le couloir qu'elle lui avait indiqué, ouvrit délibérément la penderie du fond et contempla une poignée de cintres vacants. Il poussa ensuite le battant du cabinet de toilette, passa hâtivement en revue la petite armoire murale. Rien. Bill tira négligemment la chasse d'eau avant de retourner au salon.

Il se rassit sur le tapis et fixa sur la jeune femme des yeux interrogateurs. Le petit visage restait fermé. Ainsi, elle avait prétendu que son mari était en déplacement et qu'il reviendrait dans quelques jours. Elle lui avait laissé croire que tout allait pour le mieux dans le meilleur des mondes. Elle portait toujours son alliance. Pourquoi, il n'aurait su le dire. Mais il tenait au moins une partie de la vérité. Pour une raison qu'il ignorait encore, M. Steven Townsend ne vivait plus sous le même toit que son épouse. Sa petite enquête avait mis en évidence un fait essentiel : M. Townsend était parti en emportant ses affaires personnelles en même temps que le mobilier.

Bill prit congé peu après, en promettant à son hôtesse qu'il irait lui dire bonjour le lendemain, à son bureau. En cheminant vers sa maison, il chercha à tirer une conclusion logique de tout cela. Pour le moment, il n'en voyait aucune. Mais l'image d'Adriane continua à le hanter. Pourquoi s'entêtait-elle à affirmer que tout allait bien ? Que cachait-elle ? Et pour quelle raison ? Cependant, le souvenir des placards vides amena un sourire triomphant sur ses lèvres.

# 14

L'action du feuilleton s'étoffait chaque jour davantage. Bill avait réussi à multiplier les complications auxquelles se heurtaient ses héros et ne cessait d'apporter des améliorations à l'intrigue. John, l'époux de Helen, venait d'être arrêté pour les meurtres de Vaughn, sa belle-sœur — personnage qu'avait brillamment interprété la jolie Sylvia Stewart avant son départ — et d'un jeune dealer nommé Tim McCarthy. L'enquête policière qui s'était ensuivie avait mis au jour la personnalité trouble de Vaughn — droguée et prostituée de luxe —, suscitant un scandale retentissant dans la presse et provoquant la disgrâce d'un homme politique célèbre. Ancien amant de la jeune débauchée, celui-ci l'avait mise enceinte, puis incitée à avorter. Mais les téléspectateurs n'étaient pas au bout de leurs surprises. Cette semaine, ils découvriraient que Helen aussi attendait un bébé… de qui ? On ne le savait pas encore, mais Bill avait bien sûr laissé supposer qu'il n'était pas de son mari. Ce nouveau mystère entraînerait l'habituel jeu de devinettes dans les chaumières, et l'écrivain s'en réjouissait. Il avait l'intention de maintenir le suspense aussi longtemps qu'il le pouvait. Il aimait toujours laisser une part d'inattendu dans son récit. Tout ce qu'il savait, c'était que John serait condamné à la prison à perpétuité, que Helen obtiendrait alors le divorce et que, plus tard, l'identité du vrai père de son enfant serait dévoilée. En attendant, il allait s'amuser à inventer la suite.

Il repensa à Adriane au moment où il se garait devant les studios de la télévision. Pourquoi avait-elle menti ? La situation ressemblait étrangement à ses propres intrigues. Peut-être s'était-il trompé, mais non ! Il était prêt à mettre sa main au feu qu'il n'y avait plus d'homme dans cette maison. Lors de sa petite investigation, rien n'avait révélé une présence masculine. Pas un sous-vêtement, pas un after-shave, pas même un rasoir. Alors pour quelle raison dissimulait-elle la vérité ? Par pudeur ? Par amour-propre ? Les actions des gens dans la vie réelle obéissaient presque toujours à des motivations plus simples que dans la fiction, il le savait par expérience.

Une fois dans son bureau, il n'eut guère le loisir d'y réfléchir plus longtemps. L'un des acteurs était souffrant, une grave dissension avait surgi entre deux scénaristes, et il était midi passé lorsqu'il put relever la tête. Le tournage allait commencer dans une heure. Il aurait voulu qu'Adriane soit sur le plateau.

Pendant ce temps, l'équipe du journal était sens dessus dessous. Les dernières nouvelles avaient éclaté comme une bombe sur les télex des agences de presse. Le fils d'un sénateur avait été kidnappé et assassiné la nuit précédente. Le cadavre du garçon — il avait à peine dix-neuf ans — avait été ramené et jeté en travers des marches de la demeure de ses parents, la gorge tranchée.

Adriane fut occupée toute la matinée à répartir les tâches des reporters. Peu après, une secrétaire lui signala qu'elle avait un appel sur sa ligne. Elle décrocha, sans avoir saisi le nom de son correspondant. Celui-ci se présenta.

— Lawrence Allman.

— Oui ? fit-elle, penchée sur son cahier de notes dont elle noircissait frénétiquement les pages.

— Madame Townsend ?

— Moi-même.

— Votre mari m'a prié de vous appeler et…

Elle crut que son cœur avait cessé de battre.

— A-t-il eu un accident ? cria-t-elle. Est-ce qu'il va bien ?

Son interlocuteur marqua une légère pause. D'après sa réaction, cette femme n'avait rien à voir avec la harpie décrite par Steven.

— Il va bien. Je le représente, madame Townsend. Je suis son avocat.

— Son avocat ? murmura-t-elle sans comprendre.

Bref silence. Allman hésitait. Cette personne ne semblait guère préparée à entendre ce qu'il avait à lui apprendre. Il s'éclaircit la gorge.

— Je croyais que votre mari vous avait mise au courant mais je m'aperçois que non.

A moins qu'elle ne jouât la comédie... mais il en doutait.

— Votre mari a rempli une demande de dissolution, madame Townsend, et il aimerait que je discute certains points avec vous.

Elle eut la sensation de passer sous un rouleau compresseur. Steven avait fait *quoi* ?

— Excusez-moi, je ne comprends pas. De quoi parlez-vous exactement ?

— D'une dissolution du régime matrimonial, madame Townsend, répliqua l'autre gentiment. Votre mari veut divorcer.

Nouveau silence, dans lequel l'homme de loi discerna le désarroi de la jeune femme. Il n'aurait pas dû accepter cette affaire. Steven déraisonnait et il le lui avait dit.

— Oh, je... je vois... n'est-ce pas une action un peu précipitée ?

— J'ai en effct recommandé à votre mari de plaider la conciliation, mais, d'après lui, vos différends sont irréconciliables.

Elle ferma les yeux, refoulant ses larmes, se démenant pour garder un semblant de sang-froid. Ainsi Steven avait chargé un étranger de lui communiquer sa sentence.

— Et si... si je refuse le divorce ?

— Vous n'avez pas le droit. La loi a changé depuis longtemps. Aujourd'hui, on peut demander la rupture légale d'un mariage sans le consentement du conjoint...

Elle sentit le sol se dérober sous ses pieds. Mais ce n'était pas fini.

— M. Townsend souhaite que je vous fasse signer deux ou trois papiers supplémentaires.

— Il veut vendre la maison, n'est-ce pas ?

— Vous disposerez d'un délai de trois mois avant la mise en vente, à moins que vous ne désiriez lui acheter sa part à un prix naturellement raisonnable. Toutefois...

La jeune femme prit appui sur sa table, prise d'une soudaine nausée.

— Toutefois, reprit l'avocat après une hésitation, les papiers auxquels je faisais allusion ne concernent pas la maison.

— Alors de quoi s'agit-il ? demanda-t-elle, portant ses doigts tremblants à ses joues mouillées.

— De... euh... M. Townsend voudrait renoncer à ses droits de paternité. C'est une procédure exceptionnelle et je l'ai mis en garde, mais il est inflexible. J'aimerais que vous examiniez les formulaires que je vous enverrai. En refusant de reconnaître l'enfant, M. Townsend abandonne également tout droit de visite. Son nom ne sera pas porté sur l'acte de naissance et vous devrez donner à l'enfant votre nom de jeune fille. En conséquence, ni vous ni votre enfant ne dépendra de lui : au plan légal ou financier. Il était disposé à vous offrir une somme compensatoire, mais je lui ai déconseillé, car tout échange d'argent lié à la résiliation des droits parentaux pourrait entraîner plus tard l'invalidation de celle-ci, comprenez-vous ?

La jeune femme pleurait ouvertement, sans plus se soucier de son image de marque.

— Qu'est-ce que vous voulez ? hurla-t-elle. Pourquoi m'appelez-vous aujourd'hui ? C'est jour férié, vous ne devriez pas être à votre bureau en ce moment.

Il était chez lui, justement. « Lundi, elle sera sûrement à la télévision, lui avait dit Steven, ce sera le moment idéal pour la coincer. » L'avocat ne se sentait pas très fier, mais il aurait été pire, pour elle, de recevoir toutes ces paperasses par la poste. D'après Steven, ils avaient formé un couple uni, sans jamais se quereller, et Adriane avait été une épouse exemplaire. Simplement, il ne voulait pas de cet enfant, et comme sa femme refusait d'interrompre sa grossesse, il ne lui restait plus qu'à divorcer. Il avait l'air de trouver son raisonnement parfaitement logique. Les sages conseils que son avocat lui avait prodigués dans un premier temps n'avaient en rien ébranlé sa décision, et ce dernier avait fini par baisser les bras. Dieu savait pourtant s'il avait défendu la cause d'Adriane. Il avait même suggéré à Steven d'attendre la naissance du bébé, avant de renier son autorité paternelle, mais il n'y avait rien eu à faire.

— Madame Townsend, dit Allman calmement, je suis vraiment navré, croyez-le. J'ai préféré vous avertir personnellement plutôt que de vous adresser un courrier.

— Vous n'y êtes pour rien, sanglota-t-elle. Comment va Steven ?

— Bien, articula-t-il, surpris par la question. Et vous-même ?

— Très... bien...

Allman émit un petit soupir triste.

— Pardonnez-moi d'insister, madame, mais vous ne semblez pas...

— La matinée a été harassante, je l'avoue.

Après le merveilleux week-end qu'elle avait passé en compagnie de Bill Thigpen, c'était trop horrible. Adriane déploya un effort surhumain pour rassembler ses idées. Une petite partie de son subconscient continuait à s'accrocher au fait que Steven aimerait peut-être le bébé s'il acceptait de le voir.

— Maître, excusez-moi, balbutia-t-elle, à votre avis, est-ce que Steven pourrait changer d'avis... plus tard ?

— Qui sait ? Pour le moment, il désire couper les ponts d'une façon radicale. Il y va, paraît-il, de la paix de son esprit. Il ne sera pas tranquille avant que le problème soit résolu légalement.

— Quand le divorce sera-t-il prononcé ?

Cela n'avait plus d'importance, bien qu'elle eût préféré être encore mariée quand le bébé viendrait au monde.

— Votre mari en a fait la demande il y a deux semaines. Ce qui veut dire que tout sera réglé vers la mi-décembre.

Une quinzaine de jours avant la naissance du bébé.

— C'est tout ?

— Oui. Je vous envoie les papiers dont je vous ai parlé.

— Merci.

De nouveau, sa main tremblante se porta vers sa joue que les larmes avaient marquée de sillons brillants.

— Je vous recontacterai dans deux mois au sujet de la maison. Bien sûr, je suis prêt à étudier toute demande de pension alimentaire que votre avocat nous réclamera.

— Je n'ai pas d'avocat. Et je ne veux pas de pension alimentaire.

— Vous avez tort, madame Townsend. La loi californienne vous autorise à réclamer une somme importante à titre compensatoire.

Au fond, il serait ravi de voir plumer Steven par les défenseurs de sa femme. Pour la première fois de sa vie, Allman n'épousait pas la cause de son client.

— A bientôt, chère madame.

— Merci.

Un déclic lui signala la fin de la communication, mais elle ne raccrocha pas avant un long moment. Une minuscule voix dans sa tête se mit à chuchoter que tout cela n'était qu'une farce, une sinistre mystification. Oui, une bonne blague que, plus tard, ils se raconteraient en riant. L'instant suivant, le spectre hideux de la réalité se dressait devant elle. Non, ce n'était pas une plaisanterie. Steven avait bel et bien demandé le divorce et souhaitait renoncer à ses droits de paternité. Elle n'avait jamais rien entendu de plus horrible.

Figée comme une statue de sel, la jeune femme tenta d'établir un bilan provisoire de la situation. Rien n'avait changé. Enfin, pas grand-chose. Elle avait encore la maison, Steven possédait le mobilier. Et elle portait toujours son bébé. Mais non, décida-t-elle une seconde plus tard, tout avait changé au contraire. En quelques phrases, l'avocat avait réduit ses espérances à néant. Ne restait plus qu'un rêve fou, selon lequel le cœur de pierre de Steven fondrait à la vue de son enfant. Un rêve impossible, auquel elle ne croyait plus vraiment. La vérité était tout autre. Dorénavant, Adriane aurait à mener de front son travail et l'éducation de son enfant. Et lorsqu'elle le mettrait au monde, ce dernier n'aurait plus de père. Un subit flot de larmes lui brûla la rétine. Elle chancela et prit appui sur son bureau, le dos tourné à la porte.

A sa posture, il devina aussitôt qu'elle pleurait. Il prononça doucement son nom. Alors, elle se retourna lentement, la figure ravagée, et le regarda à travers le voile de ses larmes. C'était Bill Thigpen.

— Je vous demande pardon, je n'aurais pas dû entrer sans frapper. Visiblement, je tombe on ne peut plus mal.

La main fine ornée de l'alliance en or tâtonna sur la table de travail à la recherche d'un mouchoir en papier.

— Pas du tout... ce... n'est rien...

Brusquement, elle s'effondra sur une chaise, le visage enfoui dans ses paumes, secouée de sanglots incoercibles.

— Mon Dieu, c'est affreux, affreux !

Elle sentit les mains puissantes de Bill sur ses épaules.

— Calmez-vous, Adriane, je vous en prie...

Elle leva vers lui un visage si défait, si pâle, qu'il eut peur qu'elle tombe évanouie. On eût dit qu'elle venait d'apprendre la disparition d'un être cher. Sans un mot, il lui tendit un verre d'eau qu'elle vida d'un trait. Un peu de rose colora ses joues blêmes. Bill se pencha vers elle.

— La matinée a été rude, on dirait.

L'ombre d'un sourire effleura les lèvres de la jeune femme.

— Le mot est faible, murmura-t-elle en s'essuyant le nez. D'abord le fils du sénateur enlevé et sauvagement assassiné hier soir, puis... puis...

Sa lèvre inférieure se mit à trembler, alors que, visiblement, elle luttait pour tenir.

— ... puis l'avocat de mon mari et son stupide coup de fil...

— Qu'est-ce qu'il voulait ? Aujourd'hui est un jour férié.

— Je le lui ai dit.

— Et alors ? fit-il, assailli par le besoin de la protéger.

Elle détourna la tête, les doigts crispés sur le mouchoir en papier.

— Il m'a annoncé que mon mari a demandé le divorce, il y a une quinzaine de jours maintenant.

Bill se figea, ne sachant quoi répondre. Les traits d'Adriane reflétaient une vive souffrance. Ainsi, ses soupçons de la veille s'étaient révélés exacts. Le mari avait pris la poudre d'escampette. Cela aurait dû le réjouir. Il n'en fut pas moins touché par l'affliction de son amie.

— Etait-ce vraiment une mauvaise surprise ? demanda-t-il d'une voix douce.

— Oh, oui... il avait bien dit qu'il divorcerait mais je n'avais pas voulu le croire.

— Quand vous l'a-t-il dit ?

— Il y a un mois et demi... presque deux. Il a déménagé ses affaires il y a trois semaines... les miennes aussi d'ailleurs. (Un sourire fugitif tremblota sur ses lèvres au souvenir de la maison vide.) Peu m'importe, je ne suis pas attachée aux objets, seulement je ne m'y attendais pas... Je m'y opposais.

— Ce fut pareil pour moi avec Leslie. Tout à coup, elle avait décidé que notre mariage était terminé. J'ai eu beau m'insurger contre cette injustice, elle n'a rien voulu entendre.

— Steven non plus, marmonna-t-elle en versant de nouvelles larmes. Excusez-moi. Je suis bouleversée.

— On le serait à moins, répondit-il d'une voix apaisante. Voulez-vous que je vous reconduise chez vous ?

— Non, je dois rester. Il y aura un bulletin d'informations exceptionnel avant les nouvelles de ce soir.

— Pourquoi ne vous a-t-il pas appelée lui-même ? demanda Bill en s'appuyant de la hanche sur le coin du bureau.

La jeune femme se tassa dans son fauteuil.

— Je ne sais pas. Probablement parce qu'il ne veut plus entendre le son de ma voix.

— Un divorce est moins douloureux quand on n'a pas d'enfant. Au moins, on n'est pas obligé de continuer à se parler, bien que ce soit une forme de contact.

Elle ne put que hocher la tête en pensant qu'ils avaient, justement, un enfant. Ou plutôt c'était elle qui en avait un, puisque Steven s'apprêtait à le renier publiquement.

— Adriane, comment en êtes-vous arrivés là ? Mais cela ne me regarde pas.

— Pour une question de principe. Steven a adopté une position radicalement opposée à la mienne sur un certain sujet, et je me suis rebellée. Aucun de nous n'ayant accepté de faire des concessions, les choses se sont envenimées. En fait nous avons gagné tous les deux la bataille… gagné ou perdu, peu importe. Steven n'a pas consenti à me donner une seconde chance.

— Comme Leslie. A l'époque, elle était amoureuse d'un autre homme. Je ne l'ai su qu'après. Croyez-vous qu'il y ait une autre femme dans la vie de votre mari ?

— Peut-être… mais je ne le crois pas. Nous n'avions pas le même idéal. Chacun poursuivait un but différent et, peu à peu, nos chemins ont pris des directions opposées.

— Voilà ce que j'appellerai un pas décisif dans une « direction opposée », murmura-t-il, songeur.

Mais les gens ont parfois des comportements étranges, tous deux en avaient conscience. Bill regarda Adriane. Il avait mal pour elle. Sa main lui caressa gentiment la joue.

— Je suis venu vous proposer d'assister au tournage. Une autre fois, peut-être…

Elle acquiesça, encore sous le choc des révélations d'Allman.

— Je suis submergée de travail. Il faut réunir rapidement tous les éléments concernant la famille du sénateur. La jeune victime faisait partie de l'équipe de football d'UCLA. C'était l'un des étudiants les plus brillants de sa promotion. Sa petite amie est la nièce du gouverneur. Cette affaire brisera le cœur de l'Amérique.

Steven avait déjà brisé le sien. Il lui avait assené un redoutable coup de poignard, et elle s'était sentie mourir. Elle se demanda par quel miracle les mots parvenaient encore à franchir les lèvres d'une morte.

— Je ne rentrerai pas à la maison avant une ou deux heures du matin, acheva-t-elle.

« Seigneur ! s'alarma-t-il, elle a déjà l'air exténuée. »

— Accordez-vous le temps d'une pause. Voulez-vous que nous allions déjeuner sur le pouce ?

— Non, merci. Je me reposerai demain.

Il ne manquerait plus qu'elle perde le bébé. Elle s'efforça de ne pas y songer. Si elle tenait le coup aujourd'hui, demain elle se sentirait un peu plus forte. Et après-demain, son moral s'améliorerait encore. Et à mesure que les jours se transformaraient en semaines, son chagrin s'atténuerait.

La voix de Bill la tira de ses réflexions.

— Je travaillerai tard ce soir, moi aussi. Le rythme du feuilleton s'accélère. Meurtres, procès, ruptures, enfants illégitimes, bref, tous les ingrédients nécessaires pour tenir le public en haleine. Par ailleurs, je voudrais m'assurer que mes scénaristes auront du pain sur la planche avant de partir en vacances avec mes fils.

— Continuez à vous inspirer de la réalité, fit-elle avec un pâle sourire.

— Eh bien, bon courage. Si vous avez besoin de quoi que ce soit, faites-le moi savoir. Notre frigo, là-haut, est bourré de délicieux petits plats.

— Merci, Bill.

Il se pencha pour déposer un léger baiser sur le sommet de son crâne. Elle le suivit d'un regard empli de gratitude, alors qu'il se glissait hors de la pièce en esquissant un signe amical de la main. Seule, Adriane demeura clouée dans son fauteuil, comme pétrifiée, les yeux rivés sur la fenêtre. Le monde avait sombré dans la folie. Steven l'avait abandonnée à jamais et un dangereux psychopathe avait assassiné un innocent, un gentil garçon de dix-neuf ans qui avait toute la vie devant lui.

Lentement, elle se remit à la tâche, déterminée à chasser Steven de son esprit. Heureusement, il y avait Bill… Bill qui lui apportait un immense réconfort.

Le bulletin d'informations dont elle assura la production fut diffusé à dix-sept heures et suscita une vive émotion. Même le personnel de la télévision en avait eu les larmes aux yeux. Après le journal qui suivit, Adriane visionna un documentaire, afin de préparer une édition spéciale, programmée à minuit. Ce fut une journée interminable et l'horloge murale indiquait vingt et une heures lorsque, de retour dans son bureau, elle trouva le repas que Bill lui avait envoyé. Plus tard, vers minuit, alors qu'elle regardait l'émission sur le crime, il pénétra dans le studio, prit place sur une chaise à côté de la sienne et assista en silence à la projection.

— Sale affaire ! murmura-t-il, visiblement ému, quand tout fut terminé.

En pleurs devant la caméra, le sénateur avait évoqué sa foi en Dieu, l'amour qu'il portait à ses créatures. Hélas, les bons sentiments ne purent alléger la pesante atmosphère. Bill se tourna vers Adriane. Elle avait une mine épouvantable. « Si elle prend sa voiture, elle s'endormira au volant », pensa-t-il.

— Adriane, je vais vous reconduire. Vous prendrez un taxi demain matin ou, si vous y tenez, je ramènerai votre MG plus tard.

— Mais non, elle sera aussi bien au parking. A propos, merci pour le dîner.

Bill pensait à tout, en dépit de son travail qui l'accaparait jusqu'à une heure tardive. Tous deux signèrent le livre des sorties et, peu après, soupirant d'aise, la jeune femme grimpait dans le vieux station-wagon.

— Seigneur, je suis morte de fatigue.

— Une bonne nuit de sommeil vous ressuscitera.

Il se glissa derrière le volant et démarra. Le trajet le long de Santa Monica Freeway se déroula dans le silence. L'épuisement avait scellé les lèvres d'Adriane. Lorsque, enfin arrivée, elle poussa la portière, il la regarda droit dans les yeux.

— Cela ira ? En êtes-vous sûre ?

Elle acquiesça avec une assurance mitigée.

— Oui, ne vous en faites pas. Je vais mieux.

Elle allait plus mal que jamais. Comme si elle venait juste de réaliser que Steven était sorti de sa vie.

— N'hésitez pas à m'appeler si ça ne va pas, dit Bill en lui touchant le bras.

La jeune femme opina et s'avança vers la maison aux fenêtres obscures. Elle se rendit immédiatement au premier étage sans allumer les lumières, afin de ne plus voir les cloisons nues et l'enfilade des pièces vides.

Dans sa chambre, elle se jeta en travers du lit. De longs

sanglots firent tressauter ses épaules. Elle pleura longtemps, enfin sans retenue.

Puis le sommeil s'abattit sur elle, telle une chape de plomb, et elle sombra d'un seul coup, tout habillée, les mains nouées sur son ventre comme pour protéger le bébé.

## 15

Les deux semaines qui suivirent se déroulèrent comme dans un rêve. Adriane reçut les papiers de Lawrence Allman, y apposa sa signature comme convenu. Elle s'abstint de cocher la case demandant une pension alimentaire, s'entendit avec l'avocat pour mettre la maison en vente à partir du 1er octobre.

Bill passait tous les jours la saluer à son bureau. Il mourait d'envie de l'emmener dîner, mais évitait d'insister, pensant à juste titre que la jeune femme devait se sentir trop dépassée par le tourbillon des événements pour répondre à sa demande. Il consacra le plus clair de son temps à ranger son bureau en prévision des vacances.

Un après-midi, il l'invita sur le plateau. Adriane suivit le tournage, fascinée. Des fragments de séquences anciennes jaillirent dans sa mémoire. Bill la présenta à tout le monde, après quoi il lui montra son repaire d'écrivain, une agréable pièce décorée de toutes sortes de prix décernés au feuilleton. Le programme des futures prises de vues, épinglé sur un vaste tableau en liège faisait face au fauteuil de Bill. Il avait noté à côté de chaque titre différentes observations. Son bureau croulait sous les manuscrits que ses scénaristes soumettaient jour après jour à son approbation. Adriane parcourut quelques pages, fit des suggestions intéressantes, et Bill sauta sur l'occasion.

— Venez donc me donner un coup de main, s'exclama-t-il. Des idées nouvelles, voilà ce dont nous avons besoin. Mes collaborateurs commencent à s'essouffler. Nous filmons cinq fois par semaine, rien d'étonnant à ce que, parfois, l'imagination nous fasse défaut.

Elle posa sur lui un regard brillant.

— Est-ce une proposition sérieuse ?

— Et comment ! Acceptez de dîner avec moi un soir et je vous donnerai tous les détails sur l'histoire et le caractère des personnages.

Son enthousiasme était communicatif et ils se mirent à en discuter avec animation. Le lendemain, un samedi, quinze jours après le barbecue du 4 juillet, ils se rencontrèrent à la piscine, de bon matin. Ce fut elle qui, la première, aborda le sujet du feuilleton. La mine reposée, Adriane semblait avoir digéré le coup bas que son mari lui avait porté.

— Je vous propose une réunion de travail ce soir autour d'une superbe entrecôte sauce Thigpen, à moins que vous ne préfériez des mets plus sophistiqués, au Spago par exemple.

Le Spago passait pour la cantine de toutes les vedettes de Hollywood. Le Tout-Los Angeles du show-biz s'y pressait pour savourer les fameuses recettes du chef, Wolfgang Puck, considéré à l'unanimité comme le roi des gourmets.

Adriane, déconcertée, ne répondit pas tout de suite. Mais après des jours et des semaines d'angoisse et de frustration, il n'y avait aucune raison de refuser l'invitation de cet homme qui l'avait soutenue grâce à sa chaleur et son amitié. D'une patience d'ange, il ne l'avait jamais brusquée. Simplement, il avait adouci les pires moments de son existence par sa présence discrète. Il s'était, de plus, révélé un conseiller précieux et l'avait adressée à un juriste de sa connaissance. Celui-ci avait déjà rencontré Allman, afin de mettre au point les détails du divorce. Au fil du temps, l'abattement avait cédé le pas à une insatiable envie de vivre. Il fallait bien commencer un jour à sortir de l'enfermement qu'elle s'était imposé. Elle regarda Bill, reconnaissante.

— Comme vous voulez.

— Alors, le Spago ?

— C'est une bonne idée, sourit-elle.

Ils se séparèrent sur ces mots. Adriane passa l'après-midi à classer des factures. Son salaire couvrait tous ses frais et elle avait commencé à mettre de l'argent de côté pour le bébé.

Bill se présenta à sa porte à vingt heures tapantes, vêtu d'un pantalon kaki, d'une chemise blanche et d'un blazer marine. Adriane, après avoir longuement étudié le contenu de sa penderie, avait opté pour une robe en soie pêche dont la ligne fluide flattait sa silhouette. Dans la voiture qui roulait sur Sunset Boulevard, ils bavardèrent gaiement, de tout et de rien : les horaires accablants de la télévision, le rythme frénétique de leur travail, l'arrivée imminente des enfants de Bill, Adam et Tommy, attendus impatiemment par leur père le mercredi suivant, et qui passeraient deux jours à Los Angeles avant de partir pour la grande aventure.

Au restaurant, Bill commanda un délicieux confit de canard sur paillasson de pommes sautées, tandis que le choix d'Adriane se porta sur une chiffonnade de bœuf au cerfeuil. Au dessert, ils dégustèrent un gâteau au chocolat nappé de crème anglaise. Adriane dévora tout jusqu'à la dernière bouchée et Bill la taquina une fois de plus sur son appétit de fauve, mais, curieusement, cela ne la fit pas rire.

— Si je continue à me goinfrer, j'aurai bientôt l'air d'une montgolfière, gémit-elle.

Il lui jeta un coup d'œil connaisseur. Bien sûr, elle était mince, mais c'est vrai que, ces derniers temps sa poitrine paraissait plus épanouie.

— A partir de demain, je ne me nourrirai plus que de salades, insista-t-elle.

— Comme c'est déprimant ! Je me plierai, quant à moi, dans les semaines à venir à un régime cher à Adam et Tommy, exclusivement composé de hamburgers-frites. J'espère qu'à la fin je ne ressemblerai pas à un adolescent boutonneux.

Ils pouffèrent, mais le rire de Bill s'éteignit aussitôt. Son regard se fit intense.

— Adriane, je voudrais vous poser une question qui pourrait vous paraître bizarre...

Il surprit une lueur d'affolement dans les grands yeux bleu saphir mais poursuivit :

— Je vous rassure tout de suite, cela n'a rien de personnel et je ne m'offusquerai pas si vous me dites non. Y-a-t-il une chance que vous preniez des vacances pendant une semaine ou deux ?

Elle eut un sourire flatté. La proposition était d'autant plus émouvante qu'elle savait combien ses fils comptaient pour lui.

— C'est fort possible, répondit-elle. J'ai droit à quatre semaines cette année, que j'allais utiliser pour faire le tour de l'Europe.

Un voyage qu'elle ne ferait plus et, d'ailleurs, d'ici là, elle serait enceinte de six mois.

— Seriez-vous tentée de venir nous rejoindre ? Je vous

répète que si vous refusez je ne serai pas vexé. Le voyage ne sera pas de tout repos : nous serons coincés dans une voiture avec deux petits diables, nous nous alimenterons de toutes sortes de cochonneries qu'ils adorent, et nous dormirons dans des sacs de couchage sur le sol rocailleux du terrain de camping.

Il avait énuméré tous ces inconvénients comme s'il se fût agi d'une bénédiction.

— Eh bien, ce sera merveilleux.

— Alors ? C'est d'accord ?

— Il faudra que je demande à la direction. Mais je pense qu'ils m'accorderont au moins une semaine.

— Si vous n'arrivez pas à vous libérer la première semaine, vous pourrez toujours sauter dans un avion à destination de San Remo et nous retrouver au lac Tahoe. Mais la première partie du voyage est également intéressante. Nous ferons une halte au San Ysidro Ranch, près de Santa Barbara, puis nous débarquerons dans un vieil hôtel sympa, à San Francisco, avant de mettre le cap sur Napa Valley. La route est semée de pimpantes petites auberges qui offrent le gîte et le couvert. Qu'en pensez-vous ?

— Le plus grand bien, fit-elle avec un sourire étincelant, détendue pour la première fois depuis des semaines. Maintenant, Bill, je vous présente mes excuses. Ces derniers temps j'allais vraiment très mal, surtout depuis que l'avocat de mon mari m'a appelée. Je ne savais plus où j'en étais…

— Pourquoi ne m'avez-vous rien dit avant ce fameux coup de fil ?

— Je n'en avais pas le courage. J'avais honte d'avouer que Steven m'avait quittée, comprenez-vous ?

Il comprenait. Simplement, s'il avait su la vérité dès le début, il n'aurait pas passé des nuits blanches à se morigéner d'avoir jeté son dévolu sur une femme mariée. Elle aurait pu lui épargner ce supplice. Mais peu lui importait à présent. Adriane était à nouveau radieuse. Elle semblait avoir surmonté le choc. Aujourd'hui, elle avait les yeux secs. C'était une forte nature. Bien plus forte qu'il n'avait osé l'espérer.

— Revenons à nos moutons. Comment se présente ce voyage ?

— Sous les meilleurs auspices, en ce qui me concerne. J'enverrai une demande de congé au directeur dès lundi. Je n'aurai pas de réponse avant la fin de la semaine… Vous connaissez les lourdeurs de l'administration. Mais j'ai bon espoir. La pluplart de mes collègues préfèrent partir au printemps ou en automne, quand les plages sont moins encombrées.

— J'aurais fait comme eux si je n'avais pas les enfants.

Adriane le regarda, soudain préoccupée par l'aspect pratique du voyage. Evidemment, il était hors de question de partager la chambre de Bill dans les hôtels, ni celle des petits garçons qui ne la connaissaient pas. La meilleure solution serait qu'elle fasse ses propres réservations et qu'elle paie sa part. Elle était sur le point de l'annoncer à Bill, quand celui-ci éclata de rire.

— Qu'est-ce qui vous amuse ?

— Vous ! J'entends d'ici fonctionner les rouages de votre cerveau. Je parie que vous vous inquiétez des arrangements nocturnes.

— Exact. Je vous fais confiance, bien sûr, mais...

— Vous avez tort. Personnellement, je me méfie de moi-même. En revanche, j'ai une peur bleue des réactions de mon ex-femme, qui sauterait sur l'occasion pour me retirer le droit de visite. Alors, je me comporterai obligatoirement en gentleman. Je dormirai avec mes fils — ils adorent ça — et vous laisserai ma chambre.

— Cela ne vous dérangera pas ?

— Pas le moins du monde. Adriane, je serai ravi de vous avoir avec nous et...

Il s'interrompit, afin de ne pas lui en dire plus. Ce n'était pas encore le moment. Il fallait du temps pour que son cœur blessé soit guéri. Il fit signe au chef de rang de lui apporter l'addition. Comme tous les samedis soir, le restaurant était bondé. De nouveaux clients, agglutinés au bar, attendaient qu'une table se libère. Sur le chemin de la sortie, Adriane aperçut Zelda dans la file, en compagnie d'un jeune Adonis du petit écran. Le regard des deux femmes se bloqua un instant, complice, puis la rousse leva la main droite, pouce et index réunis, en signe d'approbation.

Bill poussa la porte du restaurant et s'effaça pour la laisser sortir.

— Je ne sais comment vous remercier, dit-elle d'une voix sérieuse. Pour le dîner et pour tout... C'est gentil de votre part de m'associer à vos vacances. Je sais combien vous tenez à vos enfants.

— Je tiens à vous aussi, Adriane. Vous êtes une personne qui compte tout particulièrement aussi, vous savez.

Embarrassée, elle baissa les paupières. Elle ne pouvait rien promettre à cet homme. Elle n'en avait pas le droit. Si Steven l'avait quittée à cause du bébé aucun autre homme ne voudrait d'elle dans les mêmes conditions, c'était l'évidence.

— J'apprécie tout ce que vous faites pour moi, murmura-t-elle, le regard détourné, alors qu'ils se dirigeaient vers la voiture.

Lui aussi serait furieux lorsqu'il saurait qu'elle était enceinte. Elle sentit des doigts robustes se refermer sur son poignet.

— Qu'est-ce qui ne va pas, Adriane ?

Une seconde auparavant il marchait au côté d'une jeune femme parfaitement épanouie, et la seconde suivante c'était une pâle créature apeurée.

— Oh ! rien, dit-elle avec un sourire forcé. Ma vie est un peu compliquée en ce moment.

— J'ai placé cette phrase dans la bouche d'Helen, un de mes personnages, pas plus tard qu'hier. Mon héroïne attend le fruit de ses amours illégitimes.

Elle eut un petit rire étranglé, alors que Bill lui ouvrait la portière. Souvent, l'art imitait la vie. Trop souvent.

Ils regagnèrent paisiblement la maison de Bill. Il lui proposa une tasse de café qu'elle accepta. Peu après, ils s'attablèrent dans la grande cuisine confortable. Il avait une machine à café biscornue dont il était fier.

— Je crois que tout est prêt pour accueillir mes deux galopins, confessa-t-il avec un sourire réjoui. Quand ils sont là, la maison se transforme en champ de bataille. La télé fonctionne vingt-quatre heures sur vingt-quatre, la salle de bains ressemble à un chantier, les cendriers regorgent de bonbons et de chewing-gums et il y a des slips et des chaussettes partout. Ils sont incorrigibles.

— Ça doit être merveilleux.

Le sourire de Bill s'épanouit. « C'est quelqu'un d'exceptionnel », conclut-il. Quant à ce Steven Townsend, il l'avait classé depuis longtemps dans la catégorie des crapules. Une crapule doublée d'un crétin, pour avoir rejeté une femme comme elle.

— J'ai hâte de vous présenter Adam et Tommy.

— Et j'ai hâte de les connaître. Si je n'obtiens pas quinze jours de vacances, j'irai vous voir à Tahoe un week-end.

— Tâchez de venir plus longtemps.

Ses fils et Adriane... Il eut la sensation qu'il avait attendu ce moment depuis toujours. Ses sentiments à l'égard de la jeune femme avaient pris une ampleur qui, parfois, l'effrayait. Mais il était trop tard pour faire marche arrière, trop tard pour s'en passer.

Il la raccompagna jusqu'à sa porte vers minuit. Près d'elle, il se sentait rajeuni de vingt ans. Le désir de la prendre dans ses bras l'embrasa tout entier, mais il se contint. Son instinct l'avertissait que s'il commettait un faux pas, il la perdrait à jamais. Visiblement, elle n'était pas prête à se donner. Leur voyage apporterait certainement une réponse à ses prières. « Patience », se dit-il, puis il se demanda si, physiquement, il lui plaisait. Il ignorait tout de ce qu'elle éprouvait à son égard. En tout cas, elle semblait lui être reconnaissante de ne pas l'avoir brusquée. Elle le gratifia, ce soir-là, d'un chaste baiser sur la joue et il revint chez lui, brûlant de désir.

Le lendemain, ils déjeunèrent ensemble au Ritz-Carlton, sur la lagune. Ils rentrèrent aussitôt après à la maison, car Bill devait terminer une séquence. L'écriture était la compensation de sa frustration. Depuis le départ de Sylvia, il n'avait pas eu de liaison et, de toute façon, ne voulait qu'une seule femme. Adriane.

Celle-ci fit irruption dans le studio lundi, un peu avant midi, alors que Bill effectuait les ultimes corrections sur le scénario. Une lueur triomphale allumait ses prunelles.

— Ça y est ! Ils m'ont accordé quinze jours ! fit-elle dans un chuchotement que tout le monde sur le plateau put entendre.

Elle rit et deux actrices gloussèrent d'un air entendu. Bill, rayonnant, lui demanda de rester au tournage. Elle le suivit dans la cabine de contrôle.

Ce fut un épisode mouvementé à souhait qui, bientôt, se déroula sous leurs yeux. Lors de la scène finale, Helen appelait un mystérieux correspondant lui annonçant qu'elle se tuerait s'il osait divulguer qu'il était le père de son enfant. Adriane se laissa séduire par le jeu de la comédienne et fut sensible à la puissante émotion que distillait le dialogue.

— C'est un film d'une grande qualité, Bill.

Il la dévisagea, ravi de découvrir l'excitation qui brillait dans ses yeux. Ils parlaient toujours du feuilleton lorsqu'ils quittèrent la cabine. Bill présenta Adriane aux comédiens, et elle félicita l'actrice qui incarnait Helen.

Peu après, en regagnant son bureau, elle adressa une tendre pensée à Bill Thigpen. Elle était impatiente de rencontrer ses enfants. « Pourvu que, début août, j'arrive encore à entrer dans mon jean », pria-t-elle.

16

Adam et Tommy arrivèrent mercredi dans l'après-midi, et Bill alla les chercher à l'aéroport. Adriane avait refusé de l'accompagner, par égard pour les enfants. Ceux-ci n'avaient pas vu leur père depuis Pâques, et la présence d'une étrangère n'aurait pas manqué de les choquer. Par ailleurs, elle avait rendez-vous chez son médecin. Et ce jour-là, elle entendit pour la première fois les battements de cœur du bébé. L'obstétricien ajusta les tubes flexibles du stéthoscope à ses oreilles et fit glisser le diaphragme sur son ventre. Il y eut d'abord le lourd martèlement de son propre cœur, suivi de la palpitation du placenta pulsant le sang dans le corps minuscule qu'il enveloppait. Puis, derrière ces bruits sourds, un battement plus léger, plus rapide, presque impalpable, un battement infime qu'elle écouta avec une émotion indescriptible.

— Tout va bien, déclara le docteur, lorsqu'elle fut rhabillée.

Sa tension et son poids étaient satisfaisants. Bien sûr, elle avait pris quelques kilos. Sa silhouette se transformait, il n'y avait plus de doute à présent. Ses vêtements la serraient à la taille et en étudiant son reflet dans le miroir, elle avait remarqué tout à coup la légère protubérance du ventre. Elle était enceinte de trois mois et demi maintenant et, pourtant, personne ne pouvait encore s'en douter.

— Des problèmes, Adriane ? s'enquit le vieux médecin, attentif aux expressions qui, tels des orages succédant aux accalmies, s'étaient reflétées sur le visage de sa patiente.

— Non, aucun.

— Est-ce que votre mari s'est fait à l'idée ? demanda le praticien tout en se rinçant les mains dans le lavabo.

La jeune femme ne répondit pas immédiatement. Hormis Zelda, ses collègues et relations ignoraient ce qui s'était passé. A ceux qui s'étonnaient de l'absence prolongée de Steven, elle avait raconté qu'il voyageait énormément. Et elle avait donné la même version à sa mère, lors de leurs rares conversations téléphoniques. A mesure que le temps s'écoulait, elle s'était enferrée dans le mensonge, pour une raison qu'elle n'arrivait pas encore à s'expliquer.

— Il va bien, répondit-elle finalement, d'un ton uni. Actuellement il est en déplacement.

— Ah, tant mieux. Prendrez-vous des vacances, cette année ?

— Euh... nous irons camper quelques jours au lac Tahoe.

— Parfait. Ne vous fatiguez pas trop quand même. Si vous prenez le volant, arrêtez-vous toutes les deux heures et allongez vos jambes. Vous vous sentirez mieux.

C'était une grossesse sans incidents. A ceci près que son mari avait demandé le divorce.

De retour au bureau, elle s'absorba dans le travail. Aucune nouvelle de Bill. Les enfants étaient donc bien arrivés. Il l'appela dix minutes avant la diffusion du dernier journal. Les garçons étaient au lit, il semblait ravi et épuisé.

— Le living n'est plus qu'une plage saccagée par le souffle puissant de l'ouragan, dit-il dans un soupir de pur bonheur.

— Ils devaient être ravis de vous retrouver.

— Nous nageons dans la félicité. Je les emmènerai demain à la télévision. Adam est fasciné par tout ce qui peut se passer sur un plateau de tournage. Tommy, le pauvre chéri, s'ennuie très vite... Nous passerons vous dire un petit bonjour, à moins que vous ayez le temps de déjeuner avec nous. Les garçons ne pensent plus qu'à vous connaître.

— Mais moi aussi.

Une vague réticence s'immisçait dans l'impatience d'Adriane. Sachant que ses gamins étaient le centre de l'univers de Bill, elle redoutait leur jugement. Et s'ils la rejetaient ? Elle s'efforça de penser à autre chose mais, inexorablement, Bill émergeait dans son esprit. Leur amitié — elle tenait énormément au terme d'amitié — était devenue quelque chose de précieux, quelque chose qu'il fallait préserver coûte que coûte. La nature de leur affection restait certes trouble, au point qu'Adriane n'aurait pas su dire ce qu'elle en attendait. Est-ce que Bill, lui, en savait davantage ? La jeune femme n'était pas prête à s'engager, ni à s'impliquer dans une idylle quelconque. Pourtant elle s'était habituée à la présencc de cet homme. Pis, elle ne pouvait plus s'en passer.

— Comment fait-on demain ? fit la voix chaude dans l'écouteur, vous montez ou nous descendons ?

Il avait déjà présenté à ses fils quelques-unes de ses petites amies. Certaines d'entre elles étaient même allées en vacances avec eux. Il avait néanmoins essayé de leur expliquer qu'Adriane n'était pas une « petite amie » ordinaire. Qu'il s'agissait d'une personne de qualité que Bill estimait. D'une femme digne de son amour — mais cela il l'avait gardé pour lui.

— Je monterai, décida-t-elle, histoire de voir ce que vous avez encore inventé pour tourmenter vos malheureux personnages. Comment se porte la dame à l'illégitime fruit de ses amours adultères ?

— Elle s'adonne au bourbon, ce que l'on peut comprendre aisément, pendant que tout son entourage cherche à deviner qui est le père de l'enfant. C'est effarant combien ce genre d'imbroglio attire le public. La paternité douteuse est une grande peur de l'inconscient. La procréation tout court, d'ailleurs.

Le sujet prenait une allure inquiétante qu'elle préféra éluder.

— A demain, alors, lâcha-t-elle nerveusement. Donnez mon bonjour à vos garçons.

— Je n'y manquerai pas, répondit-il avec chaleur.

La communication s'arrêta là. Un sourire jouait sur les lèvres d'Adriane lorsque, peu après, elle pénétra dans le studio où Zelda l'attendait. La rousse lui jeta un regard attentif. Elle se faisait du souci pour elle. De temps à autre, elle demandait si Steven avait donné de ses nouvelles, pour récolter invariablement le même « non » laconique.

— Comment vas-tu ? s'enquit-elle d'un ton appuyé.

— Bien, je te remercie.

L'œil de la rousse se fit malicieux. Depuis qu'elle avait croisé son amie au bras du célèbre créateur de *la Belle Vie*, elle n'avait de cesse de rassasier sa curiosité.

— Je t'ai vue avec Bill Thigpen l'autre soir. Ça gaze ?

Adriane haussa un sourcil, scandalisée.

— Nous sommes bons amis. Rien de plus.

L'assistante ne put retenir une moue désapprobatrice. Sa patronne devait encore se faire des illusions sur Steven. A son avis, il n'arrivait pas à la cheville de Bill.

Quand Adriane se glissa dans la cabine de contrôle, le lendemain, le tournage avait déjà commencé. Entourée de caméras, Helen gémissait sur son sort avec une conviction admirable. Son époux se trouvait toujours en prison. Le procès s'annonçait long, l'héroïne pleurait sa sœur assassinée, puis, par un de ces incroyables rebondissements qui avaient hissé le feuilleton au zénith du taux d'écoute, une inconnue entrait en scène et faisait chanter Helen. « Vous allez m'obéir, ma belle, sinon je dévoile l'identité du père de votre bambin. »

Il n'était guère étonnant que l'histoire ait captivé les téléspectateurs. Savamment distillés, drames et malentendus, trahisons, crimes et accidents formaient une fresque hallucinante de la bourgeoisie américaine. Certes, comme dans toute œuvre de fiction, les exagérations s'accumulaient, on frisait le mélodrame, mais les caractères restaient crédibles et les situations n'avaient rien à envier aux aléas de la vie réelle, Adriane en était persuadée.

Dès qu'elle avait franchi le seuil de la pièce vitrée, elle avait aperçu les enfants de l'écrivain. Adam devait être le garçon tout en coudes et en genoux, aux jambes interminables, trop grand pour son âge. Il se tenait tranquillement près de son père. Il avait des cheveux blond cendré et des yeux bleus. Pelotonné sur une chaise, en culottes courtes, Tommy affichait l'air d'intense concentration qu'Adriane avait déjà surpris sur le visage de Bill. Des boucles châtain doré que l'on avait envie d'ébouriffer encadraient sa frimousse et ses immenses yeux bleus pétillaient d'intelligence. Bien que Tommy fût beaucoup plus petit qu'Adam, les deux garçons se ressemblaient comme deux gouttes d'eau.

Ce fut le plus jeune qui la repéra le premier. Il perdit aussitôt tout intérêt pour le film et se mit à la détailler. Elle lui sourit et il tira son père par la manche. Bill se retourna, mais il dut attendre la première pause pour faire les présentations.

Sérieux comme un pape, Adam lui serra la main. Tommy en profila pour lui demander si elle était « la dame qui irait avec eux à Tahoe ». Elle eut à peine le temps d'acquiescer que le tournage reprit. Adriane regarda la scène suivante à côté de Tommy. Cédant à la tentation, elle lui caressa du bout des doigts ses cheveux soyeux. Il se laissa faire.

— Papa, ton film est vraiment chouette, complimenta Adam plus tard.

Ils étaient tous les quatre attablés à la cafétéria devant des boissons et des sandwichs. Tommy fixa Adriane droit dans les yeux.

— Tu connais papa depuis longtemps ? interrogea-t-il carrément, sans se soucier des œillades de son grand frère.

— Tommy, tais-toi ! gronda celui-ci. Les enfants bien élevés ne posent pas de questions.

— Cela ne me dérange pas, sourit Adriane.

Au fait, quand avait-elle connu Bill Thigpen ? Assez récemment, si on s'en tenait à leurs rapports amicaux. Mais si on remontait à leur toute première rencontre, au supermarché…

— Depuis deux mois, répondit-elle après un rapide calcul mental.

— Et tu es souvent sortie avec lui ? voulut savoir le garçonnet, ignorant royalement les grognements de son aîné.

— Quelquefois, oui. Nous sommes de bons amis.

Les yeux de Tommy effleurèrent la main gauche de la jeune femme avant de se lever vers son visage.

— Tu es mariée ?

Adriane s'accorda un temps de réflexion, évitant soigneusement le regard de Bill.

— Oui, répondit-elle au bout d'un moment, en faisant tourner son alliance sur son annulaire. Enfin, je l'étais.

Elle n'avait pas eu le courage de retirer l'anneau d'or, Bill l'avait remarqué.

— Tu es divorcée ? se mêla Adam, oubliant ses leçons de bonnes manières.

— Pas encore. Je le serai bientôt.

— Quand ?

— Aux alentours de Noël, probablement, répondit-elle, le cœur étrangement lourd.

— Bon.

Tommy prit immédiatement le relais.

— Alors pourquoi tu portes toujours ton alliance ? Maman en a une comme ça, avec un gros diamant au milieu.

La jeune femme regarda la mince bande d'or qui luisait à son doigt.

— Oui ? ça doit être magnifique. Eh bien, je ne sais pas

pourquoi je porte mon alliance, Tommy. Je m'y suis habituée, je crois.

— Qui a voulu divorcer, se renseigna Adam, toi ou lui ?

Bill jugea qu'elle en avait assez enduré.

— Dites, les gars, laissez Adriane respirer, voulez-vous ? Tommy, fais attention, tu vas renverser ton Coca-Cola. Je pense que vous devriez présenter des excuses à Adriane. Vous avez été d'une grande indiscrétion.

— Je suis désolé, murmura Adam, d'une voix empreinte de regrets.

A dix ans, il connaissait les règles élémentaires du savoir-vivre mais s'était laissé entraîner par ce petit chenapan de Tommy.

— Oh, ne t'excuse pas. Parfois, mieux vaut poser des questions plutôt que de s'égarer dans des suppositions, n'est-ce pas ? dit-elle avec un sourire lumineux. Mais c'est votre tour, à présent, jeunes gens. Avez-vous jamais été mariés ?

Adam sourit, pendant que Tommy gloussait.

— Eh bien, vous n'allez pas vous en tirer à si bon compte, les taquina-t-elle. J'attends vos réponses.

— On n'a pas été mariés, se lança Tommy, mais lui a une copine. Elle s'appelle Jenny.

Adam devint écarlate et assena un coup de coude dans les côtes de son cadet.

— Menteur !

— Elle est la *deuxième*, souligna Tommy, imperturbable. La première, c'était Carol, mais elle l'a plaqué.

Adriane étouffa un rire sous un toussotement avant d'adresser à Adam un regard plein de compréhension.

— Ces choses-là arrivent aux meilleurs, l'assura-t-elle. Et toi, Tommy ? Pas de petite fiancée en vue ? Tu sais, il faut tout me dire, si tu veux qu'on devienne copains.

« La femme idéale ! se répétait Bill, qui ne perdait pas une miette de la conversation. Douce, intelligente, spirituelle. » Il était vraiment amoureux.

Plus tard, dans la soirée, elle leur fit visiter les studios du journal télévisé mais ne les invita pas à regarder l'édition spéciale, afin de leur éviter les scènes de violence. Elle les présenta à tous ses collaborateurs.

Affalée à son bureau, Zelda suivit le père et les fils d'un regard intéressé. Lorsqu'ils furent sortis, elle fit un clin d'œil à Adriane.

— Je sens que cette belle amitié ne tardera pas à évoluer en passion dévorante.

— Cela m'étonnerait, étant donné les circonstances, répliqua Adriane.

— Oh, il y a pire, rétorqua la rousse, pince-sans-rire. On n'est pas obligée d'être vierge pour rencontrer l'homme de sa vie.

— Je me souviendrai de tes bons conseils, le jour où je déciderai de sauter le pas, pouffa Adriane.

Mais son rire s'éteignit. Il ne pouvait y avoir d'issue à son amitié avec Bill. Elle prenait plaisir à le fréquenter, aimait bien ses enfants, se réjouissait de partir avec eux. Pourtant, Steven occupait toujours une grande partie de ses pensées. Et elle portait son bébé. L'espace d'une seconde, elle songea à lui laisser un mot à la maison, au cas où il passerait durant son absence. L'instant suivant, elle repoussa cette idée ridicule. Steven ne risquait pas de se montrer. Il avait entamé la procédure de divorce, il refusait même de lui adresser la parole. Si toutefois il avait besoin de la contacter, Il pourrait toujours s'informer auprès de Zelda. Celle-ci possédait déjà la liste des hôtels que Bill lui avait donnée. Les questions des deux petits garçons à propos du divorce et de son alliance bourdonnaient encore à ses oreilles. Elle eut quelques difficultés à se concentrer sur son travail.

Le lendemain, les Thigpen firent irruption dans son bureau et Bill lui demanda si elle disposait d'un sac de couchage.

— Mon Dieu, non ! Je n'y ai même pas pensé.

Il l'assura qu'il se chargeait de tout.

— Prenez avec vous une robe pour les sorties et n'oubliez pas une laine bien chaude. Les nuits sont fraîches près du lac.

— C'est tout ? feignit-elle de s'inquiéter. Pas d'autres vêtements ?

Il lui décocha son sourire rayonnant, visiblement heureux de la sentir près de lui. C'était de plus en plus dur de garder ses distances, et il déploya un effort héroïque pour ne pas la serrer dans ses bras.

— Seulement un maillot de bain et un vieux blue-jean, répondit-il.

— Vous risquez de vous lasser très vite si je n'emporte pas ma somptueuse garde-robe.

— Je suis sûr que non.

— Quel genre de divertissement préférez-vous, messieurs ? dit-elle à l'adresse des enfants. Scrabble ? Bingo ? Cartes ?

Elle avait déjà établi une liste de jeux de société. Tommy ne se fit pas prier et commanda un assortiment de bandes dessinées et un pistolet à eau.

— Tommy, en voilà assez ! gronda son père.

Elle les regarda s'éloigner. Le départ était fixé pour le lendemain.

Adriane boucla ses bagages en début de soirée, avant de retourner à son bureau. Lorsqu'elle revint vers minuit, la vue de ses deux sacs disposés dans l'entrée nue la fit frissonner. La demeure déserte, abandonnée, avait quelque chose de déprimant. De profondément triste. Elle aurait pu se procurer quelques meubles, bien sûr, mais ne s'était toujours pas résolue à le faire. Un nouveau mobilier aurait entériné les événements. Sa séparation d'avec Steven aurait pris une tournure définitive. De plus, dans quelques mois, la maison serait mise en vente. Ce n'était pas une raison pour vivre entre des murs vides, mais elle n'avait ni le temps ni le désir d'acheter le moindre objet.

La sonnerie du téléphone déchira le silence. C'était Bill, et ils bavardèrent un long moment. Il paraissait aussi excité qu'elle au sujet du voyage. On eût dit un gamin s'apprêtant à partir en colonie de vacances pour la première fois. Elle l'écoutait parler, envahie soudain par un immense bien-être. Les deux derniers mois avaient été un si effroyable cauchemar : à présent il suffisait que Bill se manifeste pour que la peur disparaisse, comme la brume se dissipe au soleil.

— Nous partons à huit heures, commença-t-il, ce qui nous amènera à Santa Barbara vers dix heures. Nous aurons largement le temps de faire un tour à cheval avant le déjeuner. Les garçons sont de vrais petits jockeys, vous verrez.

— Je préférerais piquer un somme pendant que vous vous prendrez pour des cow-boys.

— Vraiment ? Vous n'aimez pas l'équitation ?

Il avait l'air déçu.

— Pas trop, non. Je suis une très médiocre cavalière.

— Attendez de me voir sur un cheval ! gloussa-t-il. A demain.

— A demain.

Ils avaient hâte d'y être déjà, Adriane monta se coucher, resta longtemps étendue sur le lit, les yeux grands ouverts sur l'obscurité, une main sur la légère courbe de son ventre. Quand les gens commenceraient-ils à s'apercevoir de son état ? Bientôt, très certainement. Dans un mois au plus tard, il serait impossible de dissimuler ses rondeurs. Et alors, son amitié avec Bill prendrait fin. Il n'acccptcrait jamais — ccla ne faisait aucun doute — de se montrer partout avec une femme enceinte. Mais pour le moment, il n'y avait pas de danger qu'il s'en rende compte. pas tant qu'elle laisserait flotter ses amples chemises sur ses jupes ou ses pantalons. Elle décida de vivre pleinement au jour le jour, de goûter chaque instant de ce merveilleux voyage que Bill lui offrait.

Il était exactement huit heures et quart lorsque la sonnette de l'entrée carillonna. Bill s'empara des deux sacs de voyage et alla les ranger dans le coffre d'une grosse Wagoneer de location qui attendait près du trottoir. Adriane le suivit, un grand sac à bout de bras, dans lequel elle avait enfoui ses affaires de toilette et les jeux qu'elle avait achetés pour les enfants. L'équipement de camping, valises et paquets s'entassaient dans le vaste coffre du véhicule. Adam et Tommy avaient pris place sur la banquette arrière. La jeune femme grimpa sur le siège avant, pendant que le conducteur s'installait au volant. Il avait le visage détendu des gens heureux.

— Prêts ? cria-t-il, tout sourire, en jetant un coup d'œil par-dessus son épaule vers ses fils.

— Prêts ! répondirent-ils à l'unisson.

— En avant toute !

La voiture démarra au quart de tour et un peu plus tard, elle roulait en direction de l'autoroute du nord. Muni d'écouteurs, Adam balançait la tête au rythme d'une musique qu'il était seul à pouvoir écouter. Tommy marmonnait à mi-voix des ordres inintelligibles à ses petits soldats de plomb. Adriane et Bill échangeaient des propos anodins. On aurait dit une famille sur la route des vacances. A cette idée, Adriane émit un rire. Bill lui jeta un regard oblique. Avec son foulard bleu sur les cheveux, sa chemise bleu pastel et son blue-jean élimé, elle lui parut si jeune, si vulnérable, à peine plus âgée que ses fils.

— Qu'est-ce qui vous fait rire ?

— Oh, rien. On rit quand on est content. J'ai l'impression de jouer dans une de ces séries familiales du dimanche après-midi.

— Méfiez-vous, car vous pourriez vous retrouver avec un

mari alcoolique, une fille qui vient de faire une fugue et un fils secrètement homosexuel, tout en vous battant contre quelque maladie incurable.

Ils éclatèrent de rire. Bill alluma la radio. Un air de danse monta vers leurs visages.

Ils arrivèrent à Santa Barbara et s'arrêtèrent devant le San Ysidro Ranch, un hôtel ceint de bungalows. Bill avait réservé un élégant petit cottage : deux chambres avec salles de bains séparées, coin cuisine et grand living dominé par une cheminée en briques. Il porta ses affaires dans la chambre des enfants.

— Ne serez-vous pas trop à l'étroit ? s'enquit Adriane, qui se sentait coupable de bénéficier de la plus jolie chambre.

— Non, madame.

— Je pourrais dormir sur le canapé.

— Et pourquoi pas par terre ?

Elle finit par rire, rassurée. Bill emmena ensuite ses fils faire du cheval. Adriane se déroba en déclarant qu'elle profiterait de leur absence pour « mettre un peu d'ordre ». En effet, lorsqu'ils réapparurent, ils trouvèrent un intérieur impeccable et parfaitement rangé.

— Vous êtes une excellente maîtresse de maison, complimenta Bill.

— Merci. Comment était votre promenade ?

— Merveilleuse. Les chevaux sont si calmes qu'on peut les monter les yeux bandés. Vous devriez essayer.

— Peut-être la prochaine fois.

L'après-midi, tout le monde se réunit autour de la piscine. Les enfants firent des plongeons et tous se dorèrent au soleil. Bill entraîna le petit groupe vers le court de tennis pour un double. Une partie mémorable s'engagea. Ils étaient les uns plus mauvais que les autres et cela les fit rire aux larmes. Tommy et Adriane gagnèrent la partie uniquement parce que l'équipe adverse, composée de Bill et Adam, se tordait de rire.

Après un délicieux dîner dans la grande salle à manger de l'hôtel, ils regagnèrent paisiblement le cottage. Et après le bain traditionnel, les petits garçons, en pyjama, se retirèrent dans leur chambre. Bill les mit au lit à vingt et une heures tapantes, en précisant qu'il ne « voulait plus entendre un mot ». Naturellement, ils firent du bruit jusqu'à vingt-trois heures, puis Tommy fit irruption dans le salon en sanglotant pour déclarer qu'il était hors de question qu'il s'endorme sans son vieux lièvre en peluche. Le jouet fut découvert sous le lit, où Adam l'avait caché, afin de faire enrager son petit frère. Enfin, lorsque le silence se fit, Bill et Adriane se mirent à papoter sur la véranda.

— Ils sont si gentils, murmura la jeune femme.

A ses yeux, Bill représentait le père idéal, car il les traitait avec fermeté et gentillesse à la fois.

— Surtout quand ils dorment, souligna-t-il. Pensez-vous pouvoir tenir le coup pendant deux semaines à ce régime ?

— Certainement. Je me sentirai bien seule lorsque je serai de nouveau chez moi.

— Je me sentirai seul également, après leur départ, dit-il pensivement. C'est toujours la même chose. Ils s'en vont et, immanquablement, je me rappelle le jour où Leslie m'a quitté. Grâce à Dieu, il me restait mon travail... Sinon je serais devenu fou. Tout compte fait, j'ai eu de la chance.

Il aurait encore plus de chance si Adriane acceptait de partager sa vie. Auprès d'elle, il n'éprouverait plus jamais cette oppressante sensation de solitude. Mais la personnalité de la jeune femme lui échappait. Tour à tour, elle se montrait proche ou distante. Et que cherchait-elle au juste ? Une liaison ? De l'amitié ? Les deux ? Il l'ignorait mais n'osait la presser de questions, de crainte de l'effaroucher. Elle ne mentionnait pour ainsi dire jamais son mari. Cependant, celui-ci continuait à la hanter, Bill l'avait deviné à travers ses silences. Et par des preuves infimes, comme par exemple le fait d'avoir gardé son alliance, ainsi qu'Adam l'avait si justement observé. Pour quelle raison la portait-elle encore ?

— ... ne vous remercierai jamais assez pour ces vacances, disait-elle, le tirant brutalement de sa méditation.

— Ne vous inquiétez pas. Vous détesterez les Thigpen avant la fin du voyage.

Ils se sourirent, dans la semi-obscurité.

— Impossible, car vos chères têtes blondes m'enchantent. Si je peux vous aider, dites-moi comment.

— Ils vous le feront savoir tout seuls.

— Je n'ai pas l'habitude des enfants...

— Vous vous y ferez très vite... Je crois qu'ils apprécient beaucoup la franchise. La plupart de gosses préfèrent un honnête coup de pied au derrière à un hypocrite discours moralisateur.

— Oh ! moi aussi.

— C'est ce qui me plaît en vous, justement, dit-il à voix

basse, afin de ne pas réveiller les enfants. Il y a un tas de choses qui me plaisent en vous, Adriane.

Elle observa un silence avant d'ébaucher une moue dubitative.

— Je ne suis pourtant pas précisément ce que l'on peut appeler une compagne enjouée. Il faut dire qu'il y a eu un tel ouragan dans mon existence...

— A mon sens, vous résistez fort bien au choc. Parfois les catastrophes ne sont que de simples incidents de parcours. Après la tempête survient le beau temps. Souvent même, un malheur est une étape sur le chemin du bonheur. Peut-être que la trahison de Steven vous permettra de connaître une vie meilleure, dont vous ne vous doutez pas.

Elle l'écoutait, le regard bas, sans oser encore trop y croire.

— Comment ont réagi vos parents lorsque vous leur avez annoncé la nouvelle ?

« En bons bourgeois bostoniens, ils ont dû être passablement secoués », supposa-t-il.

— Je ne leur ai rien dit, répondit-elle après une légère hésitation.

— Grands dieux ! Pourquoi donc ?

— Pour leur épargner une émotion inutile... Je dis « inutile », car j'espérais que Steven reviendrait.

— L'espérez-vous toujours ? questionna-t-il avec un curieux petit pincement au cœur.

Elle haussa les épaules, incapable de sonder l'abîme de ses sentiments. De toute façon, Bill ne serait apte à saisir la complexité de la situation que s'il possédait toutes les données. Or, il en manquait une, et de taille, mais pour une raison singulière, Adriane ne voulait pas qu'il en prît connaissance.

N... non, articula t elle péniblement. Je ne crois plus qu'il reviendra, plus maintenant. Mais certains problèmes, qu'il serait trop long de vous exposer, font que je préfère, pour l'instant, taire la vérité à mes parents.

Il haussa les sourcils. Décidément, il ne saurait pas de sitôt quel drame s'était tramé entre Adriane et son mari. Etait-il homosexuel ? Si elle savait toutes les idées biscornues qui lui passaient par la tête ! Il n'insista pas, bien sûr, afin de ne pas l'embarrasser, et ils engagèrent une conversation à bâtons rompus jusqu'à une heure avancée de la nuit. Enfin, ils se dirent au revoir, à contrecœur, car ni l'un ni l'autre ne semblait prêt à rompre la magie du moment.

Adriane se retira dans sa chambre dont elle ne ferma pas la porte à clé. Elle faisait une confiance illimitée à Bill. Pour la première fois depuis des mois, elle dormit comme une masse. A huit heures du matin, elle fut réveillée par le poste de télévision. Tommy et Adam regardaient des dessins animés. Elle apparut une demi-heure plus tard, douchée et vêtue d'un jean, avec une chemise rose et de sneakers assortis. Bill avait déjà commandé leur petit déjeuner.

— Œufs brouillés, pancakes et saucisses, cela vous va ?

— Quel festin ! Mais du train où je vais, je serai une grosse bombonne avant d'arriver à Tahoe.

Il avait déjà eu l'occasion d'admirer son appétit féroce, bien qu'elle fût mince, si l'on exceptait ce petit bourrelet à la taille...

— Vous vous mettrez au régime à la rentrée.

Peu après, ils étaient attablés devant un copieux petit déjeuner. Jus d'orange, café, lait, crème, œufs au bacon, saucisses. Comme toujours, Adriane fit honneur au repas, quant aux garçons, ils dévorèrent à belles dents tous les pancakes.

Ils firent un grand tour à Santa Barbara et Adriane acheta aux enfants un cerf-volant. Ils le firent voler contre le vent, sur la plage ensoleillée tout l'après-midi, dînèrent à l'hôtel, regagnèrent le cottage. Epuisés par leur journée au grand air, les garçons plongèrent dans leurs lits douillets dès la tombée de la nuit. Adriane les avait forcés à prendre un bain et ils s'étaient rebiffés, mais Bill l'avait secondée.

— Ce sont quand même de drôles de vacances, avait maugréé Tommy, écœuré.

— Oui, des vacances « propres », lui avait rétorqué Adriane, sans se laisser attendrir.

La petite rébellion prit fin rapidement. La jeune femme alla border les enfants. Elle leur raconta une longue histoire, un conte qu'elle tenait de son père et qui relatait les aventures d'un garçonnet à travers les océans vers une île enchantée. Elle y ajouta quelques épisodes de son cru et ses auditeurs dormaient à poings fermés lorsqu'elle eut terminé.

— Qu'est-ce que vous leur avez fait ? demanda Bill, admiratif. Vous leur avez administré des somnifères ?

— Bien sûr, dit-elle en riant. Des somnifères qui ont pour

nom soleil, cerf-volant et bain chaud. Je tombe de sommeil moi-même.

Ils étaient assis dans le salon, face à la cheminée. La température s'était rafraîchie et Bill avait allumé un grand feu. Il versa du vin blanc frappé dans deux verres à pied qu'il posa sur la table basse. Il se sentait si calme, si détendu. Le réalisateur de la série l'avait appelé un peu plus tôt, mais il avait résolu le problème qui s'était présenté en un tournemain. Adriane prit le verre qu'il lui tendait et le porta à ses lèvres.

— Avez-vous toujours aimé les enfants ?

— Oh que non ! répondit-il dans un rire. Je peux même vous avouer que j'ai eu la frousse de ma vie quand Leslie est tombée enceinte.

Steven aussi avait eu peur. Si peur, qu'il avait pris ses jambes à son cou plutôt que de faire face à la réalité. Les deux hommes ne se ressemblaient guère et, cependant, la lueur d'espoir subsistait. Steven n'avait rien d'un monstre... S'il voyait le bébé... s'il faisait un effort pour l'aimer...

— Vous vous débrouillez à merveille avec les gosses, Adriane. Vous feriez une mère parfaite.

— Comment pouvez vous en être aussi sûr ? demanda-t-elle, avec une ombre d'inquiétude dans les yeux.

— Personne ne peut savoir... *avant*. On fait de son mieux et voilà tout.

— Et c'est sans doute ce qui nous effraie.

— Mais tout est effrayant dans la vie, Adriane. Seulement, qui ne tente rien, n'a rien, comme dit le dicton. On ne ferait pas d'études, on ne se marierait pas, on ne se risquerait à aucune entreprise, de crainte d'échouer. Vous vous êtes bien mariée, après tout.

— En effet, et j'ai lamentablement échoué.

— Balivernes ! Ce n'est pas vous qui avez brisé votre ménage.

— Steven avait ses raisons.

— Probablement. Mais vous vous êtes battue pour éviter le naufrage. Vous n'allez pas vous reprocher ce dérapage pour le restant de vos jours, non ?

— Vous ne le faites pas, vous ? Vous ne vous sentez jamais responsable de l'échec de votre mariage ?

— Si, répondit-il en toute loyauté. Mais ce n'était pas entièrement ma faute. Je travaillais énormément et je négligeais ma femme, mais j'étais bon époux et bon père. Il faut faire la part des choses, Adriane. Tout n'est pas tout noir ou tout blanc.

— Hélas, ce n'est pas encore mon cas. Je me sens tellement fautive… Comme si j'avais tout raté.

— Cessez de vous mortifier. Dites-vous que ça marchera mieux la prochaine fois.

— Oh… la fameuse « prochaine fois ». Je ne crois pas qu'il y en aura une pour moi. Il faut être ou trop étourdi ou trop téméraire pour recommencer, et aucun de ces qualificatifs ne s'applique à moi.

Qui voudrait d'une femme avec un bébé ? Avec quel homme pourrait-elle refaire sa vie ? Curieusement, elle n'arrivait pas encore à appréhender l'avenir sans Steven.

— Je vous trouve bien amère, jeune dame, dit Bill, plus amusé qu'attendri. Vous avez à peine trente et un ans et vous pensez que tout est fini ? Ne soyez pas sotte !

Il se retint d'ajouter qu'elle aurait eu tous les hommes à ses pieds, si elle avait voulu.

— Regardez-vous, avant de juger les autres, Bill Thigpen ! Vous ne vous êtes pas remarié, que je sache.

— Parce que je n'ai pas trouvé la femme idéale.

Il s'était bien gardé de la chercher.

— Pourquoi pas ?

— Je vous l'ai déjà dit : la peur. La paresse. Le travail. Un millier de raisons. Quand j'ai divorcé, j'étais plus âgé que vous et j'étais déjà deux fois père, ne l'oubliez pas. Et comme je ne voulais plus avoir d'enfants…

— Pourquoi ne vouliez-vous plus d'enfants ?

— Parce qu'on m'avait enlevé ceux-ci, et qu'une fois suffit amplement. Mon cœur se déchire chaque fois qu'ils repartent pour New York.

— Je comprends. Vous avez dû souffrir.

— Oui. Beaucoup plus que vous ne pouvez l'imaginer.

Il sourit alors, son visage s'éclaira et, pendant un instant, elle fut tentée de lui parler du bébé.

— Parfois, la vie est plus compliquée que les apparences ne le laissent supposer, dit-elle.

— Sûrement.

Il ignorait ce que cachait cette réflexion, mais refoula les questions qui lui brûlaient les lèvres. Quelque chose s'était passé entre Adriane et Steven Townsend. Quelque chose qu'elle n'avait pas voulu lui dévoiler, et il respectait parfaitement sa décision.

Ils bavardèrent longuement, ce soir-là aussi, paisiblement assis sur le canapé, devant le feu qui dansait dans la cheminée. La conversation était animée et agréable. Et à mesure que l'entretien se prolongeait, ils se découvraient mille points communs, mille choses à se dire, mille rêves à partager. Imperceptiblement, Bill s'était rapproché d'Adriane. Depuis un petit moment, il n'entendait plus ce qu'elle disait. Il n'écoutait que son désir pour elle. Sans réfléchir davantage, il se pencha vers elle, ses mains encadrèrent le petit visage délicat, ses lèvres frôlèrent les siennes. Ce fut un baiser tendre, léger, auquel la jeune femme répondit malgré elle. Soudain, elle le repoussa doucement et se dégagea de son étreinte.

— Bill, non...

— Désolé, murmura-t-il.

Il était tout sauf désolé. De sa vie il n'avait ressenti pareil bonheur. Son amour pour Adriane était un brasier, bien plus ardent qu'il ne l'avait été pour n'importe quelle autre femme. Il l'aimait de toutes ses forces, avec toute sa sagesse d'homme de quarante ans.

— Je vous demande pardon, reprit-il, la sentant bouleversée. Je n'avais pas l'intention de vous offenser.

— Vous ne m'avez pas offensée, répondit-elle, avec regret. Je n'arrive pas à vous l'expliquer... Mais je ne voudrais pas vous faire de peine.

Il la regarda, stupéfait.

— Pourquoi me feriez vous de la peine ?

Il lui prit les mains, les garda prisonnières dans les siennes, plongea son regard dans les grands yeux saphir qui s'étaient embués.

— Ne... cherchez pas à comprendre, bredouilla-t-elle. Je ne peux vous apporter que des ennuis.

— Vraiment ? Je n'en crois pas un mot.

Il déploya un effort héroïque pour ne pas l'embrasser de nouveau.

— Je ne plaisante pas, insista-t-elle d'une voix sérieuse. « Je n'ai pas le droit de vous mettre mes problèmes sur le dos, pensa-t-elle en même temps, ni de vous encombrer d'un enfant dont son propre père n'a pas voulu. » Bill continuait cependant de la fixer, submergé par sa passion pour elle. Les mots qu'il avait si soigneusement refoulés jaillirent enfin.

— Adriane, je vous aime. Cela peut vous sembler fou, mais c'est ainsi. Je ne vous bousculerai pas, je vous le promets, je saurai attendre le temps qu'il faudra, mais donnez-moi une chance, je vous en supplie... Une toute petite chance.

Ses bras se refermèrent sur le corps tremblant de la jeune femme, ses lèvres réclamèrent sa bouche. Elle se raidit sous le baiser impétueux, puis quelque chose fondit en elle et elle se blottit contre Bill, oubliant le reste du monde. Lorsqu'il se détacha d'elle, il vit ses yeux anxieux, nota la respiration désordonnée qui soulevait sa poitrine. Un sourire illumina son visage, tandis que, du bout des doigts, il lui effleura la joue.

— Je suis un grand garçon maintenant. Les ennuis ne me font pas peur. Je suis prêt à attendre jusqu'à ce que vous ayez mis les choses au point avec Steven.

— Ce n'est pas juste pour vous, Bill.

— Ce serait moins juste si je me désistais. Nous sommes attirés l'un vers l'autre comme des aimants, Adriane, vous ne pouvez le nier. Appelez cela comme vous voulez, destin ou fatalité, c'est la vérité ! Je me battrai jusqu'à mon dernier souffle, s'il le faut, mais ne me demandez pas de renoncer.

Elle eut un imperceptible mouvement de recul, en proie à une vive émotion. Son âme s'élançait vers Bill, son corps se languissait de ses caresses mais sa raison s'opposait farouchement à ces égarements. « Oui, je vous aime aussi, aurait-elle voulu crier, mais j'attends un bébé et cela change tout. » Elle garda le silence. Cette chance que Bill avait demandée, c'était à Steven qu'elle se devait de l'accorder. A Steven, au cas où il changerait d'avis. Son honnêteté naturelle lui interdisait d'aimer un homme alors qu'elle attendait l'enfant d'un autre.

— Adriane, murmura-t-il, je ne vous brusquerai plus, je vous le jure. Je ne vous embrasserai plus, ne vous toucherai plus. Je souhaite seulement être près de vous.

— Oh, Bill... Je ne sais quoi dire...

Sans savoir comment, elle se retrouva entre les bras puissants, avec l'impression que sa place était là. Il la serra contre lui.

— Alors ne dites rien, ma chérie. Soyez patiente et laissez faire le temps. Avec le temps tout s'arrangera, j'en suis convaincu.

— Il y a tellement de choses que vous ignorez de moi.

— Oh, des choses terribles, sûrement ! Quels noirs secrets dissimule ce joli petit visage ?

Un seul. Le bébé. Elle ne put s'empêcher de sourire à ses taquineries et il poursuivit :

— Sachez, jeune dame, que je suis prêt à vous pardonner tous vos vices, si abominables soient-ils.

« Mon Dieu, Bill, aucun homme au monde ne voudrait d'une femme enceinte. Même vous », s'écria-t-elle mentalement.

— Ecoutez, Adriane, je vous propose un marché. Nous n'allons plus évoquer ce problème jusqu'à notre retour à Los Angeles. Nous vivrons la beauté de l'instant présent. Ne vous faites pas de souci, je me comporterai comme un gentleman dorénavant.

Il avança la main, avec un air pompeux qui la fit rire.

— Marché conclu ! lâcha-t-elle.

Et ils échangèrent une comique poignée de main.

— Et n'oubliez pas, ajouta-t-il, l'index levé. Je joue pour gagner.

Elle ne risquait pas de l'oublier. Et elle savait également que, tôt ou tard, elle serait acculée à prendre une décision.

# 17

Ils arrivèrent à San Francisco le lendemain. Sur la route, ils avaient fait une halte à Carmel et musardé dans un dédale de petites échoppes. Adriane bavardait en riant avec les enfants, mais Bill, étrangement calme, passait et repassait dans son esprit, comme un vieux film, les événements de la veille. La nervosité de la jeune femme n'avait pas échappé à sa vigilance. Il revoyait le petit visage anxieux, les yeux inquiets, le sourire triste. Qu'est-ce qui la tourmentait ? Il se l'était demandé maintes fois depuis, sans trouver de réponse. Visiblement, la principale cause de son agitation était due à son divorce et, cependant, il avait deviné une angoisse d'une autre nature. Quelque chose qu'elle s'obstinait à taire, mais quoi ?

Il se sentit plus détendu devant la baie de San Francisco. La petite bande se rendit au Fisherman's Wharf, grimpa dans le funiculaire, visita le Ghirardelli Square, passa au peigne fin tous les lieux touristiques. Au bout de deux jours, ils mirent le cap sur Napa Valley. La route traversait des plaines fleuries plantées d'arbres bruissants et bordées de vignobles. Des troupeaux de vaches et de moutons broutaient paisiblement l'herbe grasse, des chevaux trottinaient dans les champs. Après un virage, la voiture prit la direction des collines.

— Vous avez l'air fatiguée, observa Bill, qui tenait le volant.

La pâleur d'Adriane l'alarma. Depuis quelques jours, il avait remarqué qu'un rien l'épuisait, bien qu'elle ne s'en plaignît pas. Pourtant, elle semblait jouir d'une excellente santé et d'un solide appétit. Par moments, elle resplendissait et, soudain, le sang se retirait de ses joues. Après qu'il lui eut déclaré son amour, Bill n'avait tenté aucune autre approche. Par son attitude, Adriane lui avait laissé entendre qu'elle l'aimait également mais quelque chose l'arrêtait. Il lui fallait du temps, n'avait cessé de se répéter l'écrivain. Il était prêt à attendre jusqu'au jugement dernier pour la conquérir.

Les enfants témoignaient à Adriane une profonde affection. Ils ne s'étaient jamais aussi bien entendus avec les précédentes amies de leur père. Adam la taquinait sans merci, signe qu'il la trouvait sympathique, et Tommy, quant à lui, n'hésitait pas à se pendre à son cou, à lui caresser les cheveux ou à la chatouiller. Partout, on les prenait pour une famille heureuse et unie.

Ils passèrent une nuit dans une plaisante auberge victorienne et explorèrent les chais voisins avant de se remettre en route par un bel après-midi ensoleillé. Nouvelle halte à Calistoga. A la surprise générale, Adriane refusa énergiquement de monter dans le ballon dirigeable que Bill avait loué, afin de montrer aux garçons une vue aérienne de la vallée dans la lumière rouge du couchant. Elle avait la phobie des hauteurs, affirmait-elle, et rien ne put la convaincre.

Sur le chemin de Tahoe, vers le nord, elle voulut prendre la volant, mais s'arrêta toutes les deux heures pour allonger ses jambes, sous prétexte de détendre ses muscles. Ils en profitèrent pour visiter Nut Tree et Placerville.

Ils atteignirent enfin le lac Tahoe, le vendredi après-midi. L'air frais de la montagne les revigora. De petits nuages cotonneux défilaient sur un ciel bleu cobalt. C'était un petit paradis.

Bill repéra facilement le terrain de camping qu'il avait réservé et entreprit d'y installer les tentes. L'une, la plus spacieuse, lui servirait de gîte avec les garçons. La plus petite abriterait la jeune femme. Bien sûr, Tommy déclara tout de go qu'il dormirait dans la petite tente et, en riant, Adriane répondit qu'elle était flattée. Peu après, assise sur l'herbe, elle laissa libre cours à sa rêverie. Bientôt, les mêmes idées moroses l'assaillirent. Elle ne pouvait donner suite à ses sentiments à l'égard de Bill et, cependant, faire marche arrière était au-dessus de ses forces. Sa présence, sa chaleur, sa gentillesse la rassuraient. Elle n'aspirait plus qu'à leurs causeries nocturnes, à cette complicité qui les gardait éveillés tard dans la nuit. Elle désirait sentir ses mains sur son corps, ses lèvres sur les siennes. Et c'était impossible ! Pour la première fois elle se prit à regretter que le père du bébé fût Steven.

— A quoi pensez-vous ?

La voix de Bill la fit sursauter. Elle était restée là, à fixer le cercle de la forêt et une ombre de tristesse avait survolé son visage.

— Oh, à rien de spécial. Je rêvassais.

— J'ai l'impression que vous pensiez, justement, à quelque chose de précis.

Il avança la main mais à peine avait-il effleuré la sienne qu'il la retirait prestement. Il lui avait promis de ne plus la toucher et il tiendrait parole.

L'après-midi s'écoula en préparatifs. Les tentes dressées, les tâches furent réparties. Bill et Tommy mettraient de l'ordre, pendant qu'Adriane et Adam iraient faire des courses. De gros steaks à griller, des hot-dogs, une flopée de friandises pour le petit déjeuner.

— On mange trop, gémit Adriane.

Elle ne pensait pas avoir pris du poids, mais son corps avait subi d'autres transformations. Tous ces vêtements la serraient à la taille maintenant. Du jour au lendemain, elle avait eu toutes les peines du monde à tirer la fermeture Éclair de son jean. Elle avait emprunté un ample sweater à Bill qui, fort heureusement, n'avait posé aucune question.

Le bien-être qu'elle éprouvait se muait peu à peu en malaise. Comment s'y prendrait-elle pour couper les ponts avec Bill, sans le blesser ? Le retour à Los Angeles l'obsédait. Et la voix implacable de sa conscience ne cessait de lui répéter qu'elle avait mal agi à l'endroit de cet homme si droit et si généreux.

— Et voilà, c'est encore là, murmura-t-il soudain.

Ils étaient installés devant le feu de camp qui achevait de mourir, dans la fraîche pénombre du soir. Ils avaient dîné, après quoi les garçons avaient chanté à tue-tête avant de se retirer sous la tente.

— Quoi donc ? demanda-t-elle, les yeux rivés sur les braises rougeoyantes.

— Cette pensée qui vous poursuit depuis des jours. Par moments, vos yeux deviennent tellement tristes... Qu'est-ce qui vous tourmente ?

— Rien, je vous assure.

— J'aurais bien voulu vous croire.

— Je n'ai jamais été aussi heureuse.

C'était la vérité. Mais ce bonheur ne pouvait qu'être fugitif, elle le savait. Comme elle savait qu'il serait dur d'élever seule son enfant. La terreur de perdre Bill était venue s'ajouter à son lot de craintes. A cette seule idée, ses yeux s'embuèrent. Bill, qui l'observait intensément, l'attira dans ses bras et lui fit poser la tête sur son épaule.

— Je suis là, ma chérie, ne l'oubliez pas. Et je serai là tant que vous voudrez bien de moi.

— Oh, Bill, pourquoi êtes-vous si bon ? chuchota-t-elle à travers ses larmes. Je ne le mérite pas.

— Ne dites donc pas de sottises.

Elle leva les yeux vers lui, oppressée par un terrible sentiment de culpabiité. Elle n'aurait pas dû lui mentir. Elle n'avait qu'un seul mot à dire pour lui ôter toutes ses illusions, une phrase très simple, mais ses lèvres restaient scellées. Bon sang, que faisait-elle là, à s'amouracher d'un autre homme, alors que l'enfant de Steven grandissait dans son sein ? L'absurde de la situation lui arracha un rire aigu.

— Où étiez-vous il y a quelques années ? s'écria-t-elle.

— Je faisais l'imbécile comme d'habitude, sourit-il, mais je me suis assagi. Mieux vaut tard que jamais.

« Hélas, c'est trop tard », songea-t-elle.

Ils restèrent enlacés, à regarder s'éteindre le feu. Bill mourait d'envie de la dévorer de baisers. Il n'en fit rien, fidèle à sa promesse. Un peu plus tard, il dit qu'il était temps d'aller se coucher. Il l'aida à se faufiler sous la petite tente, puis gagna la sienne et se glissa dans son sac de couchage. Cinq minutes plus tard, un pas crissa devant l'entrée, puis elle fut là, tout près de lui, affolée et tremblante.

— Adriane, qu'y a-t-il ? Vous ne vous sentez pas bien ?

— Si. Mais j'ai entendu un bruit là-bas, chuchota-t-elle, l'index pointé vers une direction indistincte. J'ai eu peur.

Il secoua la tête, à moitié endormi.

— Ce n'est rien. Peut-être des coyotes.

— Et si c'était un ours ?

Il lui sourit. S'il s'était écouté, il aurait affirmé que la forêt était infestée de loups-garous et qu'elle ne serait en sécurité nulle part ailleurs que dans le creux de ses bras.

— Je ne crois pas. De toute façon, les rares ours de la région ne sont pas bien méchants.

Il fallait provoquer les ours pour qu'ils attaquent, et Adriane dans son blue-jean et son sweater flottant, constituait certes une provocation.

— Préférez-vous dormir ici avec nous ? Nous serons un peu à l'étroit mais les gosses adoreront ça.

Elle s'empressa de hocher la tête et disparut pour reparaître aussitôt, munie de son propre sac de couchage. Bill la regarda s'installer, l'aida à refermer la glissière et continua à la contempler à la vague lueur du clair de lune, pendant qu'elle sombrait dans un sommeil de plomb.

# 18

Le lendemain matin, dès qu'ils furent réveillés, Tommy profita de la situation pour bondir sur son père. En poussant un cri de guerrier indien, le petit garçon se mit à chatouiller les côtes de Bill sans merci, insensible à ses protestations. Adam vola au secours du chef de famille et peu après, Tommy essuyait de cruels revers de fortune. Adriane vint alors à sa rescousse. L'instant suivant, la séance de chatouilles battait son plein et tout le monde s'en donnait à cœur joie en riant aux larmes. Adriane les supplia d'arrêter le supplice. Elle riait si fort que la fermeture Éclair de son jean avait sauté.

Ils émergèrent de la tente dans les premiers rayons du soleil, encore chancelants d'avoir tant ri. « C'est une façon merveilleuse de saluer la nouvelle journée », se dit Adriane, une façon bien plus gaie que de déambuler entre les murs de sa maison silencieuse.

Adam s'étira paresseusement dans l'air frisquet.

— Adriane, pourquoi es-tu venue te réfugier sous notre tente ?

Ce fut Bill qui répondit.

— Elle avait peur de se faire dévorer par un grizzli.

— Absolument pas ! se rebiffa-t-elle, à l'instar d'une reine outragée.

— Ah oui ? Alors qui est venu me secouer, alors que je dormais comme un ange, pour me dire qu'il y avait des bruits bizarres dans la forêt ?

— D'accord, mais qui a répondu qu'une bande de coyotes affamés rôdait autour du camp ?

— Moi.

— Et voilà, triompha-t-elle. J'ai simplement eu peur de me faire grignoter les doigts de pieds par ces bestioles.

De nouveaux éclats de rire retentirent et alors qu'ils préparaient le petit déjeuner, Bill annonça qu'ils iraient à la pêche juste après.

— Ce soir, chacun mangera le poisson qu'il aura attrapé, conclut-il.

— Et qui va nettoyer les écailles ? questionna Adam.

— Chacun s'occupera de son poisson, d'accord ?

— Pas de problème, dirent les enfants.

Adriane leva les yeux des braises sur lesquelles elle soufflait.

— Pour moi non plus. Je n'ai jamais rien attrapé de ma vie. Je me contenterai d'un hot-dog.

Adam se pencha sur le bacon qui grésillait dans la poêle.

— Avec une canne à pêche, même Tommy attrape des poissons.

— Papa, puis-je avoir un peu de pain de maïs ? s'enquit Tommy.

Aux yeux du garçonnet, le pain de maïs représentait l'un des avantages majeurs du camping, l'autre étant le droit de partager le sac de couchage de son père tout en serrant dans ses bras l'inévitable lièvre en peluche.

— Ce soir, mon petit, c'est promis, répondit Bill, et il dédia à Adriane ce sourire rayonnant qui la faisait fondre.

Celle-ci cassa des œufs par-dessus le bacon.

— Si nous allions nager ? proposa-t-elle.

Les eaux du lac étaient glacées mais ils avaient repéré, la veille, une succession de petites cascades qui formaient dans le vallon une rivière au cours rapide.

— Non, la pêche d'abord, tempêta Bill dans sa tasse de café.

Alors qu'elle leur servait le petit déjeuner, les enfants se rangèrent à l'opinion d'Adriane. Devant l'adversité, Bill baissa les bras.

— Très bien, mais ce n'est que partie remise. J'achèterai les appâts cet après-midi. Et celui qui n'attrapera pas de poisson sera privé de dîner.

Adriane haussa le menton et le fixa dans le blanc des yeux.

— N'oubliez pas mon hot-dog.

— Pas question, ma chère. Et ne me dites pas que vous avez aussi peur de l'eau.

Adam et Tommy pouffèrent, tandis qu'elle affichait un air offusqué.

— Je n'ai *pas* peur de l'eau ! Pour votre gouverne, j'étais capitaine de l'équipe de natation à Stanford et j'ai été maître-nageur pendant deux étés de suite.

— Et tu sais plonger ? interrogea Tommy, très impressionné par ses lettres de créance.

— Oui, jeune homme, sourit-elle, ébouriffant les boucles satinées du petit garçon.

— Tu m'apprendras à plonger dans la piscine, quand nous rentrerons chez papa ?

— Avec plaisir.

— Et à moi aussi ? jeta Adam. Papa m'a initié l'été dernier mais j'ai tout oublié pendant l'hiver.

Il l'admirait énormément, même si elle avait refusé de monter dans le ballon dirigeable.

— Eh bien, nous nous mettrons à la tâche dès notre retour, promit-elle.

Ses futurs élèves opinèrent, puis l'aidèrent à faire la vaisselle. Tous ensemble défirent les tentes, qui furent enroulées et ficelées. Ils éteignirent les restes du feu, après quoi Bill ouvrit la marche vers la rivière, suivi par Adriane et les enfants. La jeune femme avait passé par-dessus son maillot de bain un ample T-shirt qui affinait sa silhouette.

Il y avait une crique dans le cercle de verdure, bordée d'une bande étroite de galets. Quelques familles avaient pris d'assaut la berge moussue, et un troupeau de gamins s'ébrouait et s'ébattait bruyamment dans l'eau. Plus loin, au milieu de l'onde, le courant rapide charriait les rafteurs qui descendaient le fleuve à une allure incroyable.

Au bout d'une heure, Bill sortit de l'eau, ruisselant, déclarant qu'il irait en ville acheter les appâts et louer une barque. Adriane et les garçons préférèrent l'attendre sur place.

— Rendez-vous au camping, cria-t-il, avant de s'éloigner en direction de la clairière.

Adriane lui adressa un signe de la main, se tourna vers les enfants qui se lançaient en riant des trombes d'eau. Peu après, Adam voulut plonger mais Adriane le découragea.

— Leçon de plongée n$^{o}$ 1, ne jamais s'aventurer sous une eau qui n'est pas suffisamment claire pour que l'on puisse voir le fond.

Le garçon ne fut pas difficile à convaincre. Elle chercha

alors Tommy du regard, afin de le mettre en garde lui aussi contre les dangers des roches sous-marines. Il n'était nulle part. Mue par une soudaine pulsion de panique, la jeune femme se mit debout sur la berge. Ses yeux mi-clos furetèrent parmi les nageurs. Elle distingua enfin la frêle silhouette de l'enfant en équilibre sur un banc d'étocs à fleur d'eau. Il regardait les rafteurs sur les radeaux qui suivaient le rapide.

— Tommy ! cria-t-elle.

Il ne parut pas l'entendre. Adriane ordonna à Adam de sortir sur la rive avant de s'engager sur le banc qui s'enfonçait dans la rivière.

— Tommy !

Le garçonnet jeta un coup d'œil insouciant par-dessus son épaule et, de nouveau, s'absorba dans le spectacle des radeaux emportés par le courant, de plus en plus vite. « Ça c'est du sport ! » pensa-t-il, fasciné. C'était cent fois, mille fois plus passionnant que la pêche à la ligne dans le lac voisin.

— Tommy, viens ici.

Adam, agacé par la désobéissance de son frère, grimpa à son tour sur les rochers derrière Adriane, qui se frayait péniblement un chemin parmi l'amas de pierres aiguës. Elle répéta son appel et, tout à coup, Tommy disparut de son champ de vision. Il avait glissé. Il tomba dans les eaux tumultueuses et aussitôt, le tourbillon liquide referma ses spirales sur lui. Au comble de l'angoisse, Adriane vit la tête du petit garçon réapparaître plus loin, au milieu de la rivière. Le torrent l'entraînait à une vitesse vertigineuse vers la cataracte en aval du promontoire caillouteux. Adam se mit à crier le nom de son frère et Adriane chercha frénétiquement un bout de bois, une perche, une rame échouée, quelque chose à quoi il puisse s'accrocher. Mais il n'y avait rien, rien que la rocaille, et elle eut la vision fugitive du visage terrifié de l'enfant, alors qu'il se laissait emporter vers le large. Personne ne s'était encore rendu compte de l'incident. Enfin, deux hommes remontèrent la plage de galets en courant et en hurlant en direction des radeaux :

— Au secours ! Rattrapez le gosse !

Mais le vacarme de l'eau couvrait leurs voix et les rafteurs poursuivirent leur descente sans même remarquer le petit garçon en maillot bleu qui sombrait. Tommy se débattait farouchement en agitant bras et jambes, alors que le vortex écumant l'engloutissait.

Il fallait agir vite, tout de suite. Adam s'était mis à pleurer.

Il fit mine de se porter au secours de son cadet. Adriane le repoussa sans ménagements.

— Reste là !

Elle fit demi-tour, regagna le rivage. Les autres baigneurs, dans un mouvement de panique, s'étaient rassemblés sur la plage et assistaient, inutiles, au drame qui se déroulait sous leurs yeux. Adriane écarta d'un geste tranchant la petite foule d'estivants, puis s'élança le long de la rivière, dans le sens du courant. Elle courait à perdre haleine, sans se soucier des cailloux pointus ni des verges épineuses qui lui cinglaient les chevilles. Elle savait exactement ce qu'elle faisait, exactement où elle se rendait et priait le ciel pour qu'il ne fût pas trop tard lorsqu'elle y arriverait. Peu après, elle escalada de nouveau les falaises. Tommy, toujours visible, dérivait inexorablement vers les chutes. Un homme dans une barque tenta de lui jeter une bouée de sauvetage, mais en vain.

Adriane banda ses muscles, son corps s'éleva, décrivit un arc de cercle dans la lumière éclatante et redescendit, tête en bas. L'eau était trouble mais, par chance, elle ne se cogna pas sur les récifs du fond. Sa silhouette toute tendue refit surface. Un bout de bois flottant lui frôla l'épaule, mais elle se dirigea, par brasses vigoureuses, vers le point où elle avait aperçu Tommy pour la dernière fois. Dans le lointain, des cris lui parvenaient, ainsi que le vague mugissement d'une sirène. Soudain, le maelström l'aspira. Dans les profondeurs obscures, quelque chose la heurta en pleine figure, ses mains se refermèrent sur une forme souple et elle sut que c'était Tommy.

Elle le poussa de toutes ses forces vers le haut et émergea à sa suite, respirant l'air pur à pleins poumons. Il se mit à tousser violemment en s'agitant comme un forcené et en buvant la tasse chaque fois qu'une vague les immergeait. Adriane continua à le pousser fermement à contre-courant, en direction de la rive. Brusquement, elle le perdit. Comme si une force invisible le lui avait arraché.

Tommy, volatilisé, devait se trouver quelque part, hors de sa portée, alors qu'elle coulait à pic dans un trou noir, un gouffre profond et silencieux.

## 19

Bill s'affala sur une chaise en toile dans le terrain de camping et allongea ses jambes au soleil. Une sirène ulula quelque part dans le lointain. A travers les arbres, il eut la vision fugace d'une ambulance qui roulait à tombeau ouvert sur l'autoroute. Assailli brusquement par un funeste pressentiment, il bondit sur ses pieds pour s'élancer en direction de la rivière. A peine eut-il débouché dans la clairière qui surplombait la crique qu'un spectacle inquiétant s'offrit à ses yeux. Adam arpentait la berge, secoué da sanglots, mains tendues en avant. Autour de lui, quelques adultes s'efforçaient manifestement de le réconforter.

— Oh, mon Dieu !

Tremblant de tous ses membres, Bill dégringola le sentier qui sinuait vers la plage. Un cri d'Adam le cloua sur place.

— Tommy !

L'instant d'après, le garçon se précipita dans les bras de son père en pleurant. Bill le serra fortement, puis l'écarta presque aussitôt

— Qu'y a-t-il ? Que s'est-il passé ?

Incapable de prononcer un mot, l'enfant fit un geste affolé de la main et Bill prit conscience, soudain, de la foule agglutinée devant l'ambulance qui venait de s'arrêter sur la rive, flanquée de deux jeeps des Eaux et Forêts. Des voix indistinctes criaient quelque chose, cependant que des gardes forestiers, trempés jusqu'aux os, tiraient de l'onde une minuscule silhouette blanche barrée d'une bande d'étoffe bleu vif et l'allongeaient à même les galets. « C'est Tommy », réalisa-t-il, pétrifié. Tommy, étrangement raide, inanimé. Les sauveteurs le tournèrent sur le côté en actionnant ses bras puis l'un d'eux s'accroupit et se mit à lui faire du bouche-à-bouche. Bill se rua vers le corps menu, repoussa les badauds et s'abattit sur les genoux, aveuglé par les larmes. Le petit garçon ne bougeait pas... Il devait être mort... Le regard halluciné, Bill passa en revue la ronde des visages horrifiés des témoins avant de fixer la petite figure blême aux lèvres bleuies, aux yeux clos. Une fervente prière monta en lui.

— Mon Dieu, ayez pitié de nous. Ne nous abandonnez pas...

Au bout d'un moment qui lui parut plus long que l'éternité, la petite forme bougea, les cils mouillés frémirent, une sorte de toux caverneuse fit tressauter la poitrine étroite, suivie d'un jaillissement d'eau par la bouche. Le petit garçon ouvrit les yeux, posa sur Bill un regard chaviré et commença à pleurer.

— Papa... je...

Ses paroles furent noyées dans un nouveau torrent d'eau, alors que Bill le berçait doucement.

— Tommy, mon bébé, ça ira...

Lorsqu'il eut fini de vomir, il s'accrocha à son père et aux premiers mots qu'il prononça, le cœur de Bill cessa de battre.

— Et Adriane ?

Adriane... Il ne l'avait pas vue. En se retournant, il aperçut les gardes forestiers qui retiraient un deuxième corps de l'eau.

— Prenez soin de lui, cria-t-il aux sauveteurs, et en trois enjambées, il fut près d'elle.

La jeune femme semblait morte. Elle était d'une pâleur effrayante et deux longues entailles marquaient de rouge sa jambe et son bras gauches. Ce masque de cire lui rappela une inconnue qui avait péri dans un accident de voiture sur l'autoroute et que les policiers avaient sortie de sous l'amas de tôle froissée.

— Oh, mon Dieu, vous ne pouvez rien faire ?

Personne n'eut l'air de l'entendre. Gardes et ambulanciers s'activaient autour de la noyée mais tous leurs efforts pour la ressusciter demeuraient vains.

— C'est votre femme ? demanda quelqu'un. Le petit lui doit la vie. Elle a plongé et l'a maintenu hors de l'eau jusqu'à ce que les secours arrivent. Encore une minute et elle allait s'écraser sur les rochers, en bas des chutes. Je crois qu'elle est blessée à la tête.

Son bras blessé saignait abondamment. Il y avait du sang partout sur les galets.

— Est-ce qu'elle respire ?

Il regarda le quatre hommes lui prodiguer des soins et sentit les larmes brûler ses joues. Elle avait perdu la vie pour sauver celle de Tommy... La sirène fendit tout à coup l'air humide, l'un des hommes se redressa et cria à l'adresse de l'ambulance :

— Son cœur bat !

Ils continuèrent à lui insuffler de l'air dans la bouche. Elle émit un petit hoquet mais ne parut pas reprendre conscience. Le sauveteur jeta à Bill un regard victorieux.

— Elle respire toute seule maintenant. Nous allons la transporter à l'hôpital. Voulez-vous nous accompagner ?

— Bien sûr. Elle va s'en tirer ?

— Les médecins se prononceront quand ils auront examiné la lésion de sa tête. Elle a perdu énormément de sang... la coupure à son bras a presque sectionné une artère... Ce sera juste, conclut-il alors qu'il posait un garrot pour arrêter l'hémorragie.

Adam s'était approché, les yeux rouges. Des infirmiers transportèrent Tommy dans l'ambulance sur une civière. Ce fut ensuite le tour d'Adriane. Ils l'enveloppèrent dans une grosse couverture et lui appliquèrent un masque à oxygène sur le visage. Puis Bill et Adam s'engouffrèrent à leur tour dans l'ambulance.

— Elle est morte ? chuchota Adam d'une voix chavirée.

Bill la regarda. Sa chevelure gorgée d'eau boueuse, à laquelle s'accrochaient des feuilles pourries, encadrait sa face crayeuse.

— Non, répondit-il. Mais elle est encore en danger.

L'ambulance démarra. Durant le trajet, Bill tint les mains de ses fils. Ses yeux ne quittaient pas la jeune femme inanimée. Les infirmiers se penchèrent plusieurs fois sur elle et Bill sentit qu'ils n'aimaient pas ce qu'ils voyaient. Dix minutes plus tard, ils s'arrêtaient devant le Truckee Hospital. Une équipe médicale les attendait. Adriane fut littéralement enlevée par des hommes en blouse blanche.

Bill et Adam durent se cantonner dans une salle d'attente. Une heure plus tard, Tommy revint des urgences accompagné d'une vieille infirmière, qui jeta à Bill un regard compréhensif.

— Je m'occupe de vos gamins, dit-elle. Nous leur donnerons un bain chaud et des vêtements propres. Allez donc au chevet de votre femme.

Il embrassa ses enfants avant de s'engager dans l'allée qui menait au bâtiment où Adriane avait été emmenée. Ses pas pressés résonnaient sur les pavés d'une façon lugubre.

— Où est-elle ? s'enquit-il, sitôt qu'il eut pénétré dans le hall.

Le personnel comprit de qui il s'agissait. Visiblement, Adriane constituait le cas le plus critique parmi les pensionnaires du pavillon. Une infirmière lui montra une double porte battante au fond du corridor. Il y courut sans plus attendre. Il eut l'impression de débarquer sur une planète inconnue. La salle de réanimation, brillamment éclairée, tenait du film de science-fiction, avec ses écrans lumineux sur lesquels défilaient des informations en langage codé, ses dizaines de tubes fluo et ses cadrans. Une douzaine d'individus en uniforme vert entouraient une forme immobile.

Bill resta planté là, figé dans l'attente. Les minutes s'égrenaient avec une lenteur hallucinante. Il avait du mal à rassembler ses idées. Tout ce qu'il savait, c'était qu'il avait failli perdre Tommy et que si celui-ci était en vie, il le devait à cette femme qui luttait à présent contre la mort. Une femme qu'il connaissait à peine et à laquelle il vouerait une éternelle reconnaissance. Si elle survivait, bien sûr, car malgré les soins intensifs dont elle était l'objet, elle demeurait inconsciente.

— Pour l'amour du ciel, faites quelque chose pour elle.

Il s'interrompit. Les médecins, trop occupés, restaient sourds à ses supplications. Ils lui avaient recousu le bras, fait une transfusion, administré un tonicardiaque, mais le petit visage restait blême et glacé. Bill aurait voulu s'approcher de l'étroite banquette sur laquelle elle gisait, mais resta debout, comme anéanti. Enfin, l'un des docteurs vint vers lui, le priant de le suivre. Ils quittèrent la pièce, se retrouvèrent dans le corridor blanc.

— Vous ne voulez pas vous asseoir ?

Reconnaissant, Bill s'effondra sur un siège. Ses pensées se tournaient vers Adriane qui livrait une bataille à l'issue incertaine.

— Que se passe-t-il ? demanda-t-il dans un murmure.

— Votre femme a failli se noyer. Ses poumons ont été remplis d'eau et elle a subi une sévère hémorragie à cause de sa blessure. Le fond de la rivière est tapissé de rochers coupants comme des rasoirs. De plus, elle souffre d'une grave commotion à la tête. Nous avons redouté une fracture de la boîte crânienne mais heureusement, ce n'est pas le cas. Naturellement, compte tenu de son état, les choses risquent de se compliquer.

— Son état ? fit-il, perplexe, sans comprendre vraiment de quel état il s'agissait. Est-ce qu'elle s'en sortira ?

— Il est trop tôt pour le dire. En tout cas, elle risque de perdre son bébé.

— Son bébé ? répéta Bill, stupéfait.

Son interlocuteur le dévisagea un instant. Il avait déjà vu des gens présentant les mêmes signes de confusion, après un choc émotionnel trop fort.

— Oui, poursuivit-il d'une voix patiente. Elle doit être dans son quatrième mois de grossesse n'est-ce pas ?

— Dans son… ah oui, bien sûr…

Mais quelle sorte de folie le retenait soudain de détromper le praticien ? Pourquoi continuait-il à feindre qu'il était le mari d'Adriane ? Mais eût-il été le véritable époux de la blessée, et donc le père du petit être dont il venait juste d'apprendre l'existence, qu'il n'aurait pas agi autrement. Pour quelle raison, Seigneur, Adriane ne lui avait-elle rien dit ?

— Restez là, ordonna le médecin. Je vous tiendrai au courant de la situation.

Il s'éloigna sans attendre de réponse. Bill demeura longtemps prostré, essayant de reprendre ses esprits. Les pièces du puzzle se mirent soudain en place. Tout s'expliquait : l'appétit féroce de la jeune femme, le poids qu'elle semblait avoir pris récemment… Mais déjà d'autres énigmes surgissaient, d'autres fragments du puzzle demeuraient introuvables. Ainsi Steven serait parti, sachant que sa femme attendait un bébé ? Mais le savait-il ? Et si oui, quelle sorte de lâche était-il pour abandonner la mère de son enfant ? Voilà sans doute pourquoi Adriane attendait toujours le retour de son époux, et pourquoi elle avait conservé son alliance… Et aussi la raison pour laquelle elle résistait à ses avances. Le puzzle commençait à s'ordonner dans sa tête… Il se dit qu'elle avait risqué sa vie et celle de son bébé pour sauver Tommy. Son cœur fit un bond, lorsqu'un autre médecin poussa la porte battante. Il se redressa.

— Comment va-t-elle ?

— Elle respire sans assistance, et a reçu une unité de sang.

La commotion cérébrale est sévère mais l'absence de fracture est confirmée. Nous avons fait ce que nous pouvions, monsieur Thigpen. Elle est toujours inconsciente... il ne nous reste qu'à attendre...

Cela voulait dire qu'elle pourrait tomber dans le coma et mourir.

— Nous pensons qu'il n'y a pas de séquelles à craindre, reprit l'autre. Si elle survit, ajouta-t-il à mi-voix.

— Et le bébé ?

« Mon Dieu, ne la laissez pas mourir... faites qu'ils vivent tous les deux... s'il vous plaît... » Ses yeux sondèrent avidement ceux du médecin.

— La grossesse est viable, répondit ce dernier. Nous percevons un battement de cœur fœtal régulier. Mais...

La phrase resta en suspens, Bill attendit en vain la suite, mais il n'y en eut pas. Seul le temps apporterait une réponse à sa demande.

— Puis-je la voir ?

— Oui, bien sûr. Elle est toujours en réanimation. Vous connaissez le chemin.

C'était presque incroyable. Quelques heures plus tôt, elle préparait des œufs au bacon, resplendissante dans les premiers rayons du soleil, et maintenant elle agonisait après avoir sauvé Tommy.

— Mon fils va bien ?

— Je ne l'ai pas examiné personnellement, mais aux dernières nouvelles, il dégustait un bon repas en compagnie de son frère dans le pavillon de pédiatrie. (Un sourire étira les lèvres minces du médecin.) Votre garçon est né sous une bonne étoile. Sans les efforts héroïques de votre femme il serait mort à présent. On s'est demandé, au bloc opératoire, comment une créature aussi menue a pu le maintenir aussi longtemps hors de l'eau. Du reste, elle a dû s'esquinter le bras lors de cette manœuvre...

« Le bras, la tête, les poumons, tout... pensa-t-il. Elle n'a pas hésité à mettre sa vie et celle de son bébé en péril pour sauver Tommy. » Sa gorge se contracta. Il lui devait tout. Elle devait survivre, il le fallait, afin qu'il lui prouve sa reconnaissance.

Il pénétra dans la salle des soins intensifs et s'assit à son chevet. Un réseau compliqué de machines se reliaient à son corps par des fils, un masque à oxygène dissimulait une grande partie de son visage. Bill lui prit doucement la main et la porta à ses lèvres. Elle avait les phalanges écorchées et de la vase sous les ongles. Comme elle avait dû se battre pour sauver Tommy de la noyade !

Il se pencha sur la forme immobile recouverte d'un drap aux plis figés.

— Adriane, murmura-t-il, je vous aime. Je vous ai aimée dès la première fois que je vous ai vue au supermarché, vous en souvenez-vous ? Et je vous ai aimée la deuxième fois, quand nous nous sommes rencontrés par hasard dans notre résidence. C'était un dimanche matin... Je vous ai aimée en vous revoyant à la piscine, puis quand vous êtes venue à ma soirée...

Il effleura d'un baiser ses doigts bleuis, et les larmes laissèrent un sillon brillant sur ses joues.

— Je vous aime, reprit-il d'une voix douce mais claire, comme si elle pouvait l'entendre. Et les enfants vous adorent aussi. Adam et Tommy souhaitent que vous guérissiez... Adriane, j'aime le bébé aussi, il faut que vous le sachiez. Le docteur vient de me dire qu'il se portait bien. Alors, tenez bon, ma chérie... J'ai besoin de vous deux...

Il eut l'impression que le corps étendu était parcouru d'un frisson, mais en se penchant de plus près, il conclut que son imagination lui avait joué des tours. Il se remit à lui parler doucement, longuement, en tenant sa petite main pâle entre ses paumes. Le ventre d'Adriane formait une légère saillie sous le drap. Bill le toucha du bout des doigts, sans cesser son monologue.

— Ta maman s'en sortira, mon gars. Elle ne va pas te laisser tomber maintenant, n'aie crainte.

Il se pencha, les yeux brûlants de larmes, embrassa la pommette de la jeune femme, continua à lui parler. L'une des infirmières passa la tête par la porte entrebâillée. Elle n'avait jamais vu un homme aussi amoureux de sa femme. Quelque chose sur un appareil de contrôle capta alors son attention. Sourcils froncés, elle s'avança vers la patiente et alors qu'elle s'inclinait vers l'écran, Adriane ouvrit les yeux et regarda Bill. Cela ne dura pas plus d'une fraction de seconde, ses paupières se refermèrent, et, horrifié, croyant qu'elle avait rendu l'âme, il laissa échapper un grognement d'animal blessé. Les grands yeux bleu saphir se rouvrirent et se posèrent une nouvelle fois sur Bill. Le souffle coupé, celui-ci sentit ses jambes flageoler. L'infirmière vérifia tous les écrans et se tourna vers la blessée avec un sourire.

— Eh bien, vous en avez de la chance ! Votre petit garçon est en pleine forme, je viens de lui donner une tablette de chocolat. Et quant à votre mari, ajouta-t-elle en lançant un regard approbateur à Bill, il n'a pas cessé de vous raconter plein de choses gentilles depuis qu'on vous a amenée ici... Oh, j'oubliais, le bébé se porte comme un charme. Comment vous sentez-vous, madame Thigpen ?

Elle montra le masque à oxygène qui lui comprimait tout le bas du visage et l'infirmière l'aida à s'en débarrasser.

— Pas très bien, souffla-t-elle d'une voix affreusement enrouée. J'ai la nausée.

Elle avait subi un lavage d'estomac et on lui avait pompé l'eau qui avait rempli ses poumons. Une image fulgura dans sa mémoire et elle se revit en chute libre dans un puits aux parois sombres et tièdes, mais la sensation se terminait par une explosion dans sa tête, puis plus rien.

Le sourire de l'infirmière s'élargit.

— Je comprends que vous voyez un peu barbouillée, répondit-elle en ajoutant un oreiller plat sous la nuque de la malade. Vous avez failli y passer, vous savez. Enfin, tout est bien qui finit bien !

Ayant recouvré l'usage de la parole, Bill lui étreignit la main.

— Adriane, Tommy est sain et sauf. Grâce à vous, ma chérie.

Un flot de larmes inonda son visage et il dut s'interrompre. Adriane renifla pensivement.

— Oh, j'en suis ravie. J'ai eu si peur. Je n'aurais pas pu le tenir hors de l'eau plus longtemps. Mes forces déclinaient rapidement. Les courants sont redoutables à cet endroit.

Elle aussi avait les larmes aux yeux. Des larmes de soulagement. Il se rassit, lui reprit la main.

— Pourquoi ne m'avez-vous rien dit au sujet du bébé ?

Il y eut alors un long, un très long silence.

— Parce que... parce que, balbutia-t-elle enfin, je pensais que vous alliez mal le prendre.

— Cela n'aurait rien changé, la preuve ! sourit-il sans jamais quitter des yeux le petit visage anxieux. C'est un peu inhabituel, je l'avoue, mais que diable ! un auteur de soap-opéras peut tout comprendre. Et dire que votre appétit féroce m'intriguait tant.

Le petit visage anxieux se détendit d'un faible sourire aussitôt remplacé par une expression apeurée.

— Est-ce que le bébé va vraiment bien ? s'enquit-elle dans une quinte de toux.

Il hocha la tête tout en arrangeant ses oreillers.

— Les médecins sont formels. J'imagine que vous allez devoir prendre un peu de repos. Les bébés sont têtus, vous savez.

Leslie avait fait une chute dans l'escalier pendant qu'elle était enceinte, se souvint-il, et pourtant il n'y avait pas eu de conséquences. Sa main effleura le front moite de la jeune femme.

— Adriane, Steven vous a-t-il quittée à cause du bébé ? Il retint son souffle en attendant la réponse. Ce n'était qu'un soupçon, mais il tenait à le vérifier.

— Oui, murmura-t-elle après un nouveau silence. Il ne voulait pas d'enfant et quand... quand c'est arrivé il m'a demandé de choisir. Le bébé ou lui. Apparemment il n'y avait pas de place pour les deux. J'ai essayé de me plier à sa volonté mais je n'ai pas pu. Non, je n'ai pas eu la force de me faire avorter. Alors, il est parti, acheva-t-elle, en larmes, d'une voix brisée.

— Quel adorable petit mari, en effet !

— Il n'a pas dû faire ça de gaieté de cœur, tenta-t-elle d'expliquer.

— Pourquoi ? Y avait-il le moindre doute sur la paternité de l'enfant ?

— Oh, non. Il savait bien qu'il était de lui. Mais il a décidé de renoncer à ses droits paternels. Son avocat m'a envoyé tous les papiers et je les ai signés. Ainsi quand mon enfant viendra au monde, il sera en fait illégitime.

— Mais c'est odieux.

Elle soupira.

— Peut-être changera-t-il d'avis s'il accepte de voir le petit.

On touchait le fond du problème. Adriane espérait toujours que Steven reviendrait. Bill la considéra un long moment.

— Etes-vous toujours amoureuse de lui ?

Nouveau silence, puis :

— Non, plus maintenant. Simplement, je pense que l'enfant a le droit de connaître son père naturel.

— Accepteriez-vous de revivre avec lui, s'il vous le demandait ?

— Peut-être. Oui, pour le bébé...

Elle ferma les yeux, soudain épuisée. Bill resta un moment à la contempler d'un air sombre. Elle avait répondu à ses questions avec une honnêteté qu'il ne pouvait qu'admirer. Sa droiture, sa franchise l'avaient frappé dès le début. Oh, le brillant Steven Townsend ne risquait pas de regagner le domicile conjugal, il n'avait aucun souci à se faire de ce côté-là. Le peu qu'il savait de cet individu méprisable lui suffisait amplement pour prévoir ses réactions. On ne fait pas marche arrière quand on veut divorcer parce que sa femme est enceinte et qu'on est prêt à renier jusqu'à la paternité de son propre enfant. Seule une personne aussi intègre qu'Adriane pouvait encore se laisser bercer d'une telle illusion. Mais elle irait jusqu'au bout, il le savait. Comme elle était allée jusqu'au bout pour secourir Tommy. Avec elle, c'était tout ou rien. Il ne s'aperçut pas qu'elle avait rouvert les yeux et qu'elle le fixait.

— Vous me détestez, n'est-ce pas ?

— Vous détester ? Alors que vous venez de sauver la vie de mon fils ? Non, ma chérie.

Il s'approcha d'elle, et lui caressa gentiment le menton.

— Je vous aime, Adriane. Ce n'est peut-être pas l'endroit ni le moment pour vous faire des déclarations d'amour, mais c'est la pure vérité. Je vous ai aimée dès le premier regard que nous avons échangé, ajouta-t-il, en prenant sa main pour la couvrir de baisers.

— Vous n'êtes pas fâché à cause du bébé ?

— Fâché ? Au contraire, je vous trouve admirable. Vous êtes une femme digne et courageuse. Forte et vulnérable en même temps. Et vous êtes faite pour avoir des enfants.

C'était la première parole d'encouragement qu'elle recevait depuis le début de sa grossesse. Sa tête s'agita sur l'oreiller, des larmes jaillirent entre ses cils. Ses pleurs se muèrent en sanglots, alors qu'elle s'efforçait de retracer l'enfer qu'elle avait traversé. Steven l'avait démolie.

— Calmez-vous, maintenant, chuchota Bill en séchant doucement ses larmes. Vous avez déjà eu un choc terrible aujourd'hui, vous devez vous reposer. Cessez de vous tourmenter, ma chérie, vous aurez votre bébé et tout ira pour le mieux... Je suis là, Adriane, et je vous aime, vous et votre enfant, ne l'oubliez pas.

Elle renifla et fixa sur lui un regard incertain. Steven l'avait abandonnée alors qu'il était le père du bébé. Elle sentit les lèvres chaudes de Bill se poser tendrement sur les siennes.

— Mais comment ? murmura-t-elle. Ce n'est même pas votre enfant.

— J'aurais tant voulu qu'il le soit... peut-être qu'il le sera un jour, si j'ai de la chance.

Elle lui dédia un pauvre sourire à travers ses larmes. Bill s'assit à côté du lit. Ses doigts se replièrent sur la main de la jeune femme et il la tint serrée dans la sienne jusqu'à ce qu'elle sombrât dans un sommeil réparateur. L'infirmière revint un peu plus tard, prit la température de la malade, passa en revue les écrans de contrôle et déclara que son état s'était amélioré.

Bill revint au pavillon de pédiatrie. Tommy s'était endormi. Il était encore sous perfusion de glucose. D'après les médecins, il pourrait quitter l'hôpital en fin d'après-midi. Adam regardait un dessin animé à la télévision, dans une petite salle attenante.

— Comment va Adriane ? demanda-t-il quand son père entra.

— Beaucoup mieux, Dieu merci. Elle dort à présent.

Le petit garçon hocha la tête. L'une des infirmières lui avait dit, un peu plus tôt, que « sa maman » était sortie d'affaire. Bill s'assit pesamment près de son fils. Après cette terrible journée, retourner sur le terrain de camping lui parut impossible. Par ailleurs, Adriane n'était pas en état de voyager. Ils avaient tous besoin d'un hôtel de luxe, se dit-il, d'un lieu confortable et tranquille. Il coula vers Adam un coup d'œil oblique.

— Serais-tu très déçu si nous n'allions plus camper ?

— Oh non ! L'important, c'est que tous deux aillent bien. Tu aurais dû la voir, papa. Elle a été formidable. Quand elle s'est mise à courir le long de la rivière, je n'ai pas compris ce qu'elle voulait faire. En fait, elle avait l'intention de rattraper Tommy avant que le courant l'emporte vers la cascade. Et elle a réussi... c'était affreux... J'ai bien cru qu'ils allaient se noyer tous les deux. Tommy réapparaissait pour disparaître aussitôt sous l'eau mais Adriane a continué de le pousser et puis c'est elle qui a coulé...

Il sanglotait à présent, la tête enfouie dans la chemise de son père, qui le cajolait.

— Là, c'est fini maintenant. Tommy n'aurait jamais dû s'éloigner. Que diable faisait-il sur ces rochers ?

— Il regardait les rapteurs qui descendaient le courant. Et il a dû glisser.

— Eh bien, nous tirerons tout cela au clair lorsqu'il sera réveillé.

Il se leva et alla jeter un coup d'œil à Tommy, qui dormait toujours à poings fermés. Ses joues avaient repris des couleurs, il respirait normalement, la fièvre était tombée. Pas une égratignure ne marquait sa peau fine. On avait du mal à imaginer qu'il s'agissait de la même pauvre petite loque qui gisait, quelques heures plus tôt, exsangue, sur les galets. Aussi longtemps qu'il vivrait, Bill n'oublierait pas cette journée.

Il passa quelques coups de fil, réserva une suite dans un palace cinq étoiles, reprit le chemin de la salle de réanimation. Adriane dormait comme une masse. Son médecin, un homme jovial, expliqua à Bill qu'il allait la garder en observation pendant vingt-quatre heures.

— Afin d'éviter tout risque de pneumonie et autres complications dues à sa grossesse, conclut-il. Soyez tranquille, monsieur Thigpen, elle est hors de danger maintenant.

Bill confia Adam et Tommy aux infirmières. Il prit sa voiture et mit le cap sur le terrain de camping. Peu après, encore tremblant d'émotion, il considérait le décor champêtre. Pas plus tard que ce matin, ils étaient tous là, insouciants, heureux, ravis. La vie paraissait simple. Et en un instant, il avait failli perdre deux des êtres qu'il aimait le plus au monde. Trois plus exactement, si l'on comptait le bébé.

L'écrivain respira profondément l'air pur de la forêt. Il se sentait envahi de sentiments chaleureux, allant du soulagement à la reconnaissance. Alors qu'il empaquetait leurs affaires et les chargeait dans le coffre, il ne put s'empêcher d'évoquer la tragédie que, par son courage, Adriane lui avait épargnée.

Il transporta les bagages à l'hôtel, visita brièvement la spacieuse suite. Tommy et Adam prendraient la chambre du fond, Adriane dormirait dans celle-ci, sur le grand lit. Lui-même se réserva le divan d'où il pourrait garder un œil sur elle.

Lorsqu'il regagna l'hôpital, il était dix-huit heures passées, et on lui apprit que les enfants étaient dans la salle à manger. Il s'y rendit, marqua une légère halte à l'entrée.

— Où étais-tu passé ?

C'était Tommy qui avait posé la question. Un Tommy en pleine forme, ressuscité. On lui avait retiré la perfusion et

Adam était en train de le réprimander, car il mangeait ses pommes sautées avec les mains. Parmi les rares pensionnaires du pavillon de pédiatrie — une jambe cassée, un bras dans le plâtre, un rescapé d'un accident de voiture mineur — Tommy faisait figure de vedette.

Bill s'approcha de la table de ses enfants pour les embrasser. Il se rendit compte brusquement que son estomac criait famine. Il n'avait rien ingurgité depuis le petit déjeuner. Tommy leva vers lui sa frimousse qu'une ombre d'inquiétude chiffonnait.

— Elle va bien ?

— Oui. Elle se faisait du souci pour toi. Elle s'est blessée au bras en essayant de te tirer du pétrin dans lequel tu t'es fourré. Ce qui m'autorise à te demander, jeune homme, ce que tu cherchais sur ces fichus rochers, alors que je t'avais interdit ce genre d'exploit.

Les yeux bleus de Tommy s'arrondirent et des gouttelettes diamantées festonnèrent aussitôt ses longs cils recourbés. Depuis qu'il savait qu'Adriane avait failli perdre la vie à cause de lui, les remords le minaient.

— Je te demande pardon, papa. Je suis vraiment désolé.

— Je le sais, fiston.

— Quand vais-je la revoir ?

— Demain, probablement.

— Pourquoi pas ce soir ?

— Nous verrons.

Il aurait voulu passer la nuit au chevet d'Adriane, mais c'eût été trop compliqué. Adam n'était pas un patient, il ne pouvait immobiliser un lit d'hôpital. Mieux valait ramener les deux garçons à l'hôtel et revenir à la première heure le lendemain.

Il se rendit dans la salle des soins intensifs sur la pointe des pieds. Adriane ne s'aperçut même pas de sa présence.

— Allez vous reposer aussi, monsieur Thigpen, suggéra l'aide-soignante avec un sourire indulgent. Votre femme ne se réveillera pas avant des heures… Et elle pourra toujours vous appeler si elle en a envie, ne vous inquiétez pas.

Il lui laissa le numéro de téléphone de son hôtel et celui de sa chambre. Un dernier regard vers le petit visage lisse, les longs cils qui jetaient une ombre bleue sur les joues pâles, et il sortit.

Une heure après, ses garçons sautaient sur leurs lits dans leur chambre d'hôtel, devant le poste de télévision allumé. Il avait du mal à croire qu'il avait survécu aux émotions de cette journée.

Bill leur donna un bain, les coucha, éteignit la lumière et se réfugia dans la deuxième chambre. Il se sentait épuisé. Chaque muscle de son corps protesta lorsqu'il s'étira avant de s'affaler, aussi lourd qu'un mort, sur le lit qu'il avait réservé à Adriane. Sur l'écran de ses paupières closes, la même vision hideuse se formait et se reformait : deux corps au milieu des gardes forestiers, deux silhouettes brisées, au milieu du tumulte des eaux et du vacarme des sirènes... Les cris... les éclats de voix... encore le mugissement strident des sirènes... les deux visages crayeux. Il en aurait des cauchemars pour le restant de ses jours. Il se tourna, se retourna sur le côté. Adriane lui manquait cruellement.

Mais que savait-il exactement d'elle ? Il ignorait même le stade exact de sa grossesse. Quatre mois, un peu plus ? Qu'avait donc dit le médecin ? Ses paupières s'alourdissaient. Curieux comme en une fraction de seconde une ligne de démarcation tranche une existence en deux. Une ligne nette, presque réelle, tracée sur votre parcours. Un nouvel être apparaît dans votre vie et, subitement, il la remplit totalement. Il l'avait aimée passionnément dès le premier jour et aujourd'hui, il l'aimait deux fois plus. Adriane était pour lui... La sonnerie du téléphone mit fin à sa rêverie. Il décrocha machinalement.

— Allô ?

Son cœur fit un bond contre sa cage thoracique lorsqu'il reconnut sa voix. Adriane s'était réveillée et avait tout de suite réclamé Bill. Il lui manquait. De nouveaux liens, indestructibles, s'étaient tissés autour d'eux depuis le drame de ce matin

— Où êtes-vous ? murmura-t-elle, tout à la joie de le retrouver.

— Sur votre lit, en attendant que vous y soyez également.

Leurs chastes relations lui auraient interdit en temps normal une telle remarque. Adriane ne lui en voulut pas. Son rire frais résonna dans l'écouteur.

— Pas d'ours à l'horizon ? plaisanta-t-elle.

Elle avait encore une voix fêlée mais plus affirmée, lui sembla-t-il.

— Non. Ni coyotes.

« Vu le prix exorbitant des chambres, le ronronnement des

Rolls et le bruissement des manteaux de vison constituent les seuls bruits dans les parages », pensa-t-il, amusé, mais il dit :

— Je me sens seul sans vous.

— Moi aussi. Comment vont les garçons ?

— Ils dorment. Du moins je l'espère. Et je ne me risquerai pas à aller vérifier. Le bébé va bien ?

— Oui, merci mais... ça m'embarrasse un peu d'en parler, je ne suis pas encore habituée.

— Vous vous habituerez très vite. Au fait, c'est pour quand l'heureux événement ?

— Début janvier. Vers le dix.

— Parfait. Je fête mon anniversaire le 1er.

— C'est une bonne nouvelle.

— Le bébé aussi, répliqua-t-il. Adam et Tommy étaient si mignons quand ils étaient petits. Celui-ci sera une vraie merveille, s'il vous ressemble.

Elle ne répondit pas tout de suite. Elle n'en croyait pas ses oreilles. Le père de l'enfant l'avait rejeté et Bill, un étranger, exultait à l'idée de sa venue au monde.

— Oh, Bill, pourquoi êtes-vous si bon avec moi ?

Que cherchait-il ? Et où avait-il l'intention de lui décocher la flèche mortelle ? Une telle gentillesse n'existait pas.

— Parce que vous le méritez.

Elle rit, tout à coup.

— Je vois, vous vous inspirez de mon histoire pour votre feuilleton.

Il éclata de rire. En effet, le parallèle entre l'enfant illégitime de son héroïne et celui-ci était une amusante coïncidence.

— Bien deviné, madame Townsend. A moins que vous ne préfériez un autre nom ?

Allait-elle changer de nom maintenant ?

— Mon nom de jeune fille est Thompson et le bébé s'appellera ainsi. Mais j'ai hâte d'être à demain, Bill. C'est si déprimant, ici.

— Quand vous verrez notre chambre d'hôtel, vous oublierez tous vos malheurs.

Elle sourit dans la semi-obscurité. Sans les appareils de contrôle et la perfusion qui lui piquait la saignée du bras, elle se serait crue en voyage de noces. Bien sûr, ses avant-bras et son visage étaient couverts d'égratignures, mais un étrange bien-être gonflait son cœur. Un sentiment inexplicable. Finalement le drame avait eu une fin heureuse. Bill avait découvert la vérité au sujet du bébé et ne l'avait pas envoyée sur les roses. Loin de là. Son sourire s'épanouit. Il lui avait même avoué son amour.

— Reposez-vous, murmura la voix virile au creux de son oreille. Nous nous verrons demain matin. Vous me manquez, Adriane.

Le monde était calme, la nuit silencieuse.

— Vous me manquez aussi, chéri, dit-elle. Bonne nuit.

— Faites de beaux rêves. Et n'oubliez pas combien je vous aime.

# 20

Les trois Thigpen se présentèrent à l'hôpital le lendemain de bonne heure. Bill portait une gerbe de roses, Adam une boîte de chocolats et Tommy fermait la marche en arborant un panneau avec un MERCI gigantesque et multicolore qu'il avait peint lui-même. La jeune femme fut escortée jusqu'à la voiture. Son pas chancelait, la tête lui tournait, mais elle rayonnait. Bill la conduisit directement à l'hôtel.

Agréablement surprise par les somptueux appartements, elle se laissa dorloter et, peu après, calée sur une pile d'oreillers dans une chaise longue, elle savoura la quiétude de leur terrasse privée.

— Je préfère le luxe aux joies frustes de la nature, déclara-t-elle en sirotant un jus d'orange.

En riant, Bill rétorqua que certaines personnes feraient n'importe quoi pour échapper aux servitudes du camping.

— Vous en êtes d'ailleurs l'exemple le plus éclatant que je connaisse, car vous avez réussi en une matinée à quasiment vous noyer, à sauver Tommy et à avouer que vous êtes enceinte.

Après un copieux déjeuner, Bill et ses fils partirent à la pêche. Ils rapportèrent, triomphants, quatre grosses truites qu'ils confièrent aux soins du chef-cuisinier.

Le soir, ils dînèrent aux chandelles. Les poissons nappés d'une délicate sauce citronnée et garnis de petites pommes vapeur furent un pur délice. Adriane porta la première bouchée à ses lèvres, les yeux mi-clos de plaisir. Elle doutait que ce fussent des truites sauvages du lac mais s'abstint de ternir la joie dès petits garçons. Ils passèrent une soirée paisible devant le poste de télévision, allèrent se coucher tôt.

Et chaque fois que, durant la nuit, Adriane ouvrit un œil, ce fut pour découvrir Bill au pied de son lit, s'assurant qu'elle n'avait besoin de rien.

Elle le remercia le lendemain au petit déjeuner.

— Ne vous faites pas de souci pour moi. Je vais parfaitement bien.

Il prit l'air de la mère poule surveillant sa couvée.

— Vous êtes encore faible. Vous n'êtes sortie de l'hôpital qu'hier, ne l'oubliez pas.

— Je me sens en pleine forme.

Il ne la crut qu'à moitié. Visiblement, Adriane manquait d'entrain, car pendant les jours qui suivirent elle ne fut pas tentée de quitter son nid douillet. Il lui fallut attendre la fin de la semaine pour retrouver son tonus. Les vacances étaient presque terminées. Le petit groupe passa une délicieuse journée aux abords du lac. Adam et Tommy se tinrent sagement loin de la rive. Bill les emmena visiter le parc de Sugar Pine Point, poussa jusqu'à Squaw Valley où ils firent un aller-retour sur les cimes neigeuses en remonte-pente. Lorsque la dernière nuit descendit sur la montagne, Adriane et les enfants étaient d'excellents amis. On eût dit qu'ils se connaissaient depuis toujours. Lors d'un appel téléphonique de leur mère, ils lui avaient narré par le menu l'acte héroïque d'Adriane et Leslie, bouleversée, avait tenu à la remercier personnellement. Adriane avait pris l'écouteur et l'autre femme avait versé des larmes de gratitude.

— Elle m'a donné l'impression d'une grande gentillesse, confia-t-elle plus tard à Bill. Je crois qu'elle vous aime bien.

— Oui, on s'aime bien, quand on ne se dispute pas au sujet des gamins. Son mari est le type même du pisse-froid new-yorkais bourré de préjugés. Vous savez, le genre d'intellectuel qui pense que tous les Californiens sont matérialistes et incultes. Evidemment, il écrase mon feuilleton de son mépris, mais à ce que disent Adam et Tommy, Leslie le traite de snob. Ils ont deux adorables fillettes, respectivement de quatre et cinq ans, qui donnent déjà des concerts pour piano et violon, ceci, bien entendu, à l'instigation de leur père. Personnellement, je trouve cela un peu prématuré, même si Mozart s'est avéré un virtuose précoce du clavier. Qu'en pensez-vous ? demanda-t-il avec un large sourire.

— Je suis d'accord avec vous. En tout cas, Leslie m'a plu.

— Elle cherchait quelqu'un de totalement différent de moi. Un véritable compagnon capable de passer le plus clair de son temps auprès d'elle, sans tempérament artistique et sans états d'âme. Je crois qu'elle l'a trouvé.

— Tant pis pour elle, répliqua-t-elle sans réfléchir, puis se reprenant : je voulais dire que votre personnalité me paraît plus attachante que celle de son second mari.

— Merci.

Il inclina la tête, frôla d'un fugitif baiser la commissure de ses lèvres et s'apprêtait à l'attirer contre lui, quand un espiègle gloussement de Tommy les sépara.

— Adriane, murmura-t-il après un silence, que va-t-il se passer une fois que nous serons rentrés à Los Angeles ?

Elle soutint son regard.

— Je ne sais pas. Que voulez-vous qu'il se passe ?

Elle le savait très bien mais avait envie de le lui entendre dire. Comme elle avait besoin d'éclaircir ses idées à propos de Steven et de son éventuel retour. Le dilemme devenait inextricable. D'un côté, il aurait été indécent de se lier à Bill, sachant qu'elle le quitterait au premier signe de Steven. De l'autre, elle se voyait mal attendre ce dernier toute sa vie sous prétexte qu'il était le père de son enfant.

— Ce que je veux est d'une simplicité divine, signifia Bill après une brève réflexion. Une fin heureuse précédée par des débuts heureux. Etre avec vous, faire des choses avec vous, partager mes loisirs avec vous. Vous connaître et vous montrer qui je suis... et m'occuper du bébé à partir de janvier, au même titre que vous. Une naissance est un miracle, Adriane. La vivre avec vous est mon plus cher désir. Je souhaite avoir cette chance.

— Oh, Bill, c'est moi qui aurai de la chance, répondit-elle, les yeux humides, mais pourquoi êtes-vous si bon pour moi ?

Elle avait peine à croire que tous les hommes ne ressemblaient pas à Steven.

— Parce que je vous aime, rappela-t-il sans une ombre d'hésitation. Parce que, depuis mon divorce, je ne croyais plus en rien et que, grâce à vous, j'ai retrouvé ma foi dans la vie. J'ai juré de ne plus avoir d'enfants, de crainte que, de nouveau, on me les enlève, je vous l'ai dit. Si j'aime le bébé et que vous retournez vivre avec Steven, j'en souffrirai, j'en ai conscience. Pourtant, j'ai décidé de prendre ce risque. Quand on a peur de souffrir, on a peur de vivre, Adriane. Je vous demanderai seulement de me tenir au courant de vos résolutions, ne l'oubliez pas comme vous avez oublié de me parler de votre grossesse.

— Je ne l'ai pas oublié, sourit-elle.

— Je sais. Vous ne l'avez pas mentionnée. Légère petite omission, me direz-vous. Je me demande comment vous vous y seriez prise dans un mois ou deux pour justifier votre appétit de plus en plus féroce, se moqua-t-il gentiment.

Elle lui lança un coussin en protestant :

— Je ne mange pas tant que cela !

— Non mais vous devriez. Votre bébé en a besoin.

Elle eut un rire qui s'éteignit aussitôt.

— Bill, parlez-vous sérieusement ? Si Steven réapparaît, je serai obligée de le suivre. Je le lui dois et je le dois à mon enfant.

— Objection, Votre Honneur ! Vous ne lui devez rien du tout après la façon dont il vous a traitée, mais je suis prêt à respecter vos engagements vis-à-vis de cet homme. A mon humble avis, un type qui tient à renoncer publiquement à sa propre progéniture ne se transforme pas en papa-gâteau d'un coup de baguette magique. Bien sûr, je peux me tromper, mais tant pis. Je vous aime trop pour vous perdre sans me battre.

Ce fut elle qui traversa la pièce pour venir l'embrasser. Chaque baiser qu'ils se volaient, si furtif fût-il, enflammait leurs sens. La présence des enfants mettait un frein à leur passion, mais que se passerait-il quand ceux-ci s'en iraient ? Ils passèrent la dernière nuit sur la terrasse, à bavarder sous les étoiles, main dans la main. Envahi d'un indicible bonheur, Bill éclata d'un rire joyeux.

— C'est fou ! exulta-t-il. Vous rendez-vous compte ? Me voilà amoureux d'une femme enceinte de quatre mois. Ce qu'on va s'amuser quand vous ne pourrez plus voir vos pieds...

Son hilarité se communiqua à sa compagne.

— Vous voyez le scénario ? reprit-il en se tordant de rire. Un homme rencontre au supermarché une femme dont il garde un impérissable souvenir. La belle, qui est mariée, découvre peu après qu'elle attend un enfant de son mari, mais celui-ci la quitte. Fin du premier acte. Deuxième acte : le gars du supermarché réapparaît et nos deux héros tombent éperdument amoureux l'un de l'autre. L'héroïne a maintenant un gros ventre, ce qui ne l'empêche pas de danser des claquettes, à l'instar de comédies musicales classiques du temps de Fred Astaire et Ginger Rogers. Acte trois : ils se marient, le bébé vient au monde, et ils vivent heureux... Epatant, non ?

— Très.

— La version soap-opéra exigerait, cependant, quelques ingrédients qui pimentent l'action.

— Lesquels ?

— L'épouse délaissée tue Steven qui, bien sûr, n'est *pas* le père du bébé, et quant au héros, il est déjà marié à la sœur de l'héroïne, à moins qu'il ne soit son propre père sans le savoir. Quel beau final !

Leurs rires redoublèrent, puis il redevint sérieux.

— Quand votre divorce sera-t-il prononcé ? Avant ou après la naissance du petit ?

— A peu près à la même époque.

— Nous pourrions peut-être l'appeler autrement que Thompson, murmura-t-il, faisant allusion à son nom de jeune fille.

C'était une demande en mariage et Adriane le regarda avec émotion.

— Bill, vous n'êtes pas obligé de...

— Non, mais d'ici là j'en aurai sûrement envie. Et vous aussi, si les dieux me viennent en aide.

Adriane se renversa sur sa chaise longue, le regard rivé sur les étoiles. Bill lui avait laissé une porte ouverte. L'initiative de la refermer ou d'en franchir le seuil lui revenait à elle. La jeune femme suivit du regard une étoile filante. A peine trois mois auparavant, elle se préparait à un avenir sombre et solitaire. Aujourd'hui, Bill lui avait offert un foyer. Elle s'en voulut de ne pas avoir spontanément répondu oui.

Ils prirent le chemin du retour le lendemain. Nouvelle halte à San Francisco, comme pour l'aller. Ensuite, la voiture emprunta l'autoroute et roula sans encombre vers sa destination. Ils atteignirent Los Angeles dans la soirée. Adriane fit griller des croque-monsieur pendant que Bill préparait les enfants pour la nuit. Ceux-ci s'attablèrent en pyjama et Adriane leur raconta des anecdotes des studios télévisés. Celle du cochon qui s'était échappé lors du tournage d'un film publicitaire et qu'il avait fallu pourchasser à travers tous les bureaux, puis celle d'une séance de « tartes à la crème » monumentale dans une émission en direct qui avait dégénéré en une véritable bataille rangée. A tel point, conclut-elle, que l'équipe de nettoyage avait mis huit jours à récurer le plafond. Adam eut l'air d'apprécier tout particulièrement cette histoire, Bill l'écouta en souriant d'aise, Tommy se mit à somnoler. Ils étaient tous un peu tristes. Bill prolongerait ses vacances d'une quinzaine, afin de rester avec ses fils. Adriane devait reprendre son travail dès le lendemain.

— Nous nous reverrons, n'est-ce pas ? s'inquiéta le petit Tommy.

— Je passerai vous voir tous les soirs, promit-elle.

Et Adam d'ajouter :

— Pourrons-nous te rendre visite au studio ?

— Bien sûr. Mais ce ne sera pas très amusant.

Elle serait submergée de travail et Bill le savait. Il proposa une excursion à Disneyland pour le week-end suivant et Adriane s'empressa d'accepter. Les journées lui sembleraient ainsi moins longues. Mais au fil des heures, sa bonne humeur avait cédé la place à un curieux abattement. Ne plus voir les enfants à chaque instant lui parut soudain insurmontable. Elle les mit au lit, leur lut quelques-uns de leurs contes favoris, après quoi elle se sentit perdue. Après qu'ils eurent nettoyé la cuisine avec Bill, elle ne put s'empêcher de soupirer :

— Mettez-moi à la porte. Je n'arrive pas à partir.

Ils étaient venus directement chez Bill et ses sacs de voyage l'attendaient dans le hall.

— Alors ne partez pas. Prenez la chambre d'amis.

— Que vont dire les garçons ? J'habite tout de même à deux pas.

— Faites semblant d'avoir perdu vos clés.

Elle rit avec lui, rassérénée. Une demi-heure plus tard, en chemise de nuit et drapée dans une robe de chambre du maître de maison, elle se laissait tomber sur le canapé moelleux, la main tendue vers un énorme bol de pop-corn que Bill avait préparé.

— C'est drôle, marmonna-t-elle, en grignotant les délicieux grains de maïs sucrés, je me fais l'effet d'une petite fille qui reste dormir chez les voisins.

— A mon âge, on appelle cela autrement.

— Oui ? Comment donc ?

— Mariage.

Elle reprit du pop-corn en silence, tandis qu'il s'installait à son côté, sur le grand canapé.

— Le mariage n'est pas forcément l'enfer, vous savez, poursuivit-il sur un ton égal. Surtout quand on s'aime…

Adriane, nous avons tout pour être heureux. Nous pourrions avoir des enfants, je veux dire plusieurs.

Il avait vaincu si facilement ses réticences passées qu'il était le premier à s'étonner.

— Que penseront Adam et Tommy quand ils sauront que…

— Les gosses prennent les choses comme elles viennent. Si vous leur annoncez dans quelques mois que vous êtes enceinte, ils seront agréablement surpris. En attendant, ils supposeront simplement que vous avez pris quelques kilos.

— C'est exactement ce que je me disais avant de faire le test.

— Et après ?

— J'ai passé des jours entiers à redouter la réaction de Steven.

— Quand le lui avez-vous dit ?

— A son retour de voyage. Il n'était pas très content.

C'était un euphémisme.

Elle dormit cette nuit-là dans la chambre d'amis. Le lendemain matin, les garçons furent ravis de la découvrir. Bill avait raison, ils ne portaient aucun jugement sur les événements. Ils lui demandèrent de rester là tous les soirs, mais elle déclara qu'il fallait bien rentrer chez elle « à un moment ou à un autre ». Elle s'y rendit pour se changer, et ses deux jeunes amis l'escortèrent.

L'intérieur vide était plus sinistre que jamais. Tommy roula des yeux épouvantés.

— Tu n'as pas de meubles ? Pas même un canapé ?

Adam lui enfonça le coude dans les côtes. « Elle est peut-être trop pauvre pour en acheter un, pensa-t-il, papa aurait pu la dépanner. » La réponse le rassura.

— Mon mari a tout emporté quand il est parti.

— C'est horrible ! s'exclama Tommy.

— Et tu n'as rien mis à la place ? s'enquit Adam.

— Je n'en ai pas eu l'occasion. Il n'y a pas longtemps qu'il a déménagé.

— Quand ? voulut savoir Tommy.

— Oh, deux mois… trois, tout au plus.

— Tu ferais bien d'acheter quelques bricoles, l'avisa le petit garçon du haut de ses six ans. Il ne faut jamais se laisser aller.

— Tu as raison. Quand vous reviendrez, cet appartement sera meublé.

Elle disparut dans l'escalier. Peu après, elle redescendit les marches, vêtue d'une élégante robe de lin noire qui mettait en valeur ses longues jambes fuselées.

— Tu devrais te mettre au régime, suggéra Adam d'une voix sérieuse. Maman l'a déjà fait. Si tu perds deux ou trois kilos, tu seras vraiment superbe. Note, tu es déjà très mignonne comme ça, bafouilla-t-il, rouge de confusion, tu as un peu de ventre seulement.

Elle éclata de rire.

— Tes fils ont résolu tous mes problèmes, annonça-t-elle à Bill, venu peu après les chercher. J'achète des meubles et je me mets au régime.

Il fit les gros yeux aux enfants.

— Avez-vous dit une chose pareille à une dame ?

— Mais non, coupa-t-elle, riant toujours. Nous sommes arrivés ensemble à cette conclusion.

La journée sans eux lui fit l'effet d'une triste éternité. A mesure que le soir approchait, elle se sentait tout excitée à l'idée de les retrouver. Mais elle se força à passer la nuit dans sa maison vide, afin de permettre à Bill de jouir de leur compagnie. L'excursion à Disneyland n'en fut que plus enchantée. Le départ s'approchait inexorablement. La veille, Bill les emmena au Spago. Jamais dîner n'avait été plus maussade. Chacun pensait au lendemain et ce soir-là, les petits garçons allèrent se coucher en pleurant. Adriane en eut le cœur brisé. Le jour J se leva sur Los Angeles, et Bill conduisit ses enfants à l'aéroport. Adriane les accompagna. Le moment des adieux fut déchirant, car tous deux se pendirent à son cou, leurs petites figures tannées mouillées de larmes. Puis ils embrassèrent leur père et lui promirent de l'appeler dès qu'ils auraient atterri à l'aéroport Kennedy.

Bill et Adriane reprirent le chemin du retour, et pendant un long moment, personne ne prononça un mot dans la vieille Chevrolet. Enfin arrivés, il se gara avant d'entourer d'un bras câlin les épaules de la jeune femme.

— Chaque fois qu'ils s'en vont c'est pareil, murmura-t-il. Maintenant, il va falloir attendre Thanksgiving. Voilà pourquoi je ne voulais plus d'enfants. De peur qu'on me les prenne.

Cependant, il était prêt à accueillir le bébé d'Adriane comme s'il était le sien. Même si à tout instant Steven pouvait le lui reprendre. Mais Bill Thigpen était un homme hors du commun.

# 21

Sans les enfants, un silence de plomb s'était abattu sur la maison. Bill, qui promenait une tête d'enterrement, s'assit pesamment dans le salon où régnait à présent un calme oppressant. Rien ne semblait pouvoir le dérider. Après quelques vaines tentatives, Adriane annonça :

— Installez-vous tranquillement devant la télévision. Je vais vous faire un bon dîner.

Il la suivit dans la cuisine comme un automate et s'abîma dans la contemplation de l'évier vide, pendant qu'elle s'activait. Des bruits d'ustensiles qui s'entrechoquaient le tirèrent bientôt de sa torpeur. Adriane avait des gestes maladroits, il le remarqua avec un sourire en coin. Elle fit tomber le mixeur, une casserole lui échappa des mains, la grande cuillère en bois dégringola sur le carrelage.

— Si vous avez besoin d'un coup de main...

— Oh, non, répondit-elle distraitement, en chipotant dans un placard. Je cherche une gousse de vanille.

Bing ! La salière atterrit sur le banc de cuisine. Les sourcils de Bill se haussèrent, ses yeux se plissèrent, le coin de sa bouche se souleva un peu plus.

— Si je ne suis pas très indiscret, qu'est-ce que vous nous mijotez ?

La porte du four claqua avec une force inutile.

— Des lasagnes.

Le sourire de Bill s'épanouit.

— Sans vouloir vous offenser, Adriane, il n'y a pas de vanille dans les lasagnes. Pas dans ma recette, en tout cas.

Elle poursuivit, imperturbable, ses recherches. La cuisine évoquait maintenant une foire des arts ménagers, car poêles, poêlons, casseroles et sauteuses s'étalaient pêle-mêle sur le comptoir. Du coin de l'œil, la cuisinière capta le regard amusé de son hôte, qui déployait des efforts honorables pour réprimer son hilarité.

— Oh, ça va ! fit-elle, balayant du revers de la main une mèche collée à son front. Je sais bien qu'on ne met pas de vanille dans les lasagnes. J'avais l'intention de faire des biscuits pour le dessert. Et une salade de fruits.

— Parfait.

— Maintenant, si vous préférez un sandwich...

Il pouffa. C'était la première fois qu'ils restaient seuls, depuis qu'il lui avait avoué son amour. Il en prit conscience brusquement et, cédant à la tentation, la prit dans ses bras et la tint serrée contre lui.

— Allons au Spago, souffla-t-il.

Faisant partie de l'élite hollywoodienne, il avait en permanence une table réservée dans le célèbre restaurant. Il huma le parfum des longs cheveux bruns et lustrés, et la perspective d'une soirée en tête à tête avec elle lui parut infiniment plus séduisante.

— Ou plutôt, non. Je vais vous faire la cuisine.

— Absolument pas ! s'entêta-t-elle. Je vous ai promis un bon petit plat et je n'ai qu'une parole.

— En ce cas, je serai le sous-chef.

— D'accord, rétorqua-t-elle avec un sourire malicieux. Commencez par m'expliquer comment préparer les lasagnes.

Il se mit à rire franchement, tout en rangeant la batterie de cuisine. Ils composèrent ensemble un nouveau menu. Laitue, steaks grillés, pommes sautées à l'ail. La conversation roula mollement sur les vacances, Adam, Tommy, la rentrée. Et, bien sûr, le feuilleton. Toujours à l'affût d'idées nouvelles, Bill énuméra à sa compagne les problèmes auxquels il se trouvait confronté. L'intrigue était dans une impasse, expliqua-t-il, le front soucieux. Adriane répondit par une foule de suggestions qu'il écouta avec la plus grande attention. La discussion battait son plein lorsqu'ils s'assirent à table.

— L'idée du kidnapping est certes plaisante, dit-il d'une voix animée. Voyons... Helen met au monde son bébé. Celui-ci disparaît... oui, c'est un excellent rebondissement, Adriane, mais qui serait le ravisseur ?

Yeux plissés, il poursuivit comme s'il monologuait :

— Quelqu'un qui déteste suffisamment John et qui, naturellement, n'a rien à voir avec Helen, à moins que...

Il s'interrompit un instant, le regard fixe et brillant.

— A moins qu'il s'agisse du père naturel de l'enfant... et qu'après une poursuite infernale à travers plusieurs Etats, le coupable soit démasqué et que les spectateurs, ébahis, découvrent en même temps sa véritable identité.

Elle le regarda, fascinée.

— Et qui est donc le père de l'enfant ?

— Eh bien, justement, jc donnerais cher pour le savoir.

— Bravo ! rit-elle. Votre héroïne est enceinte et vous ignorez le nom de son séducteur ? C'est du propre, monsieur Thigpen !

— Que voulez-vous, nous vivons une époque dépravée.

— Beaucoup trop, à mon goût.

— Alors, trouvez-moi un personnage sympathique aux yeux du public et, à condition que cela reste crédible, nous sommes tirés du marécage gluant de l'immoralité.

— Je ne sais pas... Harry ?

— Harry ? s'écria-t-il, l'œil rond de surprise, mais bien sûr !

Comment n'y avait-il pas songé ? Il survola rapidement la question. Veuf de la meilleure amie de Helen, Harry était l'homme de la situation. Au moment où John, le méchant, se faisait arrêter et condamner à perpétuité pour deux meurtres, Harry, le bon, entrait en scène. Il se tourna vers Adriane, le visage illuminé.

— Ça marche ! Vous êtes un génie, ma chère.

— Un génie doublé d'un cordon bleu, dit-elle modestement.

Il lui prit la main. Contrairement aux autres femmes qu'il avait fréquentées, Adriane témoignait un intérêt absolu à son œuvre. Celles qui l'avaient précédée avaient considéré *la Belle Vie* comme une rivale.

— Chérie, venez travailler avec moi. Vous avez un talent inné de scénariste. Qu'en pensez-vous ?

— Pour le moment, le film affligeant de l'actualité accapare tout mon temps. Naturellement, un soap-opéra m'amuserait au plus au point... Pourquoi ? Vous recrutez des auteurs ?

— Cela se pourrait. Etes-vous tentée ?

— Je... crois que oui, bredouilla-t-elle au comble de l'émotion.

— Moi aussi...

Ils se turent un instant, réjouis à la perspective de travailler ensemble. Adriane accepta la tasse de *capuccino* que Bill lui tendait. Elle était toujours en plein divorce, ayant elle-même eu recours à un avocat, et ses responsabilités ne lui laissaient pas une minute de loisir. D'autre part, elle n'avait pas encore demandé son congé de maternité — personne parmi ses supérieurs ou ses collègues, Zelda exceptée, ne soupçonnait la vérité —. Elle prit une petite gorgée de café en se disant qu'après l'accouchement, elle pourrait toujours se joindre à l'équipe de Bill au lieu de réintégrer celle des actualités.

— Vous cherchez vraiment des auteurs ? demanda-t-elle. Y a-t-il donc quelque chose que vous ne sachiez pas faire ?

— Oh, plein, sourit-il, puis il posa la paume de sa main sur son ventre. Tomber enceinte, par exemple... A propos, comment vous sentez-vous ?

— Très bien.

Miraculeusement, le bébé avait survécu au tragique incident de la rivière. Il n'y avait pas eu de séquelles ce qui, en soi, était remarquable, avait déclaré le médecin d'Adriane. Celle-ci s'était remise assez vite de ses émotions, quant à Bill, il se comportait comme s'il était le père de l'enfant.

Il se pencha vers la jeune femme, attentif à sa moindre réaction.

— Cela ne vous fait pas peur ? demanda-t-il doucement. Certaines femmes prétendent que la gestation est un cauchemar. Etrange phénomène, n'est-ce pas ? On s'aime, et une petite graine de rien du tout se met à pousser en vous. Quel choc psychologique, n'est-ce pas ? Et pourtant, lorsque la délivrance survient, la plupart des mères sont prêtes à recommencer.

— Je n'ai pas encore pris conscience de ce qui m'arrive, admit-elle à mi-voix. Je ne sens rien de particulier et, surtout, je n'avais personne pour partager mon secret. Je me suis souvent demandé si ce n'était pas un rêve... Bientôt, je serai bien obligée de faire face à la réalité.

Elle prit une seconde tasse de *capuccino,* trempa ses lèvres dans l'onctueuse mousse de lait saupoudrée de chocolat râpé.

— Vous ne sentez pas le bébé bouger ? s'étonna Bill.

— Non, je vous l'ai dit. C'est trop tôt, sans doute.

— Il paraît que lorsque cela arrive, on éprouve une joie extraordinaire. Le miracle de la vie, murmura-t-il... Je ne puis m'empêcher d'y penser quand je vois mes fils, même quand ils marchent avec leurs chaussures crottées sur mes tapis.

Adriane buvait ses paroles. Entre Steven et Bill, c'était le jour et la nuit. Le premier avait pris la fuite, le second tenait à rester à tout prix. L'un était source d'angoisse, l'autre havre de réconfort.

Elle s'approcha de lui, attirée comme par un aimant.

— Oui ? l'encouragea-t-elle, devinant qu'il brûlait de lui poser une question.

— Je m'apprêtais à vous demander quelque chose mais je ne sais pas si je dois.

— Que voulez-vous savoir ? Si je suis vierge ? Bien sûr que je le suis !

Elle gloussa, ravie de sa repartie, et il feignit un énorme soulagement.

— Dieu merci ! Je ne supporte pas les femmes qui ne le sont pas.

— Comme je vous comprends.

— En ce cas, vertueuse créature, accepteriez-vous de passer la nuit dans la chambre d'amis ?

— Je ne sais si je dois... Après tout j'habite à deux pas.

« Dans une sorte de mausolée. » A la seule évocation de sa chambre déserte et mal éclairée par une seule ampoule, elle eut envie de rester.

— Sans vouloir vous influencer, insista-t-il, perfide, j'allais vous proposer un grand bol de pop-corn et un bon vieux film à la télé.

Elle saisit aussitôt la perche qu'il lui tendait.

— En ce cas, j'accepte.

Il la fixa, l'œil rieur.

— Eclairez ma lanterne. Qu'est-ce qui a le plus pesé dans la balance ? Le pop-corn ou le vieux film ? Au cas où je voudrais recommencer demain.

— Le pop-corn, pouffa-t-elle. Plus le petit déjeuner, évidemment.

— Holà, je ne vous ai rien promis, jeune dame.

— Soyez gentil, sinon je vous mitonnerai des lasagnes à la vanille.

— C'est ce que je craignais. Du reste, j'intitulerai mon nouveau feuilleton *la Vierge à la Vanille.* Qu'en dites-vous ?

— Que vous êtes un homme merveilleux, Bill Thigpen.

Il la prit par les épaules et l'embrassa dans le cou.

— Ravi de vous l'entendre dire. Je crois bien que je suis amoureux de vous.

Elle l'aimait aussi, elle le savait à présent. Elle en avait eu la conviction en reprenant connaissance dans son lit d'hôpital, à Truckee. Depuis ce jour, Bill lui était devenu indispensable au même titre qu'un ami cher et un confident.

— Allez vous installer dans ma chambre, suggéra-t-il. Vous y serez mieux pour regarder la télévision. J'arrive dans cinq minutes.

Elle alla l'attendre sur le grand lit, appuyée sur une pile de coussins. Le téléviseur géant capta son attention un instant mais très vite elle oublia les images qui défilaient sur l'écran. Ses pensées se tournaient vers son hôte. Elle avait hâte de le sentir à son côté… Pouvait-on éprouver une attirance sexuelle pour un homme qui n'est pas votre mari, alors qu'on est enceinte de presque cinq mois ? Apparemment, c'était le cas.

— Le pop-corn de madame est avancé ! cria-t-il de la porte, mettant fin à sa rêverie sensuelle.

Elle fourra la main dans le bol qu'il lui présenta, goûta aux grains croustillants et légèrement salés.

— Hum… apprécia-t-elle.

Il se laissa tomber sur le lit et appuya sur la télécommande à la recherche du canal qui diffusait uniquement de vieux films. Le nom de Cary Grant apparut dans le générique, arrachant un cri de jubilation à Adriane.

— C'est un de mes acteurs préférés !

Les lèvres de Bill sur sa pommette la firent tressaillir mais elle continua à grignoter du pop-corn comme si de rien n'était.

— A moi aussi, marmonna-t-il, incapable de s'arrêter de l'embrasser.

Alors que les premières images du film se succédaient, les lèvres de Bill poursuivirent leur savant périple. Enfin, elles couvrirent gentiment celles de la jeune femme, qui s'entrouvrirent aussitôt. Un ardent baiser les unit, qui embrasa leurs sens. Ils se mirent alors à s'étreindre passionnément

— Vous prenez la pilule ? chuchota-t-il tout contre la bouche de sa partenaire.

Tous deux éclatèrent d'un rire complice très vite noyé sous leurs baisers. Le film de Cary Grant fut oublié, le bol de pop-corn posé à la hâte sur la table de chevet. Bill éteignit la lampe de chevet. Dans les lueurs vacillantes du téléviseur, Adriane était l'incarnation de ses rêves les plus fous. Elle portait encore la robe de cotonnade légère couleur de pêche qu'elle avait revêtue pour accompagner les enfants à l'aéroport. Les doigts tremblant de désir, il fit sauter l'un après l'autre les boutons de son corsage, avant d'écarter le tissu sur sa gorge épanouie. Adriane passa ses mains sous le sweater de Bill. Il l'enivra de caresses et de baisers, puis leurs corps nus s'étreignirent farouchement, incapables de résister au feu dévorant qui les consumait. Adriane s'arc-bouta sous les assauts de son partenaire et ils s'aimèrent longuement, indéfiniment, jusqu'à ce qu'ils n'en puissent plus.

Enfin apaisés, ils restèrent enlacés, émerveillés par l'extase qu'ils avaient partagée.

— Tu es si belle, murmura-t-il, les mains dans ses cheveux emmêlés.

Elle laissa échapper un soupir, alors que, de nouveau, les doigts magiques de Bill la cajolaient. Elle avait un corps magnifique, encore mince malgré le léger embonpoint dû à la grossesse, des formes douces et voluptueuses.

— Tu vas bien ? demanda-t-il, sondant du regard ses yeux qui brillaient d'amour pour lui.

Le souvenir du bébé revint à la mémoire d'Adriane. Elle avait tout oublié pendant l'étreinte, n'ayant songé qu'à recevoir et à donner du plaisir.

— Oui. Tu es merveilleux, souffla-t-elle, et comme il appliquait ses paumes sur la douce rondeur de son abdomen, elle sursauta : c'est toi qui as fait ça ?

— Quoi donc ?

— Je ne sais pas... quelque chose.

Il avait senti lui aussi un frétillement, une infime petite secousse... Ils échangèrent un regard grave, empreint de connivence et d'émotion. Le bébé avait remué pour la première fois, comme si leur amour venait de lui insuffler la vie.

— Oh, laisse-moi le sentir, dit-il, en posant la joue sur son ventre.

Mais il ne perçut plus rien. Il se redressa alors, la prit dans ses bras et tira le drap pour la couvrir. Quelque part dans la pièce, la voix charmeuse de Cary Grant se fit entendre.

— C'est drôle, confessa Bill, j'ai l'impression que le bébé est à moi maintenant. Je voudrais choisir son berceau avec toi, t'aider à décorer sa chambre, assister à sa naissance... Excuse-moi, mon amour, mais je dois faire des efforts surhumains pour me rappeler qu'il n'est pas de moi.

Un vague regret tremblotait dans sa voix. Le corps d'Adriane contre le sien ranimait son désir.

— J'étais si perdue avant de te connaître, Bill, si seule... Ne me regarde pas ! Je me sens grosse... je me déteste.

Il émit un doux rire.

— Et tu n'as pas fini de grossir, ma chérie. Mais je t'aimerai tout autant, même lorsque tu ressembleras à un ballon.

— Idiot ! jeta-t-elle, horrifiée à l'idée qu'elle deviendrait énorme.

Ses cuisses avaient presque doublé de taille. Elle n'entrait plus dans aucun de ses vêtements. Ses seins, d'ordinaire petits et haut placés, avaient enflé. Ces transformations quasi quotidiennes l'effrayaient et l'intriguaient en même temps. Heureusement, il y avait Bill. Bill qui avait l'air expert en grossesses et en bébés. Bill qui, calé sur un coude, la couvait d'un regard de mère poule.

— Quand je pense à toutes ces actrices anorexiques que j'ai pu fréquenter, je te trouve encore plus attirante, affirma-t-il.

— Tu me trouveras sûrement moins appétissante quand j'aurai pris la forme d'une baudruche.

— Certainement pas.

— M'aimeras-tu toujours quand je pèserai cent kilos ?

Elle avait formulé sa question sous forme de plaisanterie mais le cœur n'y était pas.

— Plus que jamais. Ecoute, ne m'aimerais-tu plus si j'avais grossi ?

Elle haussa les épaules avec un rire.

— Bien sûr...

Avec lui, tout devenait normal. Il avait le don d'apaiser ses pires craintes.

— Alors, cela doit répondre à ta question

— N'y a-t-il aucun moyen de ne plus prendre de poids ?

— Absolument aucun. C'est un cadeau de la nature. Mais tu devrais peut-être t'inquiéter de l'effet que tu produiras sur moi quand tu seras mince à nouveau. Car telle que tu es là, tu me rends fou de désir, tu ne t'en es pas rendu compte ?

Il lui dédia un sourire diabolique. Elle laissa échapper un rire cristallin. « Je l'aime, se dit-elle. Je l'aime plus que je n'ai jamais aimé un homme ». Même Steven... Steven ne s'était jamais montré aussi attentif, aussi tendre, aussi généreux. Il ne se donnait pas la peine de la comprendre, ni même de l'écouter. Mais William Thigpen faisait partie de ces êtres d'exception que l'on croise une fois dans la vie. Et elle avait eu la chance folle de le rencontrer.

— Adriane, je te veux, chuchota-t-il.

Elle donna une petite tape à la main impudique qui rampait sur son anatomie.

— Mon pop-corn ! réclama-t-elle.

— Seigneur, cette femme n'a pas de cœur, gémit-il. Elle est l'esclave de son tube digestif.

Il se pencha, la gratifia d'un baiser sonore sur la hanche, bondit hors du lit, disparut et reparut presque aussitôt avec deux canettes de soda, afin d'étancher leur soif, devançant, une fois de plus, les désirs d'Adriane.

— As-tu lu dans mes pensées ? s'étonna-t-elle.

— Eh oui, cela vient avec l'âge.

Il reprit sa place et elle se blottit contre lui, inondée d'un ineffable bien-être. La télévision marchait toujours, le pop-corn était délicieux. Elle n'arrivait pas à croire à ce bonheur inattendu. Il était impossible qu'elle soit amoureuse d'un homme, alors qu'elle portait l'enfant d'un autre... Et pourtant, c'était vrai. Elle se laissait aller à une douce somnolence, quand le téléphone sonna.

Les voix d'Adam et de Tommy, à l'autre bout du fil, gazouillèrent joyeusement. Ils venaient d'atterrir à New York et tout s'était bien passé.

— Avez-vous fait bon voyage ? interrogea Bill.

— Extra ! cria Tommy. Les hôtesses de l'air sont charmantes. J'ai eu droit à trois hot-dogs.

Bill avait commandé un repas spécial pour ses fils.

— Et Adriane ? fit Tommy, plein d'espoir.

— Elle est ici. Nous mangeons du pop-corn, regardons la télé et buvons du soda à votre santé. Vous nous manquez beaucoup, petits gars. Depuis que vous êtes partis, la maison est tellement triste... Adriane et moi avons hâte de vous revoir.

Il s'aperçut confusément qu'il disait déjà « nous » et qu'il incluait la jeune femme dans tous ses projets. Mais elle lui appartenait à présent. Corps et âme... Il nourrissait à son égard des sentiments possessifs.

Adam prit la relève et expliqua à son père le film qu'ils avaient vu pendant le vol. Une de ces innombrables histoires sur la guerre du Vietnam que Bill abhorrait mais qui enthousiasmaient ses fils. Enfin, il demanda à parler à Adriane. Bill, la paume sur l'appareil, l'appela doucement.

— C'est Adam, ma chérie.

— D'accord... Salut, l'ami, tout s'est bien passé ? De jolies filles à bord ? s'enquit-elle en s'efforçant de parler normalement.

Le petit garçon gloussa. Adriane avait été la première à remarquer qu'il s'intéressait aux filles, car il passait des heures entières dans la salle de bains à se gominer les cheveux.

— Pas terribles, répliqua-t-il. Juste une, derrière nous.

— Tu as pris son numéro de téléphone, j'espère.

— Sûr, fit-il, fier de son exploit. Elle vit dans le Connecticut. Son père est pilote de ligne.

— Alors à quand les fiançailles ? le taquina-t-elle.

Lorsqu'ils eurent fini de rire, Tommy vint sur la ligne.

— Bonsoir, mon chou. Ton papa et moi sommes tout tristes sans vous. Même le pop-corn n'a plus le même goût quand vous n'êtes pas là.

— Eh bien, merci ! lança Bill, faussement boudeur.

La conversation se poursuivit, de plus en plus animée, puis Adam voulut reprendre le téléphone. Bill assistait, ému, à l'échange de propos. Ses garçons avaient adopté Adriane, il n'y avait plus de doute. Elle-même leur vouait une grande affection. Il n'oublierait jamais que, sans elle, Tommy aurait péri noyé. Une fulgurante vision de leurs corps inanimés sur la grève le fit tressaillir.

Lorsque Adriane remit l'écouteur entre les mains de Bill, des larmes voilaient ses grands yeux.

— Ils sont à la fois si près et si loin, murmura-t-elle tristement. Ce sera affreusement long d'attendre Thanksgiving.

Il hocha la tête, le visage rembruni.

— Trois mois, c'est en effet terriblement long. Tu comprends, à présent, pourquoi je n'ai jamais voulu fonder un autre foyer. Pour ne plus jamais souffrir. Leslie est, certes, une bonne mère, mais les lois sont injustes. Elle les a tous les jours, alors que je ne les vois que six semaines par an.

Elle le connaissait suffisamment pour déceler sa peine.

— Je vois, murmura-t-elle dans la semi-obscurité. Je ne l'aurais jamais fait, ça, Bill.

— Qu'en sais-tu ? On n'est jamais sûr de rien. Regarde-toi... Tu t'inventes des devoirs vis-à-vis de Steven. S'il lui chante de venir réclamer son enfant, qu'allons-nous devenir ? Tu ne le sais même pas.

Il s'était emporté et avait haussé le ton, signe d'une lancinante douleur intérieure.

— Non, je ne le sais pas, répondit-elle honnêtement. Mais je ne pourrais jamais te blesser.

Elle garda le silence un instant. Bill avait raison. Si Steven réapparaissait, elle ignorait comment elle l'accueillerait. Et si elle se sentait encore liée à son mari, sa rencontre avec Bill avait créé d'autres liens, plus solides et plus forts. Des attaches qui s'étaient formées au fil du temps et que leur étreinte amoureuse avait consolidées. La nature morale d'Adriane lui interdisait de sortir subitement de la vie de Bill ou de lui ôter l'objet de son affection.

— Bill, je t'aime, reprit-elle dans un murmure.

— Je t'aime aussi.

Une flamme darda au creux de ses reins, il laissa ses mains courir sur la peau satinée d'Adriane, puis lui refit l'amour encore plus longuement que la fois précédente. Ils s'endormirent blottis l'un contre l'autre.

Adriane ouvrit un œil le lendemain matin et découvrit dans son champ de vision la moitié du visage de Bill. Il ronflait légèrement, et cela la fit sourire. La longue jambe de son compagnon reposait en travers des siennes. La jeune femme la repoussa doucement. Au moment où elle s'étirait en bâillant, les paupières de Bill se soulevèrent, dévoilant un regard chaviré.

— C'est toi ? grommela-t-il d'une voix enrouée. Ou suis-je mort et reçu au paradis ?

— Tu n'es pas mort, susurra-t-elle. Mais est-ce bien toi ?

Elle aurait voulu lui dire qu'il lui avait offert la nuit la plus heureuse de sa vie.

— Et comment ! grogna-t-il, la face éclairée d'un sourire. Es-tu toujours vierge ?

— Non, j'en ai peur.

— Espérons qu'on n'a pas fait d'enfant, alors.

— Mais non, souviens-toi... La pilule...

Ils se mirent à rire doucement, alors qu'irrésistiblement, leurs corps se rejoignaient dans le lit dévasté.

— Tant mieux, soupira-t-il. Je rêve d'un breakfast aux lasagnes, pas toi ?

— Bien sûr. Et à la vanille.

— J'ai une meilleure idée. Gaufres et pancakes.

— Seigneur... Et mon régime ?

— Nous verrons ça plus tard. Alors, que désires-tu pour ton petit déjeuner ?

— Toi.

Elle le lui prouva sur-le-champ et, peu après, étroitement enlacés, ils gravissaient le chemin du septième ciel.

Deux heures plus tard, vêtus de robes d'intérieur en soie assorties, toutes deux appartenent à Bill, ils savouraient un copieux petit déjeuner dans la cuisine ensoleillée, tout en parcourant les journaux du dimanche.

— Connais-tu meilleure façon de passer le dimanche matin ? demanda-t-il en tournant les pages du journal.

— Non, et toi ?

Bien plus tard, douchés et rhabillés, ils montèrent dans l'antique MG d'Adriane et Bill prit le volant. Ils descendirent à Malibu où ils firent une longue promenade sur la plage. Le crépuscule teintait l'horizon de pourpre lorsqu'ils récupérèrent la voiture et roulèrent doucement vers la ville, capote baissée, cheveux au vent. Ils parlaient en riant, comme deux jeunes gens. Le bonheur leur donnait des mines radieuses, le monde avait été créé pour leur plaisir. Ils firent une courte halte au supermarché avant de regagner la maison de Bill, afin de préparer le dîner.

Il servit deux coupes de champagne sur la terrasse et porta un toast, un sourire lumineux sur les lèvres.

— A l'union de deux cœurs... Je t'aime, ma chérie.

Leurs lèvres se touchèrent.

La soirée s'écoula paisiblement mais, à la fin du repas, Adriane déclara qu'elle voulait rentrer chez elle. Bill s'interposa. A quoi rimait d'aller s'enfermer dans une maison complètement vide ? Elle finit par l'admettre et accepta de déménager ses affaires.

Il la conduisit en voiture à son travail, le lendemain, promettant de repasser la chercher après le premier journal et de la ramener pour l'édition de la nuit. Zelda coula une œillade à Adriane, qui, assise à son bureau, avait l'air aux anges. La rousse s'abstint de poser des questions, du reste inutiles. Son intuition féminine l'avertissait que sa patronne devait filer le parfait amour... Restait à savoir avec qui, bien qu'elle eût son idée là-dessus. Elle en eut confirmation l'après-midi même, quand Bill, rayonnant, fit irruption dans le local.

— Ça a marché ! annonça-t-il sur un ton triomphal.

Adriane leva les yeux de ses dossiers de presse.

— Oui ? Quoi donc ?

— Ton idée... Tu sais bien, à propos de Harry étant le père de l'enfant. Cela fonctionne à merveille. Le réalisateur est content, les scénaristes sont contents, George Orben, le comédien qui joue Harry, est content, quant à moi, je m'incline devant ton génie.

— Flatteur !

Ils se sourirent sous l'œil acéré de Zelda qui sut décrypter le message secret qu'ils échangeaient.

— Tu déjeunes avec moi ? demanda-t-il.

— C'est malheureusement impossible. Un fauve a déchiqueté un enfant au zoo, hier, un policier a été abattu par des gangsters et le gouvernement vénézuélien vient de tomber.

Il hocha la tête, posa sur son front un baiser, et sortit. Il reparut une demi-heure plus tard avec un plateau qu'il posa sur le bureau de la jeune femme.

— Potage, hamburger, salade.

— Merci, chéri. Je t'aime, chuchota-t-elle.

Un furtif baiser les unit et l'une des secrétaires détourna la tête, gênée, mais Adriane eut juste le temps de capter son coup d'œil accusateur. La pauvre femme, ignorant que Steven avait demandé le divorce, ne pouvait que s'indigner de la conduite de sa patronne sur son lieu de travail. « Les gens ne sont pas au bout de leurs surprises », songea Adriane, amusée.

— Qui est-ce ? demanda l'un des présentateurs quand Bill fut sorti.

— Harry, rétorqua-t-elle, l'air mystérieux. Il est veuf depuis quelques mois et sa femme, Helen, était ma meilleure amie.

L'autre haussa un sourcil, intrigué. Adriane se replongea dans ses papiers mais tout le monde put constater qu'elle souriait.

# 22

Septembre s'écoula à une vitesse hallucinante. Vers la fin du mois, certains commencèrent à soupçonner qu'Adriane était dans un état intéressant. A présent, la jeune femme était enceinte de six mois et, malgré les vêtements flottants, il était facile de deviner ses rondeurs suspectes. Finalement, elle n'avait pas demandé de congé de maternité, ayant décidé de travailler jusqu'au dernier moment. Elle prendrait des vacances après l'accouchement.

— J'ai peur de m'ennuyer si j'arrête maintenant, expliqua-t-elle à Bill qui se montra, comme toujours, compréhensif.

Le médecin d'Adriane avait donné le feu vert. L'écrivain espérait qu'après l'arrivée du bébé, sa compagne quitterait le journal pour se joindre à l'équipe du feuilleton. Ils sortaient beaucoup, allaient dîner dans des restaurants au décor reposant, tels The Ivy, le Chianti, le Bistro Garden, et plus rarement dans des endroits plus chics et plus animés comme le Morton's ou le Chasen's et, bien sûr, le Spago. Deux fois par semaine, ils parlaient aux enfants de Bill au téléphone, le feuilleton se portait mieux que jamais, l'avenir semblait sourire aux amoureux. Bill insistait pour accompagner Adriane lors de sa prochaine visite médicale. Au mépris des lois de la génétique, il se considérait comme le véritable père du bébé et Adriane avait fini par l'accepter. Elle n'avait plus eu de nouvelles de Steven depuis juin. Sa dernière conversation téléphonique avec l'avocat de son mari datait de juillet. En fait, elle n'y pensait plus tellement. Son travail l'absorbait, son idylle avec Bill l'emplissait d'un bonheur inouï. Et elle n'avait pas dormi une seule fois chez elle après le départ des enfants.

Pourtant, un appel de son propre avocat, le 1er octobre, lui gâcha sa journée. Steven était pressé de vendre la maison. Cela n'avait rien de nouveau mais la jeune femme en éprouva un douloureux pincement au cœur.

— M. Townsend et son avocat voudraient s'assurer que vous ne serez pas là quand ils feront visiter les lieux.

— Je n'y serai pas, répondit-elle froidement.

— Ils souhaitent que vous remettiez le double des clés à l'agent immobilier qui s'occupera de la vente et que la maison soit rangée, bien sûr.

— Je n'aurais pas de mal, ricana-t-elle. Ces messieurs ne vous ont sûrement pas dit que mon mari a fait enlever tous nos meubles. Je ne dispose plus que d'un lit, d'un tapis et d'un tabouret de cuisine.

Le silence consterné à l'autre bout de la ligne amena un sourire amusé sur ses lèvres.

— Et vous n'avez pas remeublé ? demanda l'homme de loi, au comble de l'étonnement.

L'avocat de Steven avait habilement omis de signaler ce détail au défenseur d'Adriane. Comme il avait dû édulcorer la version objective des faits.

— Non. La maison est vide.

— Les acheteurs n'apprécient pas beaucoup les locaux vides... M. Townsend doit penser que vous l'avez redécorée.

— M. Townsend aurait dû réfléchir avant de tout s'approprier. Je regrette, maître, mais il est hors de question de remeubler une maison dont on veut m'expulser.

— Désirez-vous proposer à votre mari de lui acheter sa part ?

— Non, merci. Je n'en ai pas les moyens.

Elle s'interrompit brièvement, respira profondément avant de poser la question qui la tourmentait.

— Comment se présente le divorce ?

— Nous progressons. Votre grossesse se passe bien ? interrogea-t-il après une hésitation.

— Très bien. Est-ce que, par hasard, l'avocat de mon mari vous l'a demandé ?

— Il n'a rien demandé, dit l'autre avec une pointe de regret dans la voix.

— Y a-t-il autre chose que vous voudriez savoir, maître ?

— Non. Je vous ai appelée seulement pour la maison. Quand sera-t-elle disponible ?

Elle s'accorda une seconde de réflexion, puis haussa les épaules. Il n'y avait pratiquement rien à faire, même les placards étaient débarrassés.

— Dès demain.

— Alors à bientôt.

Elle le remercia. Bill remarqua qu'elle était songeuse, lorsqu'il vint la chercher un peu plus tard. Ils partaient presque toujours ensemble maintenant, sans se soucier du qu'en-dira-t-on. On jasait de plus belle dans leur dos. La rumeur s'enflait chaque jour d'une nouvelle hypothèse. Adriane était-elle enceinte ? Une de ses collègues lui avait carrément posé la question mais n'avait obtenu qu'un « non » sec et sans réplique.

— Chérie, que s'est-il passé aujourd'hui ? s'enquit-il dans la voiture.

— Oh, rien d'important.

— C'est vrai, ce mensonge ?

Elle s'inclina vers lui pour l'embrasser.

— Vous êtes un fin limier, William Thigpen. J'ai eu un coup de fil de mon avocat.

— Rien de grave, j'espère.

— Steven a mis la maison en vente.

Il lui jeta un regard de biais, les sourcils froncés, un peu tendu comme chaque fois que le nom de Steven revenait dans la conversation.

— Tu t'y attendais, non ?

— Oui. Mais je suppose qu'avoir un toit à soi, même si on n'y est jamais, engendre un sentiment de sécurité.

— Pourquoi ? Quelle est la différence ? Tu n'es pas bien chez moi ?

— Si, bien sûr. Mais on ne sait jamais. Nous pourrions nous disputer… Et puis, que dirons-nous à tes enfants quand ils viendront pour la fête de Thanksgiving ?

— Tout simplement que nous nous aimons, que tu attends un bébé et que nous vivons ensemble. Ce n'est pas la mer à boire.

— Pas pour toi, sans doute. Tu as écrit trop de scénarios, Bill. Les enfants risquent d'être choqués. Rien ne prouve qu'ils ne se sentiront pas agressés si je marche continuellement sur leurs plates-bandes.

Il s'arrêta à un feu rouge et lui jeta un regard affolé.

— Qu'essaies-tu de me dire ? Que tu veux louer un appartement ?

— Non, ce serait trop bête. Laisse-moi seulement le temps de m'habituer à l'idée que je n'aurai plus de maison.

Il y en avait eu des changements dans son existence depuis juin. Et elle s'y était adaptée. Le station-wagon de Bill pénétra sur l'aire de parking. Il éteignit le moteur et demanda :

— Il refuse toujours de te parler ?

— Toujours.

Elle appela Steven à son bureau le lendemain matin et demanda poliment à sa secrétaire de lui passer M. Townsend.

— M. Townsend est en réunion, lui fut-il répondu.

— Dites-lui que c'est important.

— Désolée, mais je ne peux pas le déranger.

— Essayez quand même, persista-t-elle, exaspérée.

Visiblement, il avait donné des consignes à son employée. Celle-ci disparut un moment, trop court pour qu'elle ait eu le temps de prévenir son patron, après quoi sa voix revint sur la ligne.

— M. Townsend est occupé. Voulez-vous lui laisser un message ?

« Eh bien, dites-lui d'aller au diable », fut-elle tentée de crier.

— Dites-lui que je l'ai appelé au sujet de la maison, répondit-elle. Et que j'aurais voulu lui parler du bébé, ajouta-t-elle soudain.

Il y eut de l'autre côté le genre de silence absolu qui suit l'explosion d'une bombe.

— Eh bien, je lui communiquerai, finit par articuler la secrétaire.

— Je vous remercie.

Adriane reposa le combiné sur le récepteur, satisfaite de son effet. Elle savait que si la secrétaire se mettait à papoter avec les autres employés, Steven ne manquerait pas de réagir.

Il n'appela pas. Son avocat le fit à sa place, une demi-heure plus tard. Steven l'avait contacté dans la minute qui avait suivi le coup de fil d'Adriane. Maître Allman avait essayé de joindre l'avocat de la jeune femme, sans résultat, et s'était finalement résolu à parler avec elle.

— Y a-t-il un problème, madame Townsend ? Il paraît que vous avez téléphoné à votre... à M. Townsend ce matin ?

— C'est exact. Je voulais l'entretenir de quelque chose.

« Pourquoi a-t-il fait ça ? hurlait sa voix intérieure. Pourquoi a-t-il tout saccagé ? Pourquoi a-t-il renié notre enfant ? » Cela n'avait pas de sens... Rien à avoir avec son amour pour Bill. Adriane chérissait tendrement Bill. Mais Steven était toujours le père du bébé.

— De quoi ? Si je puis me permettre de vous le demander, madame Townsend ?

— De... c'est personnel.

— Je vois. Je suis désolé.

— Il ne veut toujours pas me parler n'est-ce pas ? dit-elle après une pause.

Son correspondant renifla, tout en recherchant fiévreusement les mots les plus anodins.

— M. Townsend considère qu'un entretien ne ferait qu'envenimer vos rapports, compte tenu des circonstances. Vous savez, il ne voudrait en aucun cas vous blesser.

C'était déjà fait. L'ombre d'un sourire se joua sur les lèvres de la jeune femme. Steven devait être à cent lieues de penser qu'elle vivait avec un homme. Un être d'exception qui l'aimait sincèrement.

— Y a-t-il un problème avec votre grossesse ? questionna l'homme de loi, dérouté par son silence. Quelque chose que je doive rapporter à M. Townsend ?

— Non, ce n'est plus la peine. Sans doute n'avons nous plus rien à nous dire.

C'était exactement l'opinion de Steven, mais l'avocat se garda bien de le lui dire.

Elle raccrocha, s'effondra sur son siège, le menton appuyé sur ses paumes, les coudes sur le bureau. Dans l'heure qui suivit, elle essaya en vain de comprendre les motifs qui l'avaient poussée à appeler Steven. Et que lui aurait-elle dit si elle l'avait eu au bout du fil ? Elle l'aurait probablement acculé dans ses derniers retranchements. Une enfance malheureuse ne prédisposait pas forcément à la lâcheté. Voilà ce qu'elle lui aurait dit. Or, l'implacable mécanisme que Steven avait mis en place suivait son cours sans possibilité de retour en arrière.

Le lendemain matin, son avocat l'appela pour lui communiquer le nom de l'agent immobilier qui s'occuperait de la vente de la maison.

Bill l'emmena en week-end chez des amis, à Palm Beach. Leur hôte, un ancien acteur de *la Belle Vie* qui avait fait carrière au cinéma, leur réserva un accueil princier. Il embrassa Adriane comme s'il la connaissait depuis toujours et mit Bill en boîte pour le bébé. Sa femme, Janet, y ajouta son grain de sel en se lançant dans une longue diatribe sur « les joies de la maternité ».

— On a beau doubler de volume, on est prêtes à recommencer, conclut-elle.

Adriane hochait la tête. Parfois, elle avait encore du mal à réaliser qu'elle était enceinte. Tout dépendait de son humeur du moment. Mais les paroles de Janet la rasséréněrent. Ils rentrèrent à Los Angeles le dimanche soir. Bill s'était procuré un ouvrage sur la vie intra-utérine. Il lut à Adriane des passages qui l'auraient terrifiée si elle n'avait pas été d'aussi bonne humeur. Et il lui fit l'amour, ce qui la combla de bonheur.

Le lendemain, sitôt qu'elle mit les pieds dans son bureau, le téléphone sonna. C'était son avocat. Il lui annonça qu'un acheteur s'était présenté, et que Steven était pressé de conclure l'affaire.

— Déjà ? s'étonna-t-elle.

— Nous avons été les premiers surpris. L'acquéreur est prêt à payer le prix exigé par votre mari, à dix mille dollars près, à condition que le contrat soit signé avant la fin du mois. Mais peut-être est-ce trop tôt pour vous ?

Le matin même, Bill avait suggéré de transformer la chambre d'amis en nursery.

— Non, cela ira, répondit-elle avec lassitude.

— Eh bien... fit-il, décontenancé malgré tout, je vous envoie les documents à signer, et les renverrai à l'avocat de M. Townsend.

— Parfait, dit-elle d'une voix étrangement calme.

Elle reçut l'enveloppe l'après-midi. Elle contenait une liasse de papiers administratifs. Le nom de Steven Townsend inscrit au bas de chaque page semblait la narguer. Adriane la contempla longuement, comme si, tout à coup, cette simple signature résumait tout leur passé. Bien entendu, Steven n'avait inclus aucun mot, aucun message. Il était brutalement sorti de sa vie et tenait à rester à l'écart. On eût dit qu'il continuait à la fuir. « La peur », songea-t-elle, sans vraiment parvenir à comprendre.

Plus tard, dans la soirée, elle montra à Bill la promesse de vente. Il la mit en garde contre les complications du partage des biens, lui donna quelques judicieux conseils à propos de ses futurs placements, promit d'en discuter avec son avocat.

— A propos, de quel montant sera ta pension alimentaire ?

— Je n'ai rien demandé, et du reste, Steven ne m'a rien proposé. Il compte renoncer à ses droits de paternité, je te l'ai déjà dit. Puisqu'il ne veut plus de moi, ni du bébé, je ne veux pas de son argent.

— Ces nobles sentiments t'honorent, mais n'en sont pas moins stupides. Tu pourrais tomber malade...

— Mon assurance maladie y pourvoira.

Il la dévisagea avec une exaspération tranquille.

— Bon sang, Adriane, on dirait que tu t'acharnes à faciliter les choses à ce type. Es-tu toujours amoureuse de lui ? As-tu oublié qu'il t'a quittée au moment où tu avais le plus besoin de lui ? Il te doit quelque chose, à toi et à ton enfant.

Elle secoua lentement la tête, posa la main sur son avant-bras.

— Je n'éprouve plus rien pour lui, affirma-t-elle. Mais il a été mon mari. Il l'est encore. Et il est le père de mon bébé.

— Est-ce tellement important ?

— Oui, l'interrompit-elle d'une voix douce. Il ne faut pas couper tous les ponts, comprends-tu ? Un jour, il sera tenté de connaître son enfant. Je n'ai pas le droit de le lui refuser.

Il la regarda en serrant les poings mais conserva son sang-froid.

— Un type aussi cynique que Steven ne change jamais d'avis, déclara-t-il le plus calmement qu'il put. Tu rêves, Adriane, si tu crois qu'il reviendra. Il a été assez clair, là-dessus.

— On ne sait jamais.

Leurs regards se croisèrent. « Elle le croit, mon Dieu, elle le croit », se dit-il. Il l'attira dans ses bras, l'étreignit de toutes ses forces.

— Adriane, si je te perds, j'en mourrai.

Elle le savait pertinemment. Mais le spectre de Steven se dressait toujours entre eux.

— Moi non plus je ne veux pas te perdre.

— Sois tranquille, je serai toujours là.

Le bébé remua, tous deux sentirent le ventre d'Adriane tressauter, et Bill lui sourit.

— Je te remercie d'être si compréhensif, murmura-t-elle.

— Ne dis pas de sottises.

Il l'embrassa fougueusement et ils se laissèrent tomber sur le canapé, enlacés. Leur conversation ne cessa de hanter Bill jusqu'au lendemain matin. Adriane était trop loyale pour fermer la porte au nez de Steven si l'envie prenait à ce type de la revoir. « On ne sait jamais », avait-elle dit. Bill soupira. Il ne lui restait plus qu'à prier le ciel pour que Steven ne se manifeste plus jamais.

# 23

La maison fut vendue vers la fin de la première semaine de novembre. Adriane n'eut qu'à faire quelques dizaines de mètres pour entreposer ses maigres trésors chez Bill. C'était fini. Un important chapitre était clos, le plus simplement du monde. Comme si cette partie de sa vie n'avait jamais existé. Il ne restait plus rien qu'elle puisse regretter, plus un objet auquel elle aurait pu tenir, Steven avait tout emporté cinq mois auparavant, jusqu'à l'album de photos de leur mariage.

— C'est bizarre, dit-elle à Bill qui l'aidait à s'installer dans la chambre d'amis, on dirait que Steve et moi n'avons jamais été mariés. Je me demande même si je l'ai vraiment connu.

« Alors pourquoi l'attends-tu toujours ? » songea-t-il, mais il dit :

— Tu l'as probablement mal connu. Cela arrive, parfois.

« Elle n'a pas l'air abattue », constata-t-il avec plaisir. Juste un peu fatiguée, ce qui était normal à sept mois de grossesse. Thanksgiving approchait et tous deux attendaient impatiemment les enfants de Bill. Une semaine plus tôt, celui-ci avait conduit Adriane au cabinet de son nouveau médecin. La jeune femme avait préféré se séparer de son ancien docteur, s'épargnant ainsi les inévitables explications au sujet de Steven. Une de ses amies l'avait adressée à Jane Bergman, une jeune gynécologue qui avait tout de suite plu à Adriane. Intelligente, compétente, psychologue, Jane commença par rassurer la future maman. « Toutes les femmes ont peur de l'accouchement », dit-elle. Elle avait le don d'apaiser ce genre d'inquiétude. Le fait que Bill et Adriane vivent ensemble sans être mariés ne semblait pas la déranger. Elle ne posa aucune question embarrassante, certaine que Bill était le père de l'enfant. Lors de la dernière visie du couple, elle lui fit même écouter les battements de cœur du bébé. Il resta un moment immobile, muni du stéthoscope, la mine réjouie.

— On dirait un hamster, décréta-t-il d'un ton sérieux, qui fit rire Adriane.

« Le bébé a atteint une taille respectable », déclara le docteur, avant de recommander à Adriane de s'inscrire au cours Lamaze. Bill était au courant de cette méthode pour l'avoir suivie huit ans auparavant, au temps où Leslie attendait Adam.

— J'aimerais avoir mon bébé à la maison, déclara la jeune femme un peu plus tard, dans la voiture.

— Mon Dieu ! gémit-il. Quelle drôle d'idée.

— Pourquoi pas ? Je m'y sentirais plus à l'aise.

Depuis quelques jours, elle faisait montre d'une nervosité à fleur de peau.

— Il n'en est pas question, c'est beaucoup trop dangereux. Tu devras te conformer aux prescriptions du Dr Bergman. Nous irons au cours Lamaze quand mes fils seront repartis, d'accord ?

Cela leur laissait un bon mois avant l'arrivée du bébé. Adriane remua nerveusement sur son siège. Par moments, elle était sujette à des accès d'angoisse, Bill l'avait déjà remarqué. Avec son énorme ventre, elle ne pouvait plus feindre d'ignorer la réalité. Elle avait bombardé Bill de questions sur la naissance de ses propres enfants. En fait, elle redoutait la douleur, il s'en rendait compte.

Il l'accompagna jusqu'à la porte de son bureau.

— N'oublie pas que je t'aime, recommanda-t-il.

L'un des présentateurs du journal émergea alors de la pièce.

— Salut, Harry, lança-t-il en passant.

Bill regarda Adriane, sidéré.

— Qui est Harry ?

Elle laissa échapper un rire.

— Toi ! C'est ce que je leur ai dit... Et j'ai ajouté que tu étais veuf de Helen, ma meilleure amie.

Ce résumé sommaire des derniers épisodes de son feuilleton provoqua l'hilarité de l'écrivain, qui se mit à rire encore plus fort que sa compagne.

— Chérie, tu es impossible ! Maintenant va travailler et cesse de te morfondre pour le bébé.

— Qui se morfond ? crâna-t-elle, affichant une insouciance qu'elle était loin de ressentir.

Bill ne la blâmait pas. Le stress du divorce s'était ajouté aux craintes naturelles que toute femme éprouve à la veille d'un accouchement.

— A tout à l'heure, mon amour, murmura-t-il en l'embrassant. Je t'emmène dîner, ce soir.

Ils se rendirent au Chardonnay. Bill commanda des mets raffinés arrosés de champagne, pour fêter le dernier prix qu'il venait de gagner.

— C'est grâce à tes idées que je dois ce regain de gloire, dit-il, après qu'elle l'eut félicité. Tu es ma muse, Adriane.

Elle n'avait pas cessé, en effet, de l'abreuver de trouvailles depuis le fameux soir où elle avait su donner un nouvel élan au feuilleton. Ils se mirent à en parler avec animation, lorsqu'un couple vint s'installer à la table voisine. Bill ne comprit pas tout de suite de quoi il s'agissait, mais, soudain, Adriane se tut. Les yeux rivés sur l'arrivant, elle commença à se redresser, aussi blanche que si elle avait vu un fantôme. L'homme jeta à Adriane un regard horrifié avant de se tourner vers sa compagne, une jeune fille mince et athlétique. Elle était beaucoup moins jolie qu'Adriane, mais Bill eut à peine le temps de le remarquer que celle-ci s'avançait déjà d'un pas incertain vers la table voisine.

— Steven...

Seule la jeune fille leva les yeux sur l'intruse, l'air étonné. Steven se détourna ostensiblement, feignant de chercher le serveur.

— Steven, répéta-t-elle, assez clairement pour que Bill puisse l'entendre de sa place.

Interloquée, la jeune fille la dévisagea. Elle devait se demander qui était cette femme enceinte et pourquoi une expression aussi bizarre se reflétait sur ses traits. Steven se leva alors brutalement.

— Viens, dit-il à sa compagne d'une voix dure. Le service est déplorable dans ce troquet.

Il s'élança vers la sortie comme s'il avait le diable à ses trousses. La jeune fille se leva à son tour et adressa à Adriane un sourire gêné.

— Je... je crois qu'il ne vous a pas entendue, murmura-t-elle en guise d'excuse.

— Il m'a très bien entendue, répondit Adriane, tremblante et glacée. Le service n'a rien à voir là-dedans.

— Navrée, balbutia l'autre, avant de se précipiter sur les traces de Steven.

Adriane les vit en train de discuter près de la porte vitrée et l'instant suivant, Steven poussa le battant à toute volée pour disparaître dans la nuit, suivi de son invitée.

Entre-temps, Bill avait réglé l'addition. Lui aussi était blême. Sans un mot, ils quittèrent le restaurant. L'air frais du dehors coupa le souffle d'Adriane. Une vague de nausée la fit vaciller sur ses jambes mais elle continua de marcher. Au coin de la rue, elle eut la vision fugace de la Porsche étincelante qui démarrait à toute allure, avec Steven au volant et la fille sur le siège avant.

— Pourquoi t'es-tu abaissée à lui parler ? questionna Bill dès qu'ils furent installés dans la Chevrolet.

Elle lui fit face, les yeux brillants de colère.

— J'ai été sa femme pendant trois ans, et je ne l'ai pas vu depuis des lustres. Tu ne trouves pas normal que j'aie eu envie de lui dire un mot ?

— Non ! Pas après ce qu'il t'a fait. A moins que tu ne veuilles le remercier de sa bonté ! hurla-t-il, fou de jalousie.

Il détestait Steven Townsend. Et il détestait voir Adriane dans cet état. Il la regarda fondre en larmes.

— Ne m'en veux pas, sanglota-t-elle, la main sur son ventre rebondi.

Même le bébé paraissait bouleversé, car il assenait de violents coups de pieds qui la faisaient souffrir. La Chevrolet démarra et la jeune femme, secouée de pleurs, ne parvenait pas à se calmer. Elle n'avait qu'une hâte ; se mettre au lit et s'endormir. Ne plus penser à rien. Oublier Steven. Mais elle n'y arriverait pas, elle en fut brusquement persuadée.

— Il ne m'a même pas regardée, gémit-elle.

— Ecoute, lâcha-t-il entre ses dents serrées, ce type est un minable. Combien de temps te faudra-t-il pour le comprendre ? Un an ? Cinq ans ? Dix ? Jusqu'à quand te berceras-tu d'illusions ? Il ne reviendra jamais, Adriane, je n'ai pas cessé de te le dire. J'espère que ce soir, tu t'en es rendu compte par toi-même. Steven se fiche éperdument de toi et du bébé.

« Il s'en est toujours fichu », se retint-il d'ajouter.

— Mais comment est-ce possible ? Comment peut-il rejeter la chair de sa chair ? Il a beau faire semblant de s'en désintéresser, un jour il devra bien regarder les choses en face.

— La seule qui doit regarder les choses en face, c'est toi,

Adriane. Steven t'a quittée et son seul mérite est de ne t'avoir laissé aucune lueur d'espoir. Tu ferais mieux de l'oublier.

Elle ne répondit pas, mais une fois à la maison, elle se remit à pleurer. Ils se disputèrent âprement et elle se retira, furieuse, dans la chambre d'amis en claquant la porte. Le lendemain, elle avait l'air épuisée. Bill ne lui adressa pas la parole et, pour la première fois, elle dut préparer seule son petit déjeuner. Enfin, il la toisa du regard, par-dessus les pages de son journal sportif.

— Qu'attends-tu exactement de cet homme, Adriane ?

Une moue tordit les lèvres de la jeune femme.

— Je n'en sais rien. J'aurais simplement voulu discuter avec lui du fait que nous allions avoir un enfant. Lui demander s'il sait au moins ce à quoi il renonce. Et pourquoi Steven a demandé le divorce parce qu'il a cru que je l'avais dupé. En fait, je n'arrive pas à admettre qu'il puisse tourner le dos à son propre enfant. Un jour, il le regrettera.

— Sans doute et ce ne sera que justice. Mais il se peut qu'il n'ait même pas ce courage. Mais en quoi l'aurais-tu dupé ? As-tu prémédité cette grossesse ?

— Absolument pas ! fit-elle d'un ton indigné.

« Alors pour quelle raison se sent-elle aussi coupable ? » se demanda-t-il, perplexe.

— J'ai toujours fait très attention, reprit-elle avec une véhémence qui fit naître un sourire indulgent sur le visage de Bill.

Leurs disputes lui répugnaient, mais il fallait aller jusqu'au bout, crever cet abcès qui avait pour nom Steven. « Assainir la situation, pour son bien et pour le mien. »

— Tu n'as pas répondu à ma question, insista-t-il, sans la quitter des yeux. Qu'attends-tu exactement de ce type ?

— Qu'il reconnaisse le bébé. Qu'il cesse de fuir la réalité, comme il le fait depuis le début. J'aimerais qu'il me regarde droit dans les yeux en me disant : « D'accord, j'ai fait ce gosse avec toi, mais je n'en veux pas. » Ou alors : « Okay, j'ai eu tort et j'aime mon enfant ». Tout sauf ce silence accusateur, comprends-tu ? J'ai besoin d'être libérée de Steven et tant qu'il m'évitera, je me sentirai coupable. Il n'a pas eu la décence de m'envoyer un mot depuis qu'il est parti de la maison.

C'était la première fois qu'elle posait le problème en termes aussi clairs. Bill hocha la tête en un acquiescement muet. Adriane n'arriverait jamais à se débarrasser du souvenir de Steven, tant que celui-ci ne lui aurait pas expliqué les raisons de son comportement. De son refus de l'enfant. Les mots avaient souvent une importance capitale, Bill était bien placé pour le savoir, mais il doutait qu'Adriane obtienne satisfaction. Steven semblait incapable d'assumer ses responsabilités, il l'avait prouvé durant les cinq derniers mois. Il avait choisi la fuite et Adriane n'avait aucune chance de le rattraper. Il ne lui parlerait que par avocats interposés. Et il renoncerait à ses droits paternels sans avoir vu le bébé.

— Encore une fois, tu te fais des illusions, dit-il. On ne peut demander aux gens ce qu'ils ne peuvent pas donner. Et ton Steven ne pourra jamais traiter directement avec toi.

— Comment le sais-tu ?

— Tu l'as bien vu hier soir. Au lieu de te répondre, il a pris ses jambes à son cou devant sa petite amie.

— Sa petite amie ?

Il émit un soupir ennuyé.

— Du moins je l'imagine.

— Elle était si jeune, murmura-t-elle pensivement.

— Et alors ? Tu es jeune toi aussi, non ? Après tout est-ce si important ? Oublie-le, Adriane, c'est ton salut.

— Pourtant, s'il se reprend...

C'était devenu une hantise. Bill ignorait comment, mais elle s'était persuadée que son mari reviendrait après la naissance du bébé.

— Eh bien, s'il se reprend, tu aviseras à ce moment-là.

— Un enfant a le droit de...

Le poing de Bill s'abattit au milieu de la table, faisant valser les tasses dans leurs soucoupes.

— Je sais, je sais, grommela-t-il, exaspéré. Un enfant a le droit de connaître son père naturel, tu me l'as suffisamment dit. Sauf si son père naturel est un petit salopard ! En ce cas, il peut s'en passer.

— Si Leslie avait été en état d'ébriété le jour où elle t'a annoncé qu'elle allait te quitter, n'aurais-tu pas eu besoin qu'elle te répète la même chose quand l'effet de l'alcool se serait dissipé ?

— Sans doute, mais je ne vois pas le rapport.

— Steven était comme ivre, quand il a appris que j'étais enceinte. Ivre de peur. Lorsqu'il se sera calmé, il réagira autrement.

— Pas forcément. Peut-être qu'il déteste vraiment les

gosses. Peut-être que c'est plus fort que lui. Pourquoi t'acharnes-tu à ne pas le croire ?

— Je veux juste m'assurer qu'il sait ce qu'il fait.

— Il ne le sait probablement pas. Vas-tu te gâcher la vie pour le restant de tes jours ?

Il n'avait pas osé dire « nous gâcher la vie », mais il le pensait. Comme il pensait qu'il n'était pas facile pour une femme d'oublier l'homme qui lui avait fait un enfant.

— Tu dois me prendre pour une idiote.

Bill se renversa sur sa chaise, avec un lourd soupir.

— Non. Je crois simplement que tu perds ton temps. Laisse tomber, Adriane.

— Parfois, j'ai l'impression de lui voler quelque chose. De lui prendre son enfant pour te le donner. Mais les choses ne sont pas aussi simples. Si Steven réapparaît en réclamant son enfant, que vais-je faire, alors ?

Elle avait réponse à tout. Sauf que Steven ne se manifesterait plus jamais. Bizarrement, Bill en était convaincu.

— Nous verrons, fit-il d'un ton las. Après tout nous ne partons pas avec le bébé à l'autre bout du monde.

Il s'interrompit et passa la main sur son front. Par moments, il avait la sensation que la jeune femme s'efforçait de le protéger, de lui épargner une nouvelle déception. Comme elle essayait d'éviter à Steven de commettre une erreur fatale.

— Chérie, il faut laisser les autres faire leur choix. S'ils se trompent, tu n'en es pas responsable. Supposons que tu aies raison et que Steven réapparaisse. Nous ferons face à cette nouvelle situation *si* elle se produit. Qu'est-ce que nous risquons ? Tout au plus, il aura un droit de visite… Pourquoi te tracasser à l'avance ? A moins…

La phrase resta en suspens, interrompue par une onde de pure panique.

— A moins que tu ne sois tentée de reprendre la vie commune avec lui, acheva-t-il péniblement.

Elle secoua la tête, mais il y avait dans ce geste une infime hésitation.

— Non, je ne crois pas.

Il sentit le sol se dérober sous lui.

— Qu'est-ce que ça veut dire, tu ne *crois pas ?*

— Ça veut dire que je ne l'aime plus, Bill. C'est toi que j'aime. Mais ça dépendra de tellement de choses. Il n'y a pas que nous, mon chéri. Il y a le bébé.

— Vas-tu retourner chez un homme que tu n'aimes pas au nom de je ne sais quel devoir vis-à-vis de ton enfant ?

— Non, non, bien sûr...

Elle ne pouvait pas jurer qu'elle ne le ferait pas. Bill repoussa sa chaise et se leva. Il se sentait désespéré.

Les jours suivants, ils se tinrent sur leurs gardes. Et pendant le week-end, ils se réconcilièrent sur l'oreiller. Entre deux étreintes passionnées, ils purent s'expliquer plus calmement. Adriane voulait s'assurer que Steven ne changerait pas d'avis au sujet de l'enfant. Bill finit par admettre à contrecœur son point de vue. Il espérait secrètement que Steven resterait sur ses positions, même quand il aurait vu le bébé. A condition, toutefois, qu'il acceptât de le voir.

— Tu m'épouseras, après ? demanda-t-il.

Elle eut un sourire radieux.

— Oui. Si tu veux toujours de moi.

L'instant suivant, une nouvelle inquiétude l'assaillait.

— Que diront tes enfants ?

Il s'efforça de la calmer. D'après le Dr Bergman, cet état d'angoisse permanent était naturel. Aux yeux d'Adriane, le moindre souci prenait des proportions démesurées. Tout lui faisait peur, la santé du bébé, les douleurs de l'accouchement, les risques de complications. « Son obsession pour Steven n'est qu'un symtôme de plus », pensa Bill.

A mesure que Thangsgiving approchait, l'anxiété d'Adriane augmentait. Adam et Tommy n'allaient pas tarder à se rendre à Los Angeles et elle redoutait leur jugement. Elle avait décidé néanmoins de répondre honnêtement à toutes leurs questions. Le jour de leur arrivée, elle accompagna Bill à l'aéroport. Dès qu'ils l'aperçurent, les deux garçons contemplèrent son énorme ventre d'un air ahuri.

— Oh ! s'écria Tommy. Que s'est-il passé ?

— J'attends un enfant, répondit Adriane, bien que ce fût inutile de le préciser compte tenu de ses rondeurs.

— Un enfant de papa ? s'enquit Tommy, insensible au coup de coude rageur d'Adam.

— Non, expliqua-t-elle plus tard, à la maison, en leur servant une bonne tasse de chocolat chaud. Il est de mon mari et nous... nous allons divorcer.

Bill l'encouragea du regard et elle poursuivit :

— Il m'a quittée parce qu'il ne voulait pas du bébé. Il va renoncer à ses droits sur le petit.

— C'est affreux, s'écria Adam sincèrement choqué.

— Pas du tout, lui répondit Tommy. Si le mari d'Adriane n'avait pas demandé le divorce, elle ne serait pas avec papa, et elle ne m'aurait pas sauvé la vie à Tahoe.

Cette logique irréfutable arracha un rire à Adriane.

— Voilà qui est vrai.

— Quand naîtra le bébé ? voulut savoir Adam.

— En janvier. Dans sept semaines, environ.

— Et où vas-tu vivre ? Dans ta maison ?

Ce fut Bill qui répondit à sa place.

— Non. Ici. Avec moi. Nous mettrons le bébé dans la chambre d'amis.

— Et vous allez vous marier ? questionna Tommy, les yeux pleins d'espoir.

— Oui, certainement. Mais pas tout de suite.

— Chic ! s'exclama Tommy.

Adam entoura le cou d'Adriane de ses bras, encore bouleversé par ses révélations. Un peu plus tard, le petit garçon déclara à son père qu'il aurait dû l'épouser avant l'arrivée du bébé.

— J'y ai songé, mais il faut attendre que le divorce soit prononcé. Je te tiendrai au courant.

Les garçons, contrairement aux craintes d'Adriane, firent preuve d'une merveilleuse compréhension. Le lendemain matin, tout était redevenu normal. La télé marchait à fond la caisse, il y avait du linge partout, et Bill préparait le petit déjeuner dans la cuisine. De nouveau, on eût dit une famille heureuse et unie. On spécula sur le sexe du bébé. Tommy annonça qu'il préférait un garçon, parce que les filles étaient trop bêtes, mais Adam s'empressa de déclarer que cela n'avait aucune importance. Adriane avait retrouvé le sourire. Lorsqu'ils allèrent faire un tour avec leur père, elle rangea leur chambre. Ils revinrent une heure plus tard, avec une énorme gerbe de fleurs.

Le dîner de Thanksgiving fut une grande réussite. Tout le monde semblait parfaitement heureux. Jusqu'au moment où Bill surprit Adriane au téléphone. Elle parlait à sa mère.

— Il va bien, l'entendit-il dire. Il est parti en voyage à Londres.

Bill attendit que les garçons soient couchés, avant d'aborder la question.

— Chérie, pourquoi as-tu menti à ta mère ?

— Pour ne pas l'inquiéter. Personne n'a jamais divorcé

dans ma famille et puis... je trouve inutile de leur annoncer une mauvaise nouvelle en période de fêtes.

Interloqué, il la regarda.

— Il y a six mois que ton mari est parti, Adriane. Tu avais largement le temps dc lc dire à tes parents.

Comme elle ne répondait pas, il la considéra d'un œil soupçonneux.

— Est-ce qu'ils savent que tu attends un bébé ?

La jeune femme se contenta de secouer la tête. Abasourdi, Bill s'effondra sur une chaise.

— Bon sang, Adriane, à quoi joues-tu ? Pourquoi le protèges-tu ?

— Je ne le protège pas ! se défendit-elle, le regard enfiévré. Mais je n'ai pas envie d'en parler à ma mère. Je ne me suis jamais entendue avec mes parents. S'ils savaient, ils ne manqueraient pas de m'accabler de reproches. Je leur dirai tout, un jour.

— Quand ? Dans vingt ans ? Quand le bébé aura fini ses études et que nous aurons eu huit enfants ? Les pauvres gens tomberont de haut.

— Ecoute, Bill, ma mère est la dernière personne au monde qui puisse m'apporter un quelconque réconfort.

— Tu aurais pu lui dire au moins que tu étais enceinte.

— Pourquoi ?

Elle regretta aussitôt cette question stupide. Une lueur de colère contenue passa dans les prunelles de Bill et, pour la première fois, une onde de frayeur toucha le cœur d'Adriane.

— Je vois, lâcha-t-il d'une voix blanche. Tu espères toujours que tout rentrera dans l'ordre et que tes parents n'en sauront jamais rien.

— Non, non, fit-elle mollement. Si je n'avais pas laissé passer autant de temps... comment veux-tu que je leur dise maintenant ? C'est tellement compliqué.

— Il va falloir pourtant envisager...

Il s'interrompit en pensant « à moins que Steven revienne au bercail », mais préféra garder le silence, afin de ne pas déclencher une nouvelle dispute.

— Fais ce que tu veux, jeta-t-il finalement. C'est ta vie, après tout. Et ce sont tes parents. Parfois je ne te comprends pas.

— Parfois, je ne me comprends pas moi-même, avoua-t-elle. J'ai eu tort de ne rien dire à personne quand Steven m'a quittée. Au début j'en avais honte, après c'était trop tard et maintenant c'est ridicule. Seigneur, la moitié de mes collègues pensent que je trompe mon mari !

Elle rapprocha sa chaise de celle de Bill, mit sa tête contre son épaule. Il l'enlaça avec un soupir résigné.

— Par moments, tu me rends fou, Adriane. Voilà sans doute pourquoi je t'aime tant.

— Et voilà pourquoi Harry aime Helen, la meilleure amie de sa défunte épouse, qui...

Sa phrase s'acheva dans un rire, alors qu'il roulait des yeux furibonds.

— Assez ! J'ai l'impression d'entendre un verset de l'Ancien Testament.

— Pardonne-moi, chéri, j'ai réussi à tout gâcher.

— Ne t'en fais pas. Nous parviendrons à tirer au clair cette affaire.

« Et le plus tôt sera le mieux », se dit-il en l'embrassant.

# 24

Le week-end de Thanksgiving passa trop rapidement. Depuis qu'ils savaient qu'Adriane était enceinte, Adam et Tommy l'entouraient de mille sollicitudes. Souvent, Adam posait sa menotte sur le ventre de la jeune femme, dans l'espoir de sentir bouger le bébé.

— C'est génial ! s'exclamait-il, ébloui, chaque fois que ses vœux étaient exaucés.

Bill s'empressait de lui donner raison. Ce nouvel être qui s'éveillait à la vie le fascinait.

Le dimanche après-midi, il suggéra un tour au parc. Tout le monde fila se préparer mais, malgré ses efforts, Adriane fut incapable de lacer ses souliers.

— Mon Dieu, gémit-elle, j'ai l'impression de me pencher sur un punching-ball.

— Parfois, moi aussi, murmura Bill, avant de s'agenouiller pour l'assister.

Ils faisaient l'amour aussi souvent qu'ils le pouvaient, malgré les formes épanouies d'Adriane.

— Cela n'arrive pas qu'aux autres, soliloqua-t-il, amusé, tandis que ses doigts agiles nouaient les lacets.

— Quoi donc ?

— Etre amoureux d'une femme enceinte de huit mois.

— Tu devrais t'en inspirer, gloussa-t-elle. Si Harry quitte Hélène, par exemple, celle-ci pourrait séduire un autre homme.

Il se leva et l'aida à enfiler son sweater.

— Evidemment. J'entends d'ici mon bon vieux producteur disant « cette fois-ci vous avez dépassé les bornes, Thigpen, votre truc n'est pas crédible ».

Le petit groupe joua au ballon à Penman Park tout l'après-midi et le lendemain, Adam et Tommy reprirent l'avion pour New York. Bill ramena Adriane à la maison qui, comme à l'accoutumée après le départ des enfants, leur parut morne et silencieuse. Les jours suivants, ils eurent à peine le temps d'y penser. Noël n'était pas loin et la chaîne de télévision réorganisait ses programmes. Tout en travaillant d'arrache-pied, Adriane s'était mise à transformer la chambre d'amis en nursery. Un berceau avait pris la place du lit, de nouveaux rideaux masquaient la fenêtre. Bill l'aidait de son mieux. A mesure que l'heureux événement approchait, il se montrait plus tendre, plus attentif. Adriane songeait souvent à la chance qu'elle avait eue de l'avoir rencontré.

Tommy et Adam les appelaient fréquemment de New York et chaque fois, ils demandaient si le bébé était né. Bill leur promit qu'ils seraient les premiers prévenus. Ses fils répondaient alors, « pourvu que ce soit un garçon », mais lui, en son for intérieur, désirait une petite fille.

Après Thanksgiving, il avait accompagné Adriane au cours d'accouchement sans douleur. Tous deux s'étaient inscrits aux séances de nuit. Il y avait une douzaine d'autres couples dont la plupart attendaient leur premier enfant. Adriane, devenue grognon, avait commencé par rechigner. Effectuer des exercices respiratoires au milieu d'un groupe d'étrangers la mettait mal à l'aise. Elle s'en serait bien passée, si Bill et sa gynécologue ne l'avaient « forcée à y aller », ainsi qu'elle le décréta plus tard, à la cafétéria où elle partageait un sandwich à la dinde avec Bill.

— Je ne vois pas en quoi cette méthode peut m'aider. Que je respire ou pas, le bébé sortira, non ?

— Cela t'aidera à te détendre, suggéra-t-il calmement.

Elle le regarda grignoter un pickle.

Pourquoi ? Tu as déjà suivi ce cours avec Leslie ?

A l'idée qu'il avait déjà eu cette expérience avec une autre et qu'il en savait plus qu'elle sur la grossesse, son front s'empourpra d'une bouffée de jalousie. Bill répondit par un geste vague, évitant astucieusement de comparer le présent au passé.

— Oui, en quelque sorte, finit-il par marmonner sous le regard insistant de sa compagne.

— Je préfère accoucher à la maison...

Il avait déjà entendu ce refrain. Une fois de plus, il opposa son veto.

Ils retournèrent le soir même à l'hôpital pour la première séance de relaxation. Les autres couples étaient assis en tailleur sur des tapis de gymnastique posés à même le sol. Chacun se présenta. Les futures mamans étaient des femmes de tous âges — la plus jeune, une étudiante, avait dix-huit ans. Il y avait deux institutrices, une infirmière, un professeur de natation qui arborait une mine splendide, deux femmes au foyer, une employée des postes, une musicienne. Leurs maris exerçaient des métiers aussi variés. Adriane et Bill déclarèrent simplement qu'ils travaillaient à la télévision, ce qui ne parut impressionner personne. La leçon débuta par une série d'exercices que la monitrice interrompit pour une pause. Les femmes commandèrent des sodas, les hommes du thé et du café.

Pendant qu'ils sirotaient leurs boissons, la monitrice se lança dans une longue énumération des bienfaits de la méthode Lamaze, destinée à rassurer les esprits sceptiques. Après quoi, elle illustra son discours par un film. Sur l'écran, une femme en couches grimaçant de douleur. La main d'Adriane agrippa celle de Bill.

— La personne que vous voyez aura son deuxième enfant, commenta le prof. Elle a eu son premier suivant les techniques de la médecine traditionnelle, ajouta-t-elle, avec une pointe de mépris.

C'était censé être le paradis, en comparaison de l'enfer que la parturiente avait dû endurer lors de son précédent accouchement. Elle haletait, suait et grognait, mais on pouvait voir qu'elle essayait de contrôler sa respiration. « Comme elle a l'air de souffrir ! » se dit Adriane, affolée. On eût dit qu'elle allait rendre l'âme. Tout à coup, elle commença à se tordre en gémissant, comme sous l'effet d'une atroce douleur, sans cesser de souffler et de pousser, puis, au bout d'une éternité, une petite figure cramoisie apparut entre ses jambes. Les exclamations de l'équipe médicale accueillirent la naissance de l'enfant, une petite fille, dont les vagissements emplirent l'espace. Le plan suivant montrait le nouveau-né couché sur le ventre de sa mère. L'heureux père, rayonnant, aidait sa femme à sectionner le cordon ombilical, alors que le mot « fin » s'étalait sur l'image.

Dans la voiture, peu après, Adriane se cantonna dans un mutisme absolu.

— Eh bien, qu'en as-tu pensé ? questionna Bill.

Elle tourna vers lui de larges yeux terrifiés.

— Je voudrais avorter !

La sentant si fragile, si effrayée, il avança une main caressante vers sa joue pâle. Le film l'avait impressionné, lui aussi, et il n'avait pas cessé de maudire intérieurement la monitrice.

— Allons, dit-il, cependant, de son air le plus rassurant. Tout se passera bien, je te le promets.

Le souvenir des souffrances de Leslie lorsqu'elle avait mis au monde Adam fulgura dans sa mémoire. Pour Tommy, l'épreuve avait été moins dure. Il aurait voulu apaiser les craintes d'Adriane mais celle-ci le foudroya d'un regard courroucé.

— Comment le sais-tu ? Tu n'as jamais eu de bébé. Je n'oublierai jamais le visage convulsé de cette femme. A chaque instant, je m'attendais à la voir mourir.

— C'était un mauvais film. N'y pense plus.

— En tout cas, je ne retournerai pas dans cet hôpital.

— Tu as tort. Apprendre à respirer ne te fera pas de mal.

— J'exigerai une anesthésie générale…

Le lendemain, elle en parla au Dr Jane Bergman, qui secoua lentement la tête.

— Nous n'utilisons ce procédé que dans des cas extrêmement rares, quand par exemple on doit pratiquer une césarienne et qu'on n'a pas le temps de faire une péridurale. Il n'y a pas de raison d'avoir peur, Adriane. Continuez à assister aux cours et vous serez étonnée des résultats.

— Je ne veux plus de ce marmot ! soupira la jeune femme, alors qu'elle quittait le cabinet médical en compagnie de Bill.

— C'est un peu tard, chérie.

Il la couva d'une regard tendre. Dans sa robe flottante rose, les cheveux tirés en une lourde queue de cheval, elle faisait l'effet d'une petite fille égarée. Chaque image du film s'était gravée dans sa mémoire au fer rouge.

— Cette fichue technique n'empêche pas la douleur, ronchonna-t-elle.

— Chérie, aie confiance. Nous répéterons ensemble chaque exercice.

Le même soir, il la fit allonger sur le grand lit et, montre en main, l'obligea à respirer et à expirer à un rythme régulier. Elle s'arrêta au beau milieu de la manœuvre et posa une petite main hardie sur la cuisse de son instructeur.

— J'ai une meilleure idée, murmura-t-elle avec un sourire tentateur.

— Adriane, tu n'es pas sérieuse !

— Si, pourtant...

Ce disant, elle déploya un effort surhumain pour changer de position. En vain. Son ventre était si lourd à présent que le moindre mouvement s'avérait presque impossible. « Le petit lutin », comme elle avait coutume d'appeler le bébé, avait atteint une taille respectable et ses multiples manifestations la tenaient parfois éveillée toute la nuit.

— Peut-être que je resterai comme ça jusqu'au jugement dernier...

— Je ne serais pas fâché de retrouver la sylphide qui m'a séduit dès le premier jour.

Elle se remit sur le dos, telle une baleine échouée.

— Merci bien ! Dis que ma silhouette te déplaît.

Sous le ton badin, il décela son anxiété et, se couchant auprès d'elle, il se hissa sur un coude pour la contempler.

— Objection, Votre Honneur ! Tu continues à représenter mon idéal féminin.

Il se pencha, lui effleura les lèvres d'un baiser, sentit les doigts de la jeune femme se nouer autour de sa nuque, alors qu'une larme minuscule miroitait entre ses cils.

— Oh, Bill, j'ai tellement peur...

— Je le sais, mon amour, répondit-il, le cœur serré, mais tout ira bien, je te le jure.

— Et si ça n'allait pas ? Si quelque chose arrivait au bébé ? Si...

C'était ridicule, avoua-t-elle, mais elle avait peur de mourir en donnant la vie. La face grimaçante de la femme dans le film la hantait, elle croyait encore entendre ses cris déchirants. Personne ne l'avait jamais prévenue. Personne ne lui avait jamais dit que l'enfantement pouvait être aussi pénible.

— Rien ne t'arrivera, chérie, et au bébé non plus. Je serai là du début à la fin. Je te tiendrai la main et tout se passera à merveille.

— C'est très douloureux n'est-ce pas ?

Il la fixa droit dans les yeux, s'efforçant de balayer le souvenir de Leslie pendant la délivrance.

— Pas forcément. Cela doit dépendre de la constitution de chaque parturiente.

— Oui. Celles qui ont un bassin comme le canal de

Panama souffrent sûrement moins que les autres, répondit-elle sombrement.

— Tout ira bien, répéta-t-il.

Leurs lèvres s'unirent avec ardeur. Les mains d'Adriane se glissèrent sous le pull-over de Bill, remontèrent le long de sa colonne vertébrale, vers les épaules. Un frisson de plaisir le parcourut et il tenta vainement de refréner sa passion. Au milieu de leurs caresses, il se reprit.

— J'ai honte de m'attaquer à une femme dans ton état.

— Tu ne devrais pas, se moqua-t-elle, s'émerveillant du désir qu'elle lui inspirait.

Tremblant, il se rendit à l'inévitable. Adriane se laissa déshabiller avec délices, puis, lorsqu'il la fit pivoter sur lui, elle exhala un doux gémissement. Ils s'aimèrent fougueusement et quand, surpris par l'extase, ils restèrent un instant immobiles, comme anéantis, Bill passa la main sur son front d'un air coupable.

— Comment te sens-tu ? s'informa-t-il, de crainte que ses assauts ne lui aient fait mal.

— Je ne me suis jamais mieux sentie de ma vie, affirma-t-elle, le regard encore voilé par le plaisir.

— Je n'aurais pas dû céder au démon de la lubricité, soupira-t-il.

— Trop tard, railla-t-elle.

— Veux-tu que nous reprenions l'exercice de tout à l'heure ?

— Oh, non, je me sens pleinement satisfaite après celui-ci.

Un coup d'œil machinal à la pendule la fit bondir. Les aiguilles indiquaient vingt deux heures.

— Seigneur, je serai en retard pour le journal de la nuit.

En dépit des sages conseils de Bill et de Zelda, Adriane tenait à travailler jusqu'au dernier moment.

— Chérie, pourquoi ne te reposes-tu pas un peu ?

— J'aurai tout le temps de me reposer, *après* la venue du bébé.

— C'est ce que tu crois, sourit-il.

Il ne se rappelait que trop bien les nuits blanches qu'Adam, puis Tommy, avaient fait passer à Leslie. A plusieurs reprises il avait voulu mettre Adriane en garde, mais elle n'avait rien voulu savoir.

Une demi-heure plus tard, elle entrait dans les locaux de la chaîne. Zelda l'avisa, l'œil rond, pointant dans sa direction un index admiratif.

— Oh, là là ! s'exclama-t-elle. Tu peux encore marcher sans plier sous le poids de ton abdomen ?

— Sans problème. On s'y habitue très bien.

— Tant mieux, compatit la rousse, pas très convaincue.

Zelda n'avait jamais désiré d'enfant. A ses yeux, la grossesse équivalait à une sorte de calvaire dont elle préférait se passer. Le mariage ne la tentait guère davantage. Un mari était un être ennuyeux dont on ne pouvait plus se dépêtrer sans y laisser des plumes. D'instinct, elle évitait les couples. Bill avait d'emblée suscité sa sympathie, bien qu'elle le jugeât trop protecteur. Mais le bonheur d'Adriane la ravissait. Sa patronne avait enfin dégoté un homme digne de ce nom, exultait-elle. Rien à voir avec ce petit saligaud de Steven Townsend. Zelda avait déjà aperçu ce dernier dans différentes boîtes de nuit, toujours en galante compagnie. Des créatures affriolantes, jeunes et minces, qui devaient ignorer, bien évidemment, que leur idole avait quitté sa femme parce qu'elle attendait un bébé. Chaque fois que Zelda avait demandé à Adriane si son ex-mari avait donné signe de vie, celle-ci s'était bornée à ébaucher un vague geste de la main en secouant la tête. Au bout d'un moment, Zelda avait cessé de lui poser des questions qui, visiblement, l'embarrassaient.

Bill passa chercher Adriane après la dernière édition du journal télévisé. Côte à côte, ils s'avancèrent vers l'ascenseur. La jeune femme riait à une plaisanterie de son compagnon, quand elle se figea, le visage crispé.

— Qu'y a-t-il ? s'alarma Bill.

— Je ne sais pas...

Essoufflée, elle s'appuya sur lui, encore sous l'effet de la surprise. Cela n'avait duré qu'une minute, mais elle n'était pas prête de l'oublier. Son ventre s'était subitement durci comme pris dans un étau. Le fragment d'un commentaire qu'elle avait entendu au cours Lamaze lui revint en mémoire, et elle fixa Bill, horrifiée.

— Je crois que j'ai eu une contraction.

Aussitôt, un bras protecteur lui entoura les épaules.

— Tu te fatigues trop. Tu ferais mieux de te reposer si tu ne veux pas d'un prématuré.

— Oh, non. Je ne veux pas ! Pas encore. Pas avant Noël.

— En ce cas, cesse de te tuer au travail. Demande-leur ton

congé de maternité. Ils comprendront. Après tout, tu es enceinte de huit mois.

Sur le chemin du retour, elle eut deux autres contractions. Une fois à la maison, Bill l'installa sur le canapé et la força à avaler un petit verre de vin blanc. Par miracle, elle se sentit tout de suite mieux.

— Tu es un magicien, s'enthousiasma-t-elle.

Il l'embrassa, puis s'écarta d'elle, le front soucieux.

— Il ne faut plus faire l'amour, décréta-t-il.

Leur étreinte passionnée, quelques heures plus tôt, y était sûrement pour quelque chose, et il se sentit en proie à un vif sentiment de culpabilité.

— Mon médecin ne m'a rien dit.

— Normalement, il n'y a pas de danger mais...

— Alors refaisons l'amour !

Elle termina son verre et fixa, avec un sourire charmeur, l'émail de ses prunelles sur Bill, qui fit mine de s'indigner.

— Adriane, tu n'es qu'une dépravée !

Leurs rires se firent écho. Le pire était qu'il la désirait de nouveau comme un fou. Il la désirait tout le temps et rien ne semblait pouvoir le rassasier d'elle. Et chaque jour, il l'aimait davantage. Adriane était la femme de sa vie. Son intelligence, sa douceur, son entrain l'avaient conquis à jamais. Son ravissant petit visage, sa fragilité, se fraîcheur, tout en elle éveillait sa tendresse. Il avait envie de la protéger et de la câliner. Il se pencha pour l'embrasser. Elle répondit à son baiser avec son habituelle ardeur, mais il se recula, à contrecœur.

— Chérie, si tu continues, tu auras des triplés !

— Grande idée, roucoula-t-elle, avant de se renfrogner, ajoutant sombrement : ça doit faire mal.

— Eh bien, estime-toi heureuse, tu n'en feras qu'un.

Elle sourit à sa plaisanterie et, plus tard, dans l'obscurité veloutée de leur chambre, une petite voix murmura :

— Et si c'étaient des jumeaux ?

— Les médecins s'en seraient aperçus.

Il l'entendit soupirer. Adriane s'affolait pour un rien. Chaque nuit, elle faisait plusieurs aller-retour à la nursery où elle rangeait inlassablement les affaires du bébé : layettes, draps, minuscules chaussons, bonnets, pyjamas qu'elle avait choisis dans les meilleures boutiques de la ville. C'était vraiment touchant et, plus d'une fois, Bill n'avait pu s'empêcher de traiter mentalement Steven d'imbécile.

L'ancienne chambre d'amis, complètement transformée, attendait son petit locataire. Bill avait retapissé les murs d'un joli papier blanc orné d'étoiles bleues et roses, avec une frise en forme d'arc-en-ciel dans les mêmes tons. Délogé par le berceau, le lit à baldaquin avait été relégué à la cave et le mobilier avait fait place à de ravissants meubles pour bébé qu'ils s'étaient procurés début décembre.

Une semaine avant Noël, la maison étincelait. Bill et Adriane décorèrent l'arbre de guirlandes dorées et argentées.

— J'aurais tant voulu que les enfants le voient, dit-il.

C'était la première fois qu'il allait passer les fêtes sans eux. Adam et Tommy étaient allés faire du ski dans le Vermont. Ils ne viendraient pas avant les vacances scolaires de février. Le bébé aurait alors trois semaines et Adriane serait sortie de clinique. Elle avait décidé de l'allaiter. Un couffin placé à côté de leur lit lui éviterait de se lever dans la nuit pour nourrir le nouveau-né.

Un peu avant Noël, elle prit un jour de congé, pour effectuer ses achats. Le 1er janvier, Bill fêterait ses quarante ans. Adriane comptait lui offrir à cette occasion une splendide montre en or qu'elle avait aperçue dans la vitrine d'une boutique de luxe de Rodeo Drive. Le modèle, qui coûtait une petite fortune, avait été conçu par Cartier dans les années vingt pour un sultan, et baptisée, fort à propos, « le Pacha ». Et pour Noël, elle allait le combler de présents. Toutes sortes de gadgets sophistiqués, dont un téléphone de poche sans fil, permettant d'être en contact avec lui à toute heure du jour et de la nuit. Un sweater, une eau de Cologne, un livre sur le cinéma, un ruineux poste de télévision miniature qu'il pourrait regarder dans son bain ou en voiture. Bill avait expédié à ses enfants leurs cadeaux, une paire de skis à chacun. Muni pour la première fois de son propre équipement sportif, Tommy s'était senti pousser des ailes. Adriane leur avait envoyé des parkas doublés de fourrure et des jeux électroniques dont ils raffolaient. Au téléphone, elle leur avait promis de jouer avec eux lors des grandes vacances qu'ils passeraient, cette fois, sur les côtes paradisiaques de Hawaii où Bill louerait un cottage.

Trois jours avant Noël, Adriane avait déjà enrobé de papier glacé les cadeaux de Bill. Elle désirait lui en faire la surprise lorsqu'ils reviendraient de la réception annuelle organisée par le producteur du feuilleton. La jeune femme dissimula les paquets dans le berceau, les recouvrit d'une couverture duveteuse, referma la porte avec un soupir de satisfaction. Tout à sa joie anticipée, elle alla chercher le courrier. Son sourire s'effaça, à la vue d'une enveloppe en provenance du Palais de Justice. Elle la décacheta, en sortit quelques feuillets qu'elle parcourut à la hâte.

Son divorce, lut-elle, avait été pronncé par le tribunal le 21 décembre. M. Townsend, était-il précisé, préférait que son ancienne épouse n'utilisât plus son nom, bien que la loi le lui permît. Suivait la déclaration de Steven renonçant à ses droits paternels. Les papiers échappèrent des mains tremblantes d'Adriane. Son bébé viendrait au monde sans père. Le nom de Townsend ne figurerait pas sur le certificat de naissance. Il n'y avait rien de nouveau, rien que la jeune femme n'ait su déjà et, pourtant, un flot de larmes amères lui brûla les paupières. Désespérée, elle s'affala sur un fauteuil, les yeux fixes. On se marie pour le meilleur et pour le pire, on échafaude mille projets d'avenir, et un beau jour, c'est fini. Il ne reste plus que des papiers, de simples petits rectangles blancs éparpillés sur un tapis, vous signifiant la fin de vos rêves. Un mariage commence dans l'espoir et se termine dans le rejet. Car Steven avait tout renié. Jusqu'à leur enfant.

Elle ramassa les feuillets épars et les rangea dans un tiroir du bureau. Bill n'allait pas tarder à rentrer, il était inutile qu'il les voie. Ses pensées se tournèrent affectueusement vers cet homme si généreux qui avait tout partagé avec elle, son temps, son lit, sa vie, et qui était prêt à donner son nom à son bébé. Le nom que Steven lui avait retiré. Une fois de plus, la comparaison entre les deux hommes jouait en faveur de Bill et, cependant, c'était Steven qui hantait l'esprit d'Adriane. Steven et son refus obstiné d'accepter le bébé.

Elle avait presque fini de s'habiller, quand Bill apparut sur le seuil de la chambre. Du premier coup d'œil, il devina que quelque chose la tourmentait.

— As-tu eu des contractions ? s'inquiéta-t-il.

— Non, je vais bien.

Mais brusquement, elle se décida. Elle ne devait rien cacher à Bill.

— Je viens de recevoir l'avis de divorce. Et celui de la cessation des droits paternels de Steven. C'est officiel maintenant.

Il la prit dans ses bras et embrassa ses paupières gonflées de larmes.

— Je t'aurais félicitée si je m'écoutais, mais je sais ce que tu ressens, ma chérie. On a beau s'attendre à quelque chose, cela donne toujours un choc. Tu te remettras, Adriane. Un jour, tu seras débarrassée du passé.

— Je l'espère. Mon Dieu, quand j'ai ouvert cette lettre, j'ai compris ce que doit éprouver le cancre qui se voit renvoyer de l'école. Même s'il est coupable de...

— Le coupable dans cette affaire est Steven, rappela-t-il, tandis qu'elle s'asseyait sur le bord du lit en reniflant.

— J'ai dû commettre une erreur... Sachant qu'il ne voulait pas d'enfant, je n'ai pas su le convaincre.

— D'après ce que tu m'as dit, aucun argument au monde ne pouvait convaincre ce type. Il serait là, à ma place, s'il avait du cœur.

La scène qui s'était déroulée sous ses yeux trois mois plus tôt au restaurant avait conforté Bill dans son opinion en ce qui concernait Steven Townsend. Les mots lui manquaient pour décrire son mépris à l'égard de cet individu. Quel genre d'homme était-il pour se comporter de la sorte ? Un égoïste et un lâche, avait-il conclu et c'était un verdict sans appel.

— Chérie, oublie-le, supplia-t-il.

Elle répondit par un vague signe de tête, finit de s'habiller, le suivit à la réception de son producteur. Dans la liesse générale, elle faisait piètre figure. Au milieu des autres femmes, minces comme des lianes, elle se sentait grosse, laide, triste. Elle passa une soirée déplorable, alors que tout le monde s'amusait. Attentif à ses moindres réactions, Bill la reconduisit à la maison assez tôt. Ses collaborateurs comprendraient. Et même s'ils lui en voulaient, cela lui était parfaitement égal. Seule Adriane comptait. Lorsqu'ils se couchèrent, elle se plaignit d'avoir des contractions.

— Alors, tu es vraiment déprimée, la taquina-t-il. Veux-tu que j'appelle le médecin ?

Non, elle ne voulait pas. Du regard, elle contemplait tristement le couffin bordé de dentelle blanche. Aux cours d'accouchement sans douleur, elle avait appris à maîtriser les petits inconvénients des dernières semaines. L'enfantement lui faisait toujours aussi peur, mais ce soir, elle n'y songeait pas pour une fois. Son esprit reproduisait inlassablement les images d'un bonheur révolu. Elle pensait à Steven, à leur divorce, au fait que le bébé naîtrait sans père. La main chaude de Bill sur son épaule la ramena au présent.

— J'ai une idée, sourit-il. Une idée géniale et totalement folle. Marions-nous à Noël. Cela nous laisse trois jours pour la visite prénuptiale. La publication des bans doit chercher dans les dix dollars, que je suis prêt à avancer.

— Ce ne sera pas juste.

— Quoi ? Que j'avance les dix dollars ?

— Non. Que tu m'épouses par pitié. Tu mérites beaucoup mieux, ainsi que Tommy et Adam.

Il se tourna sur le dos, avec un grognement.

— Chérie, ne te crois pas obligée de me mettre dans le droit chemin. Je suis un grand garçon et je sais ce que je fais. Et il se trouve que je t'aime.

— Moi aussi je t'aime, murmura-t-elle d'une voix lugubre. Mais ce ne serait pas juste.

— Pour qui, bon sang ?

— Pour toi, pour le bébé... pour Steven.

Il la regarda, exaspéré. Sa manie de se montrer juste envers tout le monde, surtout vis-à-vis de ce fumier de Steven, risquait de tourner à l'idée fixe.

— Peux-tu m'expliquer par quel raisonnement névrotique tu es arrivée à cette conclusion ?

— Je ne veux pas que tu m'épouses sous prétexte que tu te sens obligé de m'aider ou parce que le bébé doit avoir un père. On ne se marie pas par devoir.

— Personne ne t'a jamais dit que tu es idiote ? Jolie, sensuelle, mais idiote ! De quel devoir parles-tu ? Adriane, je suis désespérément, éperdument, passionnément amoureux de toi depuis plus de six mois, au cas où tu ne l'aurais pas remarqué... Coucou ! c'est moi, t'en souviens-tu ? L'homme avec lequel tu vis depuis l'été dernier... Le même homme dont tu as sauvé le fils à Tahoe et dont les enfants te portent aux nues.

Une lueur de ravissement dansa dans les yeux bleu saphir, mais s'éteignit presque aussitôt.

— Je sais... Ce n'est toujours pas juste.

— Pourquoi ?

— Pour le bébé.

Pour la première fois, le regard de Bill se durcit. Cette sempiternelle rengaine, il ne l'avait que trop entendue et il commençait à en avoir par-dessus la tête.

— Et pour Steven, évidemment.

— Evidemment... Il a agi dans un moment de panique. Il faut lui donner une chance de voir clair avant de lui fermer toutes les portes, une chance de connaître son enfant.

— La loi semble avoir tranché dans un autre sens, Adriane. Et puisque tu te réfères sans cesse à la justice, celle-ci a entériné la décision de Steven d'abandonner ses droits sur le bébé.

— Oui, légalement c'est exact. Mais moralement ? Peux-tu le dire ?

— Nom d'un chien, je ne sais plus quoi dire ! grogna-t-il, bondissant hors du lit et manquant se prendre le pied dans le couffin. Je ne sais qu'une chose : je t'aime très fort, comme je n'ai jamais aimé personne. Et j'aime aussi le bébé. Je n'ai pas besoin d'attendre qu'il soit là pour m'assurer qu'il est mignon ou pour savoir si je suis capable de l'élever. Je veux t'épouser, m'endormir avec toi et m'éveiller près de toi tous les jours, jusqu'à ma mort. J'ai fui l'amour pendant sept ans, je te l'ai dit, de peur qu'une femme me fasse subir la même chose que Leslie. J'avais juré de ne plus permettre à quelqu'un de m'enlever mes enfants. Ce bébé n'est pas le mien, comme tu me l'as si souvent répété, mais je ne l'aurais pas aimé davantage si j'étais son véritable père. Je l'ai senti vivre et bouger en toi depuis des mois et je ne veux pas le perdre.

Il s'était mis à arpenter la pièce comme un fauve.

— Maintenant je vais te mettre les points sur les i, Adriane, reprit-il. Je refuse de rester là, bêtement, en attendant que Steven décide si, oui ou non, il va me priver de tout ce que j'aime. Je veux t'épouser et adopter ton enfant mais je ne compte pas rester longtemps dans l'expectative. Fais ce que tu as à faire, mais fais-le vite ! Et puisque tu as l'air férue de justice, mettons les choses au point. Qu'est-ce qui est juste ? Et pour combien de temps ? Jusqu'à quand suis-je censé me comporter loyalement vis-à-vis de Steven ?

— Je ne sais pas, murmura-t-elle, très impressionnée par ses paroles.

Elle l'aimait plus que jamais, mais elle gardait un silence obstiné. Bill avait raison. Elle ne pouvait lui imposer d'attendre indéfiniment.

— Qu'est-ce qui te paraît juste ? Une semaine ? Un mois ? Un an ? Est-ce que si au bout d'un mois après la naissance du bébé ce monsieur n'a pas manifesté l'intention de le voir, je pourrai respirer ?

— Je n'ai pas l'intention de revivre avec lui.

Il la fixa avec incrédulité. Son obsession de loyauté pouvait la mener loin sans qu'elle s'en doute. Les femmes entretenaient souvent des rapports incongrus avec le père de leurs enfants. « Les hommes ignoreront toujours, se dit-il, de qui est réellement leur progéniture. Les femmes sont les seules à le savoir. » Sans doute, Adriane se sentait-elle liée à Steven pour l'éternité, à cause du bébé... Peut-être pas, espéra-t-il, bien qu'elle ne fît que des réponses vagues.

— C'est seulement pour le « petit lutin », Bill...

— Je sais, je sais, lâcha-t-il en se laissant tomber sur le lit. Tu me fais peur, parfois. Je t'aime, ajouta-t-il, les yeux humides.

— Je t'aime aussi, murmura-t-elle tout contre les lèvres qui la réchauffaient.

— Alors, disons un mois ? Quand le bébé sera né, tu donnes à cette ordure un mois pour changer d'avis, après quoi nous l'envoyons paître. D'accord ?

Elle esquissa un sobre oui de la tête. C'était un sursis raisonnable, plus que ne méritait Steven. Steven, qui avait signé la demande de divorce et la cessation de ses droits parentaux d'une main aussi implacable que celle d'un meurtrier ! Oui, Steven l'avait tuée. Et Bill l'avait ramenée à la vie. En vérité, Adriane devait bien plus à Bill qu'à Steven. Certes, ce dernier avait été son mari, mais sans Bill elle serait peut-être déjà morte. Des deux hommes, seul Bill était digne sa confiance. Adriane s'en voulait terriblement de le blesser ainsi mais son sens aigu de devoir l'emportait sur ses sentiments. Un mois... Passé ce délai, la porte qu'elle avait si méticuleusement gardée ouverte se refermerait sur Steven. Pour toujours.

— Tu accepteras de m'épouser, après ? la pressa Bill.

Elle acquiesça.

— Vraiment ?

— Oui. Mais pas avant que je ne te fasse un aveu.

— Seigneur ! Quoi encore ?

— Je t'ai menti, dit-elle avec un sourire malicieux que, dans son affolement, il ne remarqua pas.

— Quand ? A quel sujet ?

— Je ne suis plus vierge.

Dans le silence consterné qui suivit, il la considéra un instant, pétrifié, avant de pouffer.

— Ah... petite peste !

Puis, malgré les remords qui ne manqueraient pas de le harceler, il se mit à lui faire l'amour, et lorsque ce fut terminé, ils s'endormirent paisiblement, blottis l'un contre l'autre, jusqu'au lendemain matin.

# 25

Le 25 décembre, le téléphone les tira à neuf heures quinze d'une hypothétique grasse matinée. A l'autre bout de la ligne les voix claires d'Adam et Tommy leur souhaitèrent « Joyeux Noël ».

Les fils de Bill appelaient des pistes neigeuses de Stowe où ils s'étaient rendus avec leur mère. Leur plaisir n'avait d'égal que leur excitation et cela était charmant à entendre. Lorsqu'ils eurent raccroché, Adriane, souriante, souhaita un bon Noël à Bill. Chacun disparut ensuite en direction de sa cachette, pour réapparaître, les bras chargés de paquets-cadeaux. Ceux de Bill, impeccablement emballés, ceux d'Adriane aussi maladroitement ficelés que sa cuisine. Il tomba en extase devant le poste de télévision miniature et le téléphone de poche, enfila tout de suite le sweater et le blouson de cuir de base-ball que la jeune femme avait achetés deux jours auparavant à Melrose, s'aspergea d'eau de Cologne. En mettant à jour le contenu des paquets, il poussait des cris de surprise.

Adriane reçut une montagne de cadeaux. Une superbe robe verte en daim de chez Giorgio qu'elle porterait après la venue du bébé, un sac en croco de chez Hermès, le fameux modèle appelé « Kelly » qu'Adriane lorgnait chaque fois qu'il leur arrivait de passer devant la vitrine. Un lot de livres, une paire de pimpantes mules roses décorées de minuscules pastèques, trois magnifiques chemises de nuit, une somptueuse robe de chambre, des gants de chez Gucci en cuir noir ornés de pompons rouges. Et un tas de colifichets qu'elle adora, porte-clé en or, porte-plume, montre de Mickey

Mouse, breloques, recueil de poèmes d'amour. Des larmes de joie brillaient dans ses yeux…

Réjoui, il s'éclipsa et revint presque aussitôt avec un petit paquet enrobé de papier turquoise et orné d'un ruban de satin blanc.

— Oh, non, assez ! cria-t-elle, le visage enfoui dans ses mains gantées, non Bill, il ne faut pas.

— Tu as raison, répondit-il d'un air amusé, j'ai un peu exagéré. Mais au point où nous en sommes, ouvre celui-là aussi.

A mesure qu'elle considérait le joli petit paquet, son sourire s'effaçait. « Ne le prends pas ! » l'avertissait son instinct.

— Allez ! l'encouragea Bill, ne sois pas poule mouillée.

Les doigts fiévreux d'Adriane défirent le nœud de satin blanc, puis le papier turquoise qui s'écarta sur un écrin du même bleu, où se brodait le nom de Tiffany. Elle souleva lentement le couvercle et resta bouche bée. Un anneau composée d'une rangée de diamants en forme de baguettes étincelait sur le lit de satin. Son regard se reporta, hagard, du bijou au visage de Billy.

— Mets-la, l'incita celui-ci. Ne sois pas bête. Je crois qu'elle est à ta taille. Viens, je vais t'aider.

Les doigts d'Adriane étaient légèrement enflés mais il en avait tenu compte. Les yeux de la jeune femme suivirent la bague qui glissait le long de son annulaire aisément, sans forcer.

— Oh, mon Dieu… oh, Bill…

Ses jambes flageolèrent et elle s'assit lourdement, fascinée par l'incomparable éclat des pierres précieuses.

— C'est très beau, mais…

Elle lui avait déjà expliqué qu'elle ne se sentait pas prête pour le mariage. C'était le genre de bijou que très peu de femmes se targuent de recevoir au bout de vingt ans de vie conjugale. Bill haussa les épaules comme se s'il se fût agi d'un présent ordinaire. Le feuilleton venait de gagner son énième prix, déclara-t-il, ce qui lui avait permis cette petite fantaisie.

— Il fallait que tu aies l'air d'une femme respectable à l'hôpital. C'est une bague de mariage, bien sûr, mais je la trouve plus élégante que les solitaires. Je t'offrirai une alliance en or quand nous serons mariés.

Adriane s'abîma dans la contemplation des diamants. Elle

avait retiré son alliance deux mois auparavant, et pas seulement parce qu'elle la serrait.

— Oh, Bill, elle est magnifique.

— Tu l'aimes vraiment ? s'enquit-il avec une touchante sollicitude.

— Tu plaisantes ? Je l'adore... (Elle s'allongea sur le lit, faisant miroiter l'anneau.) Je vais en mettre plein la vue aux infirmières quand j'aurai le bébé.

— C'est drôle, sourit-il, mais tu n'as pas exactement l'allure d'une jeune fiancée. (Il lui tapota doucement le ventre.) A mon avis, c'est une fille, conclut-il, nonchalamment.

— Oui ? fit-elle, les yeux toujours fixés sur la bague. Comment le sais-tu ?

— Elle n'arrête pas de taper des pieds. Peut-être qu'elle veut la même bague que sa mère.

Adriane l'embrassa, souriante, se félicitant d'avoir acheté la montre Cartier qu'elle lui donnerait au premier de l'an, jour de son anniversaire. Elle lui avait coûté une grosse partie de ses bénéfices de la vente de la maison. Le reste, elle l'avait conservé pour son « petit lutin ». Bill s'était proposé de payé la note de l'hôpital mais elle avait refusé.

— Es-tu sûre que tu ne veux pas qu'on se marie tout de suite ?

Cela lui éviterait l'humiliation d'inscrire « père inconnu » sur le livret du bébé. Elle n'avait pas d'autre alternative, à présent, sauf laisser la colonne en blanc.

— Je continue à croire qu'il vaut mieux attendre, murmura-t-elle aussi doucement qu'elle le put, afin de ne pas le blesser.

Ils s'étaient mis d'accord sur février, sans fixer de jour, au cas où Steven se serait ravisé au sujet du bébé. C'était une rude épreuve pour les nerfs de Bill. Une torture de tous les instants qu'il n'avait pas méritée. Et tandis que la future maman continuait à espérer un brusque éveil de la fibre paternelle de M. Townsend, lui priait le ciel pour qu'après son accouchement Adriane retrouve son bon sens. Il avait lu quelque part que les fantasmes vous aidaient à vous échapper de l'emprise de la dure réalité. La fixation d'Adriane sur Steven servait probablement à la protéger des souffrances morales que lui infligeait son indifférence.

L'après-midi se déroula tranquillement. Adriane fit la

sieste sur le canapé, pendant que Bill, à ses fourneaux, mijotait une dinde farcie pour le dîner.

Le lendemain, Zelda accueillit au bureau Adriane par un sifflement admiratif, sitôt que son œil exercé eut capté l'éclat de la bague flamboyante.

— Ouaouh ! Tu t'es mariée ce week-end ?

Adriane lui adressa un sourire qui aurait fait pâlir de honte la Sibylle.

— Non. Je me suis fiancée, rit-elle.

— Eh bien, Bill ne s'est pas moqué de toi.

— Ce n'est pas son genre.

La jeune femme passa les jours suivants à ranger ses dossiers et à mettre Zelda au courant de tous ses projets. Elle partirait dans une petite quinzaine, mais laisser tout en ordre semblait relever du domaine de l'impossible. Un des collaborateurs de Bill la contacta en milieu de semaine. La troupe avait mis au point une surprise-partie pour les quarante ans de l'écrivain. La coopération d'Adriane était indispensable pour qu'il se laisse entraîner sur le plateau où tous ses amis l'attendraient avec un orchestre chargé d'exécuter *Happy birthday to you.* Elle accepta avec joie.

Ils passèrent le réveillon du Nouvel An chez des amis, en petit comité. Adriane tombait de sommeil, mais attendit courageusement minuit. Ils rentrèrent à la maison peu après. Bill, qui avait bu plus que de coutume, se faufila entre les draps le premier. Il était à moitié endormi lorsqu'elle se glissa près de lui.

— Bonne année, murmura-t-elle, et bon anniversaire.

Elle se rappela la surprise-partie du lendemain, se tourna vers lui, mais il avait sombré dans un sommeil profond. Alors, elle l'embrassa et sentit son cœur fondre de tendresse. Allongée sur le dos, épuisée et pourtant bien éveillée, elle s'obligea à éteindre la lumière et à fermer les yeux quand, soudain, une fulgurante douleur la transperça de part en part. La jeune femme se remémora les exercices qu'elle avait appris aux cours, essaya de se détendre, mais une deuxième crampe, puis une troisième, la laissèrent sans souffle. Ne voulant pas déranger Bill, elle décida de recourir à ce qu'elle appelait un de ses « tours de magie ». Se glissant hors de la pièce, elle s'accorda un demi-verre de vin blanc. Rien n'y fit. De retour dans la chambre, elle crut un instant que c'était passé et l'instant suivant une nouvelle contraction la tétanisa. Vers trois heures du matin, les contractions se succédaient à une cadence régulière. Ses gémissements tirèrent Bill de sa torpeur.

— Chérie, qu'y a-t-il ?

— Rien, dit-elle, les dents serrées. Ce sont ces fichues crampes.

Il ouvrit l'œil, la considéra dans la semi-obscurité, se pencha vers elle.

— Tu crois que c'est pour aujourd'hui ?

— Non. Le bébé n'est attendu que dans deux semaines.

Cependant, aux cours, la monitrice lui avait dit que, techniquement, cela pouvait survenir d'un moment à l'autre.

— Depuis quand as-tu des contractions ?

— Je n'en sais rien. Trois ou quatre heures.

— Va prendre un bain chaud.

Il s'agissait d'une autre de ses recettes magiques. Adriane l'avait déjà essayée et elle s'était toujours révélée efficace. Le médecin lui avait dit que quand elle serait en travail, rien ne pourrait l'arrêter, ni vin blanc ni bain chaud.

— Allez, l'encouragea-t-il. Sinon tu ne fermeras pas l'œil de la nuit.

Il la suivit du regard pendant qu'elle prenait, à tâtons, le chemin de la salle de bains. L'eau ruissela dans la baignoire pendant un moment. Bill se remit à somnoler. Il lui sembla que des heures s'étaient écoulées avant qu'elle ne regagne le lit et, soudain, il la sentit se raidir en laissant échapper un cri étranglé. Complètement réveillé, il alluma la lampe de chevet. Dans la lumière tamisée, le visage d'Adriane était tendu et son corps rigide.

— Chérie, tu vas bien ?

Elle se cramponna à son bras. De fines gouttelettes de sueur laquaient son front. Visiblement, le bain chaud n'avait pas stoppé les contractions. Il sonda du regard ses grands yeux effrayés, lui prit la main et la porta à ses lèvres.

— Je crois que notre « petit lutin » tient à célébrer la nouvelle année avec nous, sourit-il. Je vais appeler le docteur.

— Non, non, protesta-t-elle. Je me sens bien… vraiment… oh non ! cria-t-elle tout à coup, paniquée, je vais très mal… oh, Bill…

Elle lui avait saisi la main et la serrait de toutes ses forces, le souffle court, incapable de mettre en pratique les exercices de respiration qu'elle avait appris.

— Il n'y a pas une minute à perdre, jugea Bill.

Remise sur son séant par sa main puissante, Adriane le dévisagea, l'air égaré. Une longue douleur la déchira, lui arrachant un gémissement, mais cela ne dura qu'un court instant. Bill l'aida à se relever. La jeune femme se rendit aux toilettes. Quand elle reparut sous le chambranle, elle était blanche comme un linge et tremblait violemment de tous ses membres. Bill se précipita, la fit asseoir dans un fauteuil. Une grimace altéra les traits d'Adriane. Nouvelle contraction… La face convulsée de la femme en couches dans le film surgit dans sa mémoire. C'était pire qu'elle ne l'avait imaginé. Le rythme des contractions s'accélérait, la mettant au supplice.

— Ne bouge pas. Reste calme. Respire, ordonna Bill, penché dans la penderie, d'où il extirpa la nippe la plus informe.

Revenu vers Adriane, il fit passer sa chemise de nuit pardessus sa tête et l'aida à enfiler la robe avant de lui mettre de vieux souliers.

— Je ressemble à une clocharde dans ce sac, ronchonna-t-elle, entre deux spasmes qui la firent tressaillir.

— Tu es superbe, affirma-t-il tout en s'habillant en un tournemain.

Une seconde plus tard, il composait le numéro de téléphone du médecin, sans quitter Adriane des yeux.

— Elle nous rejoint à l'hôpital dans une demi-heure.

Soutenue par ses bras secourables, la jeune femme traversa péniblement la pièce, s'arrêtant net à chaque nouvelle crampe. Bill l'exhortait doucement à avancer. Au passage, il avait saisi la petite valise d'Adriane. Ils progressaient lentement, à tel point qu'il se demanda s'il ne ferait pas mieux d'appeler une ambulance. Sur le seuil de la maison, Adriane, mortifiée, ne put retenir ses larmes.

— Courage, mon amour, encore un petit effort. Tu seras à l'hôpital dans cinq minutes et tu te sentiras mieux.

— Oh, Bill, c'est atroce ! gémit-elle, les doigts crispés sur les revers de son pardessus.

— Je sais, ma chérie. Ce sera bientôt fini et nous aurons un beau bébé.

Un pâle sourire éclaira le petit visage ravagé, cependant qu'elle respirait et expirait consciencieusement, afin de se détendre. Jamais l'allée menant à la vieille Chevrolet ne fut plus longue. Bill installa la jeune femme dans la voiture, jeta la valise sur le siège arrière et démarra sur les chapeaux de roues. Pour une fois, se faire intercepter par les motards eût été une chance, tant Bill souhaitait une escorte policière. Mais rien n'arriva et peu après le station-wagon s'arrêta devant les urgences. Un infirmier se présenta aussitôt. Une seconde plus tard, pleurant et gémissant, Adriane se laissait pousser à vive allure sur une chaise roulante à travers les interminables couloirs de l'hôpital. Bill courait à son côté.

— Je... n'en peux plus... soupira-t-elle, puis s'interrompit, clouée sur son siège par un élancement foudroyant.

— Mais si, allons, c'est presque terminé.

Ce n'étaient que des mots, bien sûr. Des paroles auxquelles elle avait intérêt à s'accrocher. Les contractions, momentanément calmées, lui accordaient un moment de répit, mais elle savait que la douleur reprendrait et que cela irait en empirant. « Je vais mourir », se dit-elle, terrifiée.

Ils gagnèrent la salle de travail où le Dr Bergman attendait. Une jeune infirmière l'assistait. Adriane ne tarda pas à prendre cette dernière en grippe. Son irritabilité s'exacerbait à chaque instant. Une onde d'hystérie la secoua quand l'infirmière lui retira sa robe, l'aida à s'allonger, puis voulut lui passer « le moniteur », un appareil destiné à détecter l'ampleur et la fréquence des contractions.

— Laissez-vous faire, Adriane, l'examen ne dure pas plus d'une minute, dit gentiment l'obstétricienne.

Ses mains expertes bouclèrent la ceinture étroite et le contact de la machine sur son ventre arracha à Adriane un cri de frayeur. Bill lui tenait les mains, s'efforçant de la faire respirer lentement, mais la jeune femme souffrait trop pour garder son calme.

— Il vient ! glapit-elle soudain, morte de peur. Le bébé va sortir.

— Pas encore, répondit le docteur.

Elle se mit à insister en pleurant.

— Ne poussez pas ! intima le docteur, presque en criant.

Deux autres infirmières pénétrèrent dans la pièce. Le Dr Jane Bergman étudia d'un œil pensif le moniteur.

— Les contractions s'amplifient, dit-elle à Bill, pendant qu'elle se savonnait énergiquement les mains dans un petit lavabo. Le travail est bien entamé.

Adriane hurlait toujours :

— Il arrive ! Il va sortir !

Des sanglots incoercibles l'étranglaient. Bill refoula ses propres larmes. Il ne pouvait que lui tenir la main, alors que le médecin l'examinait de nouveau. Une douleur plus aiguë que les autres darda dans ses entrailles. Elle hurla. Le Dr Bergman lui lança un regard satisfait.

— Vous êtes sur le bon chemin, Adriane. Encore quelques contractions et vous pourrez pousser.

— Non, je ne veux pas ! Je ne peux pas !

Inondée de sueur, elle fit mine de se lever et ses doigts se démenèrent furieusement pour déloger le moniteur de son abdomen.

— Bien sûr que vous le pouvez, déclara l'accoucheuse d'une voix chaleureuse.

Bill caressait le front trempé d'Adriane, la suppliant de respirer. Ne pouvant plus la voir souffrir ainsi, il se demanda, angoissé, pourquoi on ne lui donnait pas quelque chose pour la soulager. A présent, elle se tordait sur le lit étroit. Bill n'eut guère le temps de poser la question au Dr Bergman, que celle-ci annonçait soudain :

— Ça y est. J'aperçois le haut du crâne du bébé. Commencez à pousser.

Adriane laissa échapper un long cri d'agonie, les yeux posés sur Bill, comme si elle l'implorait de la sauver. Les infirmières s'activaient. Des anses furent fixées d'un côté du lit, des étriers de l'autre. Soudain, tout parut enveloppé de papier bleu, Bill se retrouva en blouse d'hôpital verte, un bonnet de bain sur la tête, et il souleva Adriane par les épaules.

— Poussez... Poussez...

La jeune femme répondait qu'elle ne pouvait pas. Son corps était envahi par la douleur. Bill sentit une boule lui serrer la gorge. Cependant, le médecin ne s'inquiétait pas.

— Allons, flanquez ce bébé dehors. Poussez encore.

Elle finit par obéir, en hurlant chaque fois qu'elle poussait, pendant que Bill la soutenait en pleurant silencieusement. Personne n'avait remarqué ses larmes. Et Adriane pleurait aussi. Tout à coup, il la sentit se jeter en arrière, avant de se redresser pour pousser de toutes ses forces. Son long cri douloureux résonna dans la pièce, suivi d'une autre plainte plus grêle, puis le médecin se releva en tenant entre les mains un petit corps frétillant. Adriane était retombée sur l'oreiller, exténuée, et Bill put voir qu'elle souriait à travers ses larmes.

— Félicitations, c'est un garçon.

Adriane et Bill, riant et pleurant en même temps, avisèrent le bébé qui les considérait de ses grands yeux étonnés en fronçant le nez minuscule qu'il avait hérité de sa mère.

— Il est magnifique ! fit Bill dans une rauque exclamation. Il est aussi beau que toi.

Leurs yeux s'accrochèrent et pendant un instant unique, ils échangèrent un regard d'une intelligence absolue, un regard inoubliable, que seules connaissent deux âmes en fusion.

— Est-ce qu'il est en bonne santé ? demanda Adriane d'une voix affaiblie.

— Il est parfait, annonça la docteresse tout en apportant les derniers soins à sa patiente.

Le pédiatre prit le relais pour confirmer les dires de sa collègue. C'était un bébé en pleine santé, qui pesait quatre kilos et demi. Pour un premier accouchement, tout s'était déroulé à une vitesse impressionnante. Bill et Adriane étaient arrivés à l'hôpital à quatre heures et demie du matin et à cinq heures et quart, tout était terminé. Seule la jeune maman avait trouvé le temps long.

Bill accompagna le nouveau-né à la nursery. De retour dans la chambre retenue pour Adriane, il se pencha sur la jeune femme. Un remarquable changement s'était opéré sur ses traits. Les infirmières lui avaient fait sa toilette et l'avaient coiffée. Un peu de rouge à lèvres colorait ses lèvres pâles. Elle n'avait plus grand-chose à voir avec la pauvre suppliciée qui, un instant plus tôt, était à l'agonie.

— Ça n'a pas été trop dur ?

Elle lui décocha un sourire lumineux.

— Pas tant que ça, répondit-elle calmement. Je suis prête à recommencer. Comment va le petit lutin ?

Il la regarda avec tendresse. On eût dit qu'elle avait mûri, qu'en un instant la petite fille était devenue une femme.

— Merveilleusement bien. Les infirmières te l'amèneront dans un moment.

Quelques minutes plus tard, une aide-soignante apporta le bébé, baigné, langé, enveloppé dans une couverture. Il ouvrit les yeux quand sa mère le prit dans ses bras. Adriane contempla son fils. C'était une créature parfaite, un miracle de la nature. Bill effleura du bout de l'index la joue satinée du nouveau-né. Il lui rappelait tellement Adam et Tommy... Ils restèrent longtemps ainsi, dans le silence apaisant et complice, liés à jamais par l'épreuve qu'ils avaient traversée ensemble. Ils ne faisaient plus qu'un seul être, et Bill le ressentit très fort, la gorge nouée d'émotion. Un seul cœur, une seule âme. Le bébé rouvrit alors les yeux et les observa tour à tour, comme s'il essayait de se souvenir où il les avait vus.

— Comment l'appellerons-nous ? demanda-t-elle en donnant le sein à son enfant.

— Je persiste à penser que Thigpen lui irait comme un gant. C'est un nom du tonnerre.

— Il me plaît bien, dit-elle d'une voix tendre.

Jamais elle n'oublierait la présence de Bill pendant l'accouchement. Sans lui, elle n'aurait pu tenir le coup. Elle lui lança un coup d'œil pétillant.

— Le prochain, je l'aurai à la maison.

— Pitié ! Il est à peine six heures du matin.

« Et c'est le premier janvier », réalisa-t-elle.

— Bon anniversaire, murmura-t-elle en embrassant Bill, sous le regard du bébé.

— Merci pour ce merveilleux cadeau… Mais quel sera son prénom ? Que penses-tu de Teddy ?

— Pourquoi pas Sam ? répondit-elle après réflexion.

— Oh oui, Sam Thigpen, s'extasia-t-il, puis il s'interrompit.

« Sam Thigpen ? Sam Townsend ? Sam Thompson ? » s'interrogea-t-il sans oser lui demander.

Il quitta l'hôpital à huit heures, en promettant de repasser vers midi. Il rêvait d'une bonne douche et d'un petit déjeuner reconstituant. Avant de franchir sur la pointe des pieds le seuil de la chambre, il se retourna. Mère et enfant s'étaient endormis. Ils présentaient tous deux un tableau si serein, si paisible que, pour la première fois depuis longtemps, Bill se sentit pleinement heureux.

# 26

Adriane se réveilla une heure après le départ de Bill et, aussitôt, son regard chercha le bébé. Il dormait toujours. Une infirmière vint demander si tout allait bien, Adriane répondit qu'elle avait encore des contractions, et on lui expliqua que c'était une réaction normale juste après l'accouchement. Rassurée, la jeune femme demeura longtemps immobile, l'esprit en effervescence. Sa main s'avança vers le téléphone posé sur la table de chevet. Elle avait deux coups de fil à passer et le plus tôt serait le mieux. De nouveau, elle baissa les yeux vers le bébé endormi, et son cœur s'enfla d'un bonheur jusqu'alors inconnu. C'était le plus beau jour de sa vie, et elle devait le partager avec quelqu'un.

Elle commença par appeler ses parents dans le Connecticut. Sa mère apprit avec stupeur qu'elle venait d'avoir un nouveau petit-fils.

— Pourquoi ne m'as-tu rien dit ? Est-ce que l'enfant est normal ?

Et ce fut tout ce qu'elle trouva à dire. La question ne surprit pas la jeune femme, elle illustrait parfaitement ses rapports avec sa famille. Surtout depuis son mariage avec Steven. Ses parents n'avaient jamais pris de gants pour lui signifier leur profonde antipathie à l'égard de son époux. Ils n'avaient sans doute pas tort, mais leur attitude négative l'avait irrémédiablement éloignée d'eux.

— Excuse-moi, maman, mais j'ai eu un tas de problèmes. Steven m'a quittée en juin. Au début, pensant qu'il allait revenir, j'ai préféré attendre avant de vous parler du bébé. J'ai été bien bête.

— Je vois. (Long silence.) Est-ce qu'il te paie une pension alimentaire ?

— Oh non, fit-elle, un peu désarçonnée par la brutalité de cette nouvelle question. De toute façon je ne lui ai rien demandé.

— Es-tu sûre qu'il ne réclamera pas la garde de l'enfant ?

— Certaine.

Mieux valait lui épargner certains détails. Le nom de Bill vint sur ses lèvres mais ne les franchit pas. Sa mère pourrait croire qu'elle avait eu une liaison et que Steven l'avait quittée à cause de cela. Elle avait toute la vie devant elle pour s'expliquer avec ses parents.

— Combien de temps resteras-tu à l'hôpital ?

Sa mère s'exprimait d'un ton si égal, si lisse, que la jeune femme eut envie d'écourter l'entretien.

— Je sortirai demain ou dans deux jours. En fait, je ne sais pas.

— Je t'appellerai quand tu seras chez toi. As-tu toujours le même numéro ?

Adriane avala sa salive. D'habitude c'était elle qui téléphonait à ses parents.

— Oui.

Sa ligne avait été transférée chez Bill dans le but, justement, d'éviter ce genre d'écueil.

— ... A bientôt, maman.

— A bientôt. Et... félicitations.

Adriane raccrocha avec un drôle d'arrière-goût dans la bouche. Une sorte d'amertume. Sa mère avait été, comme toujours, d'une parfaite froideur. Son père était absent. « Enfin, se dit-elle, soulagée malgré tout, voilà une bonne chose de faite. »

Le prochain appel promettait d'être encore plus pénible. L'avocat d'Adriane avait eu par inadvertance le numéro personnel de Steven et l'avait donné à sa cliente en la priant de ne l'utiliser qu'en cas d'extrême nécessité. La main fine ornée de l'anneau en diamants plongea dans le grand sac rangé près du lit, en tira un répertoire relié en cuir noir, l'ouvrit à la lettre T. Et alors que, chiffre après chiffre, elle composait le numéro sur le cadran, elle caressa du regard Sam, infiniment plus précieux que tout le reste, à peine âgé de quatre heures et, déjà, si familier.

— Hello ! fit dans l'écouteur une voix connue qu'elle n'avait pas entendue depuis des mois.

— Steven, c'est moi, Adriane, articula-t-elle maladroitement. Pardonne-moi de te déranger.

Long, interminable silence. Il devait se demander comment elle avait réussi à le dénicher alors qu'il s'était mis sur la liste rouge.

— Qu'est-ce que tu veux ?

Apparemment, il lui déniait jusqu'au droit de lui adresser la parole. Sa main trembla, tandis qu'elle se lançait :

— J'ai pensé que tu avais le droit de savoir. Le bébé est né ce matin. C'est un superbe petit garçon et...

Elle s'interrompit, découragée par l'accueil réfrigérant de son interlocuteur, regrettant presque son geste.

— Je... je n'aurais peut-être pas dû t'appeler.

Enfin, au bout d'une éternité, la voix dit :

— Est-ce qu'il est normal ?

La même question que celle de sa mère, et, derrière les mots, la même agressivité sous-jacente.

— Il va bien, dit-elle calmement. Il est très mignon.

Une respiration légère à l'autre bout, puis, d'un ton hésitant :

— Cela n'a pas été trop affreux ? Tu vas bien ?

Dans cette réplique, elle retrouva presque le Steven d'autrefois, le beau garçon qui avait demandé sa main. Non, cela n'avait pas été affreux, plus maintenant que Sam était là.

— Tout s'est bien passé, abrégea-t-elle, coupant court aux descriptions qui ne le regardaient pas. J'ai eu connaissance des papiers que tu as signés, mais j'ai tenu à t'appeler, afin de te donner une chance de le voir, si toutefois tu le désires.

C'était en effet une pensée touchante que peu de femmes auraient eue après ce qui s'était passé, mais Adriane avait toujours été quelqu'un d'exceptionnel.

— Je ne m'attends pas à ce que tu accoures, bien sûr. Je devais cependant te mettre au courant et...

— Pourquoi pas ? coupa-t-il, à la grande surprise de la jeune femme. Où es-tu ?

— Au Cedars-Sinaï.

— J'essaierai de passer dans la journée... Lui as-tu donné un nom ? interrogea-t-il, avec un vague regret.

Elle sentit les larmes lui piquer les paupières. Steven, demeuré invisible depuis tant de mois, exprimait le souhait de voir son enfant.

— Il s'appelle Sam, fit-elle dans un murmure.

— Fais-lui un petit bisou de ma part. A tout à l'heure.

La communication fut interrompue. La jeune femme resta étendue, presque prostrée, plus désemparée que s'il avait refusé de venir. Au lieu de l'apaiser, ce brusque revirement l'avait troublée. La tête agitée de pensées contradictoires, elle resta un long moment penchée sur la petite tête endormie. Il était presque l'heure de déjeuner quand elle entendit la porte s'ouvrir, puis aperçut Steven dans l'encadrement, en blazer, pantalon gris et chemise bleu lavande. Il portait ses cheveux plus longs qu'avant, son bronzage s'était intensifié.

— Bonjour, dit-il. Puis-je entrer ?

Elle lui fit signe que oui en refoulant ses larmes. Vaine tentative, car ses joues en furent inondées. Il s'avança dans la pièce, une énorme gerbe de roses jaune thé à bout de bras, encore plus beau que dans son souvenir, et elle se mit à pleurer sur son ancien amour pour lui, ses espoirs déçus, toutes ces années de bonheur perdu.

D'abord, il n'avait vu qu'elle, mais lorsqu'il fut tout près du lit, il aperçut soudain le bébé, confortablement drapé dans une couverture bleu pâle, petits yeux fermés, petit visage rose comme celui de sa mère.

— Oh, mon Dieu, c'est lui ?

— Bien sûr. N'est-il pas mignon ?

Steven hocha la tête. Des larmes lui montèrent aux yeux, alors qu'il regardait tour à tour l'enfant qui était le sien et la femme qui l'avait mis au monde.

Il fit la réponse qu'elle avait toujours espérée mais jamais vraiment attendue.

— Quel idiot j'ai été.

A l'époque, il n'avait rien voulu entendre. Son propre avocat avait essayé de le ramener à la raison, sans résultat.

— Je crois que tu as eu simplement peur.

— Je le sais. L'idée d'être obligé de faire des sacrifices me sortait de mes gonds. Je n'arrive pas encore à me l'imaginer.

Cependant, la vue de Sam le subjuguait. Son fils. La chair de sa chair. Sa création...

— Regarde comme il est beau.

Steven leva la tête. Il n'y avait aucune tendresse dans son regard. Seulement une lueur pragmatique.

— Ta vie n'a pas dû être facile ces derniers temps. Où habites-tu maintenant ?

« Bizarre, ces questions tardives », ne put-elle se retenir

de songer. Il s'était désintéressé d'elle des mois durant et voilà qu'il s'inquiétait de son domicile.

— A la même adresse, dans une autre maison, répondit-elle en omettant soigneusement de mentionner Bill. Cela ne le concernait pas.

Il supposa qu'elle avait acheté un logement plus petit avec sa part de la vente.

— Ah, parfait.

Du bout du doigt, il effleura le minuscule poing fermé de son fils.

— Il est tout petit...

— Il pèse presque quatre kilos et demi, dit-elle, prenant résolument la défense du bébé.

La gerbe de roses oubliée sur la table de chevet, Steven scrutait son fils. Il ne le connaissait guère, bien sûr, bien qu'il ait l'air d'une vraie personne.

— Veux-tu le tenir ?

Une flamme de pure panique alluma les sombres prunelles du jeune homme, puis ses bras se détendirent, ce dont il fut le premier étonné. Adriane lui tendit gentiment le bébé. Steven sombra sur une chaise à côté du lit. Il semblait sur ses gardes, comme si on lui avait confié quelque animal dangereux. Mais peu à peu la fascination triompha de la peur et il sourit. Ce fut alors que le battant de la porte roula sur Bill. Il portait un gigantesque bouquet de fleurs, deux douzaines de ballons gonflés à l'hélium, un gros ourson en peluche bleu pervenche. Son pas se figea. Au sublime tableau de la mère à l'enfant qu'il avait admiré quelques heures plus tôt, s'était ajouté un troisième personnage, dont la présence gâchait toute l'harmonie de la composition. Steven Townsend. Celui-ci se pencha pour remettre Sam à Adriane. Pendant une fraction de seconde, Bill contempla amèrement la charmante scène de retrouvailles. Adriane leva alors sur lui un regard alarmé, Steven demeura planté à son côté comme s'il ne l'avait jamais quittée et, pour la première fois, le bébé se mit à brailler, ayant senti que quelque chose d'horrible venait de se produire.

— Excuse-moi, je me suis trompé d'heure, murmura Bill à l'adresse de la fenêtre, évitant soigneusement le regard de la jeune femme.

— Mais non, entre, balbutia-t-elle, voici Steven Tonwnsend, mon...

Elle s'interrompit avant d'ajouter « mon mari ». Le visage

de Bill devint blême. Adriane ouvrit la bouche pour l'implorer de rester mais aucun mot n'en sortit. Sous l'œil hostile de Steven, Bill battit en retraite.

— Je repasserai plus tard.

— Non... Bill...

Mais il était déjà dehors. Et l'instant d'après, il longeait le couloir, une grosse boule au fond de la gorge, la même boule qu'il avait ressentie quand Leslie avait rompu avec lui. La vie n'était qu'un éternel recommencement. Tout ce qu'il avait redouté, tout ce dont il s'était protégé se répétait avec une effrayante précision. Le même sentiment d'abandon, le même chagrin, la même solitude. Sauf que cette fois-ci il n'allait pas baisser les bras.

Dans la chambre d'hôpital, Steven scrutait Adriane. Elle paraissait bouleversée.

— Qui était-ce ? questionna-t-il d'un ton irrité.

Il n'avait pas apprécié cette intrusion.

— Un ami.

La colère se reflétait sur les traits de Steven, qui garda le silence. Il n'avait pas le droit d'être jaloux, tous deux le savaient. Il prit un air grave. Il avait intensément réfléchi depuis le coup de fil de son ex-femme et, plus encore à la vue du bébé.

— Je te dois des excuses, commença-t-il.

Adriane était à l'agonie. Elle n'avait pas imaginé que Steven puisse venir si vite, elle avait seulement voulu en finir avec cette histoire, afin de pouvoir vivre librement avec Bill. Et brusquement, d'une façon imprévue, tout avait été chamboulé. Le bébé braillait toujours. Elle sonna l'infirmière qui se proposa de le ramener à la nursery, et Steven en profita pour continuer :

— Je t'ai blessée, Adriane et j'en suis navré.

Le souvenir de leur rencontre au restaurant, alors qu'elle était enceinte de six mois, surgit dans la mémoire de la jeune femme. Il l'avait alors dédaignée.

— Ces six derniers mois ont été une dure épreuve pour toi, je le conçois fort bien...

En effet, sans Bill, elle n'aurait pas survécu.

— J'en ai souffert terriblement, moi aussi, reprit-il, sans remarquer qu'elle était furieuse. Tu m'as défié d'une façon qui m'a littéralement détruit. Je n'ai pas oublié ta trahison.

Adriane le regarda, interdite. Son égoïsme monstrueux n'avait pas reculé d'un pouce.

— Mais, pour le bien de mon fils... de notre enfant, je crois que j'arriverai un jour à te pardonner.

Elle continua de le fixer, incapable d'en croire ses oreilles. Qu'avait-il donc dit ? Qu'il consentait à lui *pardonner ?*

— Ta générosité t'honore, Steven, et je l'apprécie à sa juste valeur, répondit-elle d'une voix étrangement calme. Cependant, tu n'as pas été le seul à souffrir. Tu t'es peut-être senti trahi et je le regrette mais tu m'as abandonnée alors que j'étais enceinte. C'est toi qui m'as rejetée. Toi qui as pris tous nos meubles, qui m'as fichue hors de notre maison. C'est toi qui as voulu divorcer, toi qui as renoncé à tes droits sur le bébé. Tu refusais même de me parler au téléphone.

Il se contenta de hausser les épaules, sourd à ses griefs.

— D'accord, d'accord... Je pense néanmoins que pour le bien de Sam, nous devrions revivre ensemble.

Elle lui lança un regard de pur effroi. Steven n'avait guère changé. Son insensibilité n'avait d'égal que son orgueil. Le bébé ne représentait à ses yeux qu'une sorte de trophée qui flattait sa vanité. Rien de plus. Il n'avait pour lui aucun sentiment particulier, pas la moindre tendresse. Elle aurait voulu lui donner l'occasion de se remettre en question, mais des gens comme Steven ne portaient jamais de jugement sur eux-mêmes. Ils ne montraient ni repentir ni remords. Ni affection ni décence... Non, cet homme qui se tenait face à elle n'avait rien du compagnon fidèle et attentionné, capable d'abnégation et de... Elle se rendit compte brusquement que c'était à Bill qu'elle pensait.

— Je crois que tu n'as pas très bien compris, reprit-elle. Tu t'es toujours fichu éperdument de moi et du bébé. Tu nous as abandonnés. Si je t'ai appelé aujourd'hui, c'était uniquement pour te donner l'occasion de voir ton fils, afin de t'éviter de le regretter plus tard. Mais tu n'as pas de sentiments. Tu ne penses qu'à toi-même et à cette soi-disant trahison que tu te plais à imaginer. Je doute que tu éprouves une ombre d'intérêt pour qui que ce soit. Le fait d'avoir un fils t'a impressionné et voilà tout. Mais qui est-il pour toi ? Que signifie-t-il pour toi ? Qu'as-tu à lui offrir ?

— Le gîte, le couvert, une bonne éducation, des jouets...

Il s'arrêta, incapable de trouver autre chose. Décidément, il n'avait pas beaucoup progressé, à présent elle en était convaincue.

— Tu as oublié le plus important.

Il fit mine de réfléchir, mais rien ne lui vint à l'esprit. Il était toujours aussi séduisant et aussi vide.

— Tu as oublié l'amour, Steven. Quelque chose qu'on ne remplace pas par des jouets. Quelque chose qui est plus précieux que les ordinateurs, les tournois de tennis, les chaînes stéréo, les appartements luxueux, les voyages ou ta carrière. L'amour... que tu as banni de notre mariage. Si tu m'avais aimée, tu ne m'aurais pas laissée avec le bébé.

— Je t'ai aimée... C'est toi qui ne m'aimais pas. Sinon tu n'aurais pas rompu l'engagement de ne jamais faire d'enfants.

— Eh bien, je n'ai pas pu m'en empêcher. Et je ne m'en sens pas coupable.

— Tu devrais, pourtant, rien que pour la peine que tu m'as causée.

— La peine que *je* t'ai causée ? s'écria-t-elle.

Il alla inspecter le gros ours bleu que Bill avait posé près de l'entrée.

— Tu m'as manipulé, répéta-t-il. Voilà la vérité. Pourtant, je veux bien repartir à zéro avec toi. Tu pourrais me témoigner un peu plus de reconnaissance.

— N'y compte pas !

Elle profita du silence qui suivit pour le fixer dans le blanc des yeux, le menton haut, lui posant brutalement la question qu'il redoutait tant.

— Steven, aimes-tu le bébé ? L'aimes-tu vraiment ? C'est-à-dire es-tu prêt à tout faire pour le rendre heureux ?

Pendant un long moment, il parut frappé de mutisme.

— Je... j'apprendrai à l'aimer avec le temps.

Mais elle comprit qu'il ne le pourrait pas. Quelque chose en lui était mort depuis longtemps, sans même qu'il le sache.

— Et si tu te sens encore menacé par nous ? Reprendras-tu la fuite ? Revendras-tu la maison ? Redemanderas-tu le divorce ?

— Adriane, je ne peux rien te promettre. J'essaierai, mais c'est tout. Il faut que tu me donnes une seconde chance, tu me la dois.

Elle la lui *devait.* Tout cela respirait la tendresse et l'affection !

— Sur quelle base ? Est-ce que nous nous remarierons ? fit-elle, désireuse de le mettre au pied du mur.

— Non... je... je te l'ai dit, nous allons faire un essai. Je te propose de revivre ensemble pendant, disons, six mois, un an, de sorte que je me rende compte...

— Si tu es un bon père ou pas, n'est-ce pas ? Et si l'essai se révèle négatif ?

— Alors, tant pis. Le divorce est prononcé. Nous nous serrons la main et nous nous quittons bons amis.

— Et Sam ?

— Dans ce cas, il sera à toi.

— Vraiment ? Et que lui dirai-je plus tard ? Que tu as essayé mais que tu n'as pas pu le supporter ? Non, Steven, l'amour paternel ne se brade pas. On aime ou on n'aime pas. On veut ou on ne veut pas. On fait un choix et on s'y tient. C'est la vie, Steven, pas un match de tennis ou une partie de golf.

— Alors pourquoi m'as-tu appelé ? Pourquoi m'as-tu fait venir ? Est-ce un vente au plus offrant ?

L'anneau de diamants à son doigt n'était pas passé inaperçu, pas plus que les présents que Bill avait abandonnés, dans sa hâte, près de la porte.

— Tu n'y es pas, mon pauvre ami. Mon but était de te permettre de voir ton fils au moins une fois avant de renoncer à lui pour toujours. Je croyais que tu le méritais et espérais que tu pourrais tomber amoureux de lui si tu le tenais un instant dans tes bras. Hélas, tu n'as rien senti. Tu me proposes de « l'essayer » comme s'il s'agissait d'une voiture louée, pis, tu me demandes d'être là pour « l'entretien » de l'engin... et tu te prétends prêt à pardonner ce que tu appelles ma « trahison ». S'il y a un traître, c'est bien toi, Steven.

Il l'écoutait sans broncher, le regard vide de toute expression. Peut-être éprouvait il même du soulagement. En tout cas, il n'avait guère changé, elle en était sûre à présent.

— Tu pourras lui dire plus tard que je t'ai demandé de revenir et que tu as refusé, puisque tu tiens tant aux explications.

— Aux yeux de la justice ton argument est nul !

Elle s'aperçut qu'elle avait hurlé, et reprit sans baisser le ton.

— J'ai envie d'aimer mon enfant totalement, absolument, qu'il soit beau ou laid, gai ou triste, malade ou en bonne santé... De lui donner tout l'amour que je possède dans chaque cellule de mon corps.

Des larmes perlèrent au bord de ses paupières et elle réalisa soudain qu'elle brûlait d'offrir la même chose à Bill.

— L'amour inconditionnel n'existe pas, répondit Steven d'un ton cynique, sauf pour les fous.

— Alors, je dois être folle.

Ils échangèrent un long regard ainsi que deux étrangers. Le peu qui subsistait de leur ancien amour mourut dans ce regard-là.

— Il ne me reste qu'à te souhaiter bonne chance, dit-il sèchement. Dommage que cela n'ait pas marché.

Aucun remords, aucun tourment n'altérait le ton distant de sa voix. Avoir renoncé à son fils ne semblait pas lui causer le plus infime souci. Pendant un bref instant, il avait été intrigué par le nouveau-né, captivé même, mais c'était déjà passé. Dès l'instant où l'infirmière l'avait sorti de la pièce, Steven n'y avait plus pensé.

— Oui, dommage, lui fit écho Adriane avec la sensation de s'adresser à un parfait inconnu. — Mais qui était-il du temps où elle croyait le connaître ? — Dommage pour toi...

« Enfin libre ! » pensa-t-elle en même temps, et elle fut doublement heureuse de l'avoir appelé.

— Ce n'est pas grave, Adriane. Je ne me sentais pas prêt pour vivre cette expérience. Sans doute ne le serai-je jamais, ajouta-t-il avec une honnêteté inattendue, car il n'avait plus rien à perdre.

— Je sais, dit-elle avec lassitude, en renversant sa tête sur les oreillers. Merci d'être venu.

Il lui toucha la main, puis tourna les talons et sortit de la pièce sans un mot. Adriane sut alors qu'elle ne le reverrait plus et que cela lui était parfaitement égal, car Steven ne lui manquerait pas. Elle ferma les yeux, cherchant à retrouver le visage de Bill tel qu'elle l'avait vu pour la dernière fois. Sa pâleur. Ses yeux désespérés quand il l'avait surprise en compagnie de Steven. La jeune femme pria le ciel pour qu'il revienne.

Pendant ce temps, Steven Townsend suivait le corridor d'une démarche rigide et solennelle. Devant la vitre de la nursery, il fit une halte, afin de jeter un dernier coup d'œil à son fils. Le bébé était là, petit ballot bleu pâle dans une cuvette de plastique, avec une petite pancarte bleue indiquant : « Thompson. Sexe masculin. 52 centimètres. 4 kilos 300 grammes. 5 h 15. » Ainsi elle avait repris son nom de jeune fille, comme il l'avait souhaité.

Steven considéra le bébé. Un joli minois, une forme minuscule et vulnérable que l'on avait envie de toucher. Lorsque, un peu plus tôt, il l'avait tenu dans ses bras, il y avait eu en lui un curieux tressaillement, une intense émotion aussi singulière qu'inoubliable. Il attendit un moment, mais l'émotion ne revint pas. Alors, un immense soulagement l'envahit à l'idée que le bébé ne porterait pas son nom. Tout était fini à présent, il ne reverrait plus Adriane, plus jamais. Elle réclamait sans cesse des choses qu'il ne pouvait lui donner. C'était une femme trop exigeante.

— Il est à vous, le p'tit bonhomme ?

Le vieil homme qui venait de poser cette question était petit et chauve, avec un gros cigare au coin des lèvres. Steven fit non de la tête. Non, ce bébé n'était pas de lui. Il l'avait juste regardé comme ça.

Il fit demi-tour et se dirigea vers la sortie d'un pas souple. Il se sentait à nouveau en paix avec lui-même. Pour Steven Townsend l'épreuve était terminée.

# 27

Les secondes se muaient en minutes, puis en heures, mais Bill ne revenait pas. Adriane essaya de l'appeler à plusieurs reprises. Les longues sonneries du téléphone restèrent sans réponse. Vers quatre heures de l'après-midi, son désespoir culmina. Il fallait qu'elle le revoie, qu'elle lui raconte ce qui s'était passé avec Steven, qu'elle le rassure. Les aiguilles d'une pendulette sur la table de chevet poursuivaient implacablement leur parcours, mais Bill restait introuvable. A cette heure-ci, ses amis de la télévision, caméramen, scénaristes, comédiens, devaient se rendre à la surprise-partie qu'ils avaient organisée pour lui souhaiter son anniversaire. Elle composa fébrilement le numéro des studios. Personne... Adriane recommença, la mort dans l'âme. A six heures du soir, quelqu'un décrocha enfin.

— Allô ? Qui est à l'appareil ?

C'était l'assistant-réalisateur. Elle pouvait entendre, en fond sonore, de la musique et le brouhaha des voix, et dut s'époumoner pour se faire comprendre.

— Ah, Adriane, c'est vous ? Félicitations ! hurla son correspondant.

Oui, ils étaient tous ravis pour le bébé. Comment ? C'était Bill qui leur avait annoncé la nouvelle. Bien sûr, qu'il allait bien, bien que, ce soir-là, il parût à ses proches étrangement calme. La fatigue, sans doute, le contrecoup de l'émotion, après une pénible nuit blanche à l'hôpital. Non, finalement personne ne l'avait prévenu pour la réception, Bill s'était rendu à son bureau par hasard, et ç'avait été une véritable surprise.

Elle coupa court au bavardage de son interlocuteur.

— Est-ce qu'il est là, s'il vous plaît ?

— Non, il vient de partir.

L'assistant-réalisateur avait sûrement quelques verres dans le nez, car il se lança dans une longue description des festivités. Les invités s'amusaient si bien qu'ils n'avaient pas remarqué que leur hôte leur avait faussé compagnie.

Adriane rappela Bill à la maison mais tomba sur le répondeur. Elle s'affaissa sur ses oreillers, au comble de l'angoisse. L'avait-elle perdu à jamais ? Ne lui donnerait-il pas une chance de s'expliquer ? Il savait qu'elle avait l'intention de contacter Steven, mais elle imaginait parfaitement ce qu'il avait dû éprouver en le voyant à son chevet, le bébé dans les bras. Et à mesure que l'attente se prolongeait, elle commençait à envisager le pire. Bill ne reviendrait pas. Et elle, prisonnière de sa chambre d'hôpital, ne pouvait partir à sa recherche.

La jeune femme resta longtemps immobile, les yeux fixés sur le gros ourson bleu pervenche qu'une infirmière avait mis sur une chaise. Sam dormait à poings fermés dans son petit lit, à côté du sien. A la fenêtre, la lumière déclinait.

Une aide-soignante passa la tête par l'entrebâillement de la porte. Il était vingt heures à la pendule.

— Désirez-vous un somnifère ?

Elle fit signe que non, et l'autre se retira silencieusement, en pensant que, comme beaucoup de femmes après un accouchement, la patiente se sentait déprimée. Adriane n'avait pas touché à son dîner et avait nourri son bébé sans enthousiasme.

Sitôt le battant refermé, elle bondit sur le téléphone pour laisser un pathétique message sur le répondeur de Bill, le suppliant de la rappeler.

La nuit se collait aux vitres, les aiguilles de la pendule affichaient vingt et une heures. Adriane avait repris Sam dans ses bras et le regardait. Petits yeux clos, nez minuscule, petite bouche rose, petits doigts repliés. Ils étaient seuls au monde. Elle était si fascinée par le bébé qu'elle n'entendit pas le doux chuintement de la porte, mais soudain elle releva la tête, alertée par une présence, et alors elle le vit. Son souffle se bloqua dans sa poitrine, sa main se tendit vers lui, son corps voulut s'élancer hors du lit.

— Reste là, dit Bill d'une voix douce. Ne bouge pas. Je suis venu te dire au revoir.

Il était remarquablement bien habillé — costume de

tweed, chemise crème, cravate de chez Hermès, chaussures noires. Mais il n'avait pas pu mettre ce costume pour la surprise-partie, songea-t-elle, étonnée, puisqu'il s'y était rendu par hasard. Elle aperçut ensuite un pardessus d'hiver sur son bras et sut brusquement qu'il s'apprêtait à partir.

— Où vas-tu ? interrogea-t-elle, d'une voix inquiète.

Bill s'était arrêté au milieu de la pièce, comme s'il avait voulu garder ses distances. Quelque chose avait irrémédiablement changé entre eux. En quelques heures seulement. Ce matin encore, ils ne formaient qu'une seule âme, et voilà qu'il s'arrachait aux tendres liens qui les unissaient. Adriane sut pourquoi. Et elle se demanda s'il lui pardonnerait un jour la peine qu'elle lui avait faite.

— Je pars pour New York voir mes enfants, dit-il. Je ne reste pas plus de cinq minutes, j'ai un avion à prendre.

Le cœur serré, elle tenta en vain d'accrocher son regard, qui se détournait d'elle et du bébé.

— Est-ce qu'ils savent que tu y vas ?

— Non. Je leur ferai la surprise.

— Resteras-tu longtemps absent ?

Comment lui dire qu'elle l'aimait plus que tout ? Qu'elle regrettait ce qu'elle lui avait fait endurer ? Qu'elle avait eu tort de tant se préoccuper de Steven ? Que Sam avait besoin d'un père comme lui ? Si seulement Bill restait, si seulement il lui pardonnait... Enfin, leurs yeux se rencontrèrent et Bill se troubla.

— Je... n'en sais rien. Une semaine ou deux. Peut-être plus. J'ai envie de les emmener faire un tour quelque part, si Leslie est d'accord.

Il était toujours à la merci des autres. De Leslie, d'Adriane... de Steven. Mais il avait décidé de s'offrir ce voyage comme un cadeau d'anniversaire. Il allait en profiter pour réfléchir, pour se retrouver. Ses scénaristes pouvaient finalement se passer de lui.

— J'ai engagé une infirmière pour toi, reprit-il. Elle viendra tous les jours à la maison et pourra aussi rester la nuit si tu en as besoin. Je n'ai pas eu le temps de la voir, mais l'agence de placement n'a pas tari d'éloges à son sujet.

« Il pense toujours à tout », se dit-elle avec émotion.

— Il ne fallait pas. Je peux me débrouiller toute seule.

— J'ai pensé qu'avec le bébé tu...

Il s'interrompit un instant, comme si une idée venait de jaillir dans son esprit, avant de reprendre :

— A moins que tu ailles t'installer chez Steven.

Adriane eut mal pour lui.

— Je n'irai pas m'installer chez Steven, répliqua-t-elle. Ni demain ni jamais. Je ne le verrai plus.

Bill la regarda, frappé par la fermeté de sa voix.

— J'ai pourtant eu l'impression ce matin que vous vous étiez réconciliés. Je savais que tu l'appellerais mais je ne m'attendais pas à ce que tu le fasses aussi vite. J'aurais dû être préparé, bien sûr... Il semble que je ne l'étais pas. Alors, quand je vous ai vus réunis, tous les trois, j'ai... j'ai été pris de court.

Il y avait une telle tristesse dans sa voix, qu'Adriane fondit en larmes.

— Bill, je voulais en finir. Je pensais qu'en voyant le bébé, Steven changerait d'attitude. Qu'il prendrait conscience de ses contradictions et que nous pourrions nous séparer en bons termes. J'ai été stupide de croire que je lui devais quelque chose. J'ignore pourquoi je me sentais si coupable à son égard. Sans doute parce que j'avais l'impression de le priver d'un trésor que je partageais avec toi. Il n'a rien compris. Il ne sait même pas ce qu'un enfant représente. Et il ignore ce qu'est l'amour. C'est un pauvre crétin égoïste et sans cœur. Je regrette de l'avoir épousé.

Ses larmes se muèrent en sanglots, et le bébé se mit à pleurer, lui aussi. Bille jeta son pardessus sur une chaise et vola à leur secours.

— Là, là, fit-il, soulevant Sam adroitement. Est-ce qu'il a faim ?

— Je l'ai nourri il n'y a pas longtemps.

— Alors, il est peut-être mouillé.

Il vérifia d'une main experte, avant de l'envelopper étroitement dans la petite couverture. Adriane ne put s'empêcher de l'admirer. Il était habile dans tout ce qu'il faisait. Les cris du bébé cessèrent.

— Je crois qu'il avait juste envie d'être plus serré, dit-il. Les bébés aiment se sentir bien empaquetés, comme dans un cocon.

Adriane reprit Sam, se moucha, et poursuivit :

— Je ne sais pas pourquoi j'ai fait venir Steven. Mais dès qu'il a été ici, j'ai su que j'avais commis une erreur. Et puis tu es entré et avant que je puisse te dire un mot, tu es parti.

Elle se remit à sangloter. L'aide-soignante repassa la tête par la porte entrebâillée, sourcils froncés. Décidément,

Mme Thompson présentait tous les signes de la dépression. Et son mari qui restait planté là au lieu de la consoler ! Elle se retira en se promettant de revenir un peu plus tard.

— Je t'ai appelé toute la journée, continua Adriane en reniflant, mais tu n'étais jamais là. Et c'est ton anniversaire en plus.

— Je sais, dit Bill en souriant pour la première fois.

Il fit un pas vers elle. Adriane leva sur lui un regard pathétique. On lui avait noué les cheveux avec un ruban bleu et elle avait l'air d'une toute jeune fille.

— Mets-toi à ma place. J'entre et je tombe sur un tableau idyllique, expliqua-t-il. J'ai cru que le ciel m'était tombé sur la tête.

— Au début, c'était assez émouvant. Steven a regardé Sam d'un air ahuri, comme s'il n'avait jamais vu de bébé. Mais il est si prétentieux, si insensible ! Il n'a jamais aimé personne, sauf peut-être sa Porsche ou le tennis. Monsieur a décrété qu'il voulait bien passer l'éponge sur ma trahison et m'a proposé de me reprendre avec le bébé à l'essai !

— Et s'il n'avait posé aucune condition ? S'il t'avait dit qu'il n'avait jamais cessé de t'aimer ?

— En le revoyant, j'ai compris que c'était trop tard, que tout était fini entre nous. C'est un être superficiel et puéril. Bill, avant de te rencontrer, j'ignorais le véritable amour.

Il repoussa le pardessus et s'assit sur la chaise, près de l'ourson bleu. Son regard se reporta du bébé endormi à la jeune femme.

— L'idée de te perdre m'est insupportable, Adriane. Je me croyais capable d'y faire face. Ce matin, j'ai réalisé ce que c'était. Je ne veux pas te perdre. Mon souhait le plus ardent, c'est de t'avoir près de moi, avec Sam, Adam et Tommy, pour toujours. Mais je n'ai pas le droit de t'imposer mes désirs. Steven a été ton mari, tu es libre de reprendre la vie commune avec lui. Seulement, si tu as pris la décision de rester avec moi, il faut me le dire maintenant. J'ai besoin de le savoir.

Elle lut une immense peine sur ses traits. On eût dit qu'il avait subitement mûri, d'un seul coup, le jour de ses quarante ans.

— Je n'ai jamais aimé personne comme je t'aime, murmura-t-elle. Je ne pourrais pas vivre sans toi.

Il se leva, se pencha sur le lit pour la serrer contre lui et elle se blottit dans ses bras, encore toute tremblante d'avoir failli le perdre par sa bêtise. Bill prit le bébé et le posa doucement sur son lit avant de se tourner vers elle.

— Si tu savais combien je t'aime, Adriane...

Il lança un coup d'œil à la pendule, puis sourit.

— Je crois que j'ai raté l'avion. Adam et Tommy ne m'attendaient pas, alors ils ne seront pas déçus. A ton avis, je peux passer la nuit ici ?

Elle se moucha une nouvelle fois en riant. La journée avait été riche en émotions.

— Que vont dire les infirmières ? demanda-t-elle.

Aucun des deux ne s'en souciait vraiment. Ils s'installèrent côte à côte sur le lit, lui en costume de voyage, elle dans la chemise de nuit rose qu'il lui avait offerte à Noël. L'aide-soignante jeta un coup d'œil dans la pièce et, les voyant s'embrasser, referma doucement la porte. Mme Thompson allait beaucoup mieux.

— Elles vont penser qu'on ne sait pas se tenir, pouffa Adriane.

— Et elles auront raison.

— J'ai un cadeau pour toi, dit-elle, entre deux baisers, se rappelant brusquement la montre en or qu'elle lui avait achetée.

— Déjà ? rit-il.

— Quel esprit mal tourné !

Il lui reprit les lèvres en un long baiser qui la laissa pantelante, puis se cala sur l'oreiller, la tenant enlacée. Le monde avait repris ses justes dimensions.

— Et moi j'ai une surprise pour toi, déclara-t-il.

— Laquelle ?

Ils se parlaient tout doucement, de peur de réveiller le bébé, et aussi parce qu'ils se sentaient en paix.

— Nous allons nous marier dans quelques jours.

— Il était temps, soupira-t-elle, moqueuse, en faisant miroiter sa bague en diamants.

— Et j'exige que mon nom soit inscrit sur l'acte de naissance de Sam.

— Samuel William Thigpen, renchérit-elle, avec un charmant sourire. Cela te plaît ?

Il l'embrassa.

— Bonne idée, sourit-il. Très bonne idée.

Il la tint longtemps serrée contre lui, et leurs cœurs se fondirent en un seul et même battement.

*Achevé d'imprimer sur les presses de*

BUSSIÈRE

GROUPE CPI

*à Saint-Amand-Montrond (Cher)*

*en août 2004*

POCKET - 12, avenue d'Italie - 75627 Paris Cedex 13
Tél. : 01-44-16-05-00

— N° d'imp. : 44205. —
Dépôt légal : mars 1994.
Suite du premier tirage : septembre 2004.

*Imprimé en France*

POCKET - 12, avenue d'Italie - 75627 Paris Cedex 13
Tél. : 01-44-16-05-00

N° d'imp. : 14235. —
Dépôt légal : mars 1994.
Suite du premier tirage : septembre 200

Imprimé en France